AF294955

Konrad K.L. Rippmann ist Arzt und Autor. Sein literarisches Werk umfasst Kurzgeschichten und Romane, dabei zieht ihn das Genre des klassischen Krimis besonders an. Mehr unter www.konradrippmann.com

KONRAD K. L. RIPPMANN

Erstausgabe Februar 2021

© 2021 dp Verlag, ein Imprint der dp DIGITAL PUBLISHERS
GmbH
Made in Stuttgart with ♥
Alle Rechte vorbehalten

Poppy Dayton und das Geheimnis von Wythcombe Manor

ISBN 978-3-96817-536-2
E-Book-ISBN 978-3-96817-207-1

Covergestaltung: Grit Bomhauer
Umschlaggestaltung: ARTC.ore Design
Unter Verwendung von Abbildungen von
© shutterstock.com: © vitek3ds, © Inna Sinano, © auralaura,
© ivangal, © Helen Hotson, © VikaSuh
Lektorat: Lektorat Reim
Satz: dp DIGITAL PUBLISHERS GmbH
Druck und Bindung: Books on Demand GmbH, Norderstedt

Kapitel 1

„Darling, ich gebe eine Malstunde." Poppy Dayton war schon am Ausgang, ihre glockenhelle Stimme konkurrierte mit der Türschelle. „Nimmst du bitte die Post an?"

„Werden wieder bloß Rechnungen sein", brummte ihr Barney hinterher. „Aber ich erwarte einen Interessenten für die Defoe-Erstausgabe, drück die Daumen!"

„Mach ich! – Verkauf nicht unter fünftausend!", rief Poppy und warf ihm eine Kusshand zu. Sie eilte die Marylebone High Street hinauf in Richtung Madame Tussauds. Gleich dahinter, am Allsop Place, wartete Liu auf sie, die Tochter aus dem Haus reicher chinesischer Kaufleute, der sie seit einem halben Jahr Zeichenunterricht gab.

Poppy dachte an ihren Laden – „Bromley Books & Art" litt an seiner ausgezeichneten Lage. Die Miete, astronomisch, wie alles in der Londoner City, war gerade wieder erhöht worden. Die Geschäfte liefen eigentlich gut, aber der Internethandel hatte die Preise für antiquarische Bücher einbrechen lassen. Nur für besondere Exemplare ließen sich noch angemessene Erlöse erzielen. Zum Glück hatte Barney eine gute Hand, Einzelstücke von herausragender Provenienz zu ergattern, sein Ruf reichte weit über London hinaus.

Deshalb konnte sich Poppy ab und zu ein Extra leisten: Sie schlug den Kragen ihres Vivienne-Westwood-Mantels nach oben. Der Kauf des exklusiven Teils hatte die Augenbrauen ihres Mannes in die Höhe schnellen lassen, als sie kurz vor Ostern damit auftauchte. Ein

Wintermantel, deshalb war er nun, im Mai, relativ günstig gewesen.

In Wahrheit passte er sehr gut zum Wetter. Kalter Nordwestwind blies die belebte Einkaufsstraße herunter, und die Sonne hatte sich seit Frühlingsanfang eher rar gemacht.

Der Wollmantel in Gingham-Karo, mit dem breiten Gürtel und Revers, stand der eher kleinen, sehr weiblich geformten Poppy ausgezeichnet. Nachdem er den Wintersales-Preis geschluckt hatte, fand ihr Mann das auch, obwohl das Stück nicht ganz seinen Geschmack traf.

„Barnabas Aloysius Dayton …", hatte sie sein Unbehagen kommentiert, „du bist und bleibst konservativ, und ich liebe dich, so wie du bist, in deinem abgewetzten Tweed. Aber ich will mich nicht kleiden wie für eine Fuchsjagd."

Barney, wie sie ihn in weniger kritischen Augenblicken nannte, schien das nicht so stehen lassen zu wollen, besann sich dann aber eines Besseren. Zwei Köpfe größer, schlang er seine langen Arme um sie, hob sie hoch und küsste sie auf den Mund. Nur in ihren Augen ging die Auseinandersetzung weiter: Seine blau, ihre grün, veranstalteten ein spöttisch funkelndes Duell.

In den zehn Jahren ihrer Ehe hatten sie ihre Unterschiedlichkeit immer reizvoll empfunden, nie wurde es langweilig zusammen. Sie war damals fünfundzwanzig und hatte gerade das Kunststudium am Royal College of Art abgeschlossen, als sie ihre Zuneigung für den zwölf Jahre älteren Professor der Kunstgeschichte nicht länger verbergen wollte. Überrumpelt von der wirbeligen Poppy und von seinen eigenen Gefühlen reduzierte er kurz darauf seine Professur auf einen kleinen Lehrauftrag. Sie heirateten und übernahmen das traditionsreiche Geschäft in Marylebone von Peter Bromley, einem alten Freund von Barney. Die Erbschaft ihrer Eltern, die bei einem Autounfall ums Leben gekommen waren, gab Poppy die Mittel dazu.

In dem Laden konnten beide ihre Arbeitsfelder kombinieren: Er das Buchgeschäft und sie die Galerie mit den fein ziselierten Zeichnungen, Skulpturen und Installationen, die ihre künstlerische Arbeit charakterisierten.

Trotzdem kamen sie finanziell immer wieder an ihre Grenzen, und deshalb nahm Poppy gerne die lukrativen Unterrichtsstunden an. Nicht alle ihre Schüler waren talentiert, und Poppy hielt mit dieser Einschätzung nicht hinter dem Berg, was den Kundenkreis gleich wieder einschränkte. Aber die Guten hielten ihr die Treue, und es machte ihr Freude, die Fortschritte zu begleiten. Liu war eine davon. Sie hatte allerdings auch berühmte chinesische Tuschezeichner unter ihren Ahnen.

Heute übten sie Perspektive und Landschaftszeichnen.

„Dazu müssen wir nicht draußen sein, Liu. Schau einfach aus dem Fenster auf die Bäume und Häuser an der Ecke. Das Sprossenfenster nutzen wir als Hilfsraster." Poppy skizzierte erste Anregungen, die Liu dann weiterführte. Plötzlich hielt sie inne. Die Schülerin schien zu merken, dass sie mit ihren Ideen und Umsetzungen die Lehrerin übertrumpfte. Befangen legte sie ihren Aquarellpinsel zur Seite.

„Liu, was ist los? Mach weiter! Es ist normal, dass sich Schüler und Lehrer gegenseitig überholen! Du bist einfach gut!“

„Meinst du? Schaffe ich die Aufnahmeprüfung am Royal College?“

„Das ist noch ein weiter Weg, und dafür musst du intensiv an deiner Mappe arbeiten. Die wollen nicht nur deine hübschen Landschaften sehen, sondern auch Portraits!“

Liu lächelte, legte den Kopf schräg und sah Poppy an. „Darf ich?“

Schüchtern näherte sich ihre kleine Hand Poppys Kinn. Im ersten Moment wollte Poppy zurückzucken, aber dann verstand sie. Sanft, aber bestimmt steuerte Liu Poppys Kopf in Richtung des hohen Fensters. Das dunstgefilterte Londoner Mittagslicht sorgte für eine gleichmäßige Ausleuchtung. Poppy hielt still und sah zu, wie das Mädchen in wenigen energischen Strichen ihr Gesicht auf das Aquarellpapier brachte.

Sie betrachtete das Ergebnis: Die großen Augen, deren leuchtend meergrüne Farbe sie zum dominanten Element machten. Die hohen Wangenknochen, das zarte Kinn und die schmale Nase. Die sinnlichen Lippen, die, leicht geöffnet, den Blick auf die kleine Lücke zwischen den beiden Vorderzähnen zuließ.

Die dunkelbraunen Haare mit dem burgunderroten Schimmer, die bis zur Schulter herabfielen. Und sie vergaß das kleine Muttermal oberhalb ihres rechten Mundwinkels nicht, das Poppys offenem Gesicht eine zusätzliche heitere Note verlieh.

„So wird das was." Poppy nickte beeindruckt. „Darf ich es behalten?" Sie wollte nach dem Bogen greifen, aber Liu war schneller.

„Das kommt in die Mappe!" Sie zwinkerte ihrer Lehrerin zu.

Auf dem Rückweg ging Poppy bei ihrem Lieblingskonditor vorbei. Garry stellte ihr ein Sortiment von Macarons zusammen.

„Willst du deinen Mann überraschen?", fragte er, legte noch ein mit Blattgold geschmücktes Exemplar obenauf und sah dabei verstohlen zu seinem Freund und Geschäftspartner Alex hinüber. Der war in ein Kundengespräch vertieft.

Poppy grinste. Sie wusste, dass er Barney heimlich verehrte, und dass Alex sehr eifersüchtig war. „Ich sag ihm, dass du die Auswahl getroffen hast."

„Lovely!" Garry errötete ein wenig und zupfte an seinem weißen Halstuch. „Kommt bald mal zu uns zur Tea Time. Ich habe eine neue Sorte Earl Gray zusammengestellt – Alex hat sie nach mir benannt, Earl Garry!"

„Das ist sehr süß von ihm!" Sie seufzte. „Ich bespreche es mit Barney. Wir könnten tatsächlich eine Auszeit vertragen, und wenn es nur eine kleine ist. In letzter Zeit sind wir ein bisschen am Kämpfen."

Garry beugte sich zu ihr vor. „Wir auch, ehrlich gesagt. Die Ladenmiete bringt uns um. Ich staune, dass die Kunden unsere hohen Preise ..."

„Das wundert dich? Ihr seid die Besten südlich von Kensington Gardens!"

„Nur südlich?"

„Hochmut kommt vor dem Fall!"

„Dann fallen wir gemeinsam …“

„… immer auf die Füße. Bye!“

„Bye, Poppy, tolle Schuhe, übrigens. Melvin & Hamilton?“

Sie sah zu den rot-weißen Stiefeletten hinunter. „Du hast ein gutes Auge.“

„Vielleicht ein wenig mehr Absatz?“

„Sei nicht so frech!“ Poppy stand zu ihrer Körpergröße. Ein Meter sechzig passte prima zu ihr, fand sie.

Die Pappschachtel mit den Macarons auf einer Hand balancierend, stieß sie die Tür zu „Bromley Books & Art“ auf.

Barney sah hoch. Sie liebte die blauen Augen, den ruhigen, leicht verträumten Blick, der sich unter dem kräftigen Schopf blonder Haare hervorwagte.

Deshalb fiel ihr das Flattern der Lider sofort auf. Auch die Hände mit den schlanken Fingern, die sonst ruhig auf dem Tresen lagen, schienen miteinander zu ringen.

Der Kunde, mit dem er gesprochen hatte, hielt in seinem Satz inne. Er drehte sich zu Poppy um und blickte dann wieder Barney an. Mit den kurzgeschnittenen weißen Haaren und dem dunkelblauen zweireihigen Mantel sah er aus wie ein alter Marineoffizier. Er griff nach dem in braunes Papier eingewickelten Paket vor sich. „Gut, Herr Professor – wir verfahren wie besprochen. Ich gehe davon aus, dass Sie sich an Ihre Zusage halten“, fügte er leise hinzu. Dann verließ er den Laden, Poppy ignorierte er.

Sie schaute ihm hinterher, dann setzte sie die Macarons vor Barney ab. Seine Miene, eben noch ernst und nachdenklich, hellte sich auf.

„Was hast du ihm denn zugesagt, Darling?", fragte sie nonchalant.

„Nichts Besonderes, nur eine Recherche. Ein komischer Kauz. Kommt aus dem Süden, irgendwo bei Land's End, glaube ich."

„Cornwall? Wie herrlich! Das klingt nach Urlaub, da möchte ich auch gern mal wieder hin. Ich mache uns Tee!"

Sie ging nach hinten in die kleine Küche. Barney war bei ihr und sah ihr über die Schulter. „Mhm – Macarons mit goldenen Tupfen? Du warst bei Garry und Alex."

„Garry lässt grüßen – ich soll dich beim nächsten Mal mitbringen!"

„Eine Teepause ist wunderbar. Ich habe gut verkauft! Siebentausend für jede der beiden Defoe-Erstausgaben. Und eben zweitausend für *A general history of the robberies and murders of the most notoriuos pyrates* – von 1731, ebenfalls von Defoe! An den alten Seebären von eben. Ich hatte das Buch erst letzte Woche bei der Auktion in Bristol ersteigert."

„Wow, gratuliere! Dann mache ich die Flasche Champagner auf, die uns Gina zum Hochzeitstag geschenkt hat!"

Poppy und Barney hatten Anfang des Monats ihr Zehnjähriges gefeiert, ein Fest, das beide sehr genossen – bis auf die eine oder andere Bemerkung, wann denn endlich der Nachwuchs käme. Poppy fand nicht unbedingt, dass ihr das fehlte. Sie war sich darin mit Barney einig, der schon immer einen etwas linkischen Umgang mit Kindern hatte.

„Meine Schüler sind meine Kinder", reagierte Poppy auf entsprechende Fragen.

Sie stießen an.

„Das hat wirklich was von Urlaub." Barney verschlang ein rosafarbenes Himbeer-Macaron mit einem Happs. Für das Vergoldete ließ er sich mehr Zeit und ging vom Champagner zum Tee über. „Deine Bemerkung vorhin, mit dem Urlaub, war das ernst gemeint?"

Poppy sah ihn groß an. „Von mir aus auf jeden Fall. Wir arbeiten seit fast einem Jahr durch. Aber du bist ja nicht wegzukriegen von deinen Büchern."

Barney schaute in seine Tasse, in der der grüne chinesische Tee allmählich die Farbe zu braun wechselte. „Lass uns drei Wochen zu machen. Zwischen Ostern und Pfingsten ist sowieso tote Saison. Hast du nicht deine adelige Freundin da unten, irgendwo zwischen Penzance und Falmouth?"

„Du meinst Patricia? Du kennst sie auch, sie hat mit mir zusammen studiert."

Barney spitzte die Lippen und tat so, als ob er angestrengt nachdachte. Er hatte nie wirklich Augen für seine Studentinnen gehabt, Poppy war die große Ausnahme.

„Pat ist seit fünf Jahren mit Bruce zusammen, sie wohnten in einem schönen Loft in der Canary Row. Aber dann hat er den Stammsitz der Familie geerbt, und sie sind da runtergezogen. Wythcombe Manor ist ein kleines Hotel, glaube ich."

„Das passt doch!"

„Das sagst gerade du tiefverwurzelte Stadtpflanze? Wythcombe liegt am Ende der Welt, Felsen vorne, Klippen links und rechts und hinten einige magere Felder, so hat Pat mir das wenigstens beschrieben."

„Klingt nach frischer Luft, nach Erholung und ein bisschen Langeweile." Auf der Straße knallte die Fehlzündung eines vorbeifahrenden Sportwagens. Barney zuckte zusammen und hüstelte. „Können wir alles gut gebrauchen."

„Du versetzt mich immer wieder in Erstaunen, Darling, das liebe ich an dir! Ich rufe Pat gleich an!"

Kapitel 2

Vierzehn Tage später, am Wochenende, fuhren sie los.

Das moosgrüne Morris Minor Cabriolet mit dem beigen Verdeck war Barneys ganzer Stolz. Er hatte den Oldtimer, Jahrgang 1949, während seines Studiums in Oxford bei einer Kneipenwette gewonnen.

Poppy beobachtete beinahe eifersüchtig, wie behutsam, ja zärtlich, Barney das Steuer hielt, die Kupplung trat, die Gänge wechselte, ohne dass es knirschte, um dann wieder langsam Gas zu geben, damit der kleine Motor nicht überfordert wurde.

Da die beiden in der Stadt ihr Auto fast nie benutzten, war so eine Landpartie etwas Besonderes. Vor allem an einem Tag wie diesem, an dem die Wolkendecke aufriss, kaum dass London hinter ihnen lag.

Unterwegs durch die hügelige Landschaft Südenglands hatten sie in einem kleinen Fährhaus am Truro River zu Mittag gegessen und waren jetzt nur noch eine Stunde von ihrem Ziel entfernt.

Barney drückte die breiten Schultern in den Sitz und reckte die Nase in den Wind. Unter geschlossenem Verdeck wäre es für seine ein Meter neunzig eng geworden. Poppy freute sich, dass ihr Mann Spaß am offenen Fahren und der freien Zeit hatte. In den Tagen vor ihrer Abreise war Barney ihr noch abwesender und stiller vorgekommen als sonst.

Ein winziger Aussetzer unterbrach das gleichmäßige Schnurren des Motors. Barney klopfte auf die Tankanzeige mitten im flügelförmigen Armaturenbrett, das an den äußeren Dritteln beige lackiert war, passend zum

Verdeck, und in der Mitte grün wie die Wagenfarbe. Aber jetzt war die Anzeige plötzlich auf Dunkelrot gesprungen.

„Mist, ich habe geträumt und vergessen zu tanken."

„Aber der Zeiger stand eben noch auf halb voll!"

„Du weißt, er bleibt manchmal hängen, und die kurvigen Straßen hier verlangen nach einer Menge Sprit."

Der Motor stotterte erneut, und nach weiteren hundert Metern ließ Barney den Morris am Straßenrand ausrollen. Entschuldigend sah er Poppy an. „Ich habe mich verschätzt ..."

Sie legte den Arm hinter Barneys Kopf, kraulte ihn im Nacken und blinzelte in die Sonne. „Das muss dir nicht leidtun. So ein herrlicher Tag. Ich gebe uns erst mal einen Kaffee aus."

Sie langte hinter sich und förderte eine riesige mit Hibiskusblüten bedruckte Thermoskanne zu Tage. „Garry hat mir Sandwiches mitgegeben. Mortadella, sagte er, die würdest du lieber mögen als Lachs oder Gurke."

Beide versuchten, sich so wenig wie möglich über die Panne zu ärgern und die unfreiwillige Pause zu genießen.

„Nur wenig Verkehr hier", nuschelte Barney mit vollem Mund.

„Das ist mir auch aufgefallen. Angenehm für uns, so am Straßenrand." Poppy schob die Sonnenbrille hoch und ließ die vom Winter blassen Beine aus der offenen Tür baumeln.

„Aber unpraktisch, wenn man weiter will."

Statt der überfüllten A39 hatten sie die ruhige Landstraße genommen, und nun saßen sie irgendwo

zwischen Newbridge und Sparnock fest, ohne Handy-
empfang.

Nach einer Stunde waren nur zwei Lieferwagen an
ihnen vorbeigefahren und ein Porsche inklusive aufge-
takelter Blondine, die immerhin einen abschätzigen
Blick für sie übrighatte. Barney beschloss gerade, nach
Newbridge zurückzulaufen – dort meinte er eine Tank-
stelle gesehen zu haben – als ein Volvo Kombi an ihnen
vorbeifuhr und plötzlich stoppte.

Ein junger Mann stieg aus. Er schüttelte die dichten
schwarzen Locken und kam auf sie zu. „Hey guys, kann
ich euch helfen?“

„Sind Sie Amerikaner?“, entfuhr es Barney.

Poppy stieß ihn in die Seite. „Was spielt das denn jetzt
für eine Rolle?“, zischte sie.

Der Mann lachte und streckte die Hand aus. „Ich bin
Micah, Micah Morgan. Und nein, ich komme von hier.
Aber ich habe zwei Jahre in Kalifornien gelebt und bin
gerade erst wieder zurück.“

„Poppy Dayton – und das ist mein Mann Barnabas.“

Er hatte einen kräftigen Händedruck, warm und trocken, aber nicht zu fest. Fast ein wenig zu rasch zog
Poppy die Hand wieder weg.

„Ihr steht hier bestimmt nicht zum Vergnügen,
oder?“, kam Micah auf seine Frage zurück.

„Das stimmt“, knurrte Barney, „ich hab den Benzin-
verbrauch falsch eingeschätzt.“

„Das nenne ich Glück im Unglück! Mein Volvo ist fast
so alt wie euer Cabrio, nur nicht so hübsch …“

„Finde ich nicht“, meinte Poppy andächtig und erntete einen kritischen Blick von ihrem Mann.

„Der Vorteil ist, dass unsere Kisten beide den gleichen bleihaltigen Sprit schlucken, und davon hab ich immer eine Reserve dabei." Er öffnete knarrend die Heckklappe und kam mit einem ölig glänzenden Kanister zurück. „Von einem amerikanischen Jeep – unschlagbar im Volumen!"

Barney hatte den Tankdeckel abgeschraubt und befüllte vorsichtig den Stutzen. „Wie viel können Sie denn entbehren, Mister?"

„Micah für euch! Schütte nur alles rein, ich hab's nicht mehr weit nach Hause, nach Lizard."

„Lizard? Da wollen wir auch hin. Zumindest in die Nähe, nach Wythcombe Manor."

„Zu Pat? – Pardon, Lady Patricia! Wenn das kein Zufall ist! Sie ist meine neue Chefin. Sie veranstaltet Wanderreisen in ihrem Hotel und hat mich als Führer engagiert!" Seine Züge verdüsterten sich das erste Mal. „Ich bin dankbar für den Job. So leicht ist hier draußen nichts zu finden. Ich bin froh, dass ich noch unsere Fischerkate habe."

„Im Dorf?"

„Nein, ein Stück weg, kurz vor Lizard Point. Ziemlich einsam. Und zu allem Übel wurde in die alte Bude eingebrochen – deshalb treibe ich mich hier herum! Ich musste zur Kriminalpolizei nach Plymouth."

„Ganz schön weit."

Micah zuckte die Achseln. „Nach dem Brexit sparen sie jetzt überall. In Falmouth gibt es nur noch eine normale Polizeistation."

Barney reichte ihm den leeren Kanister zurück und wollte ihm ein paar Pfundnoten in die Hand drücken.

Micah schüttelte den Kopf. „Hier hilft man sich." Er zwinkerte Poppy zu. „Dann sehen wir uns ja bald wieder!"

Die strahlte zurück, bis Barney sie in Richtung Auto schob.

Hinter Falmouth bogen sie nach Süden ab. Die Sonne setzte sich durch, je näher sie der Küste kamen, und eine frische Brise fegte die letzten Dunststreifen vom dunkelblauen Himmel.

„Ich glaube, ich rieche die See!", rief Poppy. „Wenn wir als Kinder in die Ferien fuhren, machten Gwen und ich immer ein Spiel: Wer zuerst das Meer sah, dem gab Papa ein Eis aus."

„Du denkst an deine Familie?", fragte Barney sanft.

Poppy nickte und wischte sich eine Haarsträhne aus der Stirn.

Auch nach zwanzig Jahren überwältigte sie die Erinnerung. Damals kamen nicht nur ihre Eltern ums Leben, sondern auch ihre jüngere Schwester Gwen. Am „Girls Day" wollte Gwen einen Tag bei der Arbeitsstelle der Eltern verbringen, als ein LKW ihnen die Vorfahrt nahm. Erst der Abschluss ihres Studiums und vor allem die Liebe zu Barney hatten Poppy Halt gegeben. Trotzdem hatte sie den Schmerz, plötzlich ohne ihre Familie weiterleben zu müssen, nie verwinden können.

Die Landstraße war wie ein grüner Tunnel mit blauem Dach. „In Rosamunde Pilchers Cornwall fährt man immer über malerische Wege mit Blick aufs Meer", wechselte sie das Thema. „In Wirklichkeit sind die Straßen hier eingezwängt zwischen haushohen Hecken." Haselnuss, Weißdorn, Flieder und Brombeeren schlossen die Lücken zwischen den Bäumen.

Kurz vor Lizard nahmen sie die Abzweigung in Richtung Ruan Minor.

„Ist es das?" Barney bremste und bog in eine schnurgerade kiesbedeckte Auffahrt ein, die in einer großzügigen Parklandschaft mündete.

Über akkurat ausgerichteten Blumenbeeten und Obstspalieren erhoben sich die Mauern einer prachtvollen Residenz. Erst auf den zweiten Blick fielen Zeichen der Vernachlässigung auf. Hinter den Dachrinnen blätterte der Putz, und Moos breitete sich an den schattig gelegenen Teilen der Hauswand aus. Feine Risse zogen sich von den Dachbalken zu den Fenstereinfassungen aus Sandstein.

„Wythcombe Manor!", rief Poppy. „Das elisabethanische Herrenhaus wurde im sechzehnten Jahrhundert gebaut ..."

„... mit fünf Giebeln im holländischen Stil."

„Du kennst deine Kunstgeschichte, Darling. – Da geht's lang, glaube ich." Poppy hatte die kaum erkennbare Parkbucht entdeckt. Gras und Unkraut wucherten durch den Belag.

„Was für ein Brocken, bestimmt nicht leicht zu unterhalten." Barney brachte den Wagen auf dem knirschenden Kies zum Stehen und unterbrach die Zündung. Für einen Augenblick war nur das Singen einer Amsel und das Knistern des Motorblocks zu hören. „Nicht viel los hier."

„Haben wir uns das nicht gewünscht?" Poppy stieg aus und reckte sich, Barney folgte ihr und zog das Gepäck aus dem Kofferraum.

Zwischen kurzgeschnittenen Rosenhecken gingen sie auf den Vorbau in der Mitte des E-förmigen Gebäudes zu. Noch immer war niemand zu sehen.

Poppy zögerte, dann folgte sie Barney durch den Portalbogen.

War der äußere Eindruck eher düster und behäbig, empfing sie hell und leicht die zweistöckige Halle. Durch ein riesiges, vielfältig senkrecht und waagrecht unterteiltes Fenster schien die Nachmittagssonne. Die gelblichen Scheiben tauchten den Raum in ein sanftes Licht. Das milderte die hochherrschaftliche Atmosphäre des Saals mit der raumhohen Kaminstelle, dem in Sandstein gehauenen Wappen darüber und den dunklen Ahnenbildern an den Wänden.

„Der hier sieht aus wie Bruce." Poppy blieb vor einem Gemälde stehen. Es zeigte einen Edelmann in leichter Rüstung, auf sein Schwert gestützt. Das martialische Äußere konkurrierte mit dem weichen Gesichtsausdruck, dem schulterlangen, leicht gewellten Haar und dem gestutzten Bart.

„Oder wie der junge Albrecht Dürer. Sein Selbstportrait …" Barney wurde unterbrochen. „Das ist Lord Terence Wythcombe. Mein ich-weiß-nicht-wie-viel-Urgroßvater und Hofmeister von Königin Elisabeth – der Ersten, natürlich!"

Vom oberen Treppenabsatz kam ihnen ein Mann entgegen. Die Ähnlichkeit war tatsächlich verblüffend, sogar das Haar und der Bart stimmten überein.

„Bruce!" Poppy lief ihm entgegen und beide schlossen sich in die Arme.

Aus der Nähe änderte sich der Eindruck. Das sympathische, leicht spöttische Lächeln, das den sinnlichen

Mund umspielte, blieb, aber die Augen wirkten gestresst.

„Poppy, Barnabas! Wir hatten euch schon früher erwartet."

„Es gab eine kleine Panne. Ein netter junger Mann hat uns geholfen. Morgan hieß er, oder so ähnlich."

„Micah Morgan?" Die Frau, die jetzt auf dem Treppenabsatz erschien, verstärkte den Déja-vu-Effekt. Im gleichen Alter wie ihr Mann, hätten die beiden Geschwister sein können: die gleichen ebenmäßigen Gesichtszüge, nur trug sie das dunkle Haar nicht offen, sondern zu einem Zopf geflochten. Und statt des fliehenden Kinns, das sich bei Bruce unter dem Bart versteckte, war ihres keck nach vorne gestreckt. Auch hier waren es die Augen, die den harmonischen Eindruck störten: gerötet, als ob sie geweint hätte.

Poppy sah nach oben und wunderte sich, dass sie nicht richtig begrüßt wurde, als Pat weiter fragte: „Ihr habt Micah getroffen? Was für ein Zufall. Hat er etwas erzählt?" Sie schaute dabei Bruce an, und Poppy entging der warnende Ausdruck in seinen Augen nicht.

„Nicht viel, nur dass er froh ist, für euch zu arbeiten."

„Das kann er auch sein", meinte Bruce mürrisch. Er fuhr sich über die Stirn, als ob er einen unangenehmen Gedanken loswerden wollte, fing sich aber wieder und ging auf Barney zu. „Kommt erstmal richtig an! Ist der Parkplatz okay? Ich habe gesehen, wie du dein Cabrio unter den Holunderbüschen abgestellt hast. Vergiss nicht, das Verdeck zu schließen, sonst klebt dir der ganze Blütenkram an den Polstern!"

„Mach ich, aber lasst euch erstmal drücken!" Barney, fast zwei Köpfe größer, nahm Pat und Bruce gleich zusammen in die langen Arme.

Bevor Poppy zum Zuge kam, hörte sie noch, wie Bruce Barney leise fragte: „Warum hast du mich gestern nicht angerufen?"

Barney schüttelte leicht den Kopf. Poppy war überrascht. Telefoniert? Warum? Die beiden hatten seit Jahren keinen Kontakt mehr.

Sie sah Barney an, aber da war Pat bei ihr und küsste sie auf beide Wangen.

„Hauptsache, ihr seid da! Poppy, wie lange ist das her? Bruce, zeigst du den beiden ihr Zimmer?" Pat durchquerte die Halle in Richtung der Rezeption. „Ihr müsst mich entschuldigen, meine Geschäftsführerin hat gekündigt, und ich muss telefonieren."

Bruce griff nach den Rollkoffern, aber Barney kam ihm zuvor. „Seid ihr im Stress?"

„Ein bisschen."

„Verzeih mir, wenn ich das sage, aber nach viel Betrieb sieht es nicht aus."

„Wir sind nur ein kleines, privates Hotel, Barney. Heute reisen vier Gäste ab, aber übermorgen kommen zwei Gruppen, dann sind wir gut ausgelastet."

Sie folgten Bruce die breite Treppe hinauf. „Ihr habt die Queen's Chamber im Westflügel."

Er öffnete eine Doppeltür und trat zur Seite. Vor ihnen erstreckte sich ein Saal von einem Schlafzimmer. Schilfgrüne Tapeten gaben den Rahmen, zusammen mit Möbeln aus Rosenholz und Walnuss. Alles führte auf das Bett zu, welches, leicht erhöht auf einem Podest, eine erhabene Position einnahm. Verziert durch Girlanden, Blumen und vergoldete, fein geschnitzte Bänder, wirkte das hohe Kopfteil wie die Tür zu einer anderen Welt.

Aber Poppy hatte keine Augen für diese Pracht. Sie zwinkerte geblendet und packte Barney am Arm. Drei hohe, nach Südwesten gehende Fenster zeigten auf den Park. Eine halbe Meile dahinter lag das Meer, und im Licht der tief stehenden Sonne glitzerte das Weiß der Schaumkronen.

Poppy strahlte, triumphierend sah sie Barney an. „Jetzt möchte ich mein Eis!“

Kapitel 3

Blauregen und Bougainvillea schoben die Äste über der Terrasse zusammen wie die Finger zweier gefalteter Hände. Zu dieser Jahreszeit war ihr Grün noch nicht so dicht und ließ ein Mosaik aus Lichtflecken auf die zwei Frühstücksgäste fallen.

Pat hatte den Tisch mit appetitlich arrangierten Häppchen und Gerichten gedeckt. Deftiger kornischer Schinken, französischer Ziegenkäse, gebratener Hering, verschiedene Marmeladen, Joghurt und Obstsalat besetzten das strahlend weiße Tischtuch bis zum letzten Winkel.

Pat goss ihnen noch Kaffee und Orangensaft ein, dann war sie verschwunden, ohne dass es Poppy gelungen wäre, ein Gespräch mit ihr anzufangen. Barney zuckte die Achseln und konzentrierte sich auf den Teller vor ihm. Poppy sah ihm zu. „Du gibst dem Tag mit deinen zwei *Eggs Benedict* eine solide Grundlage."

Sie nahm eine halbe Gabel voll von ihrem vergleichsweise winzig kleinen Kräuteromelette.

„Nur kein Neid!" Barney grinste und goss reichlich Sauce Hollandaise über die pochierten Eier. „Ich kann es mir leisten."

Poppy seufzte still. Er hatte recht. Bei seiner Größe und der athletischen Konstitution brauchte er sich keine Gedanken zu machen; selbst seine Schwäche für Garrys Macarons hinterließen keinerlei Spuren. Bei ihr war es anders.

Barney schien zu merken, dass er mit seiner Bemerkung danebengegriffen hatte und versuchte hastig,

Boden gut zu machen. „Du siehst wunderbar aus heute Morgen, als ob wir schon eine Woche lang in Urlaub wären!" Er traf damit ihren natürlichen Vorzug: Ein Tag im Cabrio hatte genügt, um die erste Bräune auf Gesicht und Arme zu zaubern.

„Das lässt sich noch ausbauen." Poppy griff nach kurzem Zögern nach einem Croissant.

„Ich freue mich auf unseren ersten Strandspaziergang." Sie belud die Spitze mit Himbeergelee und betrachtete nachdenklich das glitzernde Häufchen. „Dann stören wir auch unsere Gastgeber nicht."

Barney nickte, und beide blickten verstohlen in Richtung Salon. Hinter den halb geöffneten Fensterflügeln konnten sie erkennen, wie Pat und Bruce miteinander redeten. Ihren erregten Gesten nach war es mehr als nur ein ruhiges Gespräch.

Barney lehnte sich zurück. Da sie immer noch allein waren, schien er keine Hemmungen zu haben, eine Schachtel *Senior Service* aus der Weste zu angeln. Mit seinem alten Sturmfeuerzeug zündete er sich eine Zigarette an. Genüsslich erzeugte er Rauchkringel, die von der Meeresbrise fortgetragen wurden.

Hastig wischte er ein paar Aschekrümel von der neuen Hose. Poppy musste schmunzeln. Entsprach die dunkelblaue Weste aus Sommertweed und das Leinenhemd mit Stehkragen noch dem konservativen Muster, war die Baumwollhose in modischem *burnt orange* vergleichsweise kühn. Ausnahmsweise hatte sie die für ihn ausgesucht, und sie hatte sich gefreut, dass er sich das überraschend leicht gefallen ließ.

Mit der Aussicht auf den Strand hatte Poppy für sich die Kombination aus blau-weiß geringeltem Bretagne-

Shirt und ausgewaschenen Jeans gewählt, und jetzt hielt sie nichts mehr auf ihrem Stuhl.

Sie sprang auf, und Barney konnte gerade noch seine Zigarette ausdrücken, da waren sie schon unterwegs auf dem gewundenen Weg in Richtung der Klippen.

Es gab keinen Zaun zwischen dem Anwesen und der zum Meer hin offenen Heidefläche, nur geschickt angeordnete Azaleen und Rhododendron-Büsche erzeugten eine natürliche Abschirmung.

Jenseits davon griff der Wind ungehindert nach ihnen, und das Geräusch der Brandung war deutlich zu hören.

Ein tiefer Einschnitt durchbrach die gerade Felslinie.

Poppy blieb stehen und blinzelte. Auf der heidebewachsenen Ebene war die Vegetation eher eintönig gewesen. Jetzt gerieten sie in eine Farbenflut.

Zwischen Klippen und Strand floss ein weiß, pink und orange funkelnder, fast metallisch anmutender Strom von Mittagsblumen. Sie bedeckten den Boden lückenlos und klammerten sich mit kräftigen Wurzelsträngen in den sandigen Grund.

Ein gewundener Pfad führte zum Strand.

Poppy zog ihre Sneakers aus und lief zur Brandungszone. Die Flut war auf dem Rückzug, so dass die Spaziergänger einen immer breiter werdenden Sandstreifen nutzen konnten.

An einem Felsbrocken, den das Wasser freigegeben hatte, hielt sie an. „Gibst du mir dein Taschenmesser?"

Barney reichte es ihr. Poppy klappte die Klinge auf, die sonst zum Öffnen von Kronkorken da war, und traktierte den Felsen. Triumphierend hielt sie zwei unansehnliche Brocken hoch. „Austern!" Mit dem gleichen Werkzeug knackte sie die Muscheln und hielt sie Barney hin. Der zögerte einen Moment zu lange, und so schlürfte Poppy gleich beide Schalen aus. „Köstlich! Schmeckt nach mehr!"

Sie schielte nach dem Felsen, aber ihr Mann zog sie weiter. Er küsste sie und kräuselte die Nase. „Mir genügt die Ahnung von Meeresfrüchten auf deinen Lippen."

„Oh, mein Poet! Versuch mich mal zu fangen!"

Poppy rannte über den feuchten Sand, Barney ihr dicht auf den Fersen; mit den großen Füßen löschte er ihre zierlichen Spuren aus.

Als sie gegen Mittag zum Manor zurückgingen, kamen sie an einem Transparent vorbei, das zwischen den Wildrosenbüschen aufgespannt war: *HÄNDE WEG VON UNSERER KÜSTE!*

Poppy blieb stehen. „Vorhin war das noch nicht da. Was bedeutet es? Hier steht doch alles unter Naturschutz."

„Das denke ich auch. Vielleicht übereifrige Ökos?"

Poppy sah ihn schräg an. „Es wird bestimmt seinen Grund haben. Ich werde Pat fragen."

Das Haus schien leer zu sein, und das Mittagessen fiel offenbar aus.

Poppy grinste über Barneys missmutigen Ausdruck. „Selbst schuld. Du hättest ja ein paar von meinen Austern nehmen können."

Seine Antwort, ein Magenknurren, ging in lautem Klirren unter. Sie folgten dem Geräusch in Richtung Küche und stießen auf Pat und Bruce, die zwischen Glassplittern in Grün- und Blautönen standen.

„Die Lalique-Vase! Die hätten wir gut verkaufen können!", brüllte Bruce. Pat schien noch wütender zu sein, denn sie trampelte auch noch auf den Scherben herum.

Poppy blieb in sicherer Entfernung stehen. „Was ist denn hier los?"

Die beiden fuhren herum und starrten sie an.

„Ihr seid schon da?" fragte Pat.

„Wir hatten Hunger", brummte Barney und Poppy stieß ihn in die Seite.

„Entschuldigt bitte." Pat schien sich zu fangen. Wortlos holte Bruce ein Kehrblech und sammelte das Glas auf. „Das ist mehr als peinlich."

Poppy sah, wie ihr eine Träne die Wange herunterrollte und war in zwei Schritten bei ihr. „Was ist denn los? Können wir euch helfen?"

Bruce schüttelte den Kopf und brachte die Scherben hinaus, Pat blickte mit geballten Fäusten hinterher. Poppy schob sie auf einen Stuhl, was sie sich widerstandslos gefallen ließ. Sie versuchte jetzt nicht mehr, ihre Tränen zu verbergen, und griff nach Poppys Hand.

„Ich weiß nicht mehr weiter. Euch ist gestern ja sofort aufgefallen, dass wir leer sind. Ich musste meiner Geschäftsführerin kündigen, nicht sie hat gekündigt." Sie starrte auf den Boden, atmete tief durch und sah dann Poppy direkt an. „Das Hotel steht kurz vor der Pleite."

„So schlimm?"

„Die meisten Gäste kommen nur aus dem Inland. Es gibt viel zu viele kleine Hotels an der Küste, und fast allen geht es genauso wie uns." Pat wischte sich über die Augen.

„Deshalb musstet ihr ans Tafelsilber gehen?"

Überrascht blickte sie Poppy an. „Wie kommst du darauf?"

„Im Salon ist mir ein heller Fleck auf der Seidentapete aufgefallen, und im Garten gibt es ein paar Marmorsockel mit runden Aussparungen im Moos."

„Dir entgeht wirklich nichts, Poppy." Pat seufzte. „Und Barney hatte auch schon eine Ahnung davon bekommen."

Poppy zog die Augenbrauen hoch. Barney zuckte mit den Schultern. „Bruce bat mich, ein paar der antiken Bücher aus der Bibliothek zu verkaufen. Aber er hat mich schwören lassen, nichts zu verraten."

„Schluss mit der Geheimnistuerei! Wir sind doch Freunde. Ihr seid allein und könnt euch unmöglich um alles kümmern. Ich frage dich nochmal: Können wir euch irgendwie unterstützen?"

Pat richtete sich auf und straffte die Schultern. „Das ist lieb von dir, Poppy. Wir brauchen tatsächlich Hilfe. Ich habe nur Angst, euch euren wohlverdienten Urlaub zu verderben."

„Papperlapapp! Bloß den Strand auf und ab zu gehen, ist langweilig. Und die ganze Zeit im Liegestuhl, wie sollen wir dann die Pfunde der wunderbaren Schlossküche wieder loswerden?"

„Ich habe heute eher abgenommen", ließ sich Barney vernehmen, und bevor Poppy einschreiten konnte, sprang Pat auf und lief zum Kühlschrank.

„Bitte verzeiht mir, ihr müsst ja sterben vor Hunger. Ich habe noch französische Gänseleber, da mach ich ein paar Toasts!"

„Meine Austern wollte er nicht."

Zum ersten Mal lächelte Pat. „Von den Felsen? Ich war ewig nicht mehr da unten. Ich hab auch noch Radieschen aus dem Garten und frische Butter.“ Rasch kreierte sie einen Imbiss und stellte Obst, Käse und eine Karaffe mit Rosé dazu. Sie setzte sich zu den beiden, rührte aber selbst nichts an.

„Zu deinem Angebot, Poppy. Vielleicht nehme ich es an.“

„Nur zu!“ Poppy positionierte eine Flocke salziger Butter auf ihrem Radieschen.

„Es gibt keine Angestellten, weil ich sie nicht bezahlen kann. Ich habe nur den Wanderführer. Ich selbst kann nicht weg, weil im Hotel so viel zu tun ist. Denn eigentlich geht es gerade aufwärts. Ab morgen haben wir zwei Gruppen im Haus. Eine Art Heimatverein hier aus der Gegend. Vormittags kommt aber eine Gruppe Ausländer an. Deutsche! Die sind wichtig für uns. Wenn sie so regelmäßig kommen wie früher, können wir wieder etwas optimistischer sein.“

„Na also! Dann lass uns gleich die Ankunft vorbereiten!“

„Das wäre wunderbar!“ Pat strahlte jetzt. „Ich muss auch noch den neuen Guide in das Programm einweisen.“

„Micah? Den kannst du gerne mir überlassen.“ Poppy lachte und registrierte befriedigt, wie Barney sich an einem Stückchen Toast verschluckte und hustete.

„Seine Fischerkate scheint inzwischen halbwegs bewohnbar zu sein, jedenfalls ist er meistens dort. Nachdem er aus den USA zurückkam, hat er eine Weile hier im Kutscherhaus gewohnt.

Dafür hat er mir versprochen, die Gruppen anzuleiten, bis ich mir wieder einen professionellen Führer leisten kann."

„Nimm mich einfach mit in dein Büro und zeig mir die Unterlagen." Poppy stand auf.

Barney tat es ihr nach. „Ich sehe mal nach Bruce."

Poppy zwinkerte ihm dankbar zu.

Pat schnaubte sich geräuschvoll die Nase. „Euch schickt der Himmel."

Kapitel 4

„Im Management braucht ihr vielleicht Hilfe, aber in der Küche seid ihr unübertroffen!"

Barney nahm den letzten Rest Rotweinsauce mit einem Stückchen Weißbrot auf.

Pat und Bruce hatten ihren Streit beigelegt und zusammen ein opulentes Abendmenü kreiert: Hummerconsommé, kornischer Schinken in Petersiliengelee und Boeuf Bourguignon.

Mit seligem Ausdruck nippte Barney am Portwein, den er sich statt eines Desserts gewünscht hatte. Bruce stieß mit ihm an. „Pat hat mir erzählt, wie schnell ihr ein Gefühl für unsere Situation bekommen habt." Er prostete auch Poppy zu. „Und das Büro sieht schon ganz anders aus, nachdem du zwei Stunden drin warst."

Poppy lachte. „Eigentlich wollte ich immer nur Künstlerin sein, aber ich manage für mein Leben gern."

„Und wenn ich an unseren eigenen Laden denke, viel besser als so ein verschrobener Professor wie ich", brachte Barney einen Toast auf sie aus.

„Ich bin auch nicht gerade der Macher, im Gegensatz zu meinen Vorfahren", stellte Bruce fest. „Das waren herausragende Führer, die Reichtum und Landbesitz mehrten."

„Und dabei über Leichen gingen", ergänzte Pat mit rollenden Augen. „Sogar ein Vorfahre von Micah musste dran glauben. Caedmon Morgan verwaltete für die Wythcombes ihren Grundbesitz und fiel in Ungnade ..."

„Das ist dreihundert Jahre her", unterbrach Bruce seine Frau. „Aber du hast recht, Pat. Das sind nicht gerade Vorbilder für eine moderne Betriebsführung."

Dabei sah er Barney an. Der wechselte das Thema, indem er Bruce zu einer Zigarre auf die Terrasse einlud.

Poppy kam aus dem Bad. Barney hatte sich auf die Seite gedreht. Das Schlafzimmer lag im Dunkeln.

Energisch zog sie die geschlossenen Vorhänge zurück. Mondlicht flutete den Raum.

„Ich will das Glitzern auf den Wellen sehen", stellte sie klar, „und zwar von meinem Bett aus!"

Sie schlüpfte zu Barney unter die Decke und kitzelte ihn. „Aber zuerst werden wir dieses stille royale Gemach mit bürgerlicher Liebe beleben. Und morgen erzählst du mir, was die vielsagenden Blicke zwischen dir und Bruce bedeuten!" Sie freute sich, als Barney alle Anzeichen von Schläfrigkeit ablegte und seine Arme um sie schlang.

Poppy schlief unruhig. Die Ereignisse des ersten Ferientags, das Rauschen der Brandung, der salzige Geschmack von Barneys Haut auf ihren Lippen, das alles ließ sie zwischen Traum und Wachen hin und her pendeln.

Als der Mann neben ihrem Bett auftauchte, raffte sie erschrocken das Nachthemd zusammen, das Barney ihr abgestreift hatte.

„Mylady, verzeihen Sie, ich schaue weg."

„Sind Sie etwa …"

„Ein Gespenst? Nein!" Er kicherte. „Oder glauben Sie an Geister?"

„Natürlich nicht, aber wie kommen Sie …"

„In Ihr Zimmer? Da bin ich gar nicht. Ich bin in Ihrem Kopf, Madame.“

„Ein Traum?“

„Wenn Sie so wollen. Sie haben von mir gehört, vorhin, beim Abendessen.“

„Caedmon?“

„Derselbe.“ Es folgte eine vollendet höfische Verbeugung. „Caedmon Morgan, Chamberlain des Hauses Wythcombe, im Jahre des Herrn Siebzehnhundertzwanzig – zu Ihren Diensten, Mylady.“ Er richtete sich auf und rückte seine weiß gepuderte Perücke zurecht. „Nein, ich fürchte, es ist andersherum. Ich bin es, der Sie um einen Gefallen bitten muss.“

Bestürzt sah Poppy, wie aus den ausdrucksvollen Augen Tränen über die eingefallenen Wangen liefen und sich zitternd am Kinn sammelten.

„Wie soll ich einem Traum einen Gefallen tun?“

Caedmon schenkte ihr ein verhangenes Lächeln. „Ihr stellt die richtigen Fragen, Mylady, das muss ich sagen. Aber die Dinge sind etwas komplizierter.“ Er kam näher und schien den ganzen Raum über dem Himmelbett auszufüllen. Poppy zog die Bettdecke bis zum Kinn hoch.

„Ich wollte immer nur das Beste für die Wythcombes. Aber sie haben es mir böse vergolten und ich kann keine Erlösung finden. Es sei denn, Sie helfen mir dabei, die Dinge zu richten.“

Caedmon wich ein Stück zurück, und Poppy entspannte sich.

Seltsame Träume waren bei ihr keine Seltenheit, und sie hatte die Erfahrung gemacht, dass sie durchaus steuerbar waren. Dieser Traum machte sie neugierig.

„Sehen wir uns jetzt öfter?“

„Vernehme ich da ein wenig Koketterie?“ Caedmon zupfte an seinem Halstuch. „Nur, wenn Sie es wollen und mich in Ihre Träume lassen … Ich entdecke in Ihnen eine verwandte Seele, sonst könnte ich gar nicht zu Ihnen vorstoßen. Und es gibt noch jemanden davon.“

„Micah?“

„Ihren Scharfsinn werden wir wahrhaftig noch gut gebrauchen können. In der Tat ist mein Nachfahre in die Sache involviert. Er ist sogar der Schlüssel. Nur will er sich nicht ins Schloss stecken lassen, wenn ich so sagen darf. Er ist störrisch wie seine Vorfahren, aber ich versuche, ihn zu überzeugen. Das wird ein wenig dauern, und wenn nicht – dann darf ich wieder bei Ihnen vorsprechen, Mylady?“

„Ich bin gespannt.“

„Auf was bis du gespannt, Poppy?“

Sie schlug die Augen auf. Statt Caedmons Perücke war Barneys zerzauster Kopf über sie gebeugt. „Du hast im Schlaf gesprochen“, stellte er gelassen fest. Er kannte die Angewohnheit seiner Frau. „Wer war es denn diesmal?“

Poppy blinzelte schlaftrunken. „Ein charmanter Edelmann.“

Sie schloss die Augen wieder und versuchte vergeblich, in den Traum zurückzufinden.

Beim Frühstück schilderte Poppy ihre nächtliche Begegnung.

„Und ich habe sie bei ihrem Rendezvous gestört!“, stöhnte Barney übertrieben zerknirscht.

„Wir haben gestern Abend wohl zu viele Schauerge-
schichten erzählt“, sagte Pat, und Bruce meinte nur:
„Das Boeuf Bourguignon kann einem schwer im Magen
liegen.“

Poppy schwieg. Sie hatte schon ähnliche Träume gehabt, in denen jemand versuchte, sie in sein Schicksal
zu verwickeln. Deshalb wäre sie nicht überrascht,
wenn Caedmon erneut auftauchen würde. Und dann
war da noch Micah, dachte sie und häufte genüsslich
Orangenmarmelade und Clotted Cream auf ihr Scone.

Als ob Pat ihre Gedanken gelesen hätte, sah sie auf die
Uhr. „Gleich kommt unser neuer Wanderführer. Führst
du ihn in den Routenplan für die Woche ein?“

Poppy nickte eifrig.

„Dann bin ich ja überflüssig.“ Barney zog die Mundwinkel nach unten.

Poppy grinste. „Wer schmollt, kann nicht küssen.“

Barney tat es trotzdem und stand auf. „Ich bin in der
Bibliothek. Ich habe einen Atlas von der Region hier
entdeckt.“

„Gestern hing ein Transparent über der Steilküste,
Hände weg oder so ähnlich“, sagte Poppy. „Was soll das
denn bedeuten?“

Bruce zuckte zusammen. „Das sind irgendwelche
Spinner“, wiegelte er ab. Pat stand hastig auf und sta-
pelte lautstark das Geschirr auf ein Tablett.

Poppy sah die beiden stirnrunzelnd an. Als nichts
kam, sagte sie: „Irgendwie treffe ich heute nicht die
richtigen Themen.“

Von der Halle her läutete die kleine Glocke an der Rezeption.

„Das ist Micah!" Poppy lief los, froh, der Frühstücks-
runde entronnen zu sein.

Sie bat ihn, ihr gegenüber im Büro Platz zu nehmen.
Zügig gingen Poppy und Micah die Anmeldungen der
deutschen Gäste durch, in denen auch bisherige Wan-
dererfahrungen vermerkt waren. Im nächsten Schritt
stellten sie aus verschiedenen Karten und Wegbe-
schreibungen die passenden Routen zusammen.

Die Begegnung auf der Landstraße war nur flüchtig
gewesen; deshalb freute sich Poppy umso mehr, wie
vertraut und leicht ihr Umgang miteinander war und
wie schnell sie bei der Arbeit auf den Punkt kamen.

„Zwei davon scheinen echte Lauffreaks zu sein." Micah deutete auf ein Ehepaar aus Hamburg. „Ich bin gespannt, ob ich mit denen mithalten kann. Aber es gibt
auch Anfänger."

Poppy betrachtete ein Aquarell, das über dem
Schreibtisch hing. Es zeigte die Bucht von St. Yves, blaugrünes Wasser mit bunten Fischerbooten darauf. „Du
musst bloß ein paar schöne Pausen einbauen, am besten am Meer."

Micah fuhr sich durch die Locken. In den braunen
Augen blitzte es. „Du liebst das Meer auch?" fragte er
und legte die Hand auf ihre.

Das geht aber schnell, dachte Poppy. Aber es fühlte
sich gut an, freundschaftlich und ein klein wenig pri-
ckelnd, und so gab sie dem Impuls, sie zurückzuziehen,
nicht nach.

„Sehr sogar." Sie machte eine Pause. „Es erinnert mich
an meine Kindheit, an sorgenfreie Ferien mit meiner
Schwester und meinen Eltern."

„Leben sie nicht mehr?"

„Wie kommst du darauf?“

„Deine Augen sahen traurig aus, als du das sagtest.“

„Stimmt. Ein Autounfall.“

„Das tut mir leid.“ Jetzt war er es, der die Hand wegzog. „Ich weiß, wie du dich fühlst. Meine Eltern sind lange tot. Die Morgans gehören zu den alten Familien hier. Aber mein Ast ist fast ausgestorben. Ich bin der letzte der Morgans vom Lizard Point.“

„Jetzt schaust du aber traurig.“

„Egal. Was zählt, ist das Hier und Heute.“ Seine Stimmung hellte sich wieder auf. „Als Pat mir gesagt hat, dass du meine Vorgesetzte bist, fand ich das super!“

Poppy gähnte plötzlich herzhaft, und Micah sah sie überrascht an. „Langweile ich dich?“

Sie schüttelte den Kopf. „Entschuldige, nein, im Gegenteil. Ich habe nur etwas unruhig geschlafen.“

„Verstehe. Lag es bei dir an der Matratze? Als ich hier war, habe ich mich auch oft im Bett gewälzt, weil die Dinger so durchgelegen sind.“

„Stimmt, da könnte investiert werden.“ Sie zögerte. „Nein, bei mir hatte es einen anderen Grund.“ Sollte sie ihm von ihrem Traum erzählen? Klang das nicht zu verrückt? Sein Urahn auf ihrer Bettkante?

Die Nähe, die sie zu ihm fühlte, ließ sie sich ein Herz fassen. Sie betrachtete Micah und lächelte. „Die gleichen braunen Augen ... Sagt dir der Name Caedmon etwas?“

„Mein Vorfahre?“

„Er scheint gerne in den Traumwelten anderer Leute herumzuspazieren“, formulierte Poppy behutsam und wartete ab, wie er reagieren würde.

Micah ließ die Landkarte sinken. „Poppy, jetzt verblüffst du mich wirklich."

Er sah sich um, als ob er sich davon überzeugen wollte, dass keiner mithörte. „Jedenfalls verliert der alte Knabe keine Zeit. Bei mir war er gestern Nacht auch. Er war bester Laune und sprach von einer hübschen Lady, die er gerade besucht habe. Die bereit wäre, ihn zu unterstützen, wenn ich weiter so stur bliebe. Wenn ich geahnt hätte, dass du es bist ..." Er stockte. „Das Ganze ist mir ebenso peinlich wie lächerlich."

„Das muss es nicht sein." Poppy grinste. „Du denkst wenigstens nicht, dass ich ein komisches Mädchen mit Verdauungsstörung bin, wie Pat und Bruce vorhin." Sie wurde wieder ernst. „Caedmon fabulierte etwas von Seelenverwandtschaft."

„Ein netter Begriff. Keine Ahnung, wie er es schafft, sich in unsere Träume zu stehlen. Bisher dachte ich, das sei auf unsere Familie beschränkt. Nicht alle fanden das lustig. Meine Mutter stürzte es in regelrechte Depressionen. Hat er dich erschreckt?"

„Nein, bloß überrascht. Träume sind spannend. Aber es stimmt. Nicht immer gehen sie gut aus."

Sie dachte an nächtliche Begegnungen mit ihrer jüngeren Schwester. Auch mit ihr führte sie im Traum Zwiegespräche. Meist waren es friedliche Begegnungen, aber manchmal endeten sie in dem unbeschreiblichen Schmerz des Autounfalls.

„Was wollte Caedmon von dir?" fragte Micah.

„Er sprach von einem Fluch. Aber leider hat Barney mich geweckt, bevor er richtig loslegen konnte. Was meinte er denn damit?"

„Die Wythcombes waren schon immer etwas chaotisch. Männer wie Caedmon haben über Generationen Haus und Hof zusammengehalten. Aber Caedmon ging zu weit. Er hat einen Deal um Grund und Boden verhindert, der das Machtgleichgewicht hier in der Region aus den Fugen gebracht hätte.“

„Das ist doch gut.“

„Die Wythcombes sahen das anders. Sie warfen ihn in den Kerker, und er starb kurz darauf.“

„Wie furchtbar. Aber was können wir jetzt noch für ihn tun?“

Micah lächelte. „Ich merke, du willst ihm wirklich helfen, das ist lieb von dir. Aber ich rate dir, lass dich nicht darauf ein.“ Er seufzte. „Es geht um eine Bodenurkunde, die Caedmon damals verschwinden ließ. Wenn sie wieder auftaucht, wäre er erlöst. Aber dann entstünden neue Begehrlichkeiten. Es geht um ein besonders schönes Stück Land, direkt an der Küste.“

„Die Öffentlichkeit scheint auch aufmerksam geworden zu sein. Wir haben das Transparent gesehen, über dem Strand.“

„Das sind Umweltschützer aus Falmouth, sie wehren sich. Aber es ist kompliziert.“

„Das sagte Caedmon auch.“

Micah stöhnte. „Ehrlich gesagt, wäre ich froh, wenn Caedmon mich mit der Sache in Ruhe ließe und dich auch. Wenn ich ihn das nächste Mal treffe, sage ich ihm das. Du hast Urlaub und brauchst deinen Schlaf. Da ist kein Platz für alte Männer und ihre Heimsuchungen.“ Er sah auf die Uhr und griff wieder nach der Karte. „Lass uns jetzt mit der Routenplanung weitermachen. Ich muss wieder auf die Baustelle in meiner Wohnung.“

Am Nachmittag traf die Wandergruppe ein. Poppy wartete draußen auf sie. Sie war ein wenig nervös, fühlte sich aber gut vorbereitet. Sie legte sich sogar ein paar Sätze auf Deutsch zurecht. Während ihres Studiums hatte sie ein Semester an der Kunstakademie in Düsseldorf verbracht und musste ihre Sprachkenntnisse nur ein wenig aufpolieren.

Der Minibus mit der Aufschrift *Bristol Airport* bremste vor dem Portal. Poppy trat aus der Staubwolke hervor. Sie atmete tief ein und hustete. Der Fahrer öffnete die Schiebetür, und sieben Personen stiegen aus.

„Willkommen!", begrüßte sie Poppy. „Folgen Sie mir bitte zur Rezeption. Ich bin Mrs Dayton. Lord und Lady Wythcombe werden Sie später noch persönlich begrüßen."

„Ein echter Lord?", kiekste eine zierliche junge Frau mit langen blonden Locken und bekam von ihrer Begleiterin einen Stoß in die Rippen. Sie war hochgewachsen, die kurzen dunklen Haare betonten die mit Ringen und Piercings behängten Ohren. „Ich weiß, du bist die Herrin", reagierte die Kleinere halblaut.

Ein Mann mittleren Alters im karierten Hemd und einer beigen Windjacke sagte zu der Frau im Partnerlook neben ihm: „Hochadel? Du hast mir legere Wanderferien versprochen."

„Wir sind in England und nicht im Sauerland, mein Schatz!"

„Sag nichts gegen das Sauerland. Das Essen ..."

„Lady Patricia steht hier selbst in der Küche", schritt Poppy ein. „Lassen Sie sich überraschen!"

„Und wir sind überrascht, dass Sie so gut Deutsch sprechen", kam es auf Englisch zurück. Der Versuch, galant zu sein, klang etwas hölzern, was vielleicht an dem starken deutschen Akzent lag. Trotzdem lobte Poppy den Herrn in der Windjacke. „Vielen Dank! Aber Ihr Englisch ist mindestens genauso gut. Damit werden Sie beim Bier in unseren Pubs großen Erfolg haben!"

Die Gruppe ließ sich in Richtung Rezeption dirigieren, und Poppy verteilte die Schlüssel. „Die Honeymoon-Suite für Herrn Bäcker und Frau."

Die Angesprochenen, die sich bisher im Hintergrund gehalten hatten, schienen nur widerwillig ihre Umarmung zu lösen. Die kräftige Brünette sah zu dem Mann mit dem roten Kopf und Bürstenhaarschnitt hoch. „Honeymoon? Soll das ein Antrag sein? Wie süß von dir!"

Beide verschlungen sich wieder ineinander, bis Poppy mit dem altmodischen Schlüsselbund klimperte.

Er guckte betont schuldbewusst. „Entschuldigen Sie bitte", sagte er augenzwinkernd. „Wir sind noch gar nicht verheiratet."

„Das kann ja noch werden, Herr Bäcker. Würden Sie sich bitte hier eintragen?"

Allmählich leerte sich die Rezeption. Ein Schlüssel lag noch auf dem Tresen.

Poppy sah sich suchend in der Halle um. An der Stirnseite des langen Eichentisches, fast verdeckt durch die Vase mit den weißen Lilien in der Mitte, saß eine Frau. Als sich ihre Blicke trafen, stand sie auf.

Sofort war Poppy gefangen. Ihre Größe und der athletische Körperbau, ihre fließenden, aber beherrschten Bewegungen und die stolze Haltung des Kopfes imponierten ihr. Poppy schätzte sie auf Anfang vierzig, aber ihre schönen, leicht schräg gestellten Augen und der blonde Pony ließen sie jünger wirken und machten sie sehr attraktiv.

„Frau Andersen?"

„Brigid Andersen. Sie können Brigid zu mir sagen." Sie sprach hervorragendes Englisch mit einem schwer definierbaren Akzent.

„Gerne! Ich bin Poppy." Sie gab ihr die Schlüssel in die Hand, und augenblicklich legte Brigid die langen schmalen Finger darüber.

„Der Kleine ist für die Haustür, nach 22 Uhr abends, und der Große ist für das Zimmer. Es ist im ersten Stock, gleich das erste links. Sie sind keine Deutsche, oder?"

„Danke. Ich bin in Schweden geboren", sagte sie und ging die Treppe hinauf. Poppy sah ihr hinterher. Für Plaudereien schien Brigid nichts übrig zu haben. Überraschend blieb sie auf dem Treppenabsatz stehen und drehte sich nochmal um. „Sehen wir unseren Wanderführer Micah heute noch?"

„Ja. Aber woher kennen Sie …?"

Brigid nickte nur, dann war sie verschwunden.

Das Willkommensdinner fand für alle gemeinsam am großen Tisch in der Halle statt. Brigid saß an der Stirnseite. *Das passt zu einer Alleinreisenden*, dachte Poppy.

Es war auch der Platz, von dem man den Eingang am besten im Auge behalten konnte.

Sie hatte das Essen kaum angerührt, und Poppy wollte gerade ihren Teller abräumen, als Brigid zusammenzuckte. Micah war hereingekommen und winkte fröhlich in die Runde.

„Guten Appetit! Lasst euch nicht stören. Ich bin Micah Morgan, euer Wanderführer. Den Kaffee bekommt ihr nachher im Salon. Da warte ich auf euch, und wir sprechen über unsere erste Tour morgen.“

Er durchquerte die Halle und zog dabei alle Blicke auf sich. Poppy, die hinter Brigid gestanden hatte, entging nicht, dass Micahs Blick an ihr hängen blieb. Sie schien diesen Augenblick gesucht zu haben und hob leicht die Hand. Er nickte, freundlich, aber nicht besonders engagiert.

Mit beleidigter Miene knüllte Brigid ihre Serviette zusammen und warf sie auf den Teller in Poppys Hand.

Im Salon begann Micah mit einer Vorstellungsrunde; Poppy gesellte sich dazu.

„… und erzählt bitte, was ihr von dieser Woche erwartet.“

„Ich bin Lara und das ist Annette“, erklärte die Frau mit den gepiercten Ohren. „Aus Dortmund. Ich bin beruflich ziemlich gestresst und freue mich auf viel Bewegung an frischer Luft. Aber ich bitte um Rücksicht auf die Teilnehmerinnen mit kürzeren Beinen.“ Sie sah auf ihre Freundin hinunter.

Der Rest der Gruppe schaute etwas betreten.

Annette ließ sich nicht provozieren. „Danke für das Kompliment.“ Sie zupfte an ihrem weißen Leinenrock. „Macht euch keine Sorgen um mich.“

Das Paar im Partnerlook übernahm. „Klaus und Susanne aus Hamburg. Wir brauchen noch hundert Kilometer für unser Abzeichen. Meine Frau …“ – „… kann für sich sprechen, danke.“ Susanne deutete auf die Karte zwischen ihnen.

„Dürfen wir auch zwischendurch Schwimmen gehen?" – „Susi, dann schaffen wir die Strecke nicht!"

„Nur kein Stress." Micah lachte. „Beides geht. Ihr bestimmt den Rhythmus. Wir wandern entlang der schönsten Küste der Welt. An den herrlichen Stränden werden wir nicht einfach vorbeigehen. Für Anfang Juni ist es warm, und das Wasser hat mindestens sechzehn Grad."

„Lars und Janina. Wir sind aus Köln." Der Mann mit dem Bürstenhaarschnitt hatte den Arm wieder um die Schultern seiner Partnerin gelegt, die sich eng an ihn schmiegte. „Klingt gut. Aber vielleicht machen wir zwischendurch einen Tag Wanderpause."

Janina wurde rot. „Wir kennen uns noch nicht so lange."

„Klar, auch das ist möglich. Alle sollen sich wohl fühlen. – Jetzt fehlt noch ..."

Poppy räumte die Kaffeetassen ab. „Brigid ist nach draußen gegangen. Sie sagte, sie bräuchte frische Luft."

Micahs Blick überraschte Poppy. „Bist du genervt?", fragte sie leise.

„Nein, nur etwas erschöpft. Ich hatte Ärger mit den Bauarbeitern."

Er ging in Richtung Terrasse. „Morgen früh um sieben Uhr dreißig geht's los. Es soll heiß werden, deshalb starten wir lieber etwas früher."

An seinem sachlichen Ton spürte Poppy, dass sie zum Thema Brigid nichts weiter von ihm erfahren würde. Aber eines wollte sie noch von ihm wissen: „Wenn mich Caedmon heute Nacht wieder besucht, auf was muss ich mich gefasst machen?"

Micah runzelte die Stirn. „Falls ich vor dir einschlafen sollte und ihn sehe, sage ich ihm, er soll dich aus dem Spiel lassen.“

Nach ihrem ersten „Arbeitstag“ war Poppy so müde, dass sie um zehn Uhr im Bett war und durchschlief.

Barney weckte sie am nächsten Morgen mit einem Kuss und stellte ihr eine Tasse Tee auf den Nachttisch. „Na, hast du wieder von deinem Edelmann geträumt?“

„Lieb von dir!“ Sie griff nach der Tasse, dann hielt sie inne. „Nein, diesmal nicht.“

Sie wunderte sich, wie enttäuscht sie darüber war.

Kapitel 5

„Das sind doch alles nette Leute." Pat köpfte schwungvoll ihr Ei.

Wieder frühstückten sie zu viert auf der Terrasse. Poppy stellte fest, dass die Gesichter ihrer Gastgeber heute wesentlich entspannter wirkten.

Bruce nickte. „Sie sprechen sogar passables Englisch. Und meine Küche scheint ihnen zu schmecken."

„Es gab keine Klagen beim Willkommensdinner. Seezunge, Bärlauch und grüner Spargel sind auch eine klasse Kombination."

„Danke, Poppy. Wie findest du knusprige Ente und grünes Curry heute Abend?"

„Vietnamesisch? Wunderbar. Da werden sich wieder alle einig sein in ihrem Lob."

„Aber sonst sind die sich nicht so einig, oder?"

Poppy lachte. „Das stimmt, Pat. Ein frischverliebtes Paar, bei dem er sich lieber mit ihr in die Büsche schlagen würde, als stundenlang wandern zu gehen. Ein nicht so frisches Paar aus Hamburg, das sich ständig streitet. Zwei Freundinnen, die eine dominant, die andere zickig. Und eine alleinreisende Frau, sympathisch und ein wenig mysteriös."

„Deutsche!", rief Bruce. „Die waren immer reiselustig. Jetzt kommen sie eher zu uns als unsere eigenen Landsleute."

Poppy freute sich über die neue Stimmung. „Warte, ab heute Nachmittag haben wir waschechte kornische Küstenbewohner im Haus."

„Dann sind wir komplett.“ Pat strahlte. „Eine Haushaltshilfe für Zimmer und Küche hat sich gemeldet. Morgen wird alles leichter sein: Barney, dann gebe ich meiner Managerin frei, und du hast Poppy wieder!“

Als Barney nicht reagierte, stieß Poppy ihn in die Seite. „Hörst du überhaupt zu?“

Barney sah nach Westen, wo sich vor Lizard Point graue Wolken auftürmten. Ihr fiel auf, dass er während des Frühstücks sehr schweigsam gewesen war.

„Was? Na klar. Prima, aber heute haben wir noch nichts, oder? Ich gehe zum Strand runter. In einer Karte aus dem 17. Jahrhundert ist ein Schiffswrack eingezeichnet, zwei Kilometer von hier, in der Frenchman’s Cove.“ Er stand auf. „Ich hole nur noch meine Regenjacke, mittags soll es gewittern.“

Poppy fand sein Verhalten eigenartig und wollte noch etwas sagen, aber Pat lenkte sie ab. „Und wir beide machen die Zimmerverteilung für die Botaniker.“

Poppy studierte gerade den Belegungsplan, als sie die Eingangstür ins Schloss fallen hörte. Sie blickte vom Schreibtisch auf und war überrascht, als sie Barney über den Hof eilen sah.

Zum Meer geht es eigentlich vorne raus, dachte sie und wunderte sich noch mehr, als sie den Anlasser des Morris hörte und Barney kurz darauf in Richtung Falmouth fuhr.

Punkt drei Uhr nachmittags, Poppy kaute gerade an einem Gurkensandwich, fuhren zwei Autos auf den Hof, die gegensätzlicher nicht hätten sein können: Ein nagelneues Jaguar Cabriolet in British Racing Green und ein mindestens fünfzig Jahre alter grauer Land Rover.

Aus dem Sportwagen stieg ein Baum von einem Mann in einer zur Autofarbe passenden Steppjacke. Er zog sich die Lederkappe vom Kopf und schüttelte die dichten weißen Haare. Aus dem Land Rover kletterten vier Männer, wie der erste zwischen sechzig und siebzig Jahre alt. Sie griffen nach ihrem Gepäck, altmodischen braunen Lederkoffern, und gingen auf das Portal zu. Nur der Sportwagenfahrer zog einen modernen Rollkoffer über den Kies.

Drinnen empfing sie Poppy. „Gentlemen, hatten Sie eine gute Anreise?"

„Keine Stunde, von Falmouth. Sie sind nicht von hier, junge Dame? Wo ist Lady Patricia?"

Der Weißhaarige präsentierte sich als Anführer. Er hätte attraktiv sein können, fand Poppy, wenn die schmalen Lippen und die grauen, fast farblosen Augen nicht wären.

„Ich bin Poppy Dayton und helfe den Wythcombes ein wenig. Bitte tragen Sie sich hier ein."

„Keath Roberts, sehr erfreut. Und das sind meine Freunde." Lässig deutete er nach hinten. „Pete, stell uns mal vor!"

Der so Angesprochene lächelte fast schüchtern. „Wir sind Botaniker und gehören zu einer Gruppe von Menschen, die sich dem Schutz seltener regionaler Gewächse verschrieben haben."

„Menschen? Männer, meinst du wohl!" Keath zwinkerte Poppy zu. „Ein Herrenclub, wie Sie sehen. Unsere Frauen sind lieber auf dem Tennisplatz."

„Verzeihen Sie, Mrs Dayton, Mr Roberts neigt zur Direktheit." Pete wurde etwas mutiger. „Aber es stimmt, wir sind gerne mal unter uns und gönnen uns ein paar

Tage Auszeit. Das Angenehme mit dem Nützlichen zu verbinden ist ja nichts Schlechtes, oder? Dieses Mal sind wir auf der Suche nach einer seltenen Art wilden Spargels, den es hier am Lizard Point geben soll.“

„Wilder Spargel? Dann müssen Sie die Wythcombes fragen. Sie pflegen eine wunderbare Küche mit vielen Ingredienzien aus der Gegend hier.“

„Eine gute Idee, danke. Aber wir finden uns schon zurecht, nicht wahr?“ Keath blickte auf seine Truppe, die einhellig nickte. „Tragt euch jetzt ein. Die nette Lady hier gibt euch die Schlüssel, und in einer Stunde treffen wir uns in der Bibliothek, okay?“

Offenbar war damit alles gesagt, und Poppy verteilte die Zimmer. Als sich der letzte in das Melderegister eintrug, sah sie hoch.

Warum kam ihr der Mann bekannt vor? Dann fiel ihr ein, wo sie dem dunkelblauen, zweireihigen Marinemantel begegnet war: Es war Barneys Besucher in ihrer Londoner Galerie.

Kurz dachte sie daran, ihn anzusprechen, beschloss dann aber, ihren Mann zu fragen.

Als sie wieder allein war, hörte sie, wie der Morris auf den Parkplatz fuhr.

„Na, wie war’s am Strand? Hast du einen Piratenschatz gefunden?“

„Falsche Richtung, wie?“ Barney lachte nonchalant. „Ich habe es mir anders überlegt und einen Kollegen besucht. Er hat ein Antiquariat in Falmouth.“

„Spontane Ideen sind manchmal die besten.“

„Nicht wahr, Darling? Und du hattest ja zu tun.“

„Apropos Antiquariat. Eben ist unsere Botanikergruppe gekommen. Einer davon kam mir bekannt vor.

Kann es sein, dass er bei dir im Geschäft war, neulich, kurz vor unserer Abreise?"

„Botaniker? Kann ich mir nicht vorstellen. Ist nicht mein Gebiet."

Barney hatte sich gut im Griff. Nur die steile Falte über seiner Nasenwurzel wurde tiefer – genug für Poppy, um zu merken, dass er ihr auswich.

„Die Herren treffen sich um vier in der Bibliothek. Willst du nicht dazukommen? Das ist vielleicht interessant für dich."

Er küsste sie auf den Mund. „Du schmeckst nach Gurke. Ich brauche erstmal einen kleinen Imbiss. Ist jemand in der Küche?"

„Jenny, die neue Hilfe, wird gerade eingewiesen. Du kannst ja testweise ein Clubsandwich bei ihr bestellen."

„Prima Idee!"

Er verschwand in Richtung Küche.

So leicht kommst du mir nicht davon, dachte Poppy, als die Eingangstür erneut aufschwang. Die Wanderer.

Sie wusste nicht, ob sie lachen oder erste Hilfe leisten sollte. Die sieben schlichen mehr, als dass sie liefen, und selbst Micah wirkte mitgenommen.

„Ich glaube, ich hab denen ein bisschen zu viel zugemutet", versuchte er Poppy den Auftritt zu erklären.

Alle ließen sich in die Ledersessel fallen.

Klaus aus Hamburg winkte ab. „Ach was, das bringt uns unserem Abzeichen ein gutes Stück näher, stimmt's, Susi?"

„Ja, und wir waren schwimmen! Es war anstrengend, aber wunderbar. Danke, Micah!"

„Bloß die letzten fünf Kilometer musste ich mit einem Muschelsplitter oder so was im Fuß rumlaufen."

„Janina, lass uns unter die Dusche gehen, danach fummle ich dir das Ding raus."

„O Lars, duschen wäre super und fummeln auch."

„Vielleicht bleiben wir morgen ein bisschen mehr in der Nähe?"

Micah nahm die letzte Frage auf. „Das ist eine gute Idee, Annette. Wir schlafen erstmal aus. Um neun Uhr hole ich euch ab. Wir gehen Richtung Osten, bis wir in Coverack ans Meer kommen. Dann nach Süden immer an der Steilküste entlang. Mittags machen wir Rast am Lizard Point, dem südlichsten Punkt von Cornwall. Und später an der Westküste hoch bis zur Mullion Cove. In der sandigen Bucht können wir schwimmen. Zum Kaffee sind wir wieder zurück. Wie gefällt euch das?"

„Sehr gut", antwortete Brigid, ohne ihn anzusehen. „Ich lege jetzt die Beine hoch."

Sie stand auf, und ein paar von den anderen folgten ihr.

Poppy fiel auf, dass die übrigen Frauen geblieben waren und in Micahs Richtung schielten. Sie grinste innerlich, als Susanne ihm ihr Wanderbuch vor die Nase hielt und um seine Unterschrift bat. Annette machte es noch geschickter, indem sie ihre Jacke fallen ließ.

Er bückte sich sofort danach, Annette auch, und sie stießen zusammen. Beide rieben sich die Köpfe und lachten.

Ein Tag Wandern und Micahs Fangemeinde ist deutlich gewachsen, dachte Poppy und war ein wenig neidisch auf die Frauen, die den ganzen Tag mit ihm verbracht hatten. Aber umso besser fürs Geschäft. Sie nahm sich vor, Pat zu empfehlen, Micah als Dauerlösung anzuheuern.

Micah ging ins Büro und kam kurz darauf in die Halle zurück. Er drückte Poppy einen Umschlag in die Hand.

„Legst du das bitte Brigid, ich meine, Frau Andersen, ins Fach?"

„Warum bringst du es ihr nicht selber hoch?"

„Ist mir lieber so."

„Interessante Frau, diese Brigid", meinte Poppy beiläufig.

Micah nickte. „Ich weiß."

„Das dachte ich mir. Ihr kennt euch?"

„Eine lange Geschichte."

„Ich will nicht neugierig sein."

„Bist du aber, Poppy." Er stand auf.

„Schau nicht so verdrießlich, Micah. Bleib heute Abend zum Essen. Bruce kocht Vietnamesisch."

Sei Ausdruck hellte sich auf. „Ente? Das ist eine seiner Spezialitäten. Dann spring ich jetzt auch unter die Dusche." Er blieb stehen. „Oder noch besser, lass uns zum Strand runtergehen! Komm mit, Poppy. Du arbeitest zu viel."

Sein Vorschlag rief ein leichtes Prickeln um ihren Bauchnabel herum hervor. Wie ertappt sah sie sich um. Sie hatte ihre Arbeit getan, und Barney schien sich in der Bibliothek mit den Botanikern gut zu unterhalten, was sollte sie also davon abhalten?

Das Gewitter war ausgeblieben, aber es wurde merklich kühler, und der Westwind nahm zu. Sie hatten sich am Pool zwei Handtücher geschnappt und kletterten in eine der geschützten Buchten an der Ostseite von Lizard Point hinunter.

Der Strand war menschenleer.

Micah blieb stehen und sah Poppy an. Es war ein besonderer Blick, warm und spöttisch zugleich. In der nächsten Sekunde hatte er seine Kleidung abgestreift und lief nackt auf die Brandung zu.

Poppy verlor keine Zeit und tat es ihm nach. Eiskalt sprudelte das Wasser an ihr hoch, erreichte ihre Hüften und ihre Brüste. Sie schnappte nach Luft, stieß sich ab und kraulte los. Micah hatte Mühe, sie einzuholen. Dann ließen sie sich von der Strömung zurück in Richtung Ufer treiben.

„Du bist eine gute Schwimmerin." Micah schüttelte seine nassen Locken. „Und du bist wunderschön."

Poppy hätte das Kompliment einfach nur genießen können, aber sie fragte: „Du flirtest gerne mit reiferen Frauen?"

„Warum reifer? Du ..."

„Brigid ist bestimmt zehn Jahre älter als du."

Poppy hatte den Satz kaum ausgesprochen, da bedauerte sie ihn bereits.

„Entschuldige, das geht mich nichts an, und taktlos war es auch noch."

„Stimmt. Vielleicht hast du recht. Gleichaltrige fand ich meist langweilig."

Er lachte, aber der Zauber war vorbei.

Poppy biss sich auf die Unterlippe. Jetzt merkte sie, dass sie fror. „Wer als erster am Strand ist!"

Sie kraulte los. Ein paarmal spürte sie, wie seine Hände ihre Beine streiften. Sie genoss die Berührung, aber sie sah nicht nach hinten und versuchte, ihren Vorsprung zu halten.

Die Flut hatte ihre Kleider fast erreicht.

Poppy griff nach ihrem Handtuch und hüllte sich darin ein.

Sie klapperte mit den Zähnen und wehrte sich nicht, als Micah sie kräftig abrubbelte.

Auf dem Weg zum Manor wurde ihnen warm vom Laufen.

Kurz vor dem Ziel hielt Poppy Micah fest. Atemlos blieben sie voreinander stehen. Er öffnete den Mund. Poppy wich ihm aus und schüttelte kaum merklich den Kopf. Sie lächelte. „Ich habe Caedmon vermisst, gestern Nacht."

Micah stöhnte. „Der schon wieder. Aber dann scheint er auf mich zu hören. Ich habe ihm nahegelegt, dich in Ruhe zu lassen."

Das Dinner fand auf der Terrasse statt. Pat hatte die Tische mit orientalischen Lampen dekoriert, sie und Bruce servierten das Essen in schwarzen Seidenanzügen mit Stehkragen. Die Gäste schienen sich von der Wanderung gut erholt zu haben.

Poppy hatte sie bisher nur in typischer Funktionskleidung zu Gesicht bekommen, aber heute Abend hatten sich alle schick zurechtgemacht.

Zum ersten Mal trafen die beiden Gruppen aufeinander. Da die Deutschen gut Englisch sprachen, gab es keine Verständigungsprobleme, und zum Dessert hatte sich die Besetzung an den Tischen längst gemischt.

Poppy wollte bei den Digestifs helfen. „Bruce, wo finde ich den alten Cognac Napoleon?", fragte sie. „Mr Roberts will dir und Micah einen ausgeben."

„Keath mimt gerne den Spendablen. Aber lass mich das machen. Du tust schon so viel für uns."

„Ihr kennt euch?"

„Seit einer Ewigkeit. Er hat uns mal Geld geliehen ..."

„Das wir ihm auf Heller und Pfenning zurückgezahlt haben!" Pat kam dazu.

Poppy hakte sich bei beiden unter. „Von jetzt an braucht ihr niemanden mehr zu fragen. Seht euch um. Euer Konzept hat Erfolg. Ganz unterschiedliche Menschen. Eine kleine, intime Gemeinschaft, dazu der Zauber von Wythcombe Manor und ihr als Gastgeber. Ihr könnt stolz sein!"

Bruce holte ein Tablett mit drei Cognacschwenkern. Die bauchigen, daumenbreit gefüllten Gläser klirrten leise, und die Abenddämmerung brachte die goldene Flüssigkeit zum Leuchten.

Poppy beobachtete, wie er, Keath und Micah sich von der Gruppe absonderten. Ins Gespräch vertieft, schlenderten sie in Richtung Meer.

„Ein seltsames Trio." Poppy sah ihnen nachdenklich hinterher. „Ich wüsste zu gerne, was die sich zu erzählen haben." Sie schienen sich zu amüsieren, zumindest Bruce und Keath, deren schallendes Gelächter immer wieder bis zur Terrasse zu hören war. Nur Micah war stiller.

Poppy überlegte, ob sie ihrer Neugier folgen oder sich höflich zurückhalten sollte. Sie entschied sich, ihrem Bedürfnis nachzugeben, griff ein Schälchen Salzmandeln und wollte es den Männern bringen.

Urplötzlich löste sich Micah von den anderen und hätte sie beinahe umgerannt.

„Was ist los?"

Er sah sie verständnislos an. Sein hübsches Gesicht hatte sich verändert, die Augen lagen tief in den

Höhlen, die Lippen waren schmal. „Pure Gier! Das ist es, was sie antreibt."

„Micah, was ist los?"

„Lass mich, Poppy. Ich muss weg. Aber keine Angst, ich bin morgen früh pünktlich da, um die Leute abzuholen."

Er ließ sie stehen. Barney kam zu ihr mit einem Glas Champagner. „Pat hat eine Flasche geköpft und will mit uns anstoßen." Er schaute Micah hinterher. „Was hat denn dem die Laune verhagelt?"

„Keine Ahnung. Irgendwas mit Bruce und Keath. Du warst doch heute Nachmittag mit denen zusammen. Was habt ihr denn die ganze Zeit besprochen?"

„Bruce zeigte uns ein paar von seinen Schätzen. Ein Herbarium aus dem sechzehnten Jahrhundert hatte es den Herren besonders angetan. Da ist auch der wilde Spargel verzeichnet, den sie suchen. Ich habe ihnen geholfen, die alten Ortsangaben zu deuten und mit den aktuellen Karten in Deckung zu bringen. Und was hast du Schönes gemacht vor dem Essen? Ich hab dich gesucht ..."

„Darling, ich war nur kurz am Strand, um Luft zu schnappen."

Obwohl es dunkel war, und Barney unmöglich sehen konnte, wie sie rot wurde, fiel sie ihm vorsichtshalber um den Hals.

„Ich hab morgen frei. Lass uns einen Ausflug machen!"

„Nacktbaden oder Hochkultur?"

Poppy grinste. „Zur Abwechslung gerne Kultur. Natur haben wir hier genug."

„Die Moor Art Gallery in Falmouth zeigt ein paar seltene Zeichnungen von Francis Bacon und Andy Warhol. In der Stadt hingen Plakate.“

Kapitel 6

Pat blieb bei ihrem Versprechen. Unterstützt vom Zimmermädchen schien sie die Lage im Griff zu haben. „Fahrt los! Falmouth ist herrlich! Von Pendennis Castle habt ihr einen großartigen Blick auf den Fluss und die Küste. Ich gebe euch einen Tipp: Fahrt nicht bis in die Stadt, ihr bekommt sowieso keinen Parkplatz. Lasst das Auto am Fluss weiter oben, in Penryn, oder noch besser, an der Perranwell Station und nehmt die Maritime Line. Sie ist eine der ältesten Eisenbahnstrecken an der Küste und die spektakulärste noch dazu, mit Tunnels und Viadukten. In zwanzig Minuten seid ihr in Falmouth, im Zentrum oder an den Docks, wie ihr wollt." Sie musterte Poppy kritisch. „Ein grünes Seidenkleid – das passt wunderbar in die Moor Gallery. Aber in diesem Fall geht das nicht, glaub mir. Zieh was Robusteres an. Jeans und Polohemd. Barney kann so bleiben. Sein Sommertweed geht immer."

Kurz darauf war Poppy froh, dass sie dem Vorschlag ihrer Freundin gefolgt war. Sie hatten Perranwell erreicht, ihr Auto auf dem Parkplatz vor dem kleinen Bahnhof abgestellt und Return-Tickets gelöst, als sich von Norden eine enorme Rauchwolke näherte.

„Die Bahn! Sie setzen die historische Lok ein!" Barney war begeistert, Poppy weniger. Sie überzeugte ihn wenigstens davon, nicht gleich in den ersten Wagen hinter der Lokomotive einzusteigen, sondern weiter hinten.

Sie setzten sich auf die Holzbänke. Der Zug fuhr an, und der schwarze Qualm wurde durch weißen Dampf abgelöst.

„Gleich fahren wir über die Brücke. Eine von zweiundvierzig in Cornwall, alle gebaut Ende des 19. Jahrhunderts, von Isambard Kingdom Brunel!" Barney ließ sein Wissen glänzen. „Schau, da ist der Perran Viaduct!" Poppy sah nicht hin, sie kniff die Augen zusammen. Die halb offenen Fenster boten nicht viel Schutz, und Rußpartikel wehten in den Waggon.

Gerade hatte sie sich freigezwinkert, da sah sie gar nichts mehr.

„Der Perran-Tunnel, über 300 Meter lang!"

Als es wieder hell wurde, änderte sich die Landschaft. Ein weites Tal lag vor ihnen. „Ponsanooth Viaduct! Zweihundert Meter lang, steht auf neun Pfeilern."

Poppy setzte ihre große Sonnenbrille auf und beschloss, den Rest der Fahrt zu genießen. Weit unten sah sie blaugrünes Wasser glitzern. Der Fluss Fal zog sich bis zum Meer und bildete hier oben einen schmalen Fjord.

Sie hielten in der Station von Penryn, hoch über dem Ort gelegen. Auf der anderen Seite des Flusses lag St. Gluvias, beide Städtchen lagen am Ufer der Bucht zwischen dichtem Grün, hohen Bäumen, vor allem Kastanien, Buchen und Eichen.

Eine Böe zog übers Wasser und trieb einen weißen Schwarm von Segelboten vor sich her.

Der Zug erreichte die Außenbezirke von Falmouth und fuhr jetzt deutlich langsamer. Endstation waren die Falmouth Docks. Sie stiegen aus.

„Gibst du zu, dass das besser war als über die Autobahn?"

Poppy drehte sich langsam um ihre Achse: Links unten lag der alte Hafen, vor ihnen erhob sich der steile Hügel, auf dessen Spitze die Türme und Befestigungen von Pendennis Castle thronten, und rechts von der Bahnlinie lag Gyllyngvase Beach.

Der lange halbmondförmige Sandstrand wurde unterbrochen von felsigen Pools, in denen Kinder nach Muscheln und Krebsen fischten.

Barney machte sich zügig in Richtung der Festung auf. Nach den ersten hundert Schritten wurde er langsamer, und Poppy holte ihn ein. „Willst du wirklich da hoch?"

Es war früher Nachmittag, und die Sonne strahlte von einem dunkelblauen Himmel.

„Eine Pause bei einem Gläschen Weißwein wäre dir lieber?", fragte er zurück.

Dreißig Minuten später saßen sie im Cod On The Corner in der Killigrew Street bei Fish & Chips.

„Kein Vergleich zu Bruce' Gourmet Küche."

„Barney, sei nicht so anspruchsvoll. Der Dorsch ist frisch und die Kartoffeln knusprig." Poppy badete ihre fettigen Finger in einer Schale Zitronenwasser und lehnte sich zurück. „Jetzt bin ich bereit für die Kultur."

Sie folgten der Straße den Hügel hinauf und kamen an einen kreisrunden Platz, umgeben von viktorianischen Gebäuden. Die Galerie lag im ersten Stock der Passmore Edwards Library.

Die großformatigen Ölbilder, viele mit Marinemotiven, waren nicht Poppys Geschmack. Dann rief Barney nach ihr. „Mohnblüten von Henri Matisse."

„*Poppies!* Matisse hat sie im Jahr 1919 im Stil des Fauvismus gemalt. Er wagte sich an flächenhafte Farbgebungen und spannungsgeladene Linien und wollte sich damit vom Impressionismus lösen. Ich hatte bisher nur Reproduktionen gesehen und sie in meinem Unterricht verwendet. Was für ein Unterschied! Die Farben des Originals sind viel differenzierter.“

„Sie geben Malkurse?“

Poppy drehte sich um. Eine zierliche Frau mit roten Locken und einem blauen Cardigan war stehengeblieben.

„Ja, in London. Ich helfe angehenden Kunststudenten beim Zusammenstellen ihrer Mappen.“

„Wie interessant! Vielleicht kann ich Sie zu einem Vortrag bei uns gewinnen? Wir geben regelmäßig Workshops. Nicht sehr professionell, aber sie sind immer gut besucht.“

„Das mache ich gerne.“

„Kommen Sie mit in mein Büro, da schreibe ich mir Ihre Adressen auf.“

Poppy und Barney folgten ihr über eine Reihe von Treppen und Galerien in einen ausgebauten Dachstuhl.

„Zu uns kommen Archivare und Studenten aus der ganzen Welt und sehen sich unser Depot an. Wir haben hier eine spezielle Archivmethode, die das Auffinden antiker Dokumente erleichtert.“

„Das scheint die Botaniker auch zu interessieren.“ Poppy ging auf einen Mann zu, der an einem der Schreibtische eine Landkarte vor sich ausgerollt hatte. Er blickte hoch, stutzte und lächelte. „Mrs Dayton! Und Barney!“

„Keath, was machst du denn hier?" Barney sah zwischen ihm und Poppy hin und her.

„Immer am Recherchieren, das weißt du doch."

„Stimmt, ihr habt in der Bibliothek im Manor zusammengesessen."

„Nicht nur das, Mrs Dayton. Ihr Mann hat mich gestern Morgen in meinem Büro in der Stadt besucht. Ich habe da eine kleine Sammlung historischer Landkarten."

Barney nickte, schien das Thema aber nicht vertiefen zu wollen. „Das war spannend zu sehen. Aber wir wollen dich nicht von der Arbeit abhalten, und Poppy ist mit der Direktorin verabredet."

„Alice James? Eine verdammt charmante und begabte Frau. Von ihr kann man lernen, wie Licht ins historische Chaos gebracht werden kann."

„Wir sehen uns beim Abendessen." Barney zog Poppy weiter.

„Warum warst du in seinem Büro?" Er beantwortete Poppys Frage nicht, und nun wurden sie von der Direktorin in Beschlag genommen.

„Ich bin Alice. Darf ich Poppy sagen? Ihr kennt Keath Roberts?"

„Als Gast bei uns im Hotel, Wythcombe Manor."

„Er hat ein herrliches Haus hier am Penryn River. Warum macht er da Urlaub quasi um die Ecke?"

„Seine Freunde und er kümmern sich in der Gegend um gefährdete Pflanzen."

„Honorige Absicht. Die Herren gehören zu den Stützen unserer Gesellschaft." Alice schaute durch die Glastür.

„Keath auch. Obwohl er als Immobilienentwickler nicht unbedingt der geborene Naturschützer ist.“

Poppy folgte ihrem Blick und sah, wie Roberts seine Sachen packte und aufbrach. Er blickte sich kurz um, klopfte die Hosen ab und verschwand.

Sie wandte sich wieder Alice zu. Die beiden tauschten ihre Erfahrungen in der Kunstvermittlung bei Jugendlichen aus und versprachen, in Kontakt zu bleiben.

Alice begleitete sie noch bis vor die Tür.

Nachdem sie sich verabschiedet hatte, hakte sich Poppy bei Barney unter. „Jetzt sag mir endlich, was du hinter meinem Rücken alles für Verabredungen hast. Was soll die Geheimniskrämerei?“

Bevor er antworten konnte, klingelte Poppys Handy.

Sie schaute aufs Display. „Das ist Pat. Was mag sie wollen? Sie hat mir frei gegeben.“

Sie stellte auf laut, damit Barney mithören konnte, bereute das aber gleich. Pat schrie fast: „Poppy? Kommt sofort zurück! Es ist etwas Furchtbares passiert.“

„Was ist denn los?“

„Nicht am Telefon.“

Fast zwei Stunden brauchten sie für den Weg zurück. Diesmal hatten sie keinen Sinn für die spektakuläre Bahnfahrt. Sie rätselten, was im Manor auf sie warten würde.

„Meinst du, es ist was mit Bruce?“, fragte Poppy.

„Vielleicht ist der Küchenherd in die Luft geflogen. Tolle Kiste, funktioniert mit Gas, aber ganz schön alt …“

„Mach keine Witze, Barney, danach ist mir nicht. Ich habe Pat noch nie so erlebt.“

Als sie auf den Parkplatz fuhren, sahen sie den Polizeiwagen auf dem Vorplatz stehen. Ein Beamter kam ihnen entgegen und hielt sie an. „Sie können nicht weiterfahren. Keine Besucher heute auf Wythcombe."

Barney nahm seine Sonnenbrille ab. „Wir sind Gäste."

„Wie sind Ihre Namen?"

„Mr und Mrs Dayton."

Der Beamte sah auf sein Klemmbrett und nickte. „Lassen Sie das Auto hier stehen. Ich bin Konstabler Hillen. Ich begleite Sie zum Haus."

„Was ist eigentlich passiert? Wir haben einen Anruf bekommen ..."

„Das erfahren Sie drinnen."

Die Halle war voll. Damit alle sitzen konnten, hatte man zusätzliche Stühle aus dem Speisesaal herübergebracht. Die Wanderer und die Botaniker. *Arrangiert wie zu einem alten Gesellschaftsfoto*, dachte Poppy. Beide Gruppen hielten Abstand voneinander und beäugten sich misstrauisch. Dazwischen Bruce. Er hatte einen Arm um Pat gelegt, die an ihrem Taschentuch nestelte.

Als sie Poppy hereinkommen sah, wollte sie aufstehen. Ein Mann stand neben ihr und drückte sie behutsam auf ihren Sitz zurück.

Er kam ihnen entgegen. „Die Daytons, nehme ich an? Dann sind wir komplett. Ich bin Inspektor Edwards. Nehmen Sie Platz."

Barney griff nach einem Stuhl, aber Poppy blieb stehen. „Was ist los? Warum sind alle hier, und warum ist die Polizei ...?"

„Bitte, Mrs Dayton." Der Inspektor war ein kleiner rundlicher Mann, Poppy schätzte ihn auf Mitte sechzig. Mit seinem ernsten, aber freundlichen Gesicht und den

durchdringenden blauen Augen wirkte er vertrauener-
weckend.

Sie sah sich um. *Micah fehlt*, dachte sie. Als sich der
Gedanke in ihrem Kopf formte, war es Edwards, der ihn
aussprach: „Sie suchen Micah Morgan, nicht wahr? Ich
muss Ihnen leider sagen, dass Mr Morgan tot ist. Er
wurde um dreizehn Uhr am Fuß der Klippen von
Lizard Point gefunden." Jetzt musste sich Poppy setzen,
aber der Stuhl schien ihr keinen Halt zu geben. Der Inspektor war bei ihr angekommen und griff unterstüt-
zend nach ihrem Ellenbogen.

Im Reflex schlang sie die Arme um sich, wollte sich
selbst umarmen und festhalten, gegen den heißen dunkelroten Strudel ankämpfen, der sie umwirbelte. Sie
rang nach Atem. Obwohl sie den Mund öffnete, bekam
sie keine Luft hinein.

„Schnell, ein Glas Wasser!", hörte sie Barney rufen.
Der Inspektor war selbst zur Stelle. „Ma'm, bitte trinken Sie."

Poppy griff nach dem Glas. Sie verschluckte sich, aber
das schien ihre Atmung wieder in Gang zu bringen, gie-
rig sog sie die Luft in die Lungen.

„Was ist denn passiert?"

„Womöglich ein tragischer Unfall. Aber wir können
ein Gewaltverbrechen nicht ausschließen."

„Inspektor, Sie sagen das so sanft und freundlich, als
ob Sie einen lieben Gruß überbringen."

„Standen Sie Mr Morgan nahe, Mrs Dayton?"

„Er war so jung und ... Ich kenne ihn erst seit ein paar
Tagen."

„Das ist wohl bei den meisten von Ihnen der Fall."
Edwards blinzelte in die Runde, die dicken Brauen und

tiefliegenden Augen machten es schwer, seinen Blick zu deuten. „Aber vor allem die Damen scheinen um ihn zu trauern wie um einen engen Freund."

„Micah war etwas Besonderes." Es war das erste Mal seit der Telefonnachricht, dass Poppy Pat sprechen hörte, und der kurze Satz tat seine Wirkung.

Alle Frauen begannen zu weinen und mussten mit Taschentüchern versorgt werden. Die Männer blickten eher gefasst und kümmerten sich um ihre Partnerinnen.

Die Botaniker rückten näher zusammen, und Poppy sah, wie sie versuchten, miteinander zu sprechen. Edwards verhinderte die Kommunikation. „Ich muss Sie bitten, sich einen Moment auf mich zu konzentrieren. Einige von Ihnen habe ich bereits am Strand getroffen, andere lerne ich erst hier kennen. Ich werde jetzt Ihre Aussagen aufnehmen. Solange verlässt bitte niemand das Haus. Und ich möchte auch nicht, dass Sie sich untereinander austauschen, bis wir alles dokumentiert haben."

Er bat den Polizisten um sein Klemmbrett. „Konstabler Hillen hat eine Liste erstellt. Die Gespräche finden im Büro von Lady Patricia statt. Ich bitte als erstes Herrn Klaus Stolpe zu mir."

Poppy bemerkte, wie er das deutsche Wort Herr benutzte, was bei Klaus gut anzukommen schien. Er stand auf, nahm beinahe so etwas wie Haltung an und folgte dem Inspektor mit energischen Schritten.

Poppy fühlte, wie ihre Kräfte allmählich zurückkehrten. Es half ihr, die Umgebung zu beobachten, um den Schock im Zaum zu halten. Sie sah zu Pat hinüber, die lautlos mit den Lippen Wörter in ihre Richtung formte und dabei zu der Wandergruppe blickte. Poppy meinte *pushed* zu erkennen, aber die Worte davor und danach vermochte sie nicht zu deuten. Der Konstabler trat dazwischen. Pat gab auf und barg den Kopf wieder an der Brust ihres Mannes.

Der Gebrauch der Smartphones war nicht gestattet. Da sich die Vernehmungen in die Länge zogen, erlaubte der Konstabler den Wartenden schließlich, sich in der Bibliothek mit Lesestoff zu versorgen.

Poppy sah, wie die Sonnenstrahlen von draußen in winzigen Schritten über den Hallenboden strichen, bis sie verschwanden.

Insgesamt sechzehn Aussagen waren aufzunehmen, und es war halb sieben Uhr abends, bis nur noch Poppy und Barney übrig waren.

Als er sie zu sich bat, erschrak Poppy über den Anblick des Inspektors. Seine Augen lagen jetzt tief in den Höhlen, das Gesicht war gerötet, die wenigen schwarzen Haare, die zuvor noch sorgfältig über den runden Schädel gekämmt waren, hingen über seinen Ohren. Die kleine Gestalt versank beinahe hinter dem riesigen Schreibtisch.

„Darf ich das Fenster aufmachen?"

„Eine gute Idee, Ma'm." Mit einem karierten Taschentuch wischte er sich die Schweißperlen von der Stirn.

„Geht es Ihnen nicht gut? Ihr Blutdruck …? Verzeihen Sie, ich will Ihnen nicht zu nahetreten."

„Nein, nein, Sie haben ja recht. Bitte setzen Sie sich."

Die frische Luft schien ihm zu helfen. Sein Blick wurde klarer, und er setzte sich aufrecht hin. „Sie sind eine gute Beobachterin, Mrs Dayton. Ich habe nur noch einen Monat bis zu meiner Pensionierung, müssen Sie wissen. Und meine Gesundheit ... Meine Frau wird nicht erfreut darüber sein, dass ich mir noch so einen Fall zumute." Er räusperte sich. „Mrs Dayton, darf ich auf meine Frage von vorhin zurückkommen: Standen Mr Morgan und Sie sich nahe?"

„Wie meinen Sie das? Ich sagte bereits ..."

„Sie hatten einiges miteinander zu tun, in den letzten Tagen." Er zögerte und sah in seinen Aufzeichnungen nach. „Sie wurden gestern Abend zusammen am Strand gesehen", stellte er fest und sah sie dabei genau an. „Es wirkte sehr vertraut, und sie hatten ..."

„... nichts an? Ja, es war eine schöne, spontane Aktion." Poppys kurzes Lachen verstummte und sie schluckte. „Die Idee kam von Micah, pardon, Mr Morgan. Sie hatte nichts zu bedeuten, falls Sie das denken. Darf ich fragen, von wem Sie das wissen?"

Er hüstelte. „Dürfen Sie, Ma'm, aber ich kann Ihnen dazu im Moment nichts sagen."

„Ich verstehe."

„Das freut mich. Bitte sagen Sie mir, wo Sie heute zwischen zwölf und dreizehn Uhr waren."

„Ich habe einen Ausflug gemacht, nach Falmouth, zusammen mit meinem Mann."

„Gibt es Zeugen für die betreffende Zeit?"

„Nein – oder doch, warten Sie!" Poppy klappte ihre Handtasche auf und zog einen Zettel heraus. „Das ist die Quittung von *Cod On The Corner.* Da ist sogar ein Zeitstempel drauf. Dreizehn Uhr fünfunddreißig. Der Kellner müsste sich an uns erinnern."

„Darf ich die behalten?" Edwards griff nach der Rechnung, überflog sie und notierte etwas.

Er lehnte sich zurück. „Was wissen Sie von Micah Morgan?“

„Ein interessanter junger Mann, attraktiv, wenn ich das sagen darf. Vielleicht noch nicht wirklich sortiert, was seinen Lebensplan angeht.“

„Konnten Sie etwas beobachten? In Bezug auf die Menschen, mit denen er hier Kontakt hatte?“

„Nichts Besonderes. Er war sehr beliebt, besonders bei den Damen, das ist Ihnen ja bereits aufgefallen. Und ich will keine Gerüchte streuen, aber ich hatte den Eindruck, dass er und Brigid, ich meine Frau Andersen, sich kannten.“

Edwards nickte. „Noch etwas?“

„Gestern nach dem Essen war er schlechter Laune – ganz anders als bei unserem Bad bei Sonnenuntergang.“ Poppy spürte, wie ihre Wangen warm wurden, aber das Lächeln des Inspektors ließ sie locker bleiben. „Ich glaube, er hatte sich gestritten.“

„Mit wem?“

„Warten Sie – mit Bruce, ich meine Lord Wythcombe und einem der Botaniker, Mr Roberts.“

„Um was ging es dabei?“

„Keine Ahnung. Er war sehr aufgebracht. Als ich ihn darauf ansprach, sagte er etwas von Gier oder so.“

Wieder hörte Poppy den Bleistift des Inspektors kratzen, und er legte ein weiteres Stück Papier auf den bereits ansehnlichen Stapel neben ihm.

„Mrs Dayton, Sie haben mir sehr geholfen.“

„Brauchen Sie mich nicht mehr?“ Poppy stand auf. „Dann rufe ich jetzt meinen Mann herein. Sie kennen ihn noch nicht. Er ist der letzte in der Schlange, und ich ahne, dass er sich schon auf das Dinner freut. Wenn er hungrig ist, kann er sehr gereizt reagieren und gerät vielleicht in Verdacht …"

Edwards lachte. „Ich mache es kurz, das verspreche ich Ihnen. Sie waren ja in der fraglichen Zeit zusammen in der Stadt."

Auch er stand auf und gab Poppy die Hand. Es war ein präziser Druck, anders, als es sein erschöpfter Zustand erwarten ließ.

„Ich habe noch eine Bitte, und ich hoffe, ich erwische Sie damit nicht auf dem falschen Fuß."

„Dann setze ich mich wieder."

„Ich sagte es bereits: Mrs Dayton, mir ist aufgefallen, dass Sie eine gute Beobachterin sind. Wäre es zu viel verlangt, wenn Sie diese Eigenschaft in der nächsten Zeit zum Einsatz bringen könnten? Verstehen Sie mich nicht falsch, ich will nicht, dass Sie Ihre Mitmenschen ausspionieren." Er ging auf und ab, wobei das kleine Büro immer nur drei Schritte in einer Richtung zuließ. „Ich spreche offen zu Ihnen. Es gibt kaum noch Personal, vor allem nicht in dieser friedlichen Gegend. Es wird enorm gespart. Konstabler Hillen, zwei Kollegen und ich, das ist alles, was wir hier unten noch haben. Ich war froh, dass ich die Spurensicherung aus Bristol mobilisieren konnte."

„Und deshalb ernennen Sie mich zum Hilfssheriff?"

„Das kommt nicht in Frage, und es würde Sie möglicherweise in Gefahr bringen. Schließlich könnte es sein, dass da draußen ein Mörder noch frei herumläuft."

„Also kein Unfall? Welche Spuren konnten Sie denn sichern?"

Edwards sah sie lange an. „Na gut. Ich bin ja selbst schuld, Ihnen das angetragen zu haben. Dann kann ich es Ihnen auch sagen. Micah Morgan hat sich beim Sturz von der Klippe schwere Kopfverletzungen zugezogen, und sein Genick ist gebrochen. Aber neben diesen tödlichen Verletzungen haben wir auch Kratzspuren entdeckt, an seinem Rücken. Und eine Prellmarke vorne am Brustkorb, die wahrscheinlich nicht vom Sturz herrührt.“

„Wer hat ihn denn gefunden?“

„Einer aus der deutschen Wandergruppe, Klaus Stolpe.“ Edwards legte beide Hände auf die polierte Schreibtischplatte und hinterließ zwei feuchte Abdrücke.

„Die Aussagen der Deutschen decken sich. Sie waren die ganze Zeit zusammen. Bis auf eine, Mrs Andersen. Sie hatte sich während der Mittagspause von der Gruppe entfernt.“

„Sie reist allein. Ich habe den Eindruck, dass sie von Zeit zu Zeit gerne für sich ist.“

„Das sagte sie auch, nur als Alibi reicht das leider nicht.“

„Ich kann mir nicht vorstellen, dass Brigid ...“

Edwards unterbrach sie: „Ma’m, das genügt erst einmal. Wie gesagt, ich freue mich, wenn Sie Ihre Augen und Ohren offenhalten. Aber Sie müssen mir versprechen, vorsichtig zu sein. Ich leide eh an Schlafstörungen, und Sie in Gefahr zu wissen ...“

„Ich danke Ihnen für Ihr Vertrauen und fühle mich sehr geschmeichelt, Herr Inspektor. Keine Angst, ich habe gute Nerven.“

„Als Sie von Morgans Tod erfuhren, schien mir das nicht so.“

„Jetzt sind Sie der feine Beobachter.“ Poppy schwieg einen Moment, und plötzlich kamen ihr Tränen. „Ich gebe zu, ich habe Micah sehr gemocht.“

Der Inspektor lächelte, durchaus verständnisvoll. „Ich verspreche Ihnen, Ihrem Mann nichts davon zu verraten. Aber bevor ich ihn hereinlasse, gebe ich Ihnen noch meine Karte. Zögern Sie nicht, mich anzurufen, sollte Ihnen noch etwas einfallen.“ Er begleitete sie zur Tür.

Draußen ging Barney auf und ab. „Das hat aber lange gedauert.“

Der Inspektor ließ ihn hinein. „Ihre Frau ist eine wichtige Zeugin. Und nebenbei hat sie Sie entlastet, Mr Dayton. Es wird schnell gehen.“

Tatsächlich tauchten die beiden fünf Minuten später wieder auf.

Edwards wandte sich an die Hotelgäste: „Ich danke Ihnen allen. Sie können jetzt zum Essen gehen. In der Zwischenzeit werden wir Ihre Zimmer durchsuchen.“

Bisher hatte der Konstabler es geschafft, die Gruppe im Zaum zu halten, aber jetzt rumorte es, und einer konnte sich nicht mehr zurückhalten. „Wie kommen Sie dazu? Mein Anwalt ...“

„Mr Roberts, Sie brauchen jetzt keinen Anwalt. Wir ermitteln in alle Richtungen. Es besteht kein unmittelbarer Verdacht gegen einen von Ihnen, es ist reine Routine. Also bitte, genießen Sie Ihr Dinner.“

Bruce hatte ein attraktives Büfett mit Meeresfrüchten, italienischen Vorspeisen und Pastagerichten zusammengestellt. Aber Poppy stocherte genauso lustlos darin herum wie die anderen auch. Kaum einer sprach.

Nach dem Essen rief Kommissar Edwards nochmal alle in die Halle. „*Ladies and Gentlemen*, für heute sind die Untersuchungen abgeschlossen. Ich bedanke mich für Ihre Kooperation. Allerdings hat die Durchsuchung der Zimmer etwas ergeben."

Auf seinen Wink hin postierte sich der Konstabler neben Brigid.

„Mrs Andersen, gehört das Ihnen?" Edwards hielt ihr ein Foto entgegen.

Poppy konnte einen Blick darauf erhaschen. Es wirkte ramponiert und war nicht sehr scharf. Aber Brigid war deutlich zu erkennen. Sie hatte beide Arme um einen Mann gelegt.

„Ja, Herr Inspector. Micah, ich meine, Mr Morgan und ich kannten uns von früher. Nur habe ich ihn bestimmt nicht ..." Ihre Stimme versagte.

„Frau Andersen, es tut mir leid, aber Sie müssen uns nach Bristol begleiten. Wir brauchen noch ein paar Details von Ihnen."

Brigid, die bisher beherrscht wirkte, sackte zusammen. Sie musste vom Konstabler aufgefangen werden und wurde hinausgeführt.

Der Inspektor verabschiedete sich. „Ich bitte Sie alle, morgen nicht das Haus zu verlassen, für den Fall, dass wir weitere Fragen an Sie haben."

Kapitel 7

Die Stille, die dem Abgang der drei folgte, hielt nur ein paar Sekunden, dann löste sich die Spannung. Alle redeten durcheinander.

„Toller Urlaub ..." – „Die Polizei kann doch nicht einfach ..." – „Micah wirkte so fröhlich, er war so nett." – „Hast du ihn deshalb so angeschmachtet?" – „Du bist eklig." – „Sind wir eigentlich versichert, wenn die Reise ...?"

Poppy hob die Hand. „Auch wenn es keine Autorität gibt, der wir im Moment gehorchen müssen – es wäre gut, wenn wir uns alle zusammennehmen."

Sie wartete die Wirkung ihrer Worte ab. Von Barney fing sie einen überraschten Blick auf, Pat nickte ihr dankbar zu, und auch die anderen beruhigten sich, bis auf eine.

Annette sprach unaufhörlich, jetzt nicht mehr auf Englisch, sondern auf Deutsch. „Ich hab gleich gemerkt, dass Brigid scharf auf ihn ist!"

„Annette, rede keinen Blödsinn."

„Du verteidigst sie bloß, weil du sie auch gut fandest. Lara, glaubst du, ich hab nicht gemerkt, wie du sie angesehen hast?"

„Du mit deiner verdammten Eifersucht."

Keath Roberts stand auf. „Ladies, ich bitte Sie um Verzeihung. Ich kann leider nicht verstehen, was Sie sagen. Aber Mrs Dayton hat einen guten Vorschlag gemacht. Wir sollten uns erst einmal beruhigen. Und ich habe eine Bitte: Ich habe von dieser schrecklichen Sache rein gar nichts mitbekommen. Ich bin ja erst kurz vor den

Daytons hier eingetroffen, nachdem wir uns zufällig in der Stadt getroffen hatten. Mrs Dayton, spreche ich auch in Ihrem Sinne, wenn ich die Herrschaften bitte, uns zu erzählen, was eigentlich passiert ist?"

Die Frage hätte von ihr sein können, fand Poppy, auch wenn sie Roberts blasiertem Gehabe nichts abgewinnen konnte.

„Ja, das würde mich interessieren. Aber ich habe Verständnis dafür, wenn Sie sich erst einmal zurückziehen wollen, um den Schreck zu verarbeiten."

Die Halle leerte sich rasch. Nur die Botaniker und die beiden Stolpes blieben sitzen.

„Wohl gesprochen, kleine Lady." Klaus bekam dafür von seiner Frau einen Stoß in die Rippen. „Wenn ich einen doppelten Whisky kriegen kann, erzähle ich Ihnen gerne, was ich weiß."

„Mit Eis?" fragte Bruce. Es war das erste Mal, dass Poppy ihn in der Runde wahrnahm.

„Mylord, das wäre schade um Ihren Pure Malt. Aber vielleicht eine kleine Karaffe mit Wasser?"

Bruce nickte und brachte das Gewünschte. Klaus nahm die Karaffe und gab genau drei Tropfen Wasser in die bernsteinfarbene Flüssigkeit. Dann hielt er das Glas schräg und betrachtete eingehend, wie der Alkohol an der bauchigen Wand herabrann. *Nice legs*, stellte er fest, „hübsche Beine. Guter Whisky hinterlässt feine parallele Spuren am Glas."

„Herr Stolpe!" Auch Keath benutzte zur Anrede das deutsche Wort. „Ihre Kenntnis der schottischen Whisky-Zeremonie in allen Ehren, aber uns interessiert …"

„Geduld!" Er trank einen Schluck, dann noch zwei. „Salz und Torf. Und Jod! Ein Islay-Whisky. Ein Lagavulin, sechzehn Jahre alt?"

Bruce nickte. „Islay stimmt. Aber es ist ein zwölf Jahre alter Bunnahabhain."

„Bunna-hab-was?" Das Getränk schien seine Wirkung zu entfalten. „Egal, schmeckt wunderbar."

Klaus stellte das Glas ab und wurde ernst. „Entschuldigung. – Ja, ich habe ihn gefunden. Wir hatten einen großartigen Vormittag und wanderten auf dem *Coast Path*. Sogar Wale haben wir gesehen, von den Felsen aus. Wir waren fast zurück am Lizard Point, als Micah vorschlug, Mittagspause zu machen. Zum ersten Mal ist er nicht bei uns geblieben. Er sagte nur, er müsse etwas erledigen, seine Fischerhütte sei ganz in der Nähe. In einer Stunde sei er wieder da. Wir hatten nichts dagegen, die meisten von uns wollten auch noch schwimmen gehen. Als er nicht zurückkam, und auch nicht an sein Handy ging, bin ich am Strand entlanggelaufen, in die Richtung, in die er verschwunden war. Die Flut kam, und es waren kaum Spuren zu sehen. Fünf- oder sechshundert Meter weiter sah ich ihn liegen, in einer kleinen Bucht, dicht an den Felsen, so dass ihn das Wasser nicht erreichen konnte. Ich bin zu ihm hin." Er stockte und trank noch einen Schluck. „Ich sah gleich, dass er tot war. Der Kopf war unnatürlich zur Seite gebogen und der Felsen voller Blut. Ich habe die Notrufnummer gewählt. Krankenwagen und Polizei waren erstaunlich rasch zur Stelle. Dann hat dieser Inspektor uns alle eingefangen und hierhergebracht. Den Rest kennen Sie. – Kann ich noch einen davon haben?"

Er hielt das Glas hoch, und Bruce schenkte nach.

Poppy betrachtete Klaus nachdenklich. „Danke für Ihren Bericht, das war sicher schwer ... Pat, Bruce, können wir uns kurz im Büro unterhalten?“

Bruce nickte. „Herr Stolpe, ich lasse die Flasche stehen, falls Sie ...“ Der winkte ab.

An den Rest der Gruppe gewandt sagte er: „Der Service ist für heute beendet. Wir sehen uns morgen früh wieder und dann den ganzen Tag, wir dürfen ja nicht weg. Aber man verpasst draußen nicht viel. Es ist Regen angesagt.“

Einer der Männer widersprach: „Auch bei schlechtem Wetter kann Botanisieren ein besonderes Vergnügen sein.“

Keath Roberts brachte ihn mit einer Handbewegung zum Schweigen. „Genug für heute. Eine schreckliche Geschichte. Es tut mir furchtbar leid für den jungen Mann. Aber wie es scheint, hat die Polizei die Schuldige bereits gefunden.“ Er stand auf. „Ich geh ins Bett, und wenn ihr schlau seid, macht ihr das ebenso. Oder ihr helft Herrn Stolpe hier, die Flasche zu leeren.“

Roberts lief die Treppe hoch und nahm immer zwei Stufen auf einmal. Barney, Bruce und Pat folgten Poppy ins Büro.

Als die vier unter sich waren, ließ Pat ihren Tränen freien Lauf. Poppy legte einen Arm um sie. Dass auch sie weinte, schien Pat zu trösten, und allmählich beruhigte sie sich.

„Was für eine Katastrophe“, murmelte Bruce. „*The Packet* hat sich auch schon gemeldet.“

„*The Packet?*“, fragte Barney.

„So heißt unsere Tageszeitung in Falmouth. Für die ist das eine Sensation.“

Pat schnäuzte sich die Nase. „Der erste Silberstreif am Horizont, und dann das."

„Schrecklich. Aber am Ende bringt es viel Aufmerksamkeit für Lizard Point und für Wythcombe." Bruce' Grinsen geriet etwas schief. „Eine Leiche nach der Mittagspause entspricht durchaus dem Erwartungshorizont mancher Touristen."

„Sei nicht so zynisch." Poppy schüttelte sich.

„Der arme Micah", schluchzte Pat. „Was hat das nur zu bedeuten? Und dann diese Brigid ... glaubt ihr wirklich, sie hat es getan?"

Poppy runzelte die Stirn. „Ich weiß nicht ... Ich finde sie sympathisch und sehr attraktiv. Ich kann Micah verstehen, dass er sich zu ihr hingezogen fühlte ..."

Sie stockte. Pat und Bruce schienen mit ihren eigenen Gedanken beschäftigt, so dass sie ihre Verlegenheit nicht bemerkten. Nur Barneys schiefes Lächeln tauchte wieder auf.

„Etwas seltsam war ihr Verhalten schon", sagte Pat leise. „Hier im Manor hielt sie sich fern von den anderen. Nur bei den Wanderungen war sie immer dabei, bestimmt, um Micah nahe zu sein."

„Irgendetwas Dramatisches muss vorgefallen sein." Dass die Polizei Kratzspuren an Micahs Rücken festgestellt hatte, behielt Poppy für sich.

„Wie soll es jetzt weitergehen? Den Deutschen wird wahrscheinlich die Lust am Wandern vergangen sein." Pat starrte ins Leere. „Die werden die Reise abbrechen wollen und ihr Geld zurückverlangen."

„Pat, warte bis morgen. Die Polizei hat alle angewiesen, im Haus zu bleiben.

Lass uns daraus etwas machen. Wir veranstalten Spiele. Eine Charade am Kamin oder so etwas Ähnliches."

Bruce nickte. „Eine gute Idee, Poppy. Wir werden sehen, wie sie darauf anspringen. Ob unsere Botaniker Lust dazu haben, weiß ich nicht, aber für die habe ich reichlich interessantes Material in der Bibliothek. Da sind sie sowieso am liebsten. Und die Deutschen scheinen mir auch nicht überempfindlich zu sein, mal abgesehen von dieser hysterischen Annette." Er seufzte. „Sollten sie bleiben, werde einfach ich die Wanderungen übernehmen. Dann ist es doch zu etwas nütze, dass ich als Kind bei den Pfadfindern war und hier jeden Winkel kenne."

Pat blinzelte. „Bruce, ich danke dir, das wird sie begeistern." Ihr Blick unter den nassen Wimpern klärte sich. „Der Lord persönlich führt über seine Ländereien!"

Kapitel 8

Es war nach Mitternacht, bis Poppy und Barney in ihrem Zimmer allein waren.

Zuvor hatten sie sich zusammen mit den Wythcombes Spiele für den kommenden Tag ausgedacht und Pläne geschmiedet für die nächste Zeit.

Poppy wollte nochmal den Himmel sehen. Als sie das Fenster zum Balkon öffnete, zerrte ein Windstoß an den Vorhängen. Die Nacht war mondlos. Im Westen, über dem Meer, lag eine Wolkenbank, in der es gelblich flackerte.

„Wetterleuchten", murmelte Poppy, „da zieht etwas herauf." Sie schloss die Tür.

„Es ist kalt geworden." Barney fachte ein Feuer im Kamin an.

„Komm schnell ins Bett."

Nachdem er Holz nachgelegt hatte, schlüpfte er unter die Decke. Poppy drängte sich an ihn.

„Du hast kalte Füße."

„Ist das ein Wunder, Barney? Was für ein Tag. Unser schöner Ausflug nach Falmouth und dann Micah. Ich kann es immer noch nicht fassen. Ich werde heute Nacht kein Auge zu tun."

Das Gewitter kam näher. Hypnotisch mischten sich Blitz und Donner unter Poppys chaotische Gefühle. Irgendwann schaffte sie es, von ihrem Gedankenkarussell abzuspringen und schlief ein.

Diesmal ließ Caedmon nicht auf sich warten. Seine Gestalt zeichnete sich deutlich gegen das Flackern vor dem Fenster ab.

Poppy schielte zu Barney hinüber.

„Keine Angst, Mylady, heute schläft der werte Gatte tief und fest. Ich lasse ihn von Dampfloks träumen, das gefällt ihm, nicht wahr?“

„Und was habt Ihr für mich ausgesucht?“

„Nichts Erbauliches, fürchte ich.“ Er nahm wieder an der Bettkante Platz, aber in Richtung Fußende, mit gebührendem Abstand zu Poppy.

„Ich habe Euch vermisst, edler Haus- und Hofmeister.“

„Edler? Elender trifft es besser!“ Das Wetterleuchten ließ die Tränen auf seinen Wangen glitzern. „Mein letzter männlicher Nachfahre ist tot! Micah – er war meine große Hoffnung, den Fluch zu beenden. Jetzt ist es zu spät. Was habe ich auf Micah eingeredet in der letzten Nacht!“

„Seid Ihr deshalb nicht bei mir gewesen?“

„Mylady! Ihr hättet alles Recht der Welt, mich zu kritisieren. Am Ende habe ich auf den Falschen gesetzt“, krächzte er.

„Weint Ihr um Micah oder um Euch?“

„Verzeiht mir, Friede seiner Seele! Er hatte so viel Potenzial. Aber keinen Ehrgeiz. Er liebte nur das Meer. Und die Frauen.“ Er zog ein großes weißes Taschentuch aus dem schwarzen Samtwams und schnäuzte sich lautlos die Nase. „Euch übrigens auch, Verehrteste. Er schwärmte in höchsten Tönen von seiner neuen Chefin, wie er Euch nannte!“

Poppy zog ihre Bettdecke bis zum Kinn.

„Und Brigid?“

„Die nordische Schönheit? Euch entgeht nichts, Mylady.“

„Das habe ich heute schon mal gehört.“

„Brigid war bei ihm.“

„Ich dachte, das war eine alte Geschichte?“

„War es auch. Aber sie hat sein großes Herz erweicht, und er war gestern bei ihr. Angeblich um endgültig Schluss zu machen. Aber es war eine leidenschaftliche und lange Liebesnacht. Es dauerte ewig, bis er schlief und ich an ihn herankam.“

Poppy unterdrückte einen Stich Eifersucht. „Hat sie ihn gekratzt?“

„Pardon, Madame?“

„Verletzt, am Rücken ...“

„Ich kann Euch keine erotischen Details verraten, ich hatte ja erst später Zugang. – Wäre er besser bei Euch gewesen!“

„Ich muss doch sehr bitten.“

„Nein, im Ernst. Die Seelenverwandtschaft! Wir sprachen davon. Und sagt nicht, dass Ihr Micah nicht mochtet. Euer Bad im Meer!“ Caedmons Augen blitzten, diesmal ohne Tränen. „Als er mir davon erzählte, war er sehr erregt, wenn Ihr mir die unziemliche Bemerkung gestattet.“

„Er gefiel mir wirklich, aber ich kann ...“

„Erspart mir die Ausflüchte einer verheirateten Frau.“

„Die Trauer stand Euch besser als Eure Frechheit.“

„Ihr habt recht. Schluss mit dem Geplänkel.“ Er seufzte tief. „Micah hatte mir verboten, Euch weiter zu behelligen. Das war ein Fehler. Gemeinsam hätten wir drei das elegant gelöst, davon bin ich überzeugt. Jetzt seid nur Ihr allein übrig, die ich um den Gefallen bitten kann.“

„Soweit wart Ihr bereits bei unserem ersten Zusammentreffen.“

„Dann lehnt Euch zurück ins weiche Daunenkissen und hört mir zu. Wir haben Zeit.“

Er betrachtete Barneys regelmäßige Atemzüge. „Euer Gatte durchquert in seinem Dampfzug gerade die schottischen Highlands. Er und Sie sitzen zusammen beim Tee im Salonwagen.“

Caedmon schlug die Beine übereinander und faltete die Hände auf den samtenen Kniehosen.

„Ich war ein treuer Diener der Wythcombes. Als Chamberlain kümmerte ich mich um das Tagesgeschäft und die Verwaltung der Güter. Ich habe den Herrschaften viel Ärger erspart, was nicht selbstverständlich war, denn ihr Verhalten ließ zu wünschen übrig.“

„Aber Bruce Wythcombe ist der liebenswürdigste ...“

„Lasst Euch nicht täuschen, Gnädigste. Sie waren wenig beliebt bei den Nachbarn, tatsächlich knechteten sie ihre Untergebenen und Pächter bis aufs Blut. Und die Härte zahlte sich aus. Südlich einer Linie von Penzance bis Falmouth gehörte das Land den Wythcombes. Bis auf die fünf Meilen an der Ostseite von Lizard, zwischen Cadgwith und dem Kap. Aber der damalige Besitzer war todkrank und verarmt ... bis auf seine Ländereien. Lord Wythcombe bezahlte die Ärzte und schaffte es schließlich, dass er ihm dafür den Grund überschrieb.“

„Unsympathisch, aber wahrscheinlich nicht illegal.“

Caedmon schüttelte den Kopf. „Genug, um bei mir das Fass zum Überlaufen zu bringen. Ich konnte die Arroganz und Selbstherrlichkeit meiner Herrschaften nicht

mehr ertragen, und da ging es mit mir durch! Weil ich
für entsprechende Vorgänge verantwortlich war, war
es ein Leichtes, die Kaufurkunde an mich zu bringen.
In einer spontanen Aufwallung riss ich sie in der Mitte
durch. Es war ein herrliches Gefühl!“

„Das war alles? Warum habt Ihr sie nicht ganz vernichtet?“

„Mich verließ der Mut. Und ich hegte die Hoffnung,
dass es später vielleicht einen Würdigeren geben
würde ... So versteckte ich die Hälften. Unauffällig, als
Buchseiten. Die eine Hälfte in unserer alten Familienbibel und die andere unter der Nase der Wythcombes:
in einem dicken Folianten der Bibliothek! Als der Vor-
besitzer kurz darauf starb, und Lord Wythcombe sein
Besitzrecht belegen musste, war die Urkunde verschwunden. Ich blieb bei meinem Trotz und genoss die
Rage des Herren!“

„Da hat er Sie umgebracht.“

„Nicht gleich. Er sprach einen Bannfluch über mich
aus, der erst gelöst würde, wenn der Vertrag wieder
auftauchte. Dann warf er mich in den tiefsten Kerker
des Manors. Bald verließen mich die Kräfte. Seither
lebe ich in den Träumen meiner Nachkommen weiter.“

„Und in denen von ein paar verwandten, wehrlosen
Seelen.“

„Ein bisschen mehr geht schon noch, Mylady. Ich ver-
passte den Lords den einen oder anderen Albtraum ...“

„Und meinem Mann eine Eisenbahnfahrt.“

„Sehr richtig.“ Er kicherte. „Ich sehe, Ihr teilt meinen
Sinn für Humor.“

„So witzig finde ich das alles nicht.“

„Entschuldigt. Ich will nur meinen Frieden finden. Der Traumwandelei bin ich längst überdrüssig, vor allem jetzt, wo mit Micah der Letzte meiner Linie gestorben ist. Mylady, wenn es Euch gelänge, die beiden Hälften des Vertrags wieder zu vereinen ... Es wäre meine letzte Chance.“

„Wo soll ich denn suchen?“

„Hier liegt das Problem. Ich habe es vergessen.“ Seine Schultern sackten nach unten. „Keiner meiner Nachfahren hat getan, worum ich ihn bat, und über die Jahrhunderte ... Einem Traumgespinst fällt es nicht leicht, seine Sinne zusammenzuhalten. Nur so viel weiß ich noch: Das Kapitel in dem Buch hieß *A Prospect of the City of Maga... Maga*-dingsda, die Beschreibung einer uralten Stadt an der Küste von Sansibar, lauter Skizzen und Straßenverzeichnisse. Der untere Teil des Vertrags, mit Lageplan und Kataster-Eintragung, passte da unauffällig hinein.“

Poppy kam ein Gedanke. „Ein Buch über Piraten?“

„Möglich. Die andere Hälfte steckt immer noch in der Bibel. Micah wusste das, aber es hat ihn einfach nicht interessiert. Bei der häufigen Umzieherei in letzter Zeit hat er sie irgendwo liegengelassen. Vielleicht könntet Ihr darüber etwas herausfinden? Aber Ihr dürft niemandem davon erzählen, es ist gefährlich ... Oh! Barneys Zug ist in Edinburgh angekommen, er wacht auf! Wir sehen uns wieder, Mylady!“

Blitz und Donner trafen diesmal direkt aufeinander und Caedmon verschwand.

Barney drehte sich stöhnend zu Poppy um. „Was für eine Nacht! Und ich habe so schön geträumt. Die Fahrt ...“

„Den Tee im Speisewagen fand ich lauwarm“, sagte
sie beiläufig und zwinkerte ihn verschlafen an.

„Woher weißt du ...?“

„War ich nicht bei dir, wie immer? Mit wem solltest
du denn sonst unterwegs sein, mein Schatz?“

Er hatte sich wieder auf die andere Seite gedreht, und
auch Poppy schlief weiter, ohne dass sich ihr Besucher
nochmals blicken ließ.

Kapitel 9

Das Wetter wurde auch am nächsten Morgen nicht besser. Der Himmel hing tief über der aufgewühlten See, und ein ausgewachsener Nordwester fegte ungebremst über Lizard Point hinweg. Wythcombe Manor hatte Schlimmeres erlebt und trotzte dem Ansturm. Aber die alten Fenster waren undicht, und es gab keinen Ort im Haus, wo man dem vielstimmigen Pfeifen hätte entkommen können.

Poppy stand früh auf. Barney schien sich von dem Tohuwabohu nicht stören zu lassen und schlief weiter. Hatte ihm Caedmon eine weitere Bahnfahrt spendiert?

Sie sah auf die Kaminuhr. Halb sieben Uhr morgens. Sie zuckte die Schultern, zog sich an, ging hinunter in die Halle und steuerte auf die Bibliothek zu.

Sie schob die schweren brokatenen Vorhänge auf. Von draußen fiel wenig Licht durch die Kassettenfenster. Die bronzenen Wandleuchter spendeten dem riesigen Raum nur einen gelben Schimmer. Irgendwie rauchig, fand Poppy, aber das lag wahrscheinlich am Geruch unzähliger Kaminfeuer und Zigarren, die hier über Jahrhunderte abgebrannt worden waren.

Fast fünf Meter hohe Regale aus Nussbaum zogen sich die Wände hoch, von denen noch weitere drei Reihen wie Finger in den kuppelförmigen Saal ragten.

Unschlüssig blieb sie stehen.

Wonach suchte sie? Die Stadt *Maga*-irgendetwas, ein Buch über Piraten – wie sollte sie das unter den tausenden von Bänden finden? Sie würde sich an einen wenden müssen, der sich in der Bibliothek und mit dem

Ordnungsprinzip auskannte. Bruce? Vielleicht auch Barney? Oder einer der Botaniker? Aber dann müsste sie sich jemandem anvertrauen. Große Lust dazu hatte sie nicht, vor allem, wenn sie daran dachte, dass am Ende noch ihre Traumgeschichte ins Spiel käme.

Vielleicht gab es einen anderen Weg. Sie streifte an den Regalen entlang.

„Unterhaltsames und Erbauliches" las sie auf einem vergilbten Papierstreifen in einem Etiketthalter aus Messing.

Zwei Meter weiter: „Garten, Forst und Vieh". Weitere Abschnitte folgten: „Boating & Fishing", „Völker und Länder", „Naval Chronicle".

Das könnte etwas sein, dachte Poppy, und zog einen der in helles Kalbsleder gebundenen Bände heraus.

„Sie interessieren sich für Marineliteratur?"

Poppy fuhr herum. Es war einer der Botaniker. Als sie ihn während des Essens bediente, hatte sie ihn erkannt: Es war der Mann in Dunkelblau, den sie in ihrer Galerie gesehen hatte, zusammen mit Barney. Das war die Gelegenheit. „Nicht so intensiv wie Sie, nehme ich an? Sie waren bei der Marine? Ich erinnere mich an den Offiziersmantel, den Sie trugen, als Sie in unserem Laden in London waren."

„Sie haben ein gutes Gedächtnis, Ma'm. In der Tat bin ich zur See gefahren. Als Schiffsarzt. Auf den großen Linienschiffen nach Amerika, Indien und Australien. Cunard und P&O, die Queen Elizabeth und die Britannia. Aber diese Zeiten sind vorbei. Kreuzfahrten sind nicht mein Ding."

„Es macht Ihnen mehr Spaß, in der Geschichte zu stöbern?"

„Wir versäumen es leider viel zu oft, aus der Geschichte zu lernen. Die Seefahrer früherer Zeiten könnten interessante Erfahrungen vorweisen. Es gab damals beispielsweise kaum Krankheiten an Bord, zumindest solange der Kapitän die Mannschaft halbwegs anständig mit Lebensmitteln und frischem Wasser versorgte.“

„Und Zitronensaft in den Rum mischte, gegen Skorbut.“

Er strahlte und deutete eine Verbeugung an. „Ich bin beeindruckt. Sie kennen sich aus!“

„Das ist keine Kunst, ich bin mit einem Historiker verheiratet.“

„Barnabas ist eine Instanz! Verzeihen Sie, ich habe es versäumt, mich vorzustellen: Dr. Charles Trelawney.“

„Poppy Dayton. Was haben Sie denn bei uns gefunden?“

„Wir sprachen über meine Zeit als Marinearzt. Und Barnabas hat mir ein paar wertvolle Bücher gezeigt, über Heilkräuter an der englischen Südküste.“

Das war nicht ganz die Wahrheit. Poppy erinnerte sich genau, dass an dem Tag Daniel Defoes *Pyrates* auf dem Tresen lag. Warum die Version mit den Pflanzen?

„Deshalb sind Sie hier, mit Ihren Freunden?“

„Genau. Wir wollen, dass die Schutzgebiete am Küstenstreifen ausgebaut werden. Dazu müssen wir ein paar Pflanzenarten genau lokalisieren. – Und Sie, Mrs Dayton? Hinter was sind Sie her, in den Jagdgründen dieser herrlichen Bibliothek, um diese Zeit?“

Sie zögerte. Eine Spur zu lang, wie sie bemerkte. Die Augenbrauen des Arztes zogen sich zusammen. „Ich bin Künstlerin“, versuchte sie authentisch zu antworten, „und wollte mich durch alte Ansichten von Küstenstädten inspirieren lassen."

„Küstenstädte? In Cornwall?" Sein Blick blieb unbeweglich auf ihr liegen.

„Überall auf der Welt. Gerne auch in südlichen Breiten."

„Die historischen Darstellungen sind meist romantisch überhöht."

„Künstlerische Freiheit interessiert mich mehr als die geographische Genauigkeit."

Er schien sich zu entspannen und lachte. „Natürlich. Es gibt in dieser Bibliothek tatsächlich ein paar wunderschöne Atlanten und Reiseberichte. Die Wythcombes waren im neunzehnten Jahrhundert sehr unternehmungslustig und haben von ihren Reisen wertvolle Bücher mitgebracht. Darstellungen von Venedig, Neapel, Palermo, bis nach Kalkutta! ich zeige Sie Ihnen gerne."

„Danke. Vielleicht ein anderes Mal."

„Ich habe schon bemerkt, dass Sie sehr beschäftigt sind. Arbeiten Sie hier oder machen Sie Urlaub?"

„Beides, Dr. Trelawney. Ich helfe den Wythcombes bei der Gästebetreuung."

„Das machen Sie wunderbar. Aber um meine Freunde und mich brauchen Sie sich nicht zu kümmern, wir können selbst auf uns aufpassen." Regungslos lag sein Blick auf ihr. „Denken Sie an Ihre Entspannung und Ihre Gesundheit." Er verbeugte sich knapp. „Ich wünsche Ihnen einen schönen Tag", sagte er leise, drehte sich um und ließ sie stehen.

Nachdenklich legte Poppy das Buch zurück und ging in Richtung Büro. Dabei überquerte sie die feuchten

Abdrücke, die Trelawneys Schuhe auf dem Eichenparkett hinterlassen hatten.

Die Feuchtigkeit drang zwar durch alle Ritzen, und auf dem Fensterbrett bildeten sich kleine Pfützen. Aber davon bekam man keine nassen Füße, dachte sie verwirrt. Warum zog es ihn bei diesem Wetter nach draußen? Zum Rauchen vielleicht?

Hinter dem Schreibtisch kam ihr Trelawneys letzte Bemerkung in den Sinn. Eine Drohung?

Und noch etwas fiel ihr ein: Daniel Defoes *A General History of The Pyrates* – könnte Caedmon dieses Buch gemeint haben? Trelawney und Barney hielten es in den Händen, in ihrem Laden. Sie spann den Gedanken weiter: Wenn es dasselbe Buch wäre – dann befände es sich irgendwo, nur nicht in der Bibliothek von Wythcombe.

Das Telefon klingelte, und Poppy nahm ab. „Wythcombe Manor, Rezeption."

„Mrs Dayton, sind Sie das?"

„Inspektor! Einen guten Morgen wünsche ich!"

„Danke", meinte er trocken. „Daran glaube ich noch nicht. Aber es ist gut, dass ich Sie spreche. Warum sind Sie eigentlich so früh im Dienst? Sie arbeiten zu viel."

„Das hat ein Arzt heute bereits festgestellt."

„Ein Arzt? Ihnen fehlt doch nichts?"

„Keine Angst. Ich konnte nur nicht mehr schlafen."

„Aber ein paar Stunden waren Sie im Bett, nehme ich an. So viel Glück hatte ich nicht. Das Verhör von Brigid Andersen zog sich die ganze Nacht hin. Wir konnten nachweisen, dass Hautpartikel unter ihren Fingernägeln vom Toten stammen. Darauf brach sie zusammen und erzählte eine lange Geschichte von Liebe, Enttäuschung und neuer Leidenschaft."

„Sie waren zusammen, in der Nacht bevor er starb."

„Woher wissen Sie das?"

„Ich habe davon geträumt."

„Sie träumen von fremden Liebesabenteuern?"

„Nicht direkt. Aber im Schlaf kann sich manches lösen."

„Ma'm, ich entdecke immer neue Begabungen an Ihnen. Ich habe meist Albträume und bin froh, wenn ich aufwache. Das liegt am Essen. Meine Frau meint es gut mit ihrer Küche, und das Dinner ist unsere heilige gemeinsame Zeit. Sie stammt aus Schottland."

„Ein richtiger Haggis kann einem im Magen liegen."

„Eben. Nochmal zurück zu Mrs Andersen. Sie streitet vehement ab, Micah Morgan getötet zu haben. Das Problem ist, dass ihr Alibi ein großes schwarzes Loch hat. Wie gesagt, sie war während der Mittagspause weg, etwa eine halbe Stunde. Im Zusammenhang mit ihrer problematischen Affäre ..."

„... und den Streitereien zwischen den beiden, die von den anderen Wanderern beobachtet wurden ..."

„... hätte sie ein Motiv, genau. Und es scheint das einzige weit und breit zu sein. Mr Morgan hatte keine Feinde, er war ausgesprochen beliebt."

Poppy schwieg und ließ ihm Zeit, weiterzureden.

„Der Richter hat Haft angeordnet, wegen Fluchtgefahr. Der Staatsanwalt hat uns aufgefordert, weitere Beweise zu präsentieren. Aber das klang eher halbherzig. Auch für ihn scheint der Fall klar zu sein."

„Mit Spuren wird es schwierig, nach dem Unwetter."

„Keine Sorge, wir haben gestern alles gesichert. Wir konnten die Stelle auf den Klippen identifizieren, von der Micah herunterstürzte oder gestoßen wurde. Es gibt dort verschiedene Fußabdrücke, die wir noch analysieren müssen.“

„Es bleibt eng für Brigid.“

„Wenn sich keine entlastenden Hinweise ergeben, ja. Deshalb rufe ich Sie an: Bitte halten Sie weiter Augen und Ohren offen. Das Ausgehverbot im Manor besteht weiter, aber länger als einen Tag kann ich das ohne konkreten Verdacht nicht aufrecht erhalten.“

„Einer ist bereits ausgebüxt.“

„Verdammt, ich habe nicht das Personal, den alten Kasten zu überwachen! Wer ist verschwunden?“

„Niemand. Er ist hier, nur hatte er nasse Schuhe, als ich ihn eben traf.“

„Wer ist es?“

„Ich weiß nicht, ob ...“

„Mrs Dayton, ich betone nochmal, ich will Sie nicht als Spionin missbrauchen. Sie haben gewiss auch ein Interesse daran, die Sache aufzuklären.“

„Es war Dr. Trelawney.“

„Einer von den alten Herren? Den Botanikern? Interessant. Bleiben Sie dran! – Was haben Sie denn heute vor mit Ihren Gästen?“

„Wir werden Sie auf jeden Fall bei Laune halten. Ich habe mir ein paar Gesellschaftsspiele ausgedacht.“

„Da würde ich gerne mitspielen.“

„Die Begeisterung hielte sich in Grenzen.“

Edwards kicherte. „Viel Spaß. Aber falls noch jemand verschwindet, und sei es nur für kurze Zeit, dann stelle ich mich persönlich auf den Hof und rassele mit den Handschellen."

Er legte auf.

Pat kam ins Büro. „Bruce hatte recht." Sie warf *The Packet* auf den Schreibtisch, die Schlagzeile füllte die halbe Titelseite:

Tod am Lizard Point – Deutsche Touristin unter Mordverdacht

Micah Morgan, der nach längerem USA-Aufenthalt erst kürzlich in seine Heimat zurückgekehrt war und als Wanderführer in Wythcombe Manor arbeitete, wurde gestern leblos am Fuß der Klippen gefunden. Es kam bereits zu einer ersten Verhaftung. Brigid A., einem deutschen Hotelgast im Manor, wird als Motiv verschmähte Liebe unterstellt.

Pat nahm Poppy gegenüber Platz. „Woher haben sie die Details? – Egal! Morgen steht es in der Londoner Yellow Press, und dann ist es nur eine Frage der Zeit, bis die Deutschen das im Internet lesen." Es hielt sie nicht auf ihrem Stuhl. „Die Buchungen gingen gerade wieder hoch, und jetzt ..." Händeringend lief sie auf und ab.

„Warten wir ab, was bei den Ermittlungen herauskommt. Denk auch mal an die arme Brigid. Ich glaube nicht an ihre Schuld." Poppy schob die Zeitung unter die Schreibunterlage. „*The Packet* legen wir heute besser nicht im Frühstücksraum aus. Stattdessen präsentieren wir das Schlechtwetterprogramm. Es ist jetzt wichtig, dass wir die Gäste bei Laune halten. Ich wette mit dir, am Ende wird keiner von ihnen vorzeitig abreisen.“

„Poppy, dein Wort in Gottes Ohr.“ Pats Stimme klang fester, und sie fuhr den Computer hoch.

Die neuen E-Mails hellten ihre Stimmung weiter auf. „Das Reisebüro in Hamburg meldet sechs Leute an, und eine Schweizer Agentur bittet um ein Angebot.“

„Na also. Wir entwerfen jetzt eine hübsche Einladung. Schreib: *CHARADE – ein Spiel mit pantomimischer Darstellung.* Und danach gehen wir zum Frühstück. Ich glaube, heute nehme ich was Kräftiges. Eggs Benedict, wie Barney.“

Kapitel 10

Poppy hatte gerade die Kopien der Spielanleitung ausgedruckt, als ihr Blick in den Hof fiel. Durch den Regen, der immer noch in Schlieren an den Scheiben herunterlief, sah sie drei Männer, die wild gestikulierten.

Poppy war überrascht. Stritten sie? Was hatten sie außerhalb des Hauses zu suchen? Sie zögerte nicht, lief zum Portal, öffnete die Tür, gerade so weit, dass die Regenflut draußen blieb – und traute ihren Augen nicht.

Zwischen Dr. Trelawney und Keath Roberts stand ihr Mann.

„Barney, was machst du denn hier draußen?" Sie funkelte ihn empört an. „Und Sie, Herr Doktor, holen Sie sich zum zweiten Mal nasse Füße? Darf ich die Herren an die Ausgangssperre erinnern?"

„Mrs Dayton!" Roberts machte sich von Trelawneys Griff los. „Das haben die beiden schon versucht. Ich kann es mir nicht leisten, hier tatenlos rumzuhängen. Der Regen hat eine meiner Baustellen verwüstet, und ich muss nachsehen ..."

„Dazu hast du deine Leute."

„Die trauen sich da nicht hin, Charles. Ich werde ..."

„Es tut mir leid", unterbrach ihn Poppy, „Inspektor Edwards hat gerade angerufen und die Ausgangssperre zumindest bis heute Abend verlängert. Aber ich kann versuchen, ihn zu erreichen. Vielleicht macht er eine Ausnahme?"

Poppy konnte nicht einschätzen, ob ihre Frage beiläufig genug klang. Tatsächlich gab Roberts klein bei. „Nein, bitte keine Umstände.

Ich will keine Sonderbehandlung. Bis heute Abend, sagen Sie?" Er seufzte. „Also gut. Mal sehen, wie wir die Zeit rumkriegen."

Poppy hielt die Tür auf. Barney kam als letzter herein und rollte die Augen, als er an ihr vorbeiging. Kopfschüttelnd zog Poppy die Tür hinter ihnen zu und überzeugte sich davon, dass sie dicht schloss.

Um das Gefühl von Hüttenkoller gar nicht erst aufkommen zu lassen, servierte Bruce das Frühstück in der großen Halle. Da wegen des Ausgehverbots alle lange geschlafen hatten, wurde aus dem Frühstück ein Brunch. Der lange Tisch diente als Büfett, und die massive Eichenplatte bog sich schier unter dem opulenten Arrangement. Links und rechts von einem gefächerten zartlila Fliederstrauß präsentierten sich kalte und warme Speisen. Frisches Roastbeef neben geräuchertem Lachs und Forelle, gegrillte Gambas und *Jambon persillé*, eine in Petersilie eingelegte Schinkenpastete. Dazu Eier in allen möglichen Zubereitungsarten, Salate, Müslis und natürlich Croissants und Scones, begleitet von selbstgemachten Marmeladen und Clotted Cream.

Pat kam zu Poppy und Barney an den Tisch. Auch Bruce folgte, nachdem er den Rest der Getränkebestellungen abgearbeitet hatte.

Jemand klopfte an sein Glas. Es war Trent Cardy, einer der Botaniker, der in Poppys Augen bisher wenig in Erscheinung getreten war. „Ein Toast auf unsere Lordschaft! Die Küche von Wythcombe Manor hat bisher keine Wünsche offengelassen, und wieder gelingt es Ihnen, sich zu übertreffen. Für meinen Geschmack vielleicht ein bisschen viel Luxus nach dem traurigen

Ereignis, aber das Leben geht weiter! Die Täterin ist ja gefasst. *Cheers!*

Er setzte sich wieder.

Kein Applaus, aber überwiegend zustimmendes Gemurmel.

Poppy bekam mit, wie Annette sich zu Lara hinüberbeugte. „Ich liebe den trockenen britischen Humor."

„Ich weiß nicht", antwortete sie. „Was Brigid angeht, scheinen sich alle einig zu sein."

Nachdenklich stippte Annette ein glänzendes Kügelchen Forellenkaviar an und hielt es Lara entgegen, die es mit ihrer rosigen Zungenspitze annahm. „Als ob alle darauf aus sind, so schnell wie möglich wieder in Ferienstimmung zu kommen."

Die leisen Gespräche in den kleinen Runden nahmen an Fahrt auf.

Poppy sah, wie Bruce befriedigt registrierte, dass Lars und Janina Bäcker zwei Gläser Sekt orderten. „Läuft doch", stellte er fest.

„Umso besser." Pat warf ihre Serviette hin. „Ich hatte Angst, wir wären bis heute Mittag leer. Jetzt bereite ich den Salon zum Spielen vor. Es regnet weiter in Strömen, aber die Stimmung scheint sich aufzuheitern."

„Da ist noch Luft nach oben." Offenbar hatte Klaus mitgehört, als er bei ihnen vorbeikam.

Er blieb am Tisch stehen. „Susi und ich haben nicht viel geschlafen heute Nacht. Dass Brigid zu so etwas fähig ist! Aber der Micah war anscheinend auch kein Kind von Traurigkeit. Hat sich die Polizei nochmal gemeldet?"

„Herr Stolpe, wir treffen uns gleich im Salon." Poppy bemühte sich, sachlich zu bleiben. „Dann kriegen Sie die Informationen, die wir auch haben."

Keath Roberts war dazugekommen. „Gönnen Sie uns noch eine Rauchpause? Draußen? Heimlich auf dem Klo, dazu habe ich keine Lust."

Bruce nickte und verkündete: „Rauchertreffpunkt ist vorne auf der Terrasse, der Aschenbecher steht wie immer auf der Balustrade vom Swimmingpool."

„Wenigstens etwas." Keath ging auf Lara zu. „Lady, hätten Sie noch eine von Ihren filterlosen Zigaretten für mich?"

Die beiden hakten sich unter und gingen in Richtung Terrasse.

Nach kurzer Zeit waren ihnen fast alle Gäste gefolgt.

„So viele Raucher hatten wir bisher nicht, oder?" fragte Pat.

Poppy grinste. „Der Duft von Freiheit."

Barney stützte die Ellenbogen auf den Tisch und legte die Finger an die Schläfen. „Freiheit wird hier sehr hochgehalten." Er klang betreten. Hinter vorgehaltener Hand sagte er zu Poppy: „Ich weiß nicht, wie lange ich diesen kornischen Verein noch im Zaum halten kann."

„Ach wirklich? Du hältst ihn im Zaum?" Ihre Frage klang schärfer, als ihr lieb war. Unmut stieg in ihr auf. Sie hatte Schwierigkeiten, ihn exakt zuzuordnenden, aber einen Teil davon bezog sie auf ihren Mann. „Oder steckst du mit ihnen unter einer Decke?"

„Ich versuche nur herauszubekommen, was sie vorhaben."

„Das wäre in der Tat mal was."

„Spar dir deine Ironie."

„Und du deine Geheimbündelei mit diesen Typen. Die ganze Zeit verschweigst du mir etwas. Jetzt ist nicht der Moment, Pat und ich müssen das gute Laune-Programm starten. Aber warte nur, heute Abend ...“

„Es ist kompliziert. Trotzdem glaube ich, dass die Jungs die besten Absichten haben.“

„Wirklich alle? Doktor Trelawney hat mir komische Fragen gestellt, Roberts wollte abhauen heute früh und dieser Cardy hebt sein Glas auf die Verurteilung von Brigid!“

„Ich weiß. Ich habe auch meine Zweifel. Ich verspreche dir ...“

„Heute Abend!“ Sie stieß den Zeigefinger nach vorne und brachte ihn nur Millimeter vor Barneys Nasenspitze zum Stehen. „Versuch bis dahin, deine neuen Freunde ein wenig kritischer zu betrachten.“

Ein besonders heftiger Donnerschlag ließ das Manor erzittern. Es wurde still in der Halle, und Pat nutzte den Moment. „Das nehme ich mal als Startschuss für unser Spiel. Ich bitte alle nach nebenan in den Salon!“

Sie ging voraus.

Die Wanderer standen als erste auf und folgten ihr. Die Botaniker blieben sitzen. Poppy wartete ebenfalls ab und beobachtete sie.

Barney schob seinen Stuhl zurück, als Poppy ihn festhielt. „Die Herren scheinen sich drücken zu wollen. Tust du mir einen Gefallen? Geh zu ihnen und überzeuge sie davon, teilzunehmen. Sag ihnen, wir hätten uns ein paar Charade-Begriffe ausgedacht, die auch ihnen Spaß machen werden, oder etwas in diese Richtung.“

„Du willst, dass ich dir den Rücken freihalte?“

„Du liest meine Gedanken, Darling."

Barney schmunzelte. „Spar dir deinen Charme. Eine Charade! Da braucht es mehr, um die Jungs bei der Stange zu halten."

„Lass dir was einfallen. Ich werde mich zwischendurch unsichtbar machen. Wenn du in dieser Zeit bemerkst, dass einer von ihnen den Raum verlässt, schick mir einfach ein Ausrufezeichen per SMS."

„Was hast du vor?"

„Ich glaube, der Inspektor hat etwas übersehen. Brigid ist keine Mörderin."

„Kann es sein, dass du dich da in etwas verrennst? Mach keinen Unsinn."

„Tu ich nicht. Jedenfalls nicht, wenn du aufpasst."

Jetzt ließ sie Barney los.

Poppy ging in den Salon und gesellte sich zu Pat, die neben dem Marmorkamin stand. Sie vertraute der Überzeugungskunst ihres Mannes. Deshalb war sie nicht erstaunt, als nur wenige Augenblicke später die fünf Männer erschienen, angeführt von Barney, der grinsend eine Flasche Whisky hochhielt.

Jetzt waren alle versammelt. Es wurden noch ein paar Getränkebestellungen entgegengenommen, dann ergriff Pat das Wort: „Ein Tag in Quarantäne. Wir machen das Beste daraus! Poppy und ich haben uns etwas ausgedacht. An einem verregneten Tag wie diesem gibt es nichts Schöneres als eine Charade, das Spiel um Begriffe und große Gesten. Wir folgen der guten alten Tradition und bilden zwei Mannschaften: Deutschland gegen England! Dass am Ende immer die Deutschen gewinnen, gibt es nur im Fußball. Mögen die Besseren gewinnen!"

Applaus brandete auf, auch bei den Botanikern.

Wenn man sie nur bei ihrem Sportsgeist packt, dachte Poppy.

Klaus Stolpe hob einen Finger. „Wir freuen uns darauf, und ich will kein Spielverderber sein. Aber man hat mir vorhin versprochen, uns noch ein paar Informationen zu dem Mordfall zu geben. Ist es nicht so, Mrs Dayton?" Sein Blick aus den grauen Augen lag auf ihr.

Es wurde still im Salon. Nur ein Zischen war zu hören, als Bruce eines der überlangen Streichhölzer entzündete, um das Feuer im Kamin in Gang zu bringen. Es ging gleich wieder aus, und leise fluchend machte sich Bruce an der Luftzufuhr zu schaffen. Das Quietschen der eingerosteten Metallklappen erzeugte bei Poppy eine Gänsehaut.

Sie zog die Wollstola über ihren Schultern zusammen. „Es stimmt. Inspektor Edwards rief heute Morgen an. Er teilte mir mit, dass sich der Verdacht gegen Frau Andersen erhärtet habe. Die Beweise genügen, um den Haftbefehl aufrechtzuerhalten."

„Warum werden wir dann noch hier festgehalten?" Dr. Trelawneys Frage schien den Nerv aller zu treffen.

„Weil die Indizien nicht ausreichen, um eine Vorverurteilung von Brigid zu rechtfertigen. Das gilt für uns alle hier. Auch wir sind nicht aus dem Schneider. Die Ausgangssperre gilt zunächst bis heute Abend, dann bekommen wir neue Informationen."

Ein anderer der Botaniker beugte sich nach vorne. „Mrs Dayton, wenn ich bis dahin hier nicht raus bin, rücken meine Anwälte Ihnen und diesem Inspektor auf die Bude." Als er sich aufrichtete, erkannte Poppy Henry Pascoe, den Hauptdarsteller aus einer alten

Fernsehserie. Streit unter alteingesessenen Familien, einer Art Dallas, und er gab darin den südenglischen JR, erinnerte sie sich schmunzelnd.

„Was gibt es da zu grinsen?", herrschte er sie an und nestelte an dem roten Einstecktuch, das aus der Brusttasche seines Blazers quoll.

„Entschuldigen Sie, Mr Pascoe", meldete sich Pat. „Das hier ist meine Bude, wie Sie so schön sagen. Und Mrs Dayton ist eine liebe Freundin."

„Lass gut sein, Henry." Auch Bruce schritt ein. „Poppy steht unter unserem Schutz, sie hilft uns hier gerade enorm." Er zwinkerte ihm zu. „Ich rate dir, dich gut mit ihr zu stellen. Sie hat einen besonderen Draht zu unserer Polizei."

Die Diskussion nahm die falsche Richtung, fand Poppy. „Bruce, das ist lieb von dir. Nächstes Mal gehst besser du ran, wenn der Inspektor anruft."

„Spielen wir jetzt, oder was?", krähte Annette dazwischen. „Mir ist ein Begriff eingefallen!"

Sie stand auf, pustete aus vollen Backen, schlug ein Rad quer durch den Salon und blieb mit ausgestreckten Armen stehen. Verblüffte Stille.

Dr. Trelawney klatschte. „Sehr sportlich, kleine Lady."

„Na und? Was habe ich dargestellt?"

„Eine Windmühle?" Lara kniff ihre Freundin in den Po. „Pantomime kann sie!"

„Aua, lass das! Aber es stimmt!"

„*A windmill, indeed!*" Gönnerhaft klopfte Keath Roberts auf die Tischplatte. „*Germany one, England zero!*"

Pat lachte und legte ihren Zettel beiseite. „Ich sehe schon, Sie kennen die Regeln. Wir haben uns ein paar

Begriffe ausgedacht, die auf Englisch und Deutsch ähnlich aufgebaut sind." Sie griff nach dem Zylinder, der auf dem Kaminsims stand. „Die Mannschaften entscheiden über die Reihenfolge ihrer Darsteller. Jeder von Ihnen zieht einen Zettel und hält das Wort geheim. Geraten wird von allen. Wer richtig rät, gewinnt den Punkt für seine Mannschaft."

Poppy ging herum, und alle griffen in die schwarze Öffnung.

Keath deutete auf seinen Nachbarn. „Pete, zeig denen mal, was Theater ist."

Als der zögerte, legte er nach. „Darf ich vorstellen: Peter Hammett, Regisseur, Hauptdarsteller und Kartenabreißer der Volksbühne Falmouth!"

Der so Angekündigte verbeugte sich leicht und schaute nochmal auf seinen Zettel. Ohne eine Miene zu verziehen, hob er den linken Daumen. Dann ging er auf alle viere. Behäbig krabbelte er los. Langsam bewegte er den Kopf mit der hochgewölbten Stirn und den braunen, seitlich abstehenden Haarbüscheln auf und ab. Dabei bewegte er Unter- und Oberkiefer gegeneinander von links nach rechts. Er richtete sich auf, was ihm bei seiner Körperfülle offenkundig Mühe bereitete, und strich sich in einer weiblich anmutenden Geste die Haare aus der Stirn. Jetzt hielt er zwei Finger in die Luft, griff nach einem Stuhl, setzte sich verkehrt herum drauf, packte mit einer Hand die Lehne, wirbelte mit der anderen über seinem Kopf und polterte mit dem Stuhl durch den Raum.

„Ein Reiter!" rief Klaus.

„Eine Kuh!" Das kam von seiner Frau.

„Cowboy!“ Lars Bäcker wiederholte die Wirbelbewegung.

„That's it!“ Peter verbeugte sich bühnenreif.

„Gewonnen!“ Janina küsste ihren Freund auf den Mund und blickte in die Runde. „Er ist selbst ein toller Reiter!“, erklärte sie.

Das Gelächter, das im nächsten Augenblick losbrach, schien ihren Stolz nicht zu beeinträchtigen.

Keath fand als erster die Fassung wieder. „Pete, du machst es ihnen zu leicht! Das nächste Mal nehmen wir einen schlechteren Schauspieler. Henry zum Beispiel.“

Der Serienstar der BBC zuckte zusammen und grinste säuerlich.

„Ihr Sarkasmus scheint Mr Pascoe nicht zu gefallen!“ Klaus Stolpe zog einen Zettel, schaute nach und knüllte ihn zusammen. „2:0 für uns. Jetzt bin ich dran.“

Sein Daumen ging nach oben.

Dann legte er die kleinen Finger beider Hände aneinander und streckte die Arme nach vorne über den Tisch, nur um sie gleich wieder einzuholen. Die Handflächen näherte er seinem Gesicht.

„Gebet! Tischgebet!“ rief seine Frau.

Klaus schüttelte den Kopf, stand auf und hob zwei Finger.

Er marschierte durch den Raum, die Ellenbogen an die Seiten gelegt und bewegte dabei die Fäuste auf und ab.

„Lokomotive, Eisenbahn.“ Das kam von Keath.

„Schlafwagen!“ rief Janina.

„Die denkt immer nur an das eine“, kicherte Annette. Sie erhielt dafür von Lara einen Stoß in die Rippen und einen bösen Blick von Janina.

Klaus schüttelte den Kopf, blieb stehen und hob wieder einen Finger.

Diesmal rieb er die Handflächen aneinander und kratzte sich anschließend unter den Achseln.

„Menschenaffe!" rief Trent Cardy. Er hatte selbst die Figur eines Gorillas. Aus einem grünen Poloshirt ragten zwei stark behaarte Arme hervor.

Klaus ließ die Schultern sinken, was absolut nicht nach Imponiergehabe aussah.

Poppy musterte die Gruppe. Alle warteten konzentriert auf die nächste Aktion.

Der ideale Moment, dachte sie und ging langsam zum Ausgang.

„Mrs Dayton!"

Ertappt drehte sie sich um.

„Sie wollen uns doch jetzt nicht allein lassen?", hörte sie Keaths tiefe Stimme aus dem Hintergrund. „Geben Sie uns einen Tipp!"

Alle Blicke waren auf sie gerichtet. Die Chance, jetzt zu verschwinden, war gleich null.

„Nein, nein …" Sie hielt ihr Handy hoch und versuchte nicht zu stottern. „Ich muss nur eine Mail beantworten. Außerdem kenne ich die Auflösung und darf leider nicht mitmachen."

Um ihre Verlegenheit zu verbergen, schaute sie auf das Display und tat so, als ob sie eine Nachricht tippen würde.

Klaus wiederholte seine Bewegung, und Barney rettete die Situation. „Waschen!"

Poppy warf ihm eine Kusshand zu.

Mit vor Eifer gerötetem Kopf nickte Klaus und hielt zwei Finger hoch. Angestrengt wirbelte er mit Armen und Beinen, diesmal auf der Stelle.

Barney blieb dran. „Maschine – *washing machine!*“

Klaus nickte und fuhr sich mit einem karierten Taschentuch über die Stirn. Er schien erleichtert, dass er das hinter sich gebracht hatte, auch wenn der Punkt an die gegnerische Mannschaft ging.

Jetzt kam der Moment des Staatsschauspielers. Ein paar Sekunden lang schaute sich Henry Pascoe suchend um, bis sein Blick an Janina hängen blieb. In einem einzigen langen Schritt war er hinter ihr.

Ohne Janina zu berühren, bewegte er die langen Finger an ihrem Hals entlang. Schaudernd drehte sie sich weg.

Blitzartig schob Henry den Kopf vor, riss den Mund auf und stoppte nur Zentimeter vor ihrem Hals.

„Vampirshow!“ Dr. Trelawney schlug sich begeistert auf die Oberschenkel.

„*No!*“ formte Pascoe lautlos mit den Lippen und zog sich zurück.

Janina atmete auf. „Fühlte sich aber ganz so an.“

Poppy fand das auch, zumal Henrys bleiche Züge und seine wie eine enganliegende schwarze Kappe geschnittenen Haare dem Dracula-Darsteller Bela Lugosi ähnelten.

Jetzt machte sich Henry in einer dunklen Ecke des Salons zu schaffen. Wieder die langen Schritte, zur Ecke gegenüber. Dann zurück. Dazwischen Gesten, als ob er etwas an die Wände warf und dann daran zog.

„*Spiderman!*“ Lars Bäcker erntete dafür ein Grinsen von Henry. Das strahlend weiße Gebiss mit den ausgeprägten Eckzähnen erinnerte Poppy nur noch mehr an den Grafen aus Transsylvanien.

Pascoe stand wieder in einer Ecke und wedelte mit langem Arm in Richtung Decke. Dann zupfte er sich etwas von den Augen und aus den Haaren.

„Spiderweb!"

Pascoe drehte sich langsam zu Peter Hammett um und verbeugte sich tief. „Kompliment! Kollege hilft Kollegen. Das ist in unserer Branche eher selten, danke!"

„Spinnennetz. Das war in der Tat eine beeindruckende Vorstellung. 2:2!" Susanne klatschte. Die anderen fielen ein, das Flackern des Kaminfeuers glänzte auf den begeisterten Gesichtern.

Kapitel 11

Diesmal schaffte es Poppy, den Salon unbeobachtet zu verlassen. Leise schloss sie die Tür und wartete einen Moment, lauschend, ob jemand reagierte. Dann ging sie ins Büro und nahm den Generalschlüssel vom Regal. Ihre Schuhe ließ sie vor dem Schreibtisch stehen, barfuß lief sie die Treppe hoch.

Auf dem Absatz horchte sie nochmals nach dem Spielgetümmel.

„Kindergarten!" Das nächste Rätsel war gelöst, Laras durchsetzungsstarke Stimme war bis hinauf in den ersten Stock zu hören.

Poppy öffnete das erste Zimmer, es war das von Keath Roberts.

Leise schloss sie die Tür und lehnte sich dagegen.

Sie schaute hinunter auf ihre nackten Zehen. Zweifel überkamen sie. Auf was hatte sie sich da eingelassen? Es war nicht nur illegal, was sie vorhatte, in diesem Moment erschien es ihr auch sinnlos. Was sollte sie entdecken, was die Polizei nicht längst gefunden hätte? Dann kam ihr Brigids Ausdruck in den Sinn, als sie abgeführt wurde, und sie beschloss endgültig, die Bitte des Inspektors um Unterstützung als *Carte Blanche* zu interpretieren. Ihr Herzschlag beruhigte sich.

Der erste Blick durch den Raum.

Kühl. Das lag nicht an der Temperatur und dem regnerischen Zwielicht, das durch die hohen Fenster fiel. Auch nicht an der Tapete aus hellgrauer Seide und den strengen Linien der Möbel im Regency-Stil. Es war die Ordnung. Das Zimmer sah unbewohnt aus, wie frisch hergerichtet. Nichts lag herum. Kein Buch auf dem Regal neben dem Bett, kein Kleidungsstück über dem Stuhl, kein Briefbogen auf dem Schreibtisch.

Sie schaute ins Bad. Hier fanden sich erste Hinweise auf den Bewohner: Eine elektrische Zahnbürste steckte blinkend in ihrem Ladegerät. Alle anderen Toilettenartikel waren in einem olivgrünen, Ziehharmonika-artigen Etui untergebracht, das hinter der Tür hing.

Poppy öffnete den geräumigen Kleiderschrank und war überrascht von der unerwarteten Unordnung: Ein paar Hemden, zwei Jacketts und zwei Hosen hingen schief auf den Bügeln. Pullover, Unterwäsche und Schuhe lagen in einem Haufen zusammen. Als sie die Tür wieder schloss, wehte ihr die entweichende Luft entgegen.

Der Geruch. Nicht unangenehm, aber irgendwie schwer und säuerlich. Ein Eau de Toilette?

Roch so Stress? Ihr fehlte der Vergleich. Barney war so gut wie nie im Stress, und sein „Terre d'Hermès" unterstrich den permanent geerdeten Zustand ihres Mannes.

Sie wandte sich dem Schreibtisch zu. Die Platte war leer, aber in der Schublade darunter fand sie einen weißen DIN A4-Umschlag.

Sie holte ihn hervor. Er war nicht verschlossen. Sie zog drei Bögen Papier heraus. Eine Liste mit etwa zwei Dutzend Abbildungen und Namen von Pflanzen, inklusive ihrer lateinischen Bezeichnungen, fortlaufend nummeriert. Am Ende jeder Zeile waren handschriftlich Zeichen angebracht: Haken, Ausrufezeichen und Fragezeichen.

Das zweite Blatt war ein Stammbaum. Eine alte Familie? Das Wappen, ein Kreuz über einem Löwenkopf. Der Name war Carlyon.

Das dritte Blatt fand sie am interessantesten. Eine grobe Skizze der Region. Poppy konnte das Gebiet sofort zuordnen. Es war ein Küstenabschnitt, er begann im Osten von Wythcombe Manor und reichte bis fast nach Falmouth.

Auf dem Plan waren an verschiedenen Stellen Zahlen eingetragen, die sich verdichteten, je näher die Notizen der Küstenlinie kamen. Neben den Zahlen standen die gleichen Haken und Zeichen wie auf der Liste, so dass sie leicht dem Pflanzenverzeichnis zugeordnet werden konnten.

Poppy legte die Blätter nebeneinander auf den Schreibtisch und fotografierte sie mit ihrem Smartphone. Sie traute sich nicht, den Blitz zu benutzen und war mit dem Ergebnis unzufrieden. Sie zuckte mit den Schultern. Im Moment hatte sie keine Vorstellung, was ihr Fund bedeutete, außer dass sich ein Hobbybotaniker für die Flora in einem speziellen Teil der kornischen Küste interessierte, und daran war nichts Verbotenes. Aber der Stammbaum? Sie schob die Blätter wieder in den Umschlag.

Als sie ihn in die Schublade zurücklegen wollte, fiel ihr Blick in den Papierkorb. Er war leer, bis auf ein paar zerrissene Papierstückchen.

Sie konnten nicht lange dort gelegen haben. Auf keinen Fall seit gestern, als der Inspektor die Zimmer durchsucht hatte. Pat, die sich morgens um die Zimmer kümmerte, hätte den Papierkorb inzwischen geleert.

Poppy nahm die acht Fetzen heraus und setzte sie zusammen. Als erstes erkannte sie den Schriftzug des Museums in Falmouth, *The Moor Art Gallery*. Darunter standen, handschriftlich aufgelistet, drei Namen und Adressen. Auch hiervon machte sie ein Foto. Dann arrangierte sie die Schnipsel halbwegs so, wie sie sie vorgefunden hatte, wieder im Papierkorb.

Bevor sie das Zimmer verließ, sah sie neben der Tür ein Paar lederne Hausslipper stehen. Seltsam, dachte sie, zum Botanisieren eignen die sich nicht.

Sie schloss ab – zweimal, das hatte sie sich gemerkt.

Nebenan war Trelawney untergebracht. Poppy dachte an die morgendliche Begegnung mit dem Doktor und bekam eine Gänsehaut. Oder war es die Schwellenangst vor dem nächsten Zimmer?

„Übung macht den Verbrecher", sprach sie sich Mut zu und ging hinein.

Pompeianisch rote Lacktapeten, grüne Samtvorhänge und Möbel mit Goldapplikationen gaben dem Zimmer einen römischen Charakter. Im Gegensatz zu Keath Roberts Raum schien der Gast hier wirklich zu leben.

Ein Buch lag auf dem Nachttisch: „The Salt Path – die Geschichte einer Reise". Interessanter Titel, fand Poppy, aber dafür war jetzt keine Zeit.

Am Fußende des Betts stand eine Reihe bequemer Schuhe, alle sehr gepflegt, bis auf ein lehmbespritztes Paar. Poppy erinnerte sich an die Stiefel, die heute früh die nassen Spuren in der Bibliothek hinterlassen hatten. Feucht war auch noch der dunkelblaue Regenmantel, der an der Garderobe hing. Der Schreibtisch war hier auf jedem Zentimeter mit Büchern und Papieren bedeckt. Alle schienen ein Thema zu haben: Heilpflanzen. Bildbände, botanische Führer, Artikel aus wissenschaftlichen Zeitschriften, alle mit Buchzeichen und handschriftlichen Notizen versehen.

Poppy arbeitete sich durch die verschiedenen Schichten, bemüht, das Arrangement nicht zu verändern. Unter einer Ausgabe des *Botanical Journal of the Linnean Society* lugte eine Seite hervor, die ihr bekannt vorkam. Behutsam hob sie eine Ecke des Journals an und fand darunter den Küstenplan – den gleichen, wie in Roberts Schublade, aber mit sehr viel mehr Eintragungen. Weite Bereiche waren schraffiert und als „geschützt" markiert.

Die beiden anderen Blätter, mit der Pflanzenliste und dem Stammbaum, fand sie nicht, aber sie konnte unmöglich das ganze Material auf dem Schreibtisch durchsehen, ohne dass es auffallen würde.

Auch die Schreibtischschubladen waren voller Papiere, ebenso wie ein Teil der Fächer im Kleiderschrank.

In den Jacketts fand sie nichts, außer ein paar Krümeln Tabak. Poppy stellte fest, dass sie bei Keath versäumt hatte, in den Taschen nachzusehen; die richtige Schnüfflerroutine musste sie erst noch entwickeln.

Seit Beginn der Aktion war etwa eine Viertelstunde vergangen. Vor der Tür des dritten Zimmers blieb sie stehen und lauschte.

Der Geräuschpegel aus dem Salon unten wurde geringer, je tiefer sie in den Gang vorrückte. Bei welchem von den zwanzig Begriffen sie jetzt wohl waren? Es müsste noch genügend Zeit bleiben.

Das Zimmer wurde von Peter Hammett, dem Chef der Volksbühne von Falmouth, bewohnt. Poppy zögerte, als sie das Zimmer betrat. Hatte ihre Liste sie getäuscht?

Wohnte hier eine Frau? Lavendelfarbene Wände, ein weiß und golden gefasstes Himmelbett, eine Frisierkommode im Rokkoko-Stil und Einbauschränke mit großen Spiegeln. Nicht jeder Mann hätte sich hier wohlgefühlt.

Es war der Geruch, der sie stutzig machte. Männerzimmer unterschieden sich darin von Räumen, die von Frauen bewohnt wurden.

Poppy sah im Bad nach und fand die Ursache auf der Ablage des Waschbeckens. Sie kannte den Duft: *Aromatics Elixir.* Sie hatte ihn selbst einmal benutzt. Weiblich, dachte sie, aber nicht zu ausgeprägt.

Im Schrank hing ein Tweedjackett. In der Innentasche fand sie den gleichen braunen Umschlag wie in Roberts Schreibtisch. Er enthielt die gleichen drei Blätter.

Weitere Kleidungsstücke lagen auf dem Bett. Eine Cordhose. Als sie sie hochhob, rieselten aus den Umschlägen Sandkörner und Pflanzenreste, und aus der Tasche rutschte ein kleines Taschenmesser.

Als sie es zurücksteckte, fiel ihr eine weitere Tasche auf, eingesetzt, wie bei Jeans, aber noch kleiner. Poppy tastete mit den schlanken Fingern hinein und förderte ein zusammengefaltetes Stück Papier zu Tage.

Sie zog es auseinander. Es war ein ausgedrucktes Foto, wie ein Handybild, das offenbar vergrößert worden war. Die Personen darauf zeigten leicht verwaschene Konturen, aber Peter Hammett war klar zu erkennen. Er strahlte und hatte den Arm um einen Mann gelegt. Es war Micah Morgan. Weitere Personen waren angeschnitten, aber nicht zu erkennen.

Micah und Hammett! Poppy dachte fieberhaft nach. Noch ein Foto. Der Inspektor hatte es nicht entdeckt, denn sonst hätte er Hammett ebenfalls zum Verhör mitgenommen. Oder war es ihm unwichtig erschienen, da die Botaniker ein Alibi hatten? Dem Fundort nach wollte Hammett das Foto bei sich tragen – nah, aber unauffällig.

Poppy faltete es behutsam zusammen und steckte es zurück. Ihr Blick wurde von dem Kleidungsstück darunter angezogen. Sie legte die Hose beiseite. Auf der Bettdecke lag ein Wollkleid in sehr weiblichem Schnitt. Sie stutzte und sah nach der Größe. Das könnte dem fülligen Peter passen.

Sie hob es hoch und sah dabei zur Tür.

Auf der Schwelle stand Hammett. „Nicht exakt Ihre Größe, was, Mrs Dayton?"

Kapitel 12

Für einen Moment setzte ihr Herzschlag aus.

Reflexartig hob Poppy das Kleid höher, als ob sie sich dahinter verstecken könnte. Sie versuchte, ihr Zittern zu unterdrücken. Gehetzt sah sie sich nach einer Fluchtmöglichkeit um. *Verdammt, wieso habe ich die Tür nicht abgeschlossen?*

Was sollte sie tun? Sollte sie etwas sagen? Sie bekam kein Wort heraus.

Hammett kniff die Augen zusammen, so dass sie in seinem aufgequollenen Gesicht fast verschwanden. „Was haben Sie hier zu suchen?", fauchte er. „Das Zimmer wurde bereits aufgeräumt!"

Dann machte er einen Schritt zurück auf den Gang, knallte die Tür zu und schloss sie ab.

„Sie bleiben hier drin, bis sich das aufgeklärt hat!", rief er von draußen. Er stieß einen spitzen Schrei aus: „Hilfe! Jemand ist in meinem Zimmer!"

Poppy war froh, dass er nicht ihren Namen durchs Haus brüllte.

Wahrscheinlich wollte er sich diese Überraschung aufbewahren, wenn er gleich die Tür wieder aufschloss und dahinter eine ertappte Poppy auf bloßen Füßen präsentieren konnte.

Das durfte nicht passieren.

Poppy ging zum Fenster. Sie hatte noch geschimpft, weil es sich in ihrem eigenen Zimmer so altmodisch hochschieben ließ und nicht offenbleiben wollte. Jetzt war sie erleichtert über den Rettungsanker.

Sie stemmte die Scheibe nach oben, schwang sich bäuchlings über den Sims und tastete mit den Zehen nach einem Widerstand. Dann zog sie das Fenster wieder herunter, bis es einrastete.

Es hatte aufgehört zu regnen. Die Fassade war noch feucht, aber die umlaufenden Sandsteinverzierungen bot ihren Füßen und Händen Halt.

Poppy atmete langsam ein und aus. Nur nicht nach unten sehen.

Sie tastete sich auf dem Sims entlang. Das nächste Zimmer war ihr eigenes, die königliche Suite. Als Frischluftfanatiker ließen Barney und sie die Balkontür immer einen Spalt offen. Hoffentlich hatte Pat sie nach dem Bettenmachen nicht geschlossen.

Sie erreichte das Geländer und kletterte drüber. Nein, zum Glück war die Tür nur angelehnt.

Im Zimmer sank sie auf den Boden. Heftig atmend blieb Poppy auf dem Parkett liegen und lauschte. Von der Treppe her hörte sie lautes Getrappel und Stimmengewirr, das sich über den Flur näherte.

„Mr Hammett, was ist los?" Das war Bruce' Stimme.

Jetzt kam es auf Sekunden an. Poppy musste den Plan umdrehen und die Überraschung auf ihre Seite bringen.

Sie stand auf, griff nach dem ersten Paar Sneaker, das sie finden konnte, und schlüpfte hinein.

„Das werden Sie gleich sehen!" Sie hörte, wie Hammett den Schlüssel umdrehte und die Tür aufstieß. „Ich bin gespannt, wie Sie uns *das* erklären werden, Mrs ..."

Totale Stille.

Poppy musste sich beherrschen, nicht laut zu prusten.

„Peter, alter Junge, was ist los mit dir?“ Roberts’ sonores Organ war unverwechselbar.

„Keath, Lord Wythcombe, eben stand hier noch Mrs Dayton vor meinem Bett.“

„Eine Frau? In deinem Schlafzimmer?“

„Hör auf zu spotten, Keath!“ Hammetts Stimme wurde schriller. Die Geräusche verlagerten sich vom Flur ins Zimmer. Alle schienen sich davon überzeugen zu wollen, ob jemand drin war.

Poppy schlich auf den Flur hinaus.

„Jetzt komm wieder runter, alter Knabe. Alles okay. Die Fenster sind auch zu. Ich habe gehört, dass es hier Gespenster geben soll.“ Poppy erkannte Trelawneys Stimme. „Aber du hast recht, Peter – wo ist eigentlich Mrs Dayton?“

Poppy stand mitten im Flur. „Suchen Sie mich?“

Wie ein vielköpfiges Ungeheuer drehten sich alle gleichzeitig um.

„Mrs Dayton, Sie wissen genau, dass ich Sie eben hier eingeschlossen habe. Sie waren barfuß und hatten ein Kleid, ich meine, ein Kleidungsstück von mir in der Hand!“

„Lieber Mr Hammett, ich korrigiere Sie ungern, aber Sie müssen sich irren. Ich war unten im Büro und habe telefoniert, als ich den Lärm hörte.“ Sie sah auf ihre Schuhe. „Und barfuß im Zimmer eines fremden *Gentleman?* Ich bitte Sie!“

Roberts übernahm wieder das Wort. „Pete, entschuldige dich bei Mrs Dayton!“ Es klang neutral, aber sein Blick lag kalt auf Poppy. Hammett stammelte etwas von einem unerklärlichen Phänomen.

„Lassen Sie uns weitermachen, wir waren so schön in Fahrt. Die Deutschen führen, das können wir nicht auf uns sitzen lassen, oder?" Trelawney legte den Arm um den immer noch jammernden Hammett und führte ihn hinaus. Er musterte Poppy noch abschätziger als Roberts.

Die anderen folgten zögernd.

„Ich schließe wieder ab!", rief ihnen Poppy hinterher.

Barney flüsterte ihr ins Ohr: „Übertreiben Sie es nicht, *special agent.*"

„Warum hast du mich nicht gewarnt?", zischte sie zurück. „Wie war das mit deiner SMS …?"

Sie zog ihr Handy aus der Tasche ihrer Jeans. Ein dickes Ausrufezeichen auf dem Display! „Warum …?"

Er nahm es ihr ab und betätigte die kleine Taste an der Seite. „Kein Wunder, mein Schatz. Stummgeschaltet, auch die Vibration."

Sie holte es sich wieder zurück. „Du weißt, ich mag dieses Zittern nicht. Aber du hast recht. Die Meisterdetektivin ist noch im Lernprozess."

„Die Überraschung ist dir geglückt, das war ziemlich cool. Wie hast du es eigentlich geschafft?"

Barney reagierte auf die Schilderung ihrer Fassadenkletterei wenig amüsiert. „Bist du verrückt? Wenn das schief gegangen wäre!"

„Ist es aber nicht. Ich bin sportlich genug, um …"

„Du brauchst mir nichts zu beweisen, Darling, aber damit bist du zu weit gegangen." Er sah sie ernst an. „Hat sich das Risiko wenigstens gelohnt?"

„Ich denke, ja." Poppy merkte, wie das Adrenalin in ihrem Kreislauf allmählich abflaute und die Euphorie einer nüchternen Betrachtung Platz machte. „Die

Sache mit dem Botanisieren stimmt wohl, aber dahinter scheint noch eine andere Geschichte zu stecken. Es geht um die Besitzrechte an einem großen Küstenabschnitt.“

„Hat dir das dein toter Landedelmann eingeredet oder gibt es dazu Fakten? Und was hat das mit Micah zu tun?“

Poppy fand, dass Barneys Frage merkwürdig klang, unsicher und irgendwie aufgesetzt.

„Ich weiß es noch nicht. Und Micah – stell dir vor, Peter Hammett hat ein Foto von Micah in seiner Hose.“

„Nicht in seinem Kleid?“, fragte Barney mit schiefem Grinsen. „Dann gibt es anscheinend noch mehr Verehrer. Brigid, die übrigen Wanderinnen, und jetzt noch eine schauspielernde Tunte.“

„Hör auf, sprich nicht so verächtlich. Ich werde es herausfinden. Übrigens auch, welche Rolle du bei all dem spielst.“

Barney zog die Augenbrauen hoch.

„Ja, du! Tu nicht so überrascht. Du kennst diese Kerle, auf jeden Fall Trelawney, und Roberts hast du in der Stadt besucht – hör auf, mir den zerstreuten erholungsbedürftigen Professor vorzuspielen. Heute Abend hole ich die Wahrheit aus dir heraus. Du weißt, ich habe die Mittel dazu.“ Sie blitzte ihn an, und die Mischung aus Zorn und Vorfreude in ihrem Blick ließ ihn schlucken.

Kapitel 13

Als das Mittagessen serviert wurde, setzten sich Poppy und Barney etwas abseits.

Peter Hammett schien sich beruhigt zu haben. Stoisch nahm er den Spott seiner Freunde entgegen, die das Ereignis für mehr oder weniger passende Witze nutzten und ihm abwechselnd auf die Schulter hauten.

Nach dem Spiel war der Lunch eine weitere wirksame Maßnahme, um die Gäste zum Bleiben zu bewegen. Als Vorspeise Gänseleber auf Gartenkräutern und wildem Spargel, gefolgt von *Surf & Turf,* Rinderfilets, garniert mit einem halben Hummer, und als Dessert ein noch warmes Erdbeer-Rhabarber-Crumble.

Zum Abschluss fuhr Bruce den Servierwagen mit den Digestifs herein.

„Das geht aufs Haus!", verkündete er und verteilte großzügig österreichischen Obstschnaps, schottischen Whisky und französischen Cognac.

Poppy nahm einen doppelten Whisky. Die Dosis war stark genug, um ihre immer noch hochgeputschten Nerven zu beruhigen.

Als sie ihr Glas absetzte, sah sie, wie Lara abrupt vom Tisch aufstand. Erst jetzt fiel Poppy auf, dass sie Schwarz trug, eine schwarze Hose und Seidenbluse.

Sie schaute in die Runde. „Ist doch toll, wie alle gute Miene zum bösen Spiel machen."

Zu Bruce und Pat, die erschrocken herbeigelaufen kamen, sagte sie: „Lieber Lord, liebe Lady, Sie geben sich viel Mühe. Und keine Angst: Soweit ich für mich und mein *Mauerblümchen* hier sprechen kann, werden wir bleiben." Sie streichelte den Nacken ihrer Freundin, und Annette schien ihr den Ausdruck nicht übel zu nehmen. Immerhin hatte sie bei der Charade dafür gesorgt, dass die Deutschen am Ende mit einem Punkt vorne lagen – dank ihrer Performance von *Wallflower*. „Aber für heute habe ich genug vom gemeinsamen Frohsinn, ich hoffe, ihr habt Verständnis dafür. Falls die Polizei noch jemand anderen verhaften möchte als Brigid, bin ich auf meinem Zimmer zu finden."

Sie verließ den Speisesaal, und die gelöste Stimmung wich nachdenklichem Schweigen. Klaus und Susi standen als nächste auf. „Wir schließen uns Lara an. Draußen scheint es wieder zu regnen, und ein langer Mittagsschlaf ist auch etwas Schönes."

Bruce rangierte mit dem Servierwagen im Saal herum. Endlich schien er sich für eine Ecke entschlossen zu haben, wo er ihn abstellte. „Für die, die nicht müde sind, biete ich ein Karambolage-Turnier im Billardzimmer an. Wen darf ich erwarten?"

Nur zwei meldeten sich, Trent Cardy und Henry Pascoe, die anderen machten sich ebenfalls auf den Weg in ihre Zimmer.

Poppy merkte, wie Dr. Trelawney zögerte. Er kam zu ihr und Bruce an den Tisch. „Mrs Lara hat es ziemlich gut getroffen, mit ihrer Bemerkung, nicht wahr?" Poppy spürte sein Lauern. „Mrs Dayton, können wir davon ausgehen, dass Sie Ihren Draht zum Inspektor weiter nutzen werden?" Als sie nichts sagte, fügte er hinzu: „Und sei es nur, um ihm zu berichten, was Sie inzwischen alles herausgefunden haben."

Er drehte sich um und ging. Pat schaute ihm hinterher. „Was meinte er denn damit, Poppy?"

„Keine Ahnung. Ich werde nicht schlau aus diesem Verein. Aber wenn ich hier schon als Spionin gelte, kann ich gleich Edwards anrufen und nach dem Stand der Dinge fragen. Vielleicht haben sie inzwischen etwas Entlastendes für Brigid gefunden.“

Es war ihre erste Frage an den Inspektor, den sie über Handy erreichte.

„Ich muss Sie enttäuschen, im Gegenteil“, antwortete er mit müder Stimme.

„Hat sie gestanden?“

„Das nicht. Aber wir konnten ein paar von den Fußabdrücken, die wir an der Felskante gesichert haben, eindeutig ihr zuordnen. Damit haben wir sie konfrontiert, und sie hat zugegeben, Micah Morgan in der Mittagspause hinterhergelaufen zu sein. Aber nach ihrer Aussage war es nur ein sehr kurzes Zusammentreffen.“ Er machte eine Pause. „Und anscheinend keines in ihrem Sinne. Er habe ihr klar gemacht, dass sie ihn ein für alle Mal in Ruhe lassen sollte.“

„Da kann man schon mal ausflippen und jemanden schubsen ...“

„Schubsen klingt nett aus Ihrem Mund, Mrs Dayton. Das wäre immer noch Totschlag.“

„Dann gibt es keine Hoffnung mehr für Brigid?“

„Es sieht schlecht aus. Es sei denn ...“

„Ja?“

„Versprechen Sie sich nicht zu viel, aber wir haben noch weitere Abdrücke gefunden. Und Mrs Andersen sagt aus, Sie habe einen Mann gesehen, auf den Felsen, bei Micah.“

„Einen Mann? War es einer von den ...?“

„Spekulieren Sie nicht, Mrs Dayton. Sie war ein Stück weg, dann hatte sie sich nochmal umgedreht. Da sah sie ihn. Zu weit, um ihn zu identifizieren. Er war groß und habe etwas Dunkles angehabt, an mehr konnte sie sich nicht erinnern.“

„Das ist alles?“

„Für den Moment.“

„Und was bedeutet das für uns hier?“

„Der Staatsanwalt macht Druck. Er hat einen Anruf aus der Politik bekommen, von ganz oben. Länger als bis heute Abend kann ich die Leute im Manor nicht festhalten.“

„Wer hat denn so viel Einfluss?“

„Machen Sie sich nichts vor. Wir sind hier in der Provinz. Da gelten eigene Gesetze. Die Wythcombes und ein paar von Ihren Gästen hier aus der Region – die sind prominent genug, und kennen den Staatsanwalt aus dem Cricket-Club oder sonst woher.“

„Die anderen Abdrücke ...“

„Passen leider nicht zu den Schuhen der Botaniker, das haben wir überprüft.“

„Der Täter könnte sie entsorgt haben.“

„Das ist gut möglich. Leider fehlen uns die Ressourcen, um alle Mülltonnen der Region um das Manor abzusuchen. Aber wenn Sie Ihre Augen und Ohren offen halten ...“

„Dabei habe ich mir fast ein blaues Auge geholt.“

„Um Himmels willen! Ich hatte Sie gewarnt.“

„Ohne Einsatz kein Ergebnis.“

„Sie sprechen wie mein alter Chef. Der hat sein Rentenalter nicht erreicht, sondern sich in einer Galerie in

St. Yves eine Kugel aus dem Revolver eines russischen Kunsträubers eingefangen.“

„So schlimm war es bei mir nicht. Aber Peter Hammett hat mich ertappt, als ich sein Zimmer durchsucht habe.“

„Sind Sie wahnsinnig? Das ist illegal! Außerdem hatte ich das schon getan.“

„Mit Verlaub, lieber Inspektor, vier Augen sehen mehr als zwei, oder? In Hammetts Hose habe ich ein Foto gefunden, klein zusammengefaltet, auf dem er unseren Micah ziemlich verliebt ansieht.“

„Ein Menschenfänger, dieser Micah Morgan.“

„Verhaften Sie jetzt den alten Volksschauspieler? Oder verhören ihn wenigstens nochmal?“

„Die Abdrücke seiner Wanderschuhe passen nicht, sie sind mindestens zwei Nummern kleiner.“

„Schade. Er hat mich mehr als giftig angesehen.“

„Wie ist das abgelaufen?“

Sie erzählte ihm, wie Hammett sie überrascht und sie sich anschließend über die Fassade in Sicherheit gebracht hatte.

„Das darf nicht wahr sein! Es ist unverantwortlich, solche Risiken einzugehen.“

„Das meinte Barney auch.“

Der Inspektor seufzte. „Da habe ich jemanden angeworben … Sie müssen mir versprechen, so etwas nie mehr zu tun. Abgesehen von der Gefahr ist es schlicht verboten.“

„Hammett konnte mir nichts beweisen. Ich bin unschuldig im Rücken des Tohuwabohus aufgetaucht, als ob ich aus dem Büro käme. Er ist fast in Ohnmacht gefallen.“

„Sie machen sich Feinde, liebe Mrs Dayton, das ist nicht gut. Ich persönlich glaube dem Hinweis von Brigid, dass da noch ein Mann war. Ein Täter, der nach seinem ersten Mord möglicherweise eine viel niedrigere Hemmschwelle für einen zweiten hat. Vor allem, wenn es darum geht, seine Spuren zu verwischen.“

„Das habe ich verstanden. Ich gebe zu, mein Herz ist mir total in die Hose gerutscht, als Hammett plötzlich im Zimmer stand, das würde ich ungern nochmal erleben.“

„Dann halten Sie sich zurück.“

„Ich verspreche es.“

„Warum glaube ich Ihnen nicht?“

Poppy zog es vor, das Thema zu wechseln. „Darf ich den Gästen mitteilen, dass Sie wieder frei sind?“

„Tun Sie das. Aber bitte gehen Sie früh ins Bett, schließen Sie die Türe ab und träumen Sie schön.“

„Auch das kann harte Arbeit sein. *Bye*, Inspektor, bis morgen!“

Nach dem opulenten Mittagessen wurde am Abend kein Dinner serviert, sondern ein *High Tea.*

Es war nicht die klassische vier oder fünf Uhr *Tea Time*, sondern die kulinarische Weiterentwicklung, bei der Earl Grey oder Darjeeling eher beiläufig gereicht wurden. Vielerlei Getränke standen bereit: Sherry und Portwein in Rot und Weiß, aber auch ein Glas Crémant passte. Und natürlich durften Scones und Sandwiches nicht fehlen, nur war die Auswahl ungleich größer, mit der Betonung salziger Noten.

Lachs-, Ei- und Gurkensandwiches, dunkles Landbrot mit verschiedenen Pasteten, Toast mit Gänseleber. Dazu Fischsalate und Cocktails mit Shrimps und

Avocado. Für die Süße sorgte frische Ananas unter einem Berg geschlagener Sahne und eine Auswahl selbstgebackener *Petits Fours*.

Hinterher hätte Poppy nicht sagen können, was den Gästen besser gefiel: der High Tea oder die Nachricht über das Ende der Ausgangssperre.

Als zum Sonnenuntergang die Wolkendecke aufriss und die silbernen Schüsseln und Etageren die waagrechten Strahlen einfingen, wurde es andächtig still. Das Klappern der Messer und Gabeln hörte auf, und alle schauten zum goldfarbenen Horizont.

Pat nutzte den Moment. „Der Wetterbericht für morgen ist gut. Noch ein paar Wolken, aber kein Regen mehr, und mittags soll es richtig warm werden. Ich weiß, Sie vermissen Ihren Wanderführer, Micah Morgan, und ich kann Ihnen sagen, uns geht es genauso."

Als ihre Stimme stockte, übernahm Bruce. „Wir können es immer noch nicht fassen, dass er nicht mehr bei uns ist. Aber es sind Ihre Ferien, und ich bin sicher, dass es auch in seinem Sinne wäre, wenn wir uns gerade jetzt besonders schöne Routen aussuchen und die Wanderungen fortsetzen. Ich bin in diesem Landstrich aufgewachsen und darf sagen, dass ich mich auskenne. Nicht nur mit den Wegen und Stränden, auch mit der Nachbarschaft. Ich habe heute Nachmittag ein wenig telefoniert. Unsere Freundin, Lady Barbara, Viscountess of Falmouth, ist bereit, ihren Garten für einen Besuch zu öffnen. Sie besitzt eine der schönsten klassischen Anlagen in Cornwall und steht ausnahmsweise für eine exklusive Führung bereit – im Gedenken an Micah, den auch sie schätzte und verehrte, wie

offenbar alle Damen weit und breit“, verkniff er sich
nicht, hinzuzufügen.

Bruce’ Angebot krönte den Abend, von Abreise war
keine Rede mehr. Und nach den positiven Erfahrungen
bei der Charade wurde entschieden, den Besuch gemeinsam durchzuführen. Das Essen wurde abgeräumt,
und Wanderer und Botaniker drängten sich um den
Tisch, auf dem Bruce die große Faltkarte von Lady Barbaras Gärten ausgebreitet hatte.

Kapitel 14

Poppy und Barney nutzten die wiedergewonnene Freiheit für einen Spaziergang zu den Klippen. Der Sturm hatte sich abgeschwächt, aber das Meer war noch aufgewühlt. Je näher sie kamen, desto mehr schwoll das Brausen an. Vorsichtig lugten sie über die Kante. Riesige Brecher überrollten den Strand widerstandslos und donnerten rhythmisch gegen die Felsen. Möwen und Basstölpel schwebten im Aufwind. Ihre weißen und pudriggelben Köpfe glänzten in den Sonnenstrahlen. Dazwischen tanzten Eissturmvögel ihre komplizierte Choreographie und mischten die Formationen der anderen Seevögel auf.

„Warum machen die das?", fragte Barney.

„Keine Ahnung. Vielleicht einfach, weil sie es können? Auf jeden Fall scheint es ihnen Spaß zu machen." Poppy sah einem Eissturmvogel zu, wie er geschickt der Attacke einer Möwe auswich.

Ein Taschenkrebs kreuzte ihren Weg im Quergang.

„Der ärmste. Wie kommt der hier hinauf?" Barney hob das Tier hoch. „Er ist so leicht. Soll ich ihn ins Meer fliegen lassen?"

„Untersteh dich, er würde auf den Klippen da unten zerschellen."

Der Krebs öffnete und schloss seine Scheren. Poppy entwand ihn Barneys Fingern.

„Den haben bestimmt Sturm und Gischt hochgeweht." Sie setzte ihn in einer Pfütze ab. „Vielleicht rettet ihn sein Instinkt, und er findet selbst den Weg zurück ins Meer."

Barney schaute skeptisch. „Das glaube ich nicht. Ein paar von den Möwen haben ihn schon ins Visier genommen."

Sie hatten den Ort nicht bewusst angesteuert, aber schließlich kamen sie an der Stelle vorbei, von der Micah hinuntergestürzt war.

Immer noch war ein etwa zehn Quadratmeter großes Areal abgesperrt, aber das rot-weiße Flatterband mit der Aufschrift *Police* sah zerzaust aus.

Die beiden verlangsamten ihre Schritte, je näher sie kamen.

„Hier war es." Poppy blieb stehen. „Der Ort wirkt so friedlich, fast idyllisch."

„Stimmt. Ich hab ihn mir exponierter vorgestellt."

Tatsächlich standen sie auf einem weit über den Strand ragenden Vorsprung, der nach Süden zum Meer hin offen war. Nach Osten und Norden wurde er von mannshohen Büschen wilder Rosen eingerahmt, nur nach Westen war er halbwegs einsehbar. Die ersten Knospen waren aufgeblüht, und die Brise wehte ihnen den herbsüßen Duft zu.

„Kein schlechter Ort für ein Treffen oder ein intimes Stelldichein."

„Das erklärt auch, warum es hier keine Zeugen gab. Auf dem Küstenweg ist sonst eine Menge los."

„Nur Brigid hat etwas gesehen."

„Brigid? Ich dachte ..."

„Inspektor Edwards erzählte mir davon. Man hat Spuren von ihr gefunden, und sie hat gestanden, Micah in der Mittagspause hinterhergelaufen zu sein."

„Also doch."

„Angeblich hat er sie kurzerhand weggeschickt. Aus der Ferne habe sie sich nochmal nach ihm umgedreht. Sie behauptet, dass ein Mann bei Micah gestanden hätte.“

„Ein Mann?“ Barney blickte sie erschrocken an.

„Ja, ein Mann. Beunruhigt dich das?“ Sie machte eine Pause. „Er hatte etwa deine Größe. Aber sonst konnte sie ihn nicht identifizieren.“

Barney zuckte die Schultern, ging an der markierten Zone vorbei und sah in die Tiefe.

Poppy zog ihn zurück. „Pass auf, der Rand ist brüchig.“

Tatsächlich löste sich von dem Punkt, an dem Barney eben noch gestanden hatte, ein Stein, und Sand rieselte in den Abgrund.

„Das musst du gerade sagen. Der Sims am Manor war mindestens genauso marode.“

„Du kannst meine Aktion immer noch nicht verwinden, was?“

„Mal abgesehen davon, wie gefährlich das war, bin ich sogar stolz auf dich. Und wenn ich mir vorstelle, wie du auf Zehenspitzen durch die Zimmer der alten Kerle getänzelt bist …“

„Dann was?“

Barney legte die Arme um Poppys Hüften und zog sie an sich. Er küsste sie, und sie ging leidenschaftlich darauf ein.

Dann bog sie den Oberkörper zurück und betrachtete ihn aus der Distanz.

„Ich entdecke Streitlust in deinen Augen.“

„Da siehst du richtig, Barney. Wir haben da noch etwas offen.“

„Und was soll das sein?"

„Tu nicht so unschuldig, jetzt ist der Moment der Wahrheit. Genau hier, am Ort der Tat."

„Wenigstens kann keiner mithören." Barney hob die Stimme, denn der Wind wurde wieder stärker. „Im Manor bekam ich langsam Platzangst."

„Mich ängstigt weniger der Platz, als vielmehr das anzügliche Gaffen der alten Herren und ihre Andeutungen."

„Andeutungen?"

„Dr. Trelawney meinte, ich soll nicht so viel arbeiten, sondern besser an meine Gesundheit denken."

„Er ist Arzt."

„Was ist er eigentlich für ein Arzt? – Überhaupt, diese ganze Bande! Botaniker? Dass ich nicht lache."

Barney seufzte und machte ein paar Schritte vom Abgrund weg. „Botaniker passt schon, irgendwie."

„Wie meinst du das?"

„Die *Cornwall Brothers*. Die Herren gehören einer uralten Bruderschaft an, die für die Wahrung der Landschaften und Traditionen steht. Sie haben sich einen Namen gemacht als unbestechliche Instanz gegen den Zeitgeist, der alles kommerzialisieren will und auch diese Küste hier mit Ausverkauf bedroht."

„Geht es etwas weniger pathetisch?"

„Im Ernst. Es gibt Tendenzen, das öffentliche Tafelsilber zu verkaufen. Immobilien sind ein Riesengeschäft, auf der ganzen Welt. Und die Küste steht hoch im Kurs. Zehntausend Pfund pro Quadratmeter, nur für Bauland wohlgemerkt, sind keine Seltenheit, Hauptsache, das Grundstück hat Meerblick. Die Bruderschaft versucht das Schlimmste zu verhindern, zusammen mit den Naturschützern. Aber die Politik macht Druck. Und selbst unter den Brüdern gibt es Uneinigkeit."

„Du meinst Keath Roberts und seine Bauprojekte?"

„Anscheinend können nur private Initiativen noch Schwung in die regionale Wirtschaft bringen. Die öffentliche Hand hat kaum noch Mittel. Es ist zu wenig Geld da, nicht mal für die drängendsten Bedarfe. Roberts sagte, das Krankenhaus in Falmouth müsste dringend renoviert werden."

„Und was hat das mit der Küste zu tun?"

„Es gibt einen großen Abschnitt, östlich der Ländereien von Wythcombe. Offiziell gehört er der Krone, aber es gibt Gerüchte um ungeklärte Eigentumsverhältnisse. Eine alte Urkunde könnte Gewissheit bringen, aber die ist verschwunden."

„Dank Caedmon."

„Dein Traumedelmann?"

Poppy nickte. „Er hat damals verhindert, dass sich die Wythcombes auch noch den letzten freien Küstenstreifen in der Gegend einverleiben und die Besitzurkunde verschwinden lassen."

„Aber zerstört hat er sie nicht?"

„Wäre das ein Problem für dich?" Poppy sah Barney prüfend an. „Und wie kommst du darauf?"

Barney überging ihre Frage. „Was hat Caedmon noch erzählt?"

„Damit dem Dokument niemand so leicht auf die Spur käme, hat er es in der Mitte zerrissen. Die eine Hälfte versteckte er in der Familienbibel der Morgans, in die anscheinend selten jemand hineinschaute, und die andere Hälfte brachte er geschickterweise direkt unter der Nase der Betroffenen unter, in der Bibliothek von Wythcombe Manor.“

Barney nickte. „In Daniel Defoes prächtigem Band *A general History of the Pyrates* …“

Poppy fragte erstaunt: „Etwa zwischen den Karten einer afrikanischen Küstenstadt, Maga- oder so ähnlich?“

„Magadoxa. Ein legendärer Piratenhafen auf Sansibar.“

„Wie romantisch. Woher weißt du das alles?“ Sie blieb stehen.

„Weil ich das Buch gekauft habe.“

„Du? Ich glaube, ich muss mich setzen.“

„Ins nasse Heidekraut? Auf keinen Fall, davon kriegst du eine Blasenentzündung.“

„Meiner Blase geht’s prima. Erzähl weiter.“

„Aus Geldmangel hatte Bruce Anfang des Jahres ein paar wertvolle Folianten aus der Bibliothek nach Southampton in die Buchauktion von Fowle’s gegeben.“

„Du warst dort, im Januar.“

„Genau, und ich habe die ‚Pyrates‘ ersteigert! Allerdings hatte ich dabei einen hartnäckigen Bieter gegen mich.“

„Dr. Trelawney.“

„Wie kommst du auf ihn?“

„Ich habe Augen im Kopf. In der Woche, bevor du plötzlich anfingst, dich für Ferien in Cornwall zu begeistern, war er bei dir im Laden. Und wenn ich angestrengt nachdenke, dann lag das Buch zwischen euch.“

Barney lachte. Zum ersten Mal seit langem wieder laut und befreit. Er drückte Poppy an sich, als ob er sie nie mehr loslassen wollte. „Warum unterschätze ich dich immer wieder? Du weißt alles …"

„Aber du machst aus deinem Herzen konstant eine Mördergrube und schleppst Geheimnisse mit dir rum, die dich in verdächtige Nähe zu einem Mord bringen."

„Das saß!" Er seufzte. „Trelawney hatte mir alles erzählt. Die Geschichte mit dem Grundstück und dem Vertrag. Jahrhundertelang gab es Gerüchte, aber keiner hat je etwas gefunden. Dann kam der Doktor zur Auktion. Er ist Sammler von Pflanzenbüchern und blätterte eher zufällig durch Defoes Buch. Dabei stieß er auf das Magadoxa-Kapitel und das lose Blatt. Als exzellenter Kenner der hiesigen Gegend erkannte er sofort, dass darauf nicht irgendeine Ecke von Sansibar, sondern die Küste zwischen Lizard und Cadgwith abgebildet war. Spontan wollte er das Pergament an sich nehmen, aber er wagte es nicht, es standen zu viele Menschen um ihn herum."

„Deshalb hat er versucht, es zu ersteigern."

„Ihm ist schnell die Puste ausgegangen. Sein Budget war auf Pflanzenbücher ausgerichtet und nicht auf rare Exemplare der historischen Literatur."

„Aber bei uns in London …"

„… hat er mich von seinen guten Absichten überzeugt und wollte mich als Spezialist für antike Dokumente gewinnen. Er erzählte mir von der Bruderschaft und ihrem Ziel, die Natur zu schützen. In dem alten Vertrag sah er eine einmalige Chance. Wenn es gelänge, die zweite Hälfte aufzufinden, könnte er die *Brotherhood* zum rechtmäßigen Besitzer des Landes erklären."

„Da stand aber noch Micah dazwischen."

„Genau. Micah behauptete zwar, er wüsste nicht, wo
die Urkunde sei. Es gab mehrere Versuche, ihn zu über-
reden, bei dem Projekt mitzumachen und gemeinsam
weiter zu forschen. Aber er war misstrauisch."

„Ich weiß, das letzte Gespräch endete im Streit. Ich
habe etwas davon mitbekommen, auf der Terrasse. Außer Micah war noch Roberts dabei – und Bruce."

„Bruce ist eingeweiht, Poppy. Er schien nichts gegen
die Idee zu haben. Es sollte eine Stiftung gegründet und
das Land zum Naturschutzgebiet erklärt werden. Das
wäre auch gut für den Tourismus."

„Aber dann hätte der Staat nichts dran verdient. –
Und einen Tag nach dem Streit war Micah tot."

„Wer soll das getan haben, die öffentliche Hand?"

„Die schubst niemanden die Klippen hinunter!"

Barney kickte einen Feuerstein weg. Der Splitter traf
auf ein Stück Fels und ließ einen schwefelgelben Fun-
ken aufblitzen „Nein, aber sie könnte jemanden anstif-
ten."

„Das sind gefährliche Gedanken. – Wo sind denn Micahs Sachen jetzt?", brachte Poppy das Gespräch in eine
andere Richtung.

„Ich nehme mal an, dass die Polizei sie sichergestellt
hat. Könntest du das bei deinem lieben Inspektor herausfinden?"

Poppy hakte sich bei ihm unter und steuerte ihn zurück in Richtung Manor.

„Bestimmt. Aber für heute ist mein Bedarf an Aben-
teuern gedeckt, Darling. Morgen ist auch noch ein Tag."

Poppy schlief sofort ein. Erst gegen Morgen schaffte
es Caedmon, sich in ihren bereits halbwachen Zustand
zu stehlen. Sie erschrak, als sie ihn sah. Er hatte sich

verändert, soweit das bei einem körperlosen Seelengebilde möglich schien. Er wirkte noch durchscheinender, seine Konturen verschwammen immer wieder, wie bei einem gestörten Videobild. Auch äußerlich war er anders. Statt seines höfischen Aufzugs erschien er in einer grob gewebten Kutte. Der Kopf, ohne Perücke, war vollkommen haarlos.

„Mein lieber Caedmon, ich mache mir Sorgen um Euch. Seid Ihr im Büßergewand?"

„Gebüßt habe ich wahrlich genug, Mylady. Als Bittsteller, als der allerniedrigsten Einer komme ich zu Euch."

„Das braucht Ihr nicht. Lasst doch mal diese gebückte Haltung. Vielleicht vermag ich Euch ein wenig aufzurichten?"

Er machte sich gerade. „Darf ich auf gute Meldungen hoffen?"

„Eure Erlösung rückt näher – zumindest die halbe ..."

Schlagartig wich das Büßergewand weißen Kniehosen und einem blauseidenen Rock. Caedmon setzte sich ans Fußende und schlug die Beine übereinander; er trug wieder Stiefel und die silbernen Schnallen glänzten im Mondlicht.

Poppy musste lachen.

„Darf ich fragen, was Euch so erheitert?"

„Ich staune, wie schnell Ihr zu Eurem alten Selbst zurückfindet. Nur etwas fehlt noch ..."

„Die Perücke?" Caedmon schielte nach oben. „Ob die auftaucht, hängt davon ab, wie gut Eure Nachricht ist."

„Eine Hälfte der Urkunde ist gefunden. Sie lag tatsächlich zwischen den Plänen der alten Stadt Magadoxa, in einem Buch über Piraten."

„Mylady! Auf Euch ist Verlass!"

„Und es gibt Hoffnung auf die zweite Hälfte. Ihr sagtet ja selbst, sie läge in der Bibel der Morgans. Micah machte auf mich nicht den gläubigsten Eindruck, aber eigentlich müsste das Buch sich noch unter seinen Sachen befinden."

„Gott sei gelobt!" Prompt tauchte Caedmons künstliche Lockenpracht wieder auf.

„Allerdings hat die Polizei Micahs Eigentum in Gewahrsam genommen."

„Können wir der Obrigkeit nicht trauen?"

„Wenn Ihr Inspektor Edwards damit meint, gewiss. Ich werde ihn danach fragen."

„Dann wird alles gut."

„Da wäre ich mir nicht so sicher. Offenbar gibt es Kräfte, die über Leichen gehen, um an das Dokument zu gelangen."

„Mylady, das ist kein Wunder. Egal, wer es ist: Derjenige, der die vollständige Urkunde vorweisen kann, kommt in den Besitz des Landes."

„Wurde es nicht auf die Wythcombes überschrieben?"

Caedmon kicherte. „Nicht ganz. Sir Gregor Carlyon, der alte Besitzer, war zwar schwer krank, und hatte keine Wahl, als auf das Angebot seines Nachbarn einzugehen. Aber glücklich war er darüber nicht. Da ich damals für die Formalitäten zuständig war, riet ich ihm zu einer allgemeinen Formel: Der Inhaber und Überbringer der Urkunde ist der Eigentümer!"

„Allein das hätte die Wythcombes in Rage bringen können. Ihr seid raffiniert, mein lieber Caedmon.

Damit habt Ihr auch die Chance gewahrt, das Land Eurer eigenen Familie zuzuschanzen.“

„Was denkt Ihr Euch? Selbst wenn … Die Wythcombes hätten jeden einzelnen von uns umgebracht. Was war unsere Familie gegen ihre?“ Er hatte sehr leise gesprochen, und sein Bild verschwamm wieder. „Jetzt will ich nur noch meinen Frieden finden.“

Er richtete sich auf. „Aber ein bisschen interessiert mich trotzdem, was mit dem Land passieren soll.“

„Eine Stiftung könnte es verwalten und weiter allen Menschen zugänglich machen. Vor allem aber verhindern, dass damit das große Geschäft gemacht wird.“

Caedmon erstrahlte in all seiner Pracht. An seiner rechten Hand trug er einen massiven goldenen Ring, mit einem Emblem, eingerahmt von Rubinen.

„Euer Ring …“

„Unser Familienwappen. Den Ring gibt es leider nur noch als Traumbild. Der echte wurde 1929 in der Wirtschaftskrise von Micahs Großvater verkauft.“

„Ein Niedergang …“

„In der Tat. Aber nun kommt es doch zum guten Ende.“

„Falls das Dokument schon morgen zusammengeführt werden sollte, sehen wir uns dann nicht wieder?“

Poppy wunderte sich über die lange Pause, die auf ihre Frage folgte.

„Ich freue mich über das leichte Beben in Eurer Stimme, Mylady“, antwortete Caedmon schließlich. „Ich weiß es nicht“, fügte er hinzu und verschwand.

Kapitel 15

„Wen siehst du nicht wieder? Deinen gepuderten Freund?"

„Barney! Habe ich im Schlaf gesprochen?"

„O ja. Es war sogar von einem Ring die Rede. Habt ihr euch etwas versprochen, gegenseitig?"

Poppy streckte sich und gähnte. „Sei nicht albern. Du bist indiskret. Zu fremden Träumen ist der Zutritt verboten."

„Freut sich dein Caedmon denn über seine bevorstehende Erlösung?"

„Natürlich. Aber so weit ist es noch nicht. – Wie spät ist es?" Poppy griff nach ihrer Armbanduhr, einer Cartier Tank, die sie von ihrer Mutter geerbt hatte. Sie zog sie auf und schloss das Band über dem Handgelenk. Das Ritual verband sie jeden Morgen mit ihrer verunglückten Familie.

„Sieben Uhr!" Sie sprang aus dem Bett. „Um neun geht's los zum Garten der Viscountess!"

Nach dem Frühstück verabschiedete Pat die Truppe, die von Bruce angeführt wurde. Sie sagte, sie habe viel zu tun und müsse leider im Haus bleiben. Der Kuss für Bruce fiel eher flüchtig aus.

Zunächst galt es, die vierzehn Personen auf die vorhandenen Autos zu verteilen: Keaths Jaguar, den Land-Rover der *Brothers*, Bruce' Kombi und den Morris.

Ein paar von den Wanderern hielten sich im Hintergrund, um dann plötzlich vorzustürmen. Sie waren scharf auf die beiden Plätze im Oldtimer. Daraus wurde eine Reise nach Jerusalem, bei der am Ende Lara und Annette gewannen.

Galant klappte Barney den Fahrersitz nach vorne und ließ die jauchzenden Damen einsteigen.

Es war nur eine kurze Fahrt, keine zwanzig Kilometer über schmale Landstraßen und durch die malerische Dörfer Kuggar, Goonhilly Downs und Garras. Bei Gweek kamen sie an den fjordartigen Helford River und erreichten Constantine.

Constantine Parish, der größte Kirchenkreis in Cornwall, erstreckte sich von den granitenen Bergzügen der Carmenellis Mountains im Norden bis hinunter zum Fluss.

Sie fuhren an der im 15. Jahrhundert erbauten Kirche vorbei. Der kantige Turm mit den vier Spitzen ragte mit seinen in den unterschiedlichsten Graustufen schimmernden Granitsteinen über den geduckten Cottages auf. Gleich dahinter bogen sie nach Süden ab. Sofort verschluckte sie haushohes Grün. Erst durchquerten sie einen Buchenwald, dann deuteten die immer exotischeren Bäume an, dass sie sich einem Herrensitz näherten: Mammut- und Trompetenbäume, Akazien und sogar Palmen.

Barney hatte das Dach zurückgeklappt. Poppy, Lara und Annette legten die Köpfe nach hinten und schauten in die vorbeirauschenden Baumkronen, beinahe konnten sie die tiefhängenden Äste mit den Händen greifen.

Sie kamen an ein Tor, dessen filigrane gusseiserne Flügel weit offenstanden. Der grüne Tunnel der Zufahrt erweiterte sich abrupt zu einem lichten Hof, der auf ein strahlend weiß verputztes Herrenhaus zulief.

„Viktorianisch“, ordnete es Barney ein.

„Und in besserem Zustand als Wythcombe Manor“, ergänzte Poppy. „Pat vertraute mir vorhin an, dass die Viscountess in zweiter Ehe mit einem Internet-Milliardär verheiratet ist, der ihr die Bude renoviert hat, und sie klang ziemlich neidisch dabei.“

„Armer Bruce“, murmelte Barney, „da kann er nicht mithalten.“

Die vor ihnen fahrenden Autos stoppten.

Bruce stieg aus, und eine hochgewachsene, sehr schlanke Frau mit langen blonden Haaren kam ihm über die Freitreppe entgegen. Die beiden umarmten und küssten sich innig.

„Emotional schon“, stellte Poppy fest. „Fast wie ein Liebespaar, das sich nach langer Zeit wiedergefunden hat.“

Sie stiegen ebenfalls aus und ließen die beiden Frauen von der Rückbank. Andächtig blieben sie stehen und starrten auf das Schloss. Die Strahlen aus der Bewässerungsanlage schufen symmetrische Regenbögen, die das dreiflügelige Gebäude einrahmten.

„Es ist erfrischend schön hier!“ Poppy sog die feuchtigkeitsgetränkte Luft ein und hakte sich bei Barney unter. „Ich bin gespannt, was der Tag noch bringt. Seit heute Morgen versuche ich den Inspektor zu erreichen, um ihn nach dem Buch zu fragen.“ Sie schaute auf das Display ihres Smartphones. „Aber er ruft nicht zurück. Auf der Wache in Falmouth hieß es, dass er immer noch in Bristol sei. Der Konstabler wollte ihm ausrichten, dass ich angerufen habe.“

„Er wird sich melden.“ Barney beugte sich zu ihr hinunter und biss sie spielerisch ins Ohrläppchen. „Auf seine beste Agentin am Hofe wir er nicht verzichten wollen.“

„Hör auf, die Polizei ist hier nun mal unterbesetzt.“ Sie lenkte ab. „Fandest du nicht auch, dass unsere Lordschaft beim Frühstück eher gemischter Stimmung war?“

„Ist mir nicht aufgefallen.“

„Ich glaube, Pat ist nicht nur neidisch, sondern auch ziemlich eifersüchtig. Mehr als einmal sprach sie Bruce auf ‚seine liebe Barbara‘ an.“

„Seine Barbara scheint wirklich lieb zu sein. Schau mal.“

Das schöne Paar stand immer noch dicht beieinander. Gerade wandte sich Bruce an die Besucher. „Darf ich Ihnen meine gute Freundin Lady Barbara vorstellen, Viscountess of Falmouth.“

„Wie ein Model“, entfuhr es Janina.

Lars stieß sie warnend in die Rippen.

„Entschuldigen Sie, Mylady“, stotterte sie, „oder Hoheit?“

Die Viscountess schenkte ihr ein offenes Lachen. „Alles okay. Barbara reicht! Bruce’ Gäste sind auch meine Gäste.“ Sie wurde ernst. „Er erzählte mir von dem furchtbaren Ereignis. Micah Morgan war besonders, und ich werde ihn nie vergessen. Ich mochte seine freie Art, er hat kalifornisches Lebensgefühl in unsere traditionelle kornische Welt gebracht.“

„Was ist an der falsch?“, knurrte Dr. Trelawney.

„Nichts, aber ein wenig frischer Wind kann nie schaden. Ich freue mich übrigens, dass Sie es auch einmal zu mir herausgeschafft haben. Ich habe Sie sonst nur zu Ihren Vorträgen in Trebah oder Glendurgan Garden gesehen."

„Diese Anlagen sind öffentlich zugänglich, was man von Ihrem Park nicht sagen kann", gab er zurück.

„*Touché*, mein lieber Doktor! Bisher war das tatsächlich so. Ich muss gestehen, ich habe mich immer ein wenig geschämt gegenüber der Konkurrenz der prächtigen Nachbargüter. Aber das ändert sich, Sie werden sehen."

„Den Internetmillionen sei Dank", ließ sich Keath Roberts vernehmen.

Barbara schien das nicht gehört zu haben. „Der Anruf von Bruce hat mich sehr gefreut." Sie blickte ihn an. Fast verliebt, fand Poppy. „Er berichtet von seiner neuen Rolle als Wanderführer, und es ist eine Ehre, dass sein erster Einsatz mir gilt!", sagte sie mit schelmenhaftem Zwinkern. „Er kennt sich bei mir ganz gut aus."

Barbara und Bruce liefen synchron rot an.

„Toll, die beiden", flüsterte Poppy.

Bruce versuchte, die Oberhand zu behalten. „Liebe Barbara. Danke für deine Vorschusslorbeeren. Aber vielleicht könntest du mir einen deiner Gärtner mitgeben, der uns erklärt, was hier alles blüht und gedeiht."

„Ich habe eine bessere Idee, wenn du gestattest! Ich mache das selbst. Bis gestern war ich in London und seit Wochen hatte ich kaum Zeit für den Garten. Ich kenne die Frühlingspracht gar nicht. Lassen Sie uns das zusammen erleben. Folgen Sie mir!"

Sie setzte sich in Bewegung, hohe Schlitze an den Seiten ihres Leinenkleids gaben den Blick auf braungebrannte Beine frei.

„Bemerkenswert", kommentierte Barney. „Sag nochmal einer, unser Landadel sei degeneriert."

„Keine sexistischen Kommentare mehr." Poppy zog ihn mit sich, als die Gruppe an ihnen vorbeigestürmt war. Sie umrundeten das Herrenhaus und kamen an eine Balustrade aus glatt polierten Granitpfeilern.

Die Viscountess drehte sich zu ihnen um. „Von hier oben haben Sie alles im Blick: Die Gärten, die Wasserspiele und das Labyrinth!"

Poppy spähte über das Geländer. Unterhalb einer Freitreppe liefen streng symmetrische Rabatten eines *formal gardens* sternförmig auf das in der Sonne glitzernde Becken zu.

Steinerne Putten und Fabelwesen bildeten einen Kreis und spien Wasser in die Mitte, aus der ein massiver Strahl fast zehn Meter in die Höhe stieg. Der Wind trieb den feinen Sprühregen auf sie zu. Er verschmolz mit den Nebelfetzen, die aus dem Tal emporwehten.

„*Lost world*", flüsterte Poppy, „fehlt nur noch ein Drache."

Wie auf Kommando hallte ein heiserer Schrei über die Terrasse.

Ein riesiger Vogel schwebte, knapp über den Baumwipfeln, getragen vom Aufwind zu ihnen hinüber. Kurz bäumte er sich auf und ließ sein prächtiges rotes, gelbes und blaues Gefieder sehen, bevor er auf der Balustrade landete und die Flügel zusammenfaltete. Respektvoll wichen die Besucher einen Schritt zurück.

„Keine Angst, Costa gehört zum fliegenden Personal." Barbara stupste ihn auf den Schnabel, den ihr der Papagei mit leicht schräggestelltem Kopf entgegenhielt.

„*Costa is grrrreat!*", gurrte er selbstbewusst.

„Ja, mein Großer, das bist du!" Sie zauberte eine Nuss aus der Tasche ihres Kleids hervor. Er griff mit dem Schnabel danach, warf sie hoch, fing sie mit einer Klaue auf und verdrückte sie genüsslich.

„Costa kommt von der Pazifikküste Mittelamerikas. Er liebt das mediterrane Klima, und er nimmt seine Aufgabe sehr ernst, Raubvögel von unserem Gelände fernzuhalten, die sonst Jagd auf unsere Singvögel machen würden." Sie kicherte. „Das hat Costa am Anfang auch gemacht, aber am Ende entschied er sich für die Versorgung durch unsere Gourmetküche."

Der Ara entfaltete seine Schwingen und hob wieder ab.

„Costa geht wieder auf Patrouille. Wenn Sie ihm jetzt mit den Augen folgen, erkennen Sie sein Ziel: das Wasser. Da endet unser Tal, am Ufer des Helford River. Dort, am Strand, wird auch unsere Führung enden. Sie können schwimmen oder im Park auf eigene Faust auf Entdeckungsreise gehen, ganz wie Sie wollen."

Sie schritt voran, und die Schar folgte ihr die Treppe hinunter.

Rund um die Fontäne war bei den Frühlingsblühern der jahreszeitliche Wandel zu erkennen. Das Gelb der Osterglocken zog sich zurück, dafür preschte das Weiß, Rot und Lila der Tulpen vor. Immergrüne Buchsbaumhecken, in eleganten Wellen geschnitten, umrahmten die sorgfältig geharkten Beete. Hinter dem offenen Platz führte der Weg weiter nach unten.

„Sie erkennen hier die typische Situation kornischer Parks. Wie bei uns liegen sie meistens in kleinen Tälern. Das bietet die Chance, Terrassen und unterschiedliche Vegetationszonen anzulegen." Barbara blieb stehen. Außer dem Gesang einer Amsel war nichts zu hören. „Spüren Sie es? – Genau, Sie spüren nichts! Oben auf der Terrasse und beim Springbrunnen war es noch windig, aber je tiefer wir kommen, desto milder wird es, und die Hügel schirmen uns ringsherum vom Wind ab."

Sie zog das Band von ihren Haaren, in Wellen fiel es über ihre Schultern. „Unsere Pflanzen und Bäume lieben das Golfstrom-Klima, das im Schutz des Tals beinahe subtropisch wird. Deshalb gedeihen bei uns auch Agaven und Palmen."

Poppys Smartphone klingelte.

„Der Inspektor", formte sie tonlos mit den Lippen in Barneys Richtung.

Unter Barbaras missbilligendem Blick zuckte sie entschuldigend die Schultern, fiel ein paar Schritte zurück und stellte sich hinter den dicken Stamm eines Mammutbaums.

„Mrs Dayton? Man hat mir gesagt, Sie wollten mich sprechen."

„Inspektor! Wie geht es Ihnen?"

„Das wollen Sie nicht wirklich wissen. Mein Blutdruck ... Diese nächtelangen Verhöre sind nichts mehr für mich." Er hustete, und Poppy konnte das leise Pfeifen seiner Atmung hören. Es klang nicht gut.

„Sie sollten sich schonen!"

„Leicht gesagt. Ich muss den Fall abschließen, der Staatsanwalt sitzt mir im Nacken und will, dass der Prozess gegen Brigid eröffnet wird. Aber Frau Andersen bleibt bei ihrer Aussage und behauptet weiter, nichts mit dem Tod zu tun zu haben."

„Es gibt auch noch andere, mindestens ebenso starke Motive wie Eifersucht."

„Sie meinen die Ansprüche auf den Küstenstreifen? Mir sind die Pläne in den Zimmern der *Brothers* nicht entgangen", räumte er ein, „genauso wenig wie Ihnen bei Ihrem halsbrecherischen Manöver. Nur haben die Herren alle ein Alibi."

„Vielleicht gibt es noch andere Beteiligte?"

„Wie gesagt, die Fußspuren ... Sonst haben wir nichts."

„Die Gefahr besteht also weiter?" Poppy sprach jetzt leise und schirmte ihr Handy zusätzlich mit der Hand ab, als sie sah, wie sich Roberts und Trelawney langsam an sie heranpirschten. Sie gab Barney einen Wink. Er verstand, bezog Position dazwischen und verwickelte die beiden in ein Gespräch.

„Inspektor, ich kann nicht gut reden."

„Wo sind Sie denn? Wieder unterwegs im Auftrag Ihrer Majestät?"

„Majestät ist nicht schlecht. Wir machen einen Ausflug. Die Viscountess of Falmouth führt uns persönlich."

„Lady Barbara? Eine faszinierende Frau. Ich kannte Ihren Mann Philipp gut, feiner Kerl. Leider tot, Krebs, verdammte Krankheit. Jetzt hat sie so einen reichen Schnösel aus London."

„Inspektor, nochmal zum Motiv", versuchte Poppy ihn wieder einzufangen. „Die Person, der es gelingt, das entsprechende Dokument vorzuweisen, ist Eigentümer des Landes."

„Darum ranken sich eine Reihe von Mythen."

„Erstmal müssen wir es finden!"

„Wir? Sie sind gut!" Edwards schnaufte. „Mir reicht die Suche nach dem Täter völlig."

Poppy schaute nach der Gruppe. Sie zog allmählich weiter, und Barney sorgte dafür, dass Trelawney und Roberts mitgingen.

„Eine Hälfte der Urkunde ist bereits da!"

„Was sagen Sie da? Wer hat sie?"

„Das ist eine interessante Frage. Im Moment niemand spezielles. Einer der *Brothers*, der Doktor, hat sie in einem Buch aufgespürt, das Barney bei einer Auktion ..."

„Ihr Mann? Ist der etwa auch darin verwickelt?"

„Das führt jetzt zu weit. Aber ich hege die Hoffnung, dass Sie die zweite Hälfte haben."

„Ich? Was erlauben Sie sich?"

„Regen Sie sich nicht auf, denken Sie an Ihren Blutdruck. Bei Ihnen wäre es doch sicher, oder? Konkret: Es gibt Hinweise darauf, dass die Urkunde in der Morganschen Familienbibel versteckt ist. Ich kann wohl davon ausgehen, dass sich Micahs Habseligkeiten in Ihrer Verwahrung befinden?"

Schweigen.

„Inspektor? Sind Sie noch da?"

„Natürlich. Ich denke nach. Es gibt tatsächlich eine Menge Bücher, ein paar Kisten voll. Er lebte in seiner Fischerkate ja auf einer Art Baustelle. Aber ob eine Bibel dabei ist ..."

„Würden Sie das bitte nachprüfen? Es ist von äußerster Wichtigkeit. Wenn sie gefunden ist und mit ihr das Pergament, dann könnten wir die Urkunde zusammenfügen, und der Spuk wäre vorbei."

„Wenn wir Sie nicht hätten, Mrs Dayton. Vielleicht finden Sie ja nicht nur die Urkunde, sondern Ihnen fällt noch ein, wer der Mörder ist."

Poppy überhörte seinen Spott. „Danke! Klar mache ich weiter!"

„Nein, so habe ich das nicht gemeint! Weiterdenken, nicht weitermachen! Ich traue diesen *Brothers* nicht über den Weg, auch wenn sie noch so menschenfreundlich tun!" Wieder das keuchende Pfeifen. „Ich werde mich um das Buch kümmern und melde mich wieder."

Poppy steckte ihr Handy ein und suchte die anderen.

Sie verließ das Waldstück, überquerte eine Lichtung, bis ein grüner Wall den Weg versperrte. In der übermannshohen Wand aus Lorbeer gab es nur einen schmalen Durchbruch. Davor stand die Traube der Besucher mit Barbara an der Spitze.

„Willkommen am Labyrinth! Das gehört zu jedem Park, der etwas auf sich hält. Ich garantiere Ihnen, dass Sie sich sofort darin verirren werden. Nein, Sie können nicht verlorengehen, Sie werden sehen, es gibt immer wieder Verbindungen nach draußen. Deutlich schwieriger ist es, in die Mitte zu gelangen. Bisher haben das nur sehr wenige unserer Gäste geschafft. Aber vielleicht Sie? Lassen Sie sich Zeit dafür, am besten auf dem Rückweg, nach der Führung."

Sie zogen weiter und kamen an eine Wiese voller Wildblumen. Davor gabelte sich der breite Kiesweg in drei schmalere; als verschlungene Pfade zogen sie durch das Gelände.

Barbara blieb stehen. „Am liebsten würde ich Sie alle frei über die Wiese laufen lassen, so wie Sie das als

Kinder getan haben. Nur knicken Sie dann die Halme ab, und meine Gärtner drehen durch. Die schmalen Wege werden bei Ihnen aber das Gefühl erzeugen, mittendrin zu sein. Verteilen Sie sich einfach auf den drei Pfaden."

Poppy hielt Barney fest. „Lass uns warten, ich möchte mal einen Moment mit dir allein sein."

Rasch waren sie in der hügeligen Landschaft außer Sichtweite.

Sie setzten sich auf eine Bank, die geschickt aus einem liegenden Baumstamm herausgearbeitet war.

„Na, was gibt's Neues von unseren Gesetzeshütern?"

„Im Grunde nichts. – Was duftet hier so intensiv?" Poppy hob die Nase. „Maiglöckchen!" Aus der Erde um den Baumstamm herum sprießten die leuchtend grünen, trichterförmig angeordneten Blätter, aus deren Mitte die Stängel mit den weißen Glocken ragten. Poppy pflückte einen davon und ließ ihn in ihrer Handtasche verschwinden.

„Ich glaube nicht, dass die Viscountess es schätzen würde, wenn du ..."

„Lass mich. Nur einen. Das erinnert mich an meine Familienausflüge, früher, in den Cotswolds." Sie blinzelte. Barney sagte nichts und drückte sie an sich.

Sie zeigte nach vorne. „Da stehen sogar sehr seltene wilde Orchideen. Es gibt auch noch ein paar Schlüsselblumen. Aber die sind fast verblüht, wie die Sternhyazinthen."

„Dahinten gibt's viel Blau."

„Das sind Hasenglöckchen, Barney! Es ist einfach herrlich. Ich liebe das Stadtleben, aber wir sollten viel öfter rausfahren."

„Ich würde dir gerne ein kleines Häuschen schenken, mit einem bunten Bauerngarten drum herum, hier oder in Devon.“

Poppys Augen waren immer noch feucht. „Das wäre schön. Aber dafür brauchen wir noch ein paar tolle Verkäufe.“

„Das kommt. Der reiche indische Sammler aus Delhi hat mir eine Mail geschickt.“

„Will er das Kamasutra? Das aus dem siebzehnten Jahrhundert?“

Barney grinste. „Du weißt, was Herren wünschen. Das Ding liegt im Tresor auf der Bank, aber ich habe ihm ein paar Fotos geschickt.“

„Wie viel ist es wert? Zwanzigtausend Pfund?“

„Mehr. Die Preise steigen gerade wieder. Ich werde ihn ein wenig vertrösten und dann ...“

„Wenn er es gar nicht mehr aushält, lässt du dich erweichen.“ Poppy stand auf. „Lass uns weitergehen. Es wird heiß hier in der Sonne. Ich bin gespannt auf den Strand. Wenn ich das gewusst hätte, hätte ich meinen Badeanzug mitgebracht.“

„Den brauchst du ja sonst auch nicht.“ Er schmunzelte.

Poppy warf ihm einen warnenden Blick zu. „Hier schon. Ich werde mich vor den glubschäugigen *Brothers* nicht entblößen, das könnte denen so passen.“ Sie lächelte. „Wenn wir mit der Viscountess allein wären – Barbara hat bei allem adeligen Gestus etwas von einem Althippie, findest du nicht?“

„Ich weiß nicht ...“

„Klar“, kicherte sie, „Hippies sind nicht so deine Welt.“

„Nein? Als ich dich kennenlernte, in einem langen indischen Kleid und mit dem Blütenkranz im Haar …“

„Das war auf Gracies Hochzeit! Den hatte ich gerade gefangen und mir einfach aufgesetzt.“

Barney drehte ihr den Kopf zu, und sie erwiderte seinen Kuss.

Jenseits der Blumenwiese lag eine rot-gelbe Zone von Fuchsien und Berberitzen. Sie bildete den Übergang zu Rhododendren, die in voller Blüte standen.

Sie fanden die Gruppe unter einem gewaltigen Pflanzengewölbe wieder. Die lilafarbenen Blüten ließen die edlen Züge der Viscountess noch blasser erscheinen.

„Ein Jugendstilgemälde“, flüsterte Poppy.

„Es ist kaum zu glauben, dass diese königlichen Gewächse und das bescheidene Heidekraut zu Ihren Füßen aus der gleichen Familie kommen, eine sehr artenreiche Familie.“ Barbara zeigte auf ein paar deutlich zierlichere Büsche, die den Weg flankierten, und den Halbschatten mit Orange und Rot aufhellten. „Die gehören auch dazu.“

Susanne meldete sich. „Azaleen!“

„Genau. Sie wachsen überall auf der Welt, am Meer genauso wie im Gebirge. Unsere Pflanzen hier stammen ursprünglich aus dem östlichen Himalaya.“

Barbara ging weiter und führte die Gruppe in ein Magnolienwäldchen. Die dicken Blütenblätter waren fast alle abgefallen und bildeten auf dem Boden einen mattweißen Teppich. Dazwischen standen Lilien und Geranien. Sie verbanden sich zu einem farbigen Strom in Richtung Meer.

Hinter einem letzten Wall aus Ebereschen und Erlen erweiterte sich das Tal zu einer Bucht. Von dem hellen

Sand, der malerisch durchsetzt war mit großen glattgeschliffenen Granitsteinen, zog sich das Wasser immer weiter zurück.

„Die Tide ist gerade gekippt, wie man sagt“, erklärte Barbara. „In ein paar Stunden ist Ebbe, und dann haben wir hier wie überall in Cornwall einen Riesenstrand. Der Unterschied zwischen den Gezeiten ist enorm, auch hier, auf dem Helford, obwohl wir einige Meilen von der Küste entfernt sind.“

Sie wurde unterbrochen von einem Schrei.

Kapitel 16

Es war eher ein kurzes Heulen, das über dem Geräusch des Windes gerade noch zu vernehmen war.

„Schwimmt da einer?" Lars Bäcker, der an der Wasserlinie entlangwatete, zeigte auf die Bucht hinaus.

Alle drehten sich um.

Etwa zwanzig Meter vom Strand war das Wasser besonders unruhig, warf kleine Wellen und Schaumkronen auf.

„Der Malstrom", erklärte Barbara. „Ein Wirbel. Er entsteht bei ablaufendem Wasser."

Wieder das Heulen.

„Da steckt jemand drin!" Lars machte ein paar Schritte ins tiefere Wasser; als es ihm über die Knie reichte, stoppte er. „Ein Kopf!"

Zwischen den weißen Wellenkämmen tauchte etwas Dunkles auf und ging gleich wieder unter.

„O Gott, ein Mensch?", schrie Janina. „Lars, nein, da kommst du nicht dran!"

Inzwischen war der Rest vorgerückt, aber die meisten blieben in respektvollem Abstand von der Wasserlinie stehen. Auch Lars zog sich ein paar Schritte zurück.

Jetzt konnte Poppy genauer sehen. „Nein, es ist ein Tier, glaube ich."

„Es wird ertrinken", stellte Barbara lakonisch fest. „Aus der Strömung gibt es kein Entkommen."

Das dunkle Etwas hatte erfasst, dass sich am Ufer jemand aufhielt, mit dem es in Kontakt treten konnte. Das Jaulen wurde lauter, bis eine Welle es erstickte und über dem Kopf zusammenschlug.

Poppy sah Barney an und seufzte. „Jetzt komme ich doch noch zu meinem Bad."

Dann ging es schnell. Sie streifte ihre Sandalen ab und zog sich das Kleid über den Kopf.

„O Gott, kommen Sie zurück!", hörte sie Barbara rufen, aber da war sie längst im Wasser.

Es war wärmer hier in der Bucht als im offenen Meer, stellte sie erleichtert fest, das würde ihre Kräfte schonen.

Nach wenigen Metern wurde es tief. Sie stieß sich ab. Mit kräftigen Schwimmstößen kraulte sie in Richtung des Strudels. Immer, wenn sie ein Ohr an der Oberfläche hatte, konnte sie die erschreckten Rufe vom Ufer hören: „... ein Wahnsinn!" – „... lebensgefährlich ..." – „Unternimmt jemand ...?"

Sie spürte, wie der Ebbstrom an ihr zog. Das brachte ihr einen Vorteil beim Hinausschwimmen, aber sie wusste, dass sie dafür auf dem Rückweg würde bezahlen müssen. Sie konzentrierte sich auf ihr Ziel. Der Rand des Malstroms war erreicht, und jetzt konnte sie es erkennen: Es war ein Hund.

Das Tier paddelte hektisch, aber das Heulen war verstummt.

Poppy schwamm noch näher und konnte das Weiße in den weit aufgerissenen Augen sehen. Das Wasser perlte vom glänzenden Fell, sobald der Kopf auftauchte. In Todesangst riss der Hund seine Schnauze auf, um nach Luft zu schnappen.

Poppy war jetzt bei ihm. Sie packte ihn am Nackenfell. Ein heiseres Bellen drang aus seiner Kehle, aber damit waren seine Mittel der Abwehr erschöpft. Vielleicht spürte der Hund auch instinktiv, dass Poppy ihm helfen wollte. Er ergab sich. Poppy schlang einen Arm um das Tier, legte sich auf den Rücken und machte sich in Lebensrettermanier auf den Rückweg.

Sie schaffte es, dem Strudel zu entkommen.

Dann begannen die Probleme.

Der ablandige Strom wurde immer stärker. Meter um Meter musste sie ihm abringen.

Sie hatte fast zwei Drittel des Wegs zurückgelegt, als sie spürte, dass sie es nicht schaffen würde. Sie verlangsamte ihren Rhythmus, um Kraft zu sparen, aber dadurch vergrößerte sich der Abstand vom Ufer. Sie spürte einen ersten Anflug von Panik, trotzdem gelang es ihr, die Schlagzahl wieder zu steigern.

Als plötzlich ein Kopf vor ihr auftauchte, meinte sie zu halluzinieren. Es war Barney.

Sie spürte seine Berührung. Eine ungeheure Erleichterung brachte sie dazu, alle Reserven zu mobilisieren. Barney nahm ihr den Hund ab. Von der strampelnden Last befreit, kam Poppy viel besser voran, und gemeinsam schafften sie es zurück an den Strand.

„Dafür bekommen Sie einen Orden, Mrs ...?" Barbara half Poppy auf die Beine.

Triefend nass stand sie in Unterwäsche vor der Gruppe. Alle schauten zu Boden.

„Poppy Dayton. Danke. Etwas Warmes wäre mir lieber."

„Ist bereits unterwegs. Ich habe oben angerufen. Ein paar Minuten, dann kriegen Sie trockene Kleidung und heißen Tee."

Inzwischen war Barney angekommen. Erschöpft ließ er sich in den Sand sinken. „Hätte ich nur deine Kondition, Darling", stöhnte er.

Es war ein denkwürdiger Anblick: Der große Mann, fast nackt, ausgestreckt und neben sich ein strähniges Wesen, eng an ihn gepresst.

Poppy packte den Hund an den Hinterläufen, hob ihn hoch und klopfte ihm auf den Rücken. Er erbrach einen Schwall Wasser, gefolgt von einem langgezogenen Jaulen.

„Ein kräftiger kleiner Kerl", stellte Poppy fest und klapperte dabei mit den Zähnen. Barney holte seine Tweedjacke und legte sie ihr um; Trelawney lieh ihm seine.

Ein hohes Sirren war zu hören, als ein Golfwagen in halsbrecherischer Geschwindigkeit zwischen den Magnolien hervorbrach. Am Strand kam er zum Stehen. Zwei grün gekleidete bärtige Männer sprangen von der Sitzbank. In Windeseile steckten sie Zeltmasten in den Boden und spannten dazwischen eine Plane auf. Dahinter stellten sie eine gut gefüllte Sporttasche ab und traten diskret zurück.

„Jack, Hiram, danke, das ging fix!"
Die beiden quittierten stumm das Lob ihrer Herrin.
Nachdem Poppy und Barney sich abgetrocknet und angezogen hatten, kamen sie hinter dem Verschlag hervor. Sie trugen Cordhosen und graue Flanellhemden, mit dem Falmouth-Wappen auf der Brust.

„Schick seht ihr aus!", empfing sie Bruce. Allmählich trauten sich auch die anderen, wieder näher zu kommen.

„Was haben Sie uns da mitgebracht, Mrs Dayton?" In Trelawneys Frage schwang Anerkennung mit.

„Scheint ein Terrier-Mischling zu sein."

Das Tier erholte sich zusehends und schüttelte sich Wasser und Sand aus dem Fell.

Während Poppy und Barney an heißem Tee nippten, schlabberte es eine Schale mit frischem Wasser leer. Auch daran hatten die Männer gedacht.

„Fein! Besser als das salzige Zeug da draußen, was?" Poppy setzte sich neben dem Hund auf die Erde. Er hob den Kopf und legte ihn auf ihr Knie.

„Der schaut dich an, als ob er nie mehr von deiner Seite weichen wollte."

„So macht man das mit seiner Retterin, Barney. Aber ich kann dich gerne genauso ansehen. Ohne dich hätten wir das nicht geschafft."

„Wo kommt dieses Viech eigentlich her?", fragte Henry Pascoe mit seiner aufgesetzten Theaterstimme. „Gehört es zu Ihnen, Viscountess?"

„Nein, wir haben hier keine Hunde. Das würde sich nicht mit den Eichhörnchen vertragen."

„Eines von diesen armen ausgesetzten Dingern?", fragte Peter Hammett teilnahmsvoll.

„Das kann sein. Es gibt einige davon. Bei uns auf dem Gelände bisher nicht, aber in *The Packet* stand ein Artikel darüber: Haustiere als Spielzeuge, die den Besitzern irgendwann lästig werden."

„Menschen können so grausam sein", sagte Susanne, und Klaus drückte sie an sich.

Der Hund warf sich auf den Rücken und drehte sich.

„Aha, zumindest hat man dir Rolle beigebracht." Poppy kraulte ihm die Brust.

„Was machen wir bloß mit dir?" Sie schielte zu Barney hoch, der ostentativ in die Ferne blickte. „Das wird sich zeigen", gab sich Poppy selbst die Antwort. „Erstmal brauchst du einen Namen."

„Neugeboren aus dem Malstrom", sinnierte Barney. „Wie wäre es mit *Torrent?*"

Poppy zwinkerte anerkennenden. „Mein poetischer Professor."

a der Hund das energisch nachforderte, kraulte sie ihn weiter. „Wir nennen dich Torry. Weil du aus dem Strom kommst, und weil du so tolle weißbraune Fellwirbel hast."

Plötzlich schien er genug zu haben. Zurück auf seinen Pfoten schüttelte er sich, warf Poppy noch einen Blick zu und lief los.

„Sehen wir dich wieder?", rief ihm Poppy laut hinterher, aber da war er im Unterholz verschwunden.

„Keiner weiß, wie lange er schon hier draußen allein ist", sagte Barbara.

„Vielleicht gibt es doch ein Herrchen in der Gegend?", meinte Annette hoffnungsvoll.

„Was für eine Aufregung! Ich könnte verstehen, wenn Sie Ihren Besuch bei uns nach diesem Abenteuer abbrechen wollen."

„Aber ganz im Gegenteil, liebe Viscountess." Klaus Stolpe verbeugte sich etwas steif vor ihr. „Spreche ich im Namen aller, wenn ich sage, dass wir die Tour mit Ihnen außerordentlich genießen?" Bestätigendes Gemurmel.

„Ich weiß nur nicht, ob Mr und Mrs Dayton es vielleicht vorziehen, zurück zu fahren?"

„Machen Sie sich um uns keine Gedanken", winkte Poppy ab. „Wir sind hart im Nehmen. Im Gegenteil, es ist ein herrlicher Tag, die Sonne scheint, und ich hatte Gelegenheit zu schwimmen."

„Also gut, es ist mir eine Ehre. Aber wir werden einen Imbiss vorbereiten." Barbara sah auf die Uhr. „Sagen wir um zwei? Dann bleibt Ihnen noch genügend Zeit, sich selbst umzusehen. Ich lasse Sie jetzt allein!"

Sie winkte in die Runde und schwang sich hinter die beiden Gärtner auf den Golfwagen. Sie fuhren los, und kurz darauf wurde das E-Mobil vom gelben Dickicht der Berberitzen verschluckt.

Kapitel 17

Die Gruppe löste sich auf, jeder ging seiner Wege, einzeln oder paarweise.

„Bleibst du bei mir?" Poppy kuschelte sich an Barney. „Du hast recht, wir beide sind hart im Nehmen, aber jetzt ist mir fröstelig."

Barney blickte streng zu ihr hinunter. „Kein Wunder. Was für eine Aktion! Du hättest ertrinken können."

„Du weißt, dass ich so handeln musste. – Meine Nase kitzelt." Sie rieb sich an seinem Arm.

„Dann gibt's noch mehr Ärger."

„Hoffentlich nicht."

Sie hörte ein Rascheln zwischen den Bäumen.

„Ist das ...? Torry?"

„Vermisst du ihn schon?"

„Ich weiß nicht. Er gefällt mir. Er hat Charakter. Wie er mich angesehen hat; da war etwas in seinen Augen ..."

Sie hatten die Schlucht der Rhododendren und die Wiese mit den wilden Blumen durchwandert und waren einen Abhang voller lila blühender Pfingstrosen hochgestiegen, als sie wieder auf dem Plateau ankamen und vor der grünen Lorbeerwand standen.

Niemand war zu sehen.

„Barney, wir haben noch Zeit. Lass uns das Labyrinth erforschen. Ich möchte es bis in die Mitte schaffen!"

Sie fanden den Eingang, und sofort schlossen sie die Mauern aus glänzenden Blättern ein. Der Weg bog scharf nach rechts ab, dann gabelte er sich. Sie blieben stehen.

„Wie wollen wir das anstellen?", fragte Barney. „Wir sollten uns aufteilen. Sonst schaffen wir es nie, alle Abzweigungen zu überprüfen."

„Eine gute Idee." Poppy bog nach links ab und marschierte los. „Jetzt würden uns ein paar Reiskörner helfen."

Sie hörte nochmal Barney: „Ruf mich, wenn was ist …"

An der nächsten Kreuzung beschloss sie, geradeaus weiterzugehen. Nach zehn Schritten öffnete sich der Weg zu einem kleinen runden Platz. In der Mitte stand die Statue einer griechischen Göttin. Ariadne, las Poppy auf dem Sockel.

Diesmal nahm sie die Abzweigung nach rechts, die Richtung, in der die Statue blickte. Der Pfad machte eine Biegung, dann kam wieder eine Kreuzung. Hier hatte sie das Gefühl, schon vorbeigekommen zu sein.

So würde das nicht funktionieren. Sie dachte nach. Dann brach sie einen kleinen Ast aus dem Lorbeer, formte daraus einen Pfeil und markierte damit auf dem Boden den Weg, den sie als nächstes nahm. An der folgenden Gabelung machte sie es genauso. Jetzt hatte sie das Gefühl, vorwärts zu kommen. Ein paarmal traf sie auf eines ihrer Zeichen, und nahm daraufhin einen anderen Weg.

Ihr wurde warm. Im Labyrinth gab es kaum Luftbewegung, und die grünen Mauern boten in der senkrechten Mittagssonne keinen Schatten.

Das Handy klingelte. Es war Edwards Nummer.

„Inspektor! Haben Sie die Bibel gefunden?"

„Leider nein. Keine Spur von ihr. Zumindest nicht bei den Sachen, die wir mitgenommen haben. Ich bin eben nach Lizard gefahren und hab nochmal in seiner Kate nachgesehen. Aber da ist sie auch nicht."

„Verdammt."

„In der Tat." Er machte eine Pause.

„Und jetzt?"

„Als Kriminalist würde ich sagen: Folge der Spur des Geldes. Oder in diesem Fall, der Urkunde. Wenn jemand vor uns die zweite Hälfte gefunden hat, wird er sich schon bemerkbar machen."

„Wie meinen Sie das?"

„Als ich zu Micahs Haus kam, fuhr dort eine schwarze Limousine vom Grundstück. Ich habe mir das Nummernschild gemerkt."

„Und? Spannen Sie mich nicht auf die Folter."

„Es gehört dem Bürgermeister von Falmouth."

„Dem Bürgermeister?"

„Nicht ihm persönlich. Es ist auf das Rathaus zugelassen. Dazu gehört allerdings eine Reihe von Behörden und administrativen Dienststellen."

„Was haben die mit Micah zu tun?"

„Keine Ahnung. Sein Tod hat eine Menge Staub aufgewirbelt. Ich hatte Ihnen ja bereits erzählt, dass interveniert wurde, damit wir die *Cornwall Brothers* nicht länger als nötig im Manor festhalten."

„Und jetzt das Interesse irgendwelcher Beamter?"

„Das ist in der Tat auffällig, aber im Moment zu wenig, um etwas daraus zu machen." Er klang müde. „Wo sind Sie?"

„Ich stecke fest."

„Doch nicht wieder in Schwierigkeiten?"

„Nicht wirklich. Ich irre durch das Labyrinth der Viscountess."

Edwards Stöhnen klang erleichtert. „Da kann Ihnen ja nichts passieren, außer, dass Sie einen Sonnenstich bekommen. Passen Sie auf, es ist heute sehr heiß."

„Das macht mir nichts aus. Ich hatte gerade genug Abkühlung. Ich habe einen Hund vor dem Ertrinken gerettet."

„Einen von den Streunern? Die armen Dinger. Erst Luxustiere, dann lästige Anhängsel. – Sie haben ein großes Herz, Mrs Dayton. Passen Sie auf sich auf."

„Das sagten Sie bereits."

„Nicht oft genug!"

„Schönen Tag noch, Inspektor. Danke für Ihre Mühe. Sie sollten sich ein Mittagsschläfchen gönnen."

„Solange Sie da draußen sind, geht die Welt nicht unter", meinte er trocken. „*Bye.*"

Poppy erreichte einen weiteren Platz mit einer Statue. Der Bronzekrieger spannte seinen Bogen. Sie folgte der Richtung, in die sein Pfeil zeigte, bis sie an eine Kreuzung kam und eine ihrer Markierungen fand. Diesmal ging sie nicht nach rechts, sondern geradeaus – und stand in der Mitte.

Ein Brunnen.

Sie freute sich, vor Barney angekommen zu sein. Den Jubelschrei unterdrückte sie und genoss still den Moment.

Sie trat näher und las die Inschrift auf dem marmornen Brunnenrand: *Du bist am Ziel – sieh der Wahrheit ins Auge.*

Poppy blickte in den dunklen Spiegel, streckte die Hände hinein und spritzte sich das kühle, leicht modrig riechende Wasser ins Gesicht.

Sie zuckte zusammen. Neben ihrem verschwommenen Bild tauchte ein zweites auf.

„Ein interessanter Spruch, nicht wahr?" Ein Arm griff
nach ihr. „Fallen Sie nicht hinein."

Aber der Arm zog sie nicht zurück, sondern drängte
sie noch näher an den Brunnenrand.

Poppy machte sich los. Sie erkannte Trelawney.

„Doktor! Was machen Sie hier?"

„Das gleiche wie Sie, Mrs Dayton. Wir teilen offenbar
das Bedürfnis, den Dingen auf den Grund zu gehen."

Poppy wich ein paar Schritte zurück.

„Was fällt Ihnen ein, mir hier aufzulauern?" Sie achtete darauf, dass der Abstand zwischen ihnen erhalten
blieb.

„Es war nur so eine Idee." Trelawney setzte ihr nach.
„Und es hat sich gelohnt."

Sein Grinsen gefiel ihr nicht.

„Haben Sie eben mein Gespräch ...?"

In gespielter Verzweiflung hob er die Schultern. „Unbeabsichtigt, verehrte Mrs Dayton! Was hätte ich tun
sollen? Ich stand hier und freute mich darüber, das
Zentrum gefunden zu haben, da hörte ich Sie, nur eine
Hecke entfernt ... Die Bibel. Wo ist sie?"

„Woher wissen Sie von ihr?"

„Seit eben." Er wurde ernst. „Mrs Dayton, ich weiß, Sie
vertrauen mir nicht. Das ist ein Fehler. Wir Cornwall-
Brüder wollen nur das Beste!"

„Beste Geschäfte!"

„Nicht so, wie Sie denken. Wir wollen das Land erhalten – für alle!"

„Wenn Sie meinen … Das wird in jedem Fall schwierig. Die Suche nach dem zweiten Teil der Urkunde ist vollkommen offen.“

Poppy ging zum Brunnen zurück und kühlte sich die Hände. Sie fühlte sich unwohl. Wie konnte sie diesem Gespräch entrinnen? Wo blieb Barney? Sie stöhnte innerlich auf, als sie daran dachte, dass sein Orientierungssinn nicht besonders ausgeprägt war.

„Tatsächlich? Sie hatten schließlich ein besonderes Verhältnis zu Mr Morgan.“

Trelawney kam wieder näher. Sie spürte den Druck des harten Brunnenrands an ihrer Hüfte.

„Hallo? Ich habe Stimmen gehört, was ist …?“ Eine Gestalt brach durch die Büsche und blieb wie angewurzelt stehen. „Was haben wir denn hier für ein Stelldichein?“ Die Stimme klang gepresst.

Poppy schob Trelawney zurück. „Barney! Wie schön!“ Langsam brachte sie ihre Atmung wieder unter Kontrolle. „Leider bist du nach mir und dem Doktor nur Dritter.“

„Ich wollte mich gerade verabschieden.“ Hastig ging Trelawney weiter auf Distanz. „Denken Sie an meine Worte“, sagte er noch, dann verschwand er zwischen den Büschen.

Barney wollte etwas sagen, aber Poppy legte ihm den Zeigefinger auf die Lippen.

„Nicht hier“, flüsterte sie. „Das Labyrinth hat Ohren.“

Kapitel 18

Die Viscountess empfing sie auf der Terrasse vor dem Herrenhaus. Livrierte Diener gingen umher und boten Fingerfood an; Weißwein und Limonade wurden ausgeschenkt, aus bauchigen, von Feuchtigkeit beschlagenen Karaffen.

„Genießen Sie die Chichettis!", bat Barbara ihre staunenden Gäste. „Die Idee habe ich aus Venedig mitgebracht. Regionale Spezialitäten, serviert auf kleinen gerösteten Baguettescheiben. Alle Zutaten kommen von unserem Grundstück und die Meeresfrüchte aus der Bucht." Sie stutzte und zeigte in Richtung Treppe. Auf der vorletzten Stufe duckte sich etwas.

„Da haben wir ja auch unser frischestes Meeresfrüchtchen."

Der glatte Kopf des Hundes tauchte über der Marmorschwelle auf.

„Torry!", rief Poppy. Er streckte den Kopf nach vorne und witterte. Furcht und Neugier schienen in ihm zu kämpfen, bis der Hunger siegte. Immer noch misstrauisch, nach rechts und links sichernd, schlich er weiter auf die Gruppe zu. Barbara winkte einen der Livrierten herbei und flüsterte ihm etwas ins Ohr. Kurz darauf kam er mit einer silbernen Schale zurück und blieb vor Torry stehen.

„Ist Roastbeef genehm …?" Er machte eine kleine Pause und blickte ihn von oben herab an. Der Hund wich misstrauisch zurück. Poppy übernahm die Schüssel und stellte sie in Torrys Nähe ab. Langsam kam er näher, schnüffelte, dann verschlang er die edle Speise restlos.

„Das schmeckt, was, Master Torry?" fragte Poppy leise.

Hechelnd blickte der Rüde zu Poppy auf.

„Wenig Master-haft." Barney schmunzelte. „Aber wie man sieht, ist er dankbar. Wer weiß, wann er zuletzt etwas Anständiges zu fressen bekommen hat."

„Kann es sein, dass Sie da jemanden fürs Leben gefunden haben?" Barbara lachte.

Poppy sah sie an. „Was soll denn mit ihm passieren?"

„In Constantine gibt es ein Tierheim. Ich werde ihn abholen lassen. Vielleicht ist er gechipt, dann lässt sich der Besitzer ermitteln."

Torry hatte den Dialog mit hängendem Kopf verfolgt. Poppy streichelte ihn, und langsam gingen die Ohren wieder nach oben.

„Ins Tierheim? Auf keinen Fall. Ich weiß, wie es da zugeht."

„Aber Poppy", versuchte Barney einzugreifen, „was hast du denn mit ihm vor?"

„Das weiß ich auch noch nicht. Es wird sich finden, da bin ich mir sicher."

„Ich mir auch", seufzte Barney und erntete das Gelächter der Anwesenden.

Poppy fiel erst jetzt auf, dass außer ihnen beiden, Bruce und der Viscountess nur die Wanderer auf der Terrasse waren.

„Wo sind denn die Cornwall-Brüder?"

„Die Herren lassen sich entschuldigen", sagte die Viscountess. „Sie haben eine wichtige Verabredung in der Stadt."

Poppy war alarmiert. Sie sah Barney an. „Das bedeutet nichts Gutes. So, wie Trelawney drauf war …“

Bruce hatte das gehört. „Was ist mit Charles?“

„Nichts, wir hatten nur eine Meinungsverschiedenheit.“

„Um was ging es denn dabei, wenn ich fragen darf?“

„Darfst du. Aber es ist wirklich nicht der Rede wert.“

Poppy sah ihn an. Warum wirkte er so nervös?

Er hustete. „Heute Abend wollten alle wieder im Manor sein.“

Da bin ich gespannt, dachte Poppy. In ihr wuchs die Unruhe. Sie standen hier auf der Terrasse herum, genossen den Tag, während andere die Zeit nutzten, um vielleicht den entscheidenden Vorsprung zu erlangen. Aber es wäre grob unhöflich, sich jetzt ebenfalls zu verabschieden.

Barbara flüsterte Bruce etwas ins Ohr, und er bat ums Wort. „*Ladies and Gentlemen*, Sie werden zugeben, dass die Viscountess eine exzellente Gastgeberin ist. Aber das ist nicht alles. In Zukunft finden regelmäßig Parkführungen statt, so, wie Sie es erleben durften. Dazu kommen Kulturveranstaltungen, bei denen regionale Musiker auftreten werden.“

Barbara übernahm. „Heute leider noch nicht, da werden Sie mit mir Vorlieb nehmen müssen.“

Sie ging voran in die Halle. Mitten im kuppelförmigen, stuckgekrönten Raum standen ein Konzertflügel und davor eine Reihe vergoldeter Empire-Stühle.

„Bitte nehmen Sie Platz!“ Barbara setzte sich an den Flügel. „Ich werde ein Stück von Jean-Philippe Rameau spielen. Zur Ehre unserer deutschen Gäste den ersten Satz aus der e-Moll-Suite, *l'Allemande*.“

Verblüfftes Gemurmel.

Sie setzte sich auf den Klavierhocker, schlug die Noten auf und begann, rhythmisch und fordernd.

Poppy schloss die Augen. Erst sah sie barock gekleidete Tanzpaare über das Parkett des feudalen Saales gleiten, dann erzeugte die vielschichtige Melodik die Illusion eines venezianischen Violinquartetts.

Als sie die Augen wieder öffnete, sah sie, wie Bruce neben Barbara stand und für sie die Noten umblätterte. Immer wieder streifte er dabei ihre Schulter mit seiner Hand. Trotz der Konzentration auf ihr Spiel schien sie den Kontakt zu suchen. Kein Wunder, dachte Poppy, dass Pat heute Morgen so verstimmt war.

Der Satz endete.

Ein Moment absoluter Stille.

Dann wollte der Beifall nicht enden, sogar die Bediensteten stimmten mit ein. Barbara stand auf und verbeugte sich, Bruce küsste ihr die Hand.

„Danke, das ist sehr freundlich von Ihnen." Sie machte ein paar Schritte wie eine Sportlerin, die nach dem Ziel auslief. Sie zeigte durch die offenen Flügeltüren nach draußen.

Die Terrasse war leer, bis auf Costa. Der Ara saß auf der Balustrade und hielt den Kopf schräg, als ob er lauschte. „Manchmal, wenn wir Musik hören, scheint die Zeit still zu stehen. Dann entstehen Räume, die wir für innere Begegnungen nutzen können."

Barbara setzte sich wieder an den Flügel. „Deshalb möchte ich das nächste Stück einem guten Freund widmen, der den Jazz sehr liebte. Ich vermisse ihn sehr, aber ich glaube fest daran, dass er uns hören kann. – Für Micah Morgan!"

„Für Micah Morgan!", wiederholten die Anwesenden.

„Eine Improvisation auf Keith Jarretts Köln-Konzert. Vor ein paar Wochen haben Micah und ich das hier vierhändig gespielt."

Sie brauchte einen Moment, um sich zu sammeln. Dann spielte sie.

Poppy konnte sich nicht erinnern, so etwas je gehört zu haben. Das Stück war ihr vertraut, aber was die Frau am Flügel daraus machte ...

Der Anfang war sehr ruhig, folgte eng dem Vorbild. Dann eine Phase wilder Improvisation, in der das pure Chaos von traumhaften Harmonien abgelöst wurde, die sich in ihren Ohren festsetzten. Pure Magie.

Sie fühlte Micah, wie er mit ihr im Meer schwamm, spürte seine Hände und das vorbeiströmende Wasser. Es waren Bilder, von denen sie sich nicht lösen mochte.

Die letzten Akkorde klangen aus.

Verlegen blickte sie zu Barney hinüber, der aber selbst so abgelenkt schien, dass er von ihrem aufgewühlten Zustand nichts mitbekam.

Diesmal war der Beifall anders, leiser, anhaltender.

Der Abschied kam. Alle standen unschlüssig herum. Poppy spürte, wie schwer es ihnen fiel, sich von ihrer Gastgeberin zu trennen. Klaus fand als einziger ein paar Worte: „Viscountess, ich bedanke mich im Namen aller. Aber sprechen kann ich nur für mich." Er schluckte. Es war ihm anzusehen, wie er um Worte rang, um das Richtige zu sagen und um im Englischen keinen Fehler zu machen.

„Sie haben mir einen Tag geschenkt, den ich nie vergessen werde. Auch das Gedenken an Micah Morgan wird für immer mit diesem Erlebnis verbunden sein.

Ich war es, der ihn am Fuß der Felsen gefunden hat. Dieses schreckliche Bild hat bisher alles überlagert. Mit Ihrer Musik haben Sie es in etwas Anderes, Erträglicheres verwandelt. Ich danke Ihnen dafür."

Er wollte einen Handkuss andeuten, aber Barbara ignorierte die unterwürfige Geste und umarmte ihn einfach.

Sie begleitete sie auf den Hof und winkte den Autos hinterher.

Bruce fuhr voraus. Diesmal durften Klaus und Susanne im Morris mitfahren.

Im Rückspiegel sah Poppy, wie der Ara über dem Haus aufstieg und dann zu ihnen hinuntersegelte. Kurz vor dem Portal stieß er einen heiseren Schrei aus und drehte ab.

Poppy legte den Kopf so weit nach hinten, wie es ging, und traf dabei den Blick von Klaus. Die Tränen liefen ihm die Wangen hinunter.

„Klaus, was Sie eben gesagt haben ..."

„Lassen Sie nur. Ich habe erst jetzt begriffen, was passiert ist. Das verdanke ich dieser Frau und ihrer Musik."

„Ein großes Talent. Und sehr menschlich dabei", sagte Susanne.

Klaus drückte ihre Hand. „Ich bin sicher, dass sie viel Erfolg haben wird mit ihrem Konzept. Und die Stimmung wird dann bestimmt weniger ernst sein als heute."

Poppy konnte für sich kein endgültiges Fazit ziehen. Die Erinnerung an Micah bedrängte auch sie. Sie spürte, dass das weniger an ihren Gefühlen lag als an den ungelösten Fragen.

Sie schaute zu Barney, aber der konzentrierte sich auf die Fahrbahn.

Ein anderes Augenpaar schaffte es, zu ihr durchzudringen. Aus dem Fußraum, zwischen ihren Füßen. Torry. Sie würde ihn nicht mehr hergeben. Das beschloss Poppy in diesem Augenblick.

Kapitel 19

Im Manor empfing Pat die Rückkehrer freundlich, nur auf Bruce' aufgekratztes Schwärmen reagierte sie schmallippig.

Erst als der Hund schwanzwedelnd auf sie zulief, hellte sich ihre Stimmung auf.

„Wo kommst du denn her?", fragte sie und ließ Torry ihre Hand lecken.

In glühenden Farben schilderte ihr Poppy das Zusammentreffen am Strand. Pat streichelte den glatten braunen Kopf des Tieres. „So etwas schweißt zusammen, das ist klar." Ausgiebig schnüffelte Torry an ihren Händen. „Ja, ich war in der Küche. Das merkst du, was?"

„Er hat ein bisschen gefressen, aber ich glaube, er ist ziemlich ausgehungert."

„Dann komm mal mit. Ich hätte da noch ein paar Hühnerherzen für dich."

Torry folgte ihr auf dem Fuße, vergewisserte sich aber mit einem Blick über die Schulter, dass Poppy nichts dagegen hatte.

Dass sich die *Brothers* auch zum Dinner abgemeldet hatten, beunruhigte Poppy, und sie meldete sich nochmal bei Inspektor Edwards.

„Trelawney tauchte urplötzlich im Labyrinth auf. Er hat unser Gespräch mitbekommen und weiß von der Bibel. Die Brüder haben sich daraufhin Hals über Kopf verabschiedet und kommen angeblich irgendwann heute Abend wieder", fasste sie ihren Bericht zusammen.

„Das ist schlecht. Wie viele sind es? Fünf? Wie soll ich so einen Sack Flöhe hüten, wenn ich kein Personal habe?“

„Wenn wir uns auf Trelawney und Roberts konzentrieren, wäre das schon mal was.“

„Ich werde sehen, was sich machen lässt.“

Poppy verabschiedete sich. Sie hatte noch zu tun.

Mit den Wanderern besprach sie die Route für den nächsten Tag. Bruce bot sich wieder als Führer an. Sein Vorschlag, eine ehemalige, idyllisch gelegene Kupfermine zu besuchen, wurde angenommen.

„Dann werde ich die Bar jetzt schließen. Wir haben über zwanzig Kilometer Weg vor uns, und wegen der Hitze sollten wir um sieben Uhr starten. *Last order!*“

Lars Bäcker guckte enttäuscht, aber er schaffte es noch, sich ein Bier zu bestellen, bevor ihn Janina in Richtung Zimmer zog.

Poppy gähnte. Schlagartig spürte sie, wie müde sie war. Die kraftraubende Rettungsaktion machte sich bemerkbar. Barney schien es ähnlich zu gehen, und sie verabschiedeten sich.

Er wollte gerade die Zimmertür schließen, da huschte etwas durch den Spalt. Konzentriert, die Schnüffelnase knapp über dem Boden, scannte Torry die royale Suite ab.

Als Poppy sich aufs Bett setzte, war er mit einem Sprung neben ihr und legte den Kopf auf ihren Schoss.

„Du willst doch wohl nicht ...“ Barneys mahnender Ton kam an, und sie schob das Tier sanft von der Matratze. „Das Bett ist tabu. Aber ein bisschen gemütlich darf es schon sein.“

Poppy durchstöberte die Schränke und fand ein paar alte Kissen mit fadenscheinigen Bezügen aus grünem Samtbrokat. Sie baute sie neben ihrer Seite des Bettes auf und klopfte auf das oberste Kissen. Torry verstand, bestieg das üppige Lager und drehte sich ein paar Mal.

Der Geruch nach Mottenpulver schien ihn nicht zu stören. Mit einem zufriedenen Seufzer ließ er sich nieder und betrachtete Poppy. Mühsam versuchte er, die Augen offenzuhalten, dann fielen sie zu. Übergangslos gab er ein leises Schnarchen von sich.

„War ein langer Tag für dich", meinte Poppy und betrachtete ihn liebevoll.

„Nicht nur für den kleinen Kerl", meldete sich Barney von der anderen Seite des Bettes.

Poppy drehte sich zu ihm.

„Unser Retter." Sie schob ihm eine widerspenstige Locke aus der Stirn. „Mein großer Kerl." Dann küsste sie ihn leidenschaftlich.

Caedmon nutzte bereits die allererste Traumphase.

„Wie seht Ihr denn aus? Gibt es Krieg?", begrüßte ihn Poppy.

Er trug eine Art Uniform. An seiner Brust glitzerten diverse Ordensspangen, und von seiner Hüfte baumelte ein schwerer Säbel.

„In den Kampf Ihr müsst ziehen!" Seine Hand umklammerte den Knauf.

„Ihr sprecht wie Meister Yoda." Poppy kicherte.

„Wie meinen ...?"

„Der Jedi – ein Ritter eines anderen Ordens."

„Wir können jede Unterstützung gebrauchen."

„Er ist nur eine Fantasiefigur. Aber was macht Euch so streitbar?"

„Nur ein Gefühl. Sagt Ihr es mir."

Sie seufzte. „Eure Erlösung lässt leider auf sich warten."

„Ich hatte es befürchtet. Was ist geschehen?"

„Nichts. Das ist es ja. Die Bibel befindet sich nicht unter Micahs Sachen."

„Fuck!"

„Caedmon!"

„Verzeiht mir, Mylady. Das habe ich von Micah. Er benutzte das Wort gelegentlich, seit er aus Amerika zurück war."

„Es passt", gab sie zu.

Caedmon stampfte mit den Stiefeln auf den Boden und ließ die silbernen Sporen klirren.

„Edler Ritter, regt Euch nicht auf, das bringt nichts. Versucht Euch vielmehr zu konzentrieren. Ich erinnere mich, dass Ihr erwähntet, Micah sei häufiger umgezogen in letzter Zeit. Bekommt Ihr noch zusammen, wo das war?"

„Frauen!" Caedmon schüttelte sich, und wieder blitzten die Orden. „Frauen waren seine wahre Leidenschaft, und nur ihnen galt sein Interesse. Er hatte reichlich Freundinnen hier in der Gegend, zeitweise mehrere zugleich. Aber wer bin ich, dass ich mich daran erinnern sollte?"

„Versucht es wenigstens."

„Leicht gesagt. Ein Traum hat nur ein schwaches Gedächtnis." Sein Bild flimmerte. „Warum sollte er auch eines brauchen? Er lebt in dem seiner Träumer oder Träumerinnen. Ihr seid meine Letzte."

„Caedmon! Gebt nicht auf."

Er verblasste.

Poppy erwachte kurz nach Tagesanbruch.

Sie konnte nicht mehr einschlafen und wälzte sich hin und her. *Grübelstopp!* - befahl sie ihren rasenden Gedanken, aber es nützte nichts.

Sie setzte sich auf und lauschte Barneys ruhigem Atem. Was träumte er? Sie war eifersüchtig auf seine innere Ruhe.

Ihr aktiver Zustand schien sich auf noch jemanden zu übertragen. Torry sah sie an. Dabei lag er nicht mehr auf seiner Kissenburg, sondern saß an ihrem Fußende, vor ihm eine von ihren Sandalen, auf der er genüsslich herumkaute. Poppy warf empört ein Kissen nach ihm, dem er geschickt auswich. Er ließ von dem dunkelroten Lederriemchen ab und robbte zielstrebig in Richtung Kopfende.

Zwischen ihr und Barney, der von all dem nichts mitbekam, setzte er sich auf und leckte Poppys Gesicht. Mit sanfter Gewalt wehrte sie sich gegen die Liebesbekundung.

„Da habe ich mich zu früh gefreut, was deine gute Erziehung anbelangt. Schuhe gehen gar nicht!" Torry lauschte der Mahnung und legte sich flach auf den Bauch. Mit hochgezogenen Augenbrauen schien er auf die nächste Lektion zu warten.

„Dieser Blick ...", murmelte Poppy und hatte ihm bereits verziehen. „Wenn wir schon nicht mehr schlafen können, machen wir einen Morgenspaziergang."

Torry schien zu verstehen, sprang vom Bett und bezog schwanzwedelnd Position vor der Zimmertür. Poppy schlüpfte in ihre Jeans und zog sich einen von Barneys Wollpullovern über.

Kapitel 20

Auf dem Flur war nichts zu hören, abgesehen vom gelegentlichen Knacken, mit dem sich alte Häuser zu entspannen schienen. Poppys Gummisohlen machten keine Geräusche, nur Torrys Krallen verursachten ein leises Klicken auf der Treppe.

Draußen war es gerade so hell, dass sie sich gut orientieren konnte. Sie schlug den Weg in Richtung des alten Leuchtturms ein. Die ersten hundert Meter folgte ihr Torry auf dem Fuße, dann hob er die Nase. Er rannte los, und ein paar Hundelängen vor ihm stoben zwei Kaninchen auseinander. Bis er sich entschieden hatte, welchem er folgen sollte, waren die beiden längst zwischen dem Heidekraut verschwunden. Trotzdem schaute er zufrieden, als er zu Poppy zurücktrabte.

„Wir werden dir ein Halsband und eine Leine besorgen müssen. Wenn du hier deine Attacken reitest, bekommen wir Ärger."

Torry ließ die Ohren hängen und blieb bis zum Leuchtturm in ihrer Nähe.

Das gedrungene Gebäude mit der klaffenden Bresche in der Kuppel lag etwas abseits vom Kap, wo sich der bekannte Turm erhob. Eine Meile nordöstlich davon hatte Point Landis Lighthouse vor hundert Jahren eine kurze Karriere als Telegraphenstation erlebt, bevor sie endgültig aufgegeben wurde, weil die Winterstürme den empfindlichen Antennen und Leitungen zusetzten.

Poppy war noch nicht dort gewesen. Der Küstenweg nahm eine Abkürzung über die schmale Landzunge, und sie musste die Abzweigung erst finden. Sie näherte sich dem eckigen Turm von Norden her, wo die Mauersteine noch Spuren des ehemals weißen Anstrichs trugen. Die anderen Seiten waren grün von den Moosen und Algen, die der immerwährende Wind in die Spalten presste. Flugsand hatte einen Wall um das Fundament aufgehäuft und den Eingang halb verschüttet.

Poppy zwängte sich durch die schmale Lücke, und Torry kletterte hinterher. Steinerne Stufen führten nach oben. Sie machte ein paar tastende Schritte. Obwohl die Treppe kein Geländer mehr hatte, fühlte sie sich intakt und solide an. Durch die Lücke im Dach fiel ausreichend Licht herein. Torry blieb stehen und knurrte leise.

„Willst du nicht mit rauf? Dann bewachst du den Eingang.“

Je höher sie stieg, desto mehr nahm sie der Ort gefangen. Trotz des Verfalls strahlte der Turm Ruhe und Sicherheit aus. Es war ein anderes Gefühl als gestern im Labyrinth, das herausfordernd und gleichzeitig arrogant und abweisend auf sie gewirkt hatte.

Sie gelangte bis dicht unter die Kuppel. Massive Balken bildeten eine Ebene, aus der metallische Reste der technischen Einrichtungen ragten. Poppy betrat vorsichtig das verwitterte Deck und vermied die rostigen Fußangeln.

Der Blick von oben war atemberaubend.

Im Westen, hinter der Heidelandschaft, lag der Park von Wythcombe, im Süden Lizard Point, im Norden, hinter den Hügeln und Getreidefeldern, Falmouth und im Osten das Meer.

Es war Ebbe. Statt der stürmischen See breitete sich eine ebene amphibische Landschaft aus, ein System aus Sandflächen, kleinen Seen und verschlungenen Prielen, in denen das Wasser flimmernd in Richtung der Morgensonne abfloss.

Poppy kam die Skizze der Botaniker in den Sinn. Auf ihr bildete Point Landis das südliche Ende. Und ihr fiel ein, dass in der Umgebung des Turms Vorkommen von wildem Spargel eingezeichnet waren. Vielleicht konnte sie davon etwas ernten, für das Rührei zum Frühstück? Sie warf noch einen letzten Blick in die Runde, dann stieg sie hinunter. Sie konnte es kaum erwarten, wiederzukommen, das nächste Mal mit Barney, um diese herrliche Stelle mit ihm zu teilen.

Vor der untersten Stufe trippelte Torry nervös auf und ab.

„Was ist los mit dir? So viele Stufen sind nichts für Hunde. Hast du mich vermisst?"

Torry leckte ihre Hand, dann lief er voraus. Poppy überwand wieder den Sandwall und richtete sich auf. Von dem Hund war nichts zu sehen.

„Torry!" Zum Glück waren hier keine Jäger unterwegs. Aber auch wegen der brütenden Vögel war es sinnvoll, den Hund nicht herumstreunen zu lassen. Eine Leine musste her. Seufzend machte sich Poppy auf den Rückweg, an den Spargel dachte sie nicht mehr.

Sie hatte die Abzweigung zum Küstenpfad noch nicht erreicht, als Torry aus dem Heidekraut auftauchte. Er trug etwas im Maul und legte es vor Poppy ab. Seine spitzbübische Miene wich einem enttäuschten Ausdruck, als Poppy stirnrunzelnd auf ihn herabsah.

„Ein Schuh? Du scheinst eine Vorliebe dafür zu haben!" Sie griff danach, und Torry sprang an ihr hoch.

„Aus! Das ist eine ganz schlechte Angewohnheit!"
Energisch schleuderte sie den Stiefel weg, so weit wie
sie konnte.

Traurig und verständnislos blickte Torry seiner Beute
hinterher.

Poppy ging weiter. Nach nur zwei Schritten blieb sie
wie angewurzelt stehen.

Sie dachte nach. Der Stiefel hatte nicht alt ausgese-
hen, keineswegs nach Abfall.

„Torry?" Der Hund, der nach seinem gescheiterten
Vorstoß wieder dicht bei seiner Herrin geblieben war,
sah erwartungsvoll zu ihr hoch.

„Torry! Das mit der Erziehung müssen wir nochmal
verschieben. Such! Such den Schuh."

Der Hund schaute sie verständnislos an. Was sollte
das? Er schien den neuen Befehl nicht einordnen zu
können und lief einfach weiter.

„Torry, sitz!" Das war klarer.

Poppy zog einen ihrer Schuhe aus und tat so, als
würde sie ihn werfen wollen, zog ihn aber gleich wieder an. Dann zeigte sie in die Richtung, in der der Stiefel
liegen musste.

Der Hund folgte ihrer Geste. Nur zögernd, als ob er
immer noch an der Aufgabe zweifelte, setzte er sich in
Bewegung und verschwand zwischen den Büschen.

Poppy ging ihm nach. Mehrmals knickte sie um, als
sie in einen der vielen Kaninchenbauten trat. Die Gegend hier schien davon durchlöchert zu sein.

Torry suchte weiter, stoppte und kam mit der Beute
zurück.

Diesmal lobte Poppy ihn überschwänglich. „Guter
Hund! Fein gemacht."

Das klang besser. Er bellte begeistert, machte ein paar Sprünge von ihr weg und kam wieder zurück.

„Willst du mir noch etwas zeigen?" Torry lief wieder los, und sie versuchte hinterherzukommen. Schnüffelnd bewegte er sich im Zickzack zwischen den Sträuchern. Dann blieb er stehen. Kurz darauf stoben hinter seinen Läufen Sandfontänen hoch, und er verschwand in einem Kaninchenbau. Als er wieder auftauchte, trug er einen weiteren Stiefel im Maul. Er legte ihn vor Poppy ab und blieb hechelnd vor ihr sitzen.

„Der zweite! Fein!" Sie ging in die Hocke und streichelte ihn anerkennend.

Dann betrachtete sie das Paar. Wanderschuhe. Sie sahen teuer aus, handgefertigt.

Auf der Innenseite des einen Schaftes war ein kleines Schild eingenäht. *Pembroke & Sons, Falmouth, since 1898*, war zu lesen.

Im anderen stand ebenfalls ein Name, säuberlich eingestickt: *Keath Roberts*.

Kapitel 21

Poppy ließ den Stiefel fallen wie eine heiße Kartoffel. Ihre Nackenhaare sträubten sich. Keath!

Torry musterte sie mit schräggestelltem Kopf. Als nichts weiter passierte, kauerte er sich ins Heidekraut.

Argwöhnisch blickte sich Poppy um. Von überraschenden Begegnungen hatte sie genug.

Sie musste den Inspektor sprechen und griff in die Tasche ihrer Jeans. Kein Handy. Mist! Fieberhaft dachte sie nach.

Was sollte sie mit den Schuhen anstellen?

Dort liegenlassen, wo Torry sie aufgestöbert hatte? Sie verwarf den Gedanken. Sie wollte sie mitnehmen. Aber um nicht noch mehr Spuren zu verwischen, konnte sie sie nicht einfach unter den Arm klemmen.

Sie sah, wie Torry andächtig an einem Stück Wurzelholz nagte.

„Du bringst mich auf eine Idee, mein Freund."

Ein längerer Stock musste her. Aber auf der fast baumlosen Ebene waren Äste rar.

Ihr Blick blieb am Lighthouse hängen. Sie lief die fünfzig Meter zurück. Drinnen wurde sie fündig. Am Fuß der Steintreppe lagen ein paar kräftige Äste, vielleicht hatte sie jemand für ein Lagerfeuer gesammelt.

Wieder bei den Stiefeln, fädelte sie den Stock durch die Schnürsenkel und legte sich das Päckchen über die Schulter. Torry blickte kritisch an ihr hoch.

„Warum nicht? Wie eine Zimmererfrau auf der Walz! Komm, lass uns frühstücken gehen. Aber vorher wecken wir den Inspektor."

Zunächst traf es Barney. Er rieb sich die Augen und schwang die langen Beine aus dem Bett.

„Was machst du denn so früh?“

„Es ist fast sieben. Torry wollte raus.“

„Geht das jetzt immer so mit dem Hund?“, stöhnte er. „Hattest du wenigstens heute Nacht Ruhe oder beehrte dich Caedmon wieder?

„Nett, dass du nach ihm fragst. Ja, Caedmon war da, und seine Stimmung verschlechterte sich, als ich ihm erzählt habe, dass die Bibel nicht bei Micahs Sachen war.“

Poppy hob das Bündel von der Schulter. Barney blinzelte.

„Was schleppst du da an?“

Statt einer Antwort suchte Poppy ihr Handy, wählte die Nummer des Inspektors und stellte auf laut.

„Mrs Dayton, *Earlybird* wie immer!“

„Morgenstund hat Schuh im Mund.“

„Wieder eine von Ihren Charaden?“

„Super Idee, das werde ich mir merken. Nein. Hilfsdetektivterrier Torrent hat etwas gefunden, in der Nähe des stillgelegten Leuchtturms. Ein Paar Stiefel. Wir brauchen nicht einmal einen DNA-Test.“

„Warum?“

„Weil ein Name drinsteht.“

Poppy hörte, wie Edwards schluckte. Sie stellte sich vor, wie er vor einer Tasse seines Morgentees saß. Er hustete.

„Sie lieben die Spannung, Mrs Dayton.“

„Keath Roberts.“

Eine Pause.

„Inspektor? Sind Sie noch da?“

„Haben Sie eine Kamera an Ihrem Handy?“

„Klar.“

„Machen Sie ein Foto von den Schuhsohlen und mailen Sie es bitte sofort an die Adresse, die auf meiner Karte steht. In einer halben Stunde bin ich im Manor und bringe den Konstabler mit. Ich freue mich schon, wenn sich dann jemand anderes sein Frühstücksei auf den Pullover kleckert.“

Er legte auf.

Obwohl Torry sich immer wieder dazwischendrängte, um an den Stiefeln zu schnüffeln, gelang es Poppy, die Aufnahmen zu machen. Barney betrachtete staunend die Szenerie. „Wow, CSI ist nichts dagegen.“

Poppy drückte auf *Senden*. Dann fädelte sie den Stock wieder unter die Schnürsenkel, ließ die Stiefel in eine große Plastiktüte gleiten und schloss sie im Kleiderschrank ein.

Sie setzte sich neben Barney aufs Bett und atmete langsam aus. Er griff nach ihrer Hand.

„Keath also?“, fragte er. „Hättest du das gedacht?“

„Bodenspekulation kann ein starkes Motiv sein.“

„Um einen Mord zu begehen? Ich weiß nicht, Poppy.“

„Warum schmeißt jemand seine Stiefel weg?“

„Keine Ahnung, vielleicht haben sie gedrückt?“

„Sei nicht albern, Barney. Dann versteckt man sie nicht in irgendwelchen Erdlöchern.“

„Er nickte bedächtig. „Wird Keath verhaftet?“

„Wenn die Spuren übereinstimmen …“

„In was sind wir da bloß hineingeraten?“ Barney gab Poppy einen flüchtigen Kuss, stand auf und ging kopfschüttelnd ins Bad.

„Warum? Langweilige Ferien sind es jedenfalls nicht. Hauptsache, der wahre Schuldige wird endlich gefasst, und die arme Brigid kommt frei."

Poppy lauschte auf die Geräusche unten in der Halle.

„Ich glaube, Bruce und die Wanderer brechen gerade auf. Ich gehe runter. Vielleicht kann ich Pat beim Frühstückmachen für die *Brothers* ablösen."

Torry schaute erwartungsvoll zu ihr auf. „Außerdem hat unser Held eine Belohnung verdient."

Das Handy klingelte.

„Wir sind …wegs. Es stimmt …"

„Wie? Inspektor, ich kann Sie kaum verstehen."

Lautes Motorengeräusch überlagerte seine Stimme.

„Der Konstabler … wie der Teufel, wir … gleich bei Ihnen! Das Labor hat … gemeldet." Der Empfang wurde klarer. „Die Spur passt auf den ersten Blick, aber wir brauchen die Stiefel. Zumindest reicht es für ein Verhör, der Haftbefehl kommt hinterher."

Die Verbindung brach ab.

Pat räumte einen Tellerstapel weg. „Danke, dass du mir hilfst, Poppy. Die Tische sind schon abgedeckt, aber es tut gut, dich bei mir zu haben. Ich hab dich gestern vermisst."

„Sind die Deutschen unterwegs? Läuft alles prima!"

Pat drehte den Kopf weg, aber Poppy hatte das verdächtige Schimmern in ihren Augen bemerkt.

„Wollen wir beide in Ruhe einen Kaffee trinken?"

Pat nickte dankbar. „Setzen wir uns auf die Terrasse. Seit dem Abmarsch der Truppe hat sich noch niemand blicken lassen."

Beide schwiegen und sahen aufs Meer hinaus.

„Mit der Ruhe wird es gleich vorbei sein“, murmelte Poppy.

„Wie meinst du das?“

„Der Inspektor kann jeden Moment hier eintreffen. Es gibt einen neuen Verdacht.“ Sie schielte nach oben in Richtung der Zimmer und beugte sich zu Pat. „Keath Roberts“, flüsterte sie.

„Keath?“

„Leise! Diese Brüder sind überall.“

„Was für ein Drama. Warum bloß in meinem Hotel?“

Poppy mochte Pats weinerlichen Ton nicht, sagte aber nichts.

„Bruce ist seit gestern ganz komisch zu mir. Eigentlich nicht mehr, als sonst schon“, schränkte sie ein. „Aber der Besuch bei Barbara …“

„Kennen sich die beiden schon lange?“

„Sie sind quasi gemeinsam aufgewachsen. Die Adelsfamilien in der Gegend …“

„Sie wirkten in der Tat sehr harmonisch miteinander. Mehr aber auch nicht“, versuchte Poppy sie zu beruhigen.

„Weißt du was? Allmählich ist mir das egal. Es läuft nicht rund zwischen uns.“ Sie wischte eine Träne weg. „Nicht nur das Hotel überfordert ihn. Auch der Kontakt mit diesen Brüdern scheint ihn nervös zu machen. Sie sind gestern erst spät abends zurückgekommen. Danach hat er mit ihnen in der Bibliothek wer weiß wie lange zusammengesessen. Ich hab schon geschlafen und bin aufgewacht, als er kam. Heute Morgen war er sehr einsilbig, meinte nur, er müsse sich auf die Tour konzentrieren.“

„Mach dir nicht so viele Gedanken. Klar ist die Situation im Moment stressig, aber vielleicht klärt sich heute alles. Ich glaube, ich höre was. Das ist bestimmt der Inspektor." Sie griff nach Pats Hand. „Komm mit!"

Von Nordwesten näherte sich eine Staubwolke, und kurz darauf kam der Vauxhall der Polizei schleudernd vor dem Eingang zum Stehen.

Edwards und der Konstabler stiegen aus. Der Inspektor nickte Pat und Poppy zu, schien sich aber nicht mit Höflichkeiten aufhalten zu wollen. „Lady Patricia, welches Zimmer hat Mr Roberts?"

„Erster Stock rechts, *Regent Park.*"

Poppy folgte den beiden Männern hinauf, auf den warnenden Blick des Inspektors hin hielt sie ein paar Schritte Abstand. Auch Pat kam dazu.

Edwards klopfte an die Tür. Der Konstabler stellte sich seitlich versetzt dazu auf.

Keine Reaktion. Nach zwei weiteren Versuchen drückte der Inspektor die Klinke. „Abgeschlossen."

Er drehte sich zu Pat um, die halb hinter Poppy in Deckung gegangen war. „Bitte öffnen."

„Dürfen Sie …?"

„Ich darf. Gefahr im Verzug."

Pat öffnete die Tür nicht selbst, sondern drückte dem Inspektor den Schlüssel in die Hand.

Das Zimmer war leer.

Nicht unbewohnt: Poppy schielte über Edwards Schulter und fand es mehr oder weniger im gleichen Zustand wie bei ihrem heimlichen Besuch.

Der Inspektor zeigte auf das Bett. „Mir fiel auf, dass Mr Roberts' Jaguar nicht auf dem Parkplatz stand. Und ich glaube nicht, dass heute Nacht überhaupt jemand hier war." Er lauschte. „Warum ist es eigentlich so still im Haus?"

„Die meisten Gäste sind unterwegs, auf einer Wanderung, mit meinem Mann."

„Auch die *Brothers?*

„Nein, die nicht. Sie müssten in ihren Zimmern sein."

„Würden Sie bitte bei den Herren anklopfen und sie fragen, ob ich sie einen Moment sprechen könnte? Am besten schnell, und am besten gleich alle zusammen, unten in der Halle. – Konstabler, bitte unterstützen Sie sie dabei."

Der Inspektor ließ sie stehen, holte sein Handy heraus und begann noch auf dem Weg nach unten zu telefonieren.

„Zentrale?", hörte ihn Poppy. „Schicken Sie jemanden zum Privathaus von Keath Roberts. – Ja, genau *der* Roberts. Wenn er nicht da ist, fahren Sie in sein Büro. Falls Sie ihn antreffen, halten Sie ihn fest, bringen ihn auf die Wache und melden sich wieder bei mir."

Er schwankte. Sofort war Poppy bei ihm. „Sie brauchen jetzt einen Kaffee."

„Ein paar Sandwiches wären mir lieber. Sie haben mich gestört, gerade als ich den Löffel in mein Porridge stecken wollte."

„Sie Ärmster." Poppy schaute die Treppe hoch. „Allerdings werden Sie mit der Pause ein bisschen warten müssen, fürchte ich."

Im Gänsemarsch, mit grimmigen Mienen und angeführt von Pat, kamen Trelawney, Hammett, Cardy und Pascoe die Treppe hinunter. Der Konstabler bildete den Abschluss. Er nahm am Ausgang Aufstellung.

„Guten Morgen, Inspektor! Geben Sie immer noch
keine Ruhe?"

Der Sarkasmus des Doktors schien Edwards nicht zu
beeindrucken. Er akzeptierte den Becher mit schwar-
zem Kaffee, den Poppy ihm reichte.

„Kommen Sie zu mir."

Hammett sah sich nach einem Stuhl um.

„Nein, bleiben Sie stehen." Sein Ton war schneidend.
„Es dauert nicht lange. Wissen Sie, wo sich Mr Roberts
aufhält?"

„Keath?", fragte Henry Pascoe mit der Unschulds-
miene des geübten Schauspielers.

„Sie sind doch unzertrennlich."

„Wir wissen es nicht", sagte Trelawney kurz angebun-
den. „Wir hatten gestern am späten Nachmittag ein Gespräch und haben ihn seither nicht mehr gesehen."

„Gespräch ist gut", murmelte Hammett.

„Eher ein handfester Streit", knurrte Cardy und erntete einen warnenden Blick von Trelawney.

„Um was ging es dabei?", fragte der Inspektor.

„Das ist unsere Angelegenheit", gab der Doktor barsch
zurück. „Was wollen Sie eigentlich von Keath?"

„Wir haben Fragen an Mr Roberts. Drängende Fragen, und wir müssen ihn so schnell wie möglich finden.
Also, worüber haben Sie sich gestritten, und wo hält er
sich Ihrer Meinung nach auf?"

„Es ging um die Gründung der Stiftung zum Schutz
des Küstengebiets. Es gilt, eine Reihe von Auflagen und
juristischer Details zu beachten. Unser Notar ist bereits
aktiv. Keath war unruhig und meinte, es dauere ihm zu
lange. Er war in einer seltsamen Stimmung, und plötzlich brach er eine Diskussion vom Zaun, ob die Stiftung

nicht überflüssig sei, sie würde die Entwicklung der Region nicht beschleunigen. Das ging eine Weile hin und her. Gegen zehn Uhr abends sind wir wieder in unsere Autos gestiegen und hierhergefahren. Wir nahmen den Landrover und Keath schloss sich mit dem Jaguar an. Und dann war er plötzlich weg."

„Sonst fährt er immer voraus", sinnierte Henry Pascoe.

„Ich saß am Steuer. Aber ich kann nichts dafür." Trent Cardy klang trotzig. „Ich habe es nicht bemerkt, bis plötzlich seine Scheinwerfer weg waren. Er muss kurz hinter Falmouth abgebogen sein."

„Hat er sich nochmal gemeldet?"

„Nein." Trelawney ließ die Fingerknöchel knacken, was bei Poppy eine Gänsehaut erzeugte. „Ich habe versucht, ihn auf dem Handy zu erreichen, gestern Abend und nochmal heute Morgen. Er ist nicht rangegangen."

„Wundert Sie das nicht?"

„Keath hat einen eigenwilligen Charakter und neigt durchaus zu Alleingängen."

„Aber einfach ohne Nachricht zu verschwinden? War er gestern anders als sonst?"

„Vielleicht hatte er ja einen Unfall?", fragte Hammett besorgt dazwischen. „Hat daran mal jemand gedacht?"

„Nicht auszuschließen, aber wenig wahrscheinlich. Davon hätten wir erfahren. Bei der Polizei ist bisher keine Meldung eingegangen, aber das werden wir noch überprüfen." Der Inspektor seufzte. „Ich kann Ihnen das nicht ersparen, ich muss Sie erneut auffordern, hier zu bleiben und der Polizei zur Verfügung zu stehen." Seine Augen wurden groß, als Pat mit einem Teller voll Sandwiches vor ihm stand.

„Gemeinsam Frühstücken dürfen die Herren doch, oder?", fragte ihn Poppy, als auch Barney dazu kam.

„'türlich", nuschelte Edwards mit vollem Mund.

Pat brachte Crepes mit Champignons, alle setzten sich zum Inspektor und aßen.

Poppy wunderte sich, dass Edwards bei den *Brothers* nicht nochmal nachhakte, um die Gründe der Auseinandersetzung zwischen ihnen zu erhellen. Lag es daran, dass er keinen Stress haben wollte und nicht mehr wirklich Lust auf seine Arbeit hatte? Sie hätte gerne noch tiefer gebohrt.

Kapitel 22

Nach dem Frühstück holte Poppy die Stiefel und händigte dem Inspektor die Plastiktüte aus.

Edwards hielt sie fest. „Bleiben Sie einen Moment?"

„Möchten Sie noch einen Kaffee?"

„Ich bin das schwarze Gesöff nicht gewohnt, mein Herz schlägt mir bis zum Hals. Also nein, danke. Aber hätten Sie vielleicht einen Tee mit etwas Milch und Zucker?"

Poppy brachte ihm das Gewünschte und blieb stehen. Edwards beäugte sie über den Rand seiner Tasse.

„Sie sind unruhig, Mrs Dayton. Setzen Sie sich."

„Ist das ein Wunder?" Sie ging weiter auf und ab. „Diese Geschichte belastet uns alle."

„Sie nicht."

„Was? Wie können Sie ..."

„Bitte nehmen Sie Platz."

Sie gehorchte.

„In meiner Karriere bin ich nur ein- oder zweimal jemandem begegnet wie Ihnen. Sie sind ein Naturtalent. Das offenbart sich, wenn drei Dinge zusammenkommen: Begabung, Instinkt und Glück. Und trifft diese Konstellation auf den richtigen Fall, dann gibt es kein Halten mehr. Das ist Ihre Unruhe, Mrs Dayton."

Mit wachsendem Erstaunen war Poppy seinen Ausführungen gefolgt. Sie öffnete den Mund, um etwas zu sagen, aber Edwards war schneller. „Nehmen Sie das nicht zu ernst. Lassen Sie die Dinge einfach auf sich zukommen. Sie brauchen die Entwicklungen nicht zu forcieren, im Gegenteil."

„Sie meinen, das Unglück findet mich von ganz allein?“

„Bitte kein *fishing for compliments.* Glück? Unglück? Wer definiert das?“

„Ich habe meine Eltern und meine Schwester verloren, durch einen schrecklichen Unfall, der nie vollständig geklärt wurde.“

„Das tut mir sehr leid.“

„Meiner Schwester bin ich sehr nahe. Manchmal meine ich, ihr zu begegnen. Dann sprechen wir sogar zusammen, im Traum.“

„Interessant. Träume können sehr ergiebig sein. Mir selbst halfen sie sogar bei ein paar Entscheidungen. Und Träume haben den großen Vorteil, einen nicht umzubringen.“

„Wie meinen Sie das?“

„Es könnte noch gefährlich werden. Wenn ich nur wüsste, wie wir Ihre Talente nutzen, ohne Sie zu sehr in die Schusslinie zu bringen.“

„Wo verläuft denn Ihre Schusslinie?“

„Wieder eine schöne kriminalistische Frage. Wir müssen jetzt schnell Keath Roberts finden und diese verdammte Urkunde. Das ist der eine Punkt der Linie. Der andere könnte noch kritischer sein. – Einflussreiche Leute in Politik und Justiz.“

„Der Staatsanwalt? Das Auto vor Micahs Haus?“

„Möglich.“ Edwards trank den letzten Schluck aus der Tasse und stand auf. „Eins nach dem anderen. Wir werden die Fahndung ausrufen. Wir müssen verhindern, dass Roberts weiter Gewalt anwendet …“

„Halten Sie das für wahrscheinlich? Und meinen Sie, er taucht hier nochmal auf?“

„Das erste ja, das zweite nein. Er wird sich anderswo auf die Suche nach der Urkunde machen."

„Wo sollte er ansetzen?"

„Das ist die Frage. Lassen Sie es mich wissen, wenn Sie oder Ihr Hund eine neue Spur finden."

„Höre ich da Ironie heraus?"

„Lediglich aufrichtige Bewunderung.

Nachdem Poppy Edwards bis zur Tür begleitet hatte, sah sie nach Barney. Sie fand ihn, zusammen mit den vier restlichen *Brothers*, am Tisch im Speisesaal.

„Darf ich mich dazusetzen?" Das unbestimmte Grummeln nahm sie als Zustimmung.

Trelawneys und Hammetts unverhohlen giftigen Blicken hielt sie stand.

„Ist der Inspektor weg? Dann sind Sie wieder unsere Aufseherin?"

„Jetzt mal stopp, Charles", intervenierte Barney, „du tust Poppy Unrecht."

Sie sah ihn dankbar an.

„Schließlich ist nicht sie ist die Übeltäterin, sondern wahrscheinlich euer Freund Keath."

„Was hat die Polizei denn darauf gebracht?"

„Seine Stiefel wurden gefunden, Dr. Trelawney", antwortete Poppy betont sachlich. „Oder genauer: Torry hat sie dort ausgegraben, wo Keath sie versteckt hatte. Es sieht ganz danach aus, dass das Profil zu den Spuren neben denen von Micah Morgan passt."

Die Verblüffung in den Gesichtern der vier verschaffte ihr Genugtuung. Gleichzeitig überkamen sie Zweifel, ob sie das hätte erzählen dürfen. Der Inspektor hatte es ihnen gegenüber nicht erwähnt. Egal, dachte sie. Das ist es wert, wenn es einen der Männer aus der

Reserve lockt und ihn dazu verleitet, etwas preiszugeben ...

Hammett barg den Kopf in den Händen und stieß einen tiefen Seufzer aus. „Was für eine Enttäuschung!"

„Lass dein Theater", fuhr Trelawney ihn an, „es ist noch kein endgültiger Beweis."

„Trotzdem ist das nicht gut für uns", sagte Pascoe, nachdenklicher und deutlich weniger arrogant als sonst.

Hammett nickte. „Es wirft ein schlechtes Licht auf uns ..."

„... und bringt die Stiftung in Misskredit, bevor sie überhaupt gegründet wurde", schloss Pascoe. Seine Tränensäcke traten noch deutlicher hervor als sonst.

„Warum geht er nicht ans Handy?", klagte Cardy. „Wahrscheinlich ist alles ein Missverständnis, das Keath sofort aufklären kann."

Trelawney legte begütigend eine Hand auf Cardys Arm. „Lass gut sein, Trent." An Poppy gerichtet sagte er: „Wir billigen es nicht, dass unser Freund verunglimpft wird. Auf der anderen Seite müssen wir uns den Tatsachen stellen, ob wir wollen oder nicht. Deshalb möchte ich mich bei Ihnen für meine Bemerkung entschuldigen."

„So wie Keath sich verhalten hat ...", warf Pascoe ein.

„... hätte uns das misstrauisch machen müssen, das ist richtig", ergänzte Hammett plötzlich eifrig. „Bereits vor Mr Morgans bedauerlichem Ableben war Keath nervös und gereizt. Gestern Abend brüllte er plötzlich los, dass mit uns nichts anzufangen sei, und dass er das jetzt selbst in die Hand nähme."

„Die Suche nach der zweiten Hälfte der Urkunde."

„Genau, Mrs Dayton. Er ist wie besessen davon.“

Poppy war zufrieden über die Entwicklung der Dinge. Allmählich klärten sich die Fronten.

„Sie kennen Ihren Freund gut. Können Sie sich vorstellen, was er plant?“, fragte sie leise und beugte sich vor. „Gab es eine Äußerung? Über was haben Sie gesprochen, kurz bevor sie auseinandergegangen sind?“

„Er fluchte nur noch herum, schimpfte auf alles und jeden. Natürlich vor allem auf Micah. Obwohl er tot ist, gab er ihm die Schuld.“

„Woran?“

„Dass er sich nicht kooperativ verhalten hatte, und dass wir deshalb nicht weiter kämen. Dass die Eigentumsverhältnisse des Grundes ungeklärt sind, und dass deswegen die Region hier auf der Strecke bliebe, abgehängt von Wohlstand und Perspektive.“

„Er sah aus, als ob er gleich einen Schlaganfall kriegen würde, ganz rot, und die Augen traten ihm aus dem Kopf.“ Hammetts Mundwinkel wanderten nach unten. „Damit hätte er bei uns auftreten können, als Molières *Eingebildeter Kranker*.“

„Einer seiner Sätze war: Morgan hinterlässt nichts als Chaos und eine Handvoll trauernder Weiber. Danach kam kein vernünftiges Gespräch mehr zustande. Es war spät, und wir wollten in unsere Betten. Wir beschlossen, am nächsten Tag nochmal in Ruhe über die Sache zu sprechen.“ Cardy lehnte sich zurück. „Keath schien das einzusehen. Zumindest war er damit einverstanden.“

„Moment!“ Poppy griff nach seinem Arm. „Mr Cardy, was sagten Sie gerade?“

„Keith war einverstanden ...“

„Nein, davor, das mit den trauernden Frauen.“

„Alle Welt hier weiß, dass Mr Morgan seinen Charme großzügig ausschüttete und ein reges Liebesleben hatte. Entsprechend tief ist die Trauer.“

„Was nachzuvollziehen ist.“ Poppy meinte das ehrlich. „Aber was heißt das? Wer sind die Frauen?“

„Woher sollen wir das wissen?“, wehrte Trelawney mürrisch ab.

„Denken Sie nach, Doktor! Stellen Sie sich vor, Micah beschäftigte sich mit einigen dieser Damen ernsthafter. – Vielleicht hat er sich bei der einen oder anderen häuslich eingerichtet?“

„*Wherever he laid his hat was his home*“, trällerte Hammett.

„Ja, genau. Vielleicht ließ er dort nicht bloß seinen Hut liegen, sondern …“

„… auch ein paar von seinen Büchern?“ Trelawney war jetzt hellwach. „Die Bibel … Aber wie bekommen wir etwas über die Frauen heraus? Wir können schlecht eine Annonce im *Packet* schalten.“

„Sobald die Polizei die Leiche freigibt, wird es eine Beerdigung geben. Und da werden sie bestimmt alle auftauchen“, sagte Barney, der bisher der Unterhaltung schweigend gefolgt war.

„Prima Idee, Darling“, lobte ihn Poppy, „aber wer weiß, wann das ist?“ In ihren Händen und Füßen kribbelte es. Die Unruhe – der Inspektor hatte recht. „Die Zeit läuft uns davon. Falls es nicht bald gelingt, Keath zu finden … Ich will den Teufel nicht an die Wand malen, aber wahrscheinlich kommt er auf die gleiche Idee wie wir und macht sich selbst auf die Suche. Am Ende rückt er den armen Frauen auf die Bude, vielleicht genau in diesem Augenblick! Hat er Ihnen gegenüber etwas erwähnt? Einen Namen?"

„Schauen Sie uns nicht so an, Mrs Dayton, Sie sind hier die Detektivin!" Hammett furchte die Stirn. „Sie haben doch unsere Zimmer durchsucht." Poppy wollte etwas sagen, aber er winkte ab. „Nein, leugnen Sie nicht, aber das ist Schnee von gestern."

Poppy knetete die Finger. „Leider war da nichts Auffälliges. Unterlagen über den Küstenabschnitt, geschützte Pflanzen, ein Stammbaum ... Das habe ich mehr oder weniger bei Ihnen allen gefunden."

„Waren Sie in allen Zimmern?" Trelawney grinste. „Respekt!"

„Keath hätte so etwas wahrscheinlich nicht herumliegen lassen, er hätte es beiseitegeschafft wie die Stiefel."

Poppy stutzte. „Mr Cardy, Sie schon wieder! – Das ist es." Sie griff nach ihrem Smartphone, öffnete die Foto-App und wischte fieberhaft durch den Ordner. „Hier!" Sie hielt den Bildschirm hoch. Darauf waren, schlecht ausgeleuchtet, aber erkennbar, acht Papierschnipsel zu sehen, die wieder zu einer Seite zusammengelegt worden waren.

„Lies vor", bat sie Barney.

„Drei Namen. Alexandra Reynolds, Senta Karlsson und Jen Allenby. Daneben stehen die Adressen!"

Stolz grinste er Poppy an. „Ich glaube, daraus wird wieder eine Mail an den Inspektor. Was wäre der Mann bloß ohne dich?"

„Fang jetzt nicht wieder damit an." Sie nahm ihm das Gerät aus der Hand, schrieb einen kurzen Kommentar unter das Foto und drückte auf *Senden*.

Keine fünf Minuten später kam der Rückruf. Poppy stellte auf laut, so dass alle am Tisch mithören konnten.

„Wo haben Sie die Namen her? Nein, lassen Sie nur, dann müsste ich auch fragen, warum Sie mir die Liste erst jetzt schicken.“

„Entschuldigen Sie, Inspektor. Ich war so aufgeregt nach meiner Aktion und habe nicht mehr daran gedacht. Sie stammt aus dem Papierkorb in Keath Roberts Zimmer.“

„Warum war mir das nicht aufgefallen?“

„Wahrscheinlich aus dem einfachen Grund, dass er sie erst danach geschrieben hatte.“

„Ich habe bereits jemanden losgeschickt. Die Adressen sind in Falmouth, St. Yves und Constantine. Mr Morgan hat seine Gunst weiträumig verteilt.“

„Es muss ja nicht alles parallel stattgefunden haben“, verteidigte ihn Poppy.

„Die Adresse in Falmouth nehme ich mir selbst vor. Danach will ich den Staatsanwalt in Bristol anrufen. Ich werde ihn überzeugen, Frau Andersen freizulassen.“

„Das wäre toll von Ihnen, danke!“

„Keine Ursache. Jack D’Arcy, so heißt der Staatsanwalt, hat schon nach Ihnen gefragt. Bei nächster Gelegenheit werde ich Sie einander vorstellen.“

„Das muss ja nicht sein“, wehrte Poppy geschmeichelt ab. „Haben Sie genug Personal, sich auch um die beiden anderen Frauen zu kümmern?“

„Machen Sie sich keine falschen Hoffnungen. Sie werden da nicht hinfahren! Es könnte jederzeit zu einem Zusammentreffen mit Roberts kommen. Zum Glück kann er nicht überall gleichzeitig sein. Ich werde den Konstabler nach Constantine schicken. Und in St. Yves bitte ich die örtlichen Kollegen, bei dieser Jen Allenby vorbeizuschauen."

„Vergessen Sie nicht, nach dem Buch zu fragen."

„Natürlich nicht. Und wir werden die Damen beschützen, oder bewachen, wie man's nimmt. Dann ist es nur eine Frage der Zeit, bis uns Roberts ins Netz geht. Ich melde mich. Und Sie bleiben an Ort und Stelle, versprochen?"

„Versprochen. Aber Sie haben ja selbst gesagt, meine Unruhe ..."

„Zügeln Sie sich!"

Das Smartphone blieb stumm auf dem Tisch liegen.

Poppy ließ ihre Arme hängen, was Torry offenbar als Aufforderung verstand, ihre Hand zu lecken. „Micah war einfach ein Frauentyp und ein Frauenversteher. Schade um ihn."

„Ich fand ihn auch gut", sinnierte Hammett.

Trelawney sah ihn warnend an. „Jetzt haben wir nicht nur ihn, sondern vielleicht auch einen guten Freund verloren. Das war Keath, zumindest für mich."

„Was ich nicht verstehe ..." Trent Cardy schüttelte den Kopf. „Am Tag des, äh, Todes, da haben Sie doch Keath getroffen, mittags, in Falmouth. Wie sollte er da gleichzeitig einen Mord begangen haben?"

Trelawneys Miene hellte sich auf. „Trent, du hast recht! Damit hätte er ein Alibi!"

„Das war am frühen Nachmittag, es lag über eine Stunde zwischen dem Zeitpunkt, an dem Micah gefunden wurde, und unserer Begegnung im Museum."

Poppy nahm wieder ihr Smartphone zur Hand und suchte die beiden Orte im Internet. „Lizard Point bis

Falmouth: Vierzig Minuten. Wenn man noch ein paar Minuten Fußweg dazurechnet ... Es ist eng, aber nicht unmöglich.“

„Mit dem Jaguar unter seinem Hintern traue ich ihm das zu“, knurrte Hammett. Es war ihm anzumerken, dass er sich zunehmend von seinem alten Kumpel distanzierte.

Poppy griff nach Barneys Hand. „Lass uns die Strecke abfahren, dann können wir das besser einschätzen. Eine Spritztour hat mir der Inspektor ja nicht verboten, oder? Hier halte ich es nicht länger aus.“

„Und was machen wir?“ Henry Pascoe schaute in die Runde ratloser Gesichter.

Trelawney seufzte. „Auch wir können etwas Nützliches tun. Wir sollten die Kartierung der Pflanzen und Tiere in der Küstenzone vorantreiben. Wenn wir dabei gar auf eine *Ragwort*-Moorpflanze stoßen oder einen *Sand Lizard*, dann wären wir am Ende aus dem Schneider. Egal, wer sich die Landrechte unter den Nagel reißt – ohne weiteres dürfte dort nicht gebaut werden.“

„Sei dir da nicht so sicher. Es hat schon früher Beschlüsse der Politik gegeben, gefährdete Arten umzusiedeln.“

„Egal, Henry. Lasst es uns wenigstens versuchen. Immerhin haben wir den Auftrag der *Brotherhood* zu erfüllen.“

Kapitel 23

Auf dem Parkplatz trennten sie sich.

Mit hängenden Köpfen stiegen die Brüder in den Land-Rover. Als sie vom Hof gefahren waren, konnte sich Poppy nicht mehr zurückhalten. „Ein Bild des Jammers", prustete sie los. Torry ließ sich von ihr anstecken und tanzte kläffend um sie herum.

Auch Barney musste schmunzeln. „Dein Mitleid hält sich in Grenzen, was?"

Sie bestiegen den Morris. Torry rollte sich wieder im Fußraum zusammen. Barney ließ den Motor an. „Von wo aus sollen wir die Ralleytour starten?"

„Wir fahren so nah wie möglich an die Stelle, von der Micah runtergestürzt ist. Sie ist etwa einen Kilometer vom Besucherzentrum am Lizard Lighthouse entfernt."

Kurz vor dem Zentrum gab es eine Abzweigung, die nach etwa dreihundert Metern in eine sandige Piste überging. Hier parkten die Einheimischen, die dem Trubel entkommen wollten und die geheimen Wege über die Klippen und zum Strand hinunter kannten.

Sie ließen das Auto stehen und erreichten zu Fuß den Ort, wo immer noch das Polizeiband im Wind flatterte. Außer ihnen war niemand zu sehen.

„Meiden die Leute diesen Abschnitt oder kommt mir das nur so vor?"

„Scheint so. Drüben am Leuchtturm ist auf jeden Fall mehr los."

„Dann starten wir mal." Poppy stoppte die Zeit. „Elf Uhr zwanzig." Mit großen Schritten lief sie zurück zum Auto, Barney hatte Mühe, ihr zu folgen.

„Du legst aber los!"

„Genauso muss es gewesen sein. Ohne zu rennen, denn das wäre vielleicht aufgefallen, ging Keath so schnell wie möglich zu seinem Wagen zurück."

Torry war begeistert über das Tempo, das er gerne zu einer wilden Jagd ausgebaut hätte.

Als sie keine fünf Minuten für die Strecke brauchten, schaute er enttäuscht und kletterte nur widerwillig ins Auto zurück.

Poppy und Barney warfen sich in die Sitze, synchron klickten ihre Anschnallgurte.

„Wie Rennfahrer bei den 24 Stunden von Le Mans." Außer Puste betätigte Barney den Anlasser.

Der kleine Motor heulte gequält auf. In eine Staubwolke gehüllt bogen sie in die Lighthouse Road ein, begleitet vom empörten Hupen eines holländischen Wohnmobils, das wegen ihnen scharf bremsen musste. Torry bellte ihm triumphierend hinterher.

„Welche Strecke wird Keath genommen haben?", fragte Barney über das Brüllen des Motors hinweg.

„*Direttissima.*" Poppy schaute auf ihr Smartphone, wo sie den schnellsten Kurs nach Falmouth angetippt hatte. „Weiter geradeaus bis zur Culdrose Marinebasis. Kurz davor biegen wir rechts Richtung Gweek ab."

Hart an der Grenze zum Erlaubten rauschten sie durch den Ort Lizard, der verschlafen in der Mittagssonne lag. Beim Holiday Park eine Meile dahinter mussten sie die Geschwindigkeit drosseln, als eine Schar Kinder in Schuluniformen über die Straße geführt wurde.

„Gib Gas!", jauchzte Poppy. Sie hielt die Arme in den Wind, was Torry als Angebot verstand, auf ihren Schoß zu krabbeln. Sie scheuchte ihn nicht herunter und fing sich einen kritischen Blick von Barney ein. „Sei nicht so streng mit uns." Torry versuchte mit seiner rosa Zunge ihre Nase zu erreichen, aber sie wehrte ihn ab. „Im Manor bekam ich Beklemmungen. Das lag an den *Brothers.*

So lieb sie sein mögen, aber in ihren Flanellhemden und grünen Steppjacken haben sie etwas Muffiges und Gestriges an sich."

Durch Gweek kamen sie problemlos, nur im nächsten Ort, in Brill, mussten sie vor der Abzweigung nach Constantine an einer Baustelle warten.

Poppy verglich die Karte mit ihrer Uhr. „Die Hälfte ist geschafft. Zwanzig Minuten."

Hinter Constantine, nördlich des Helford Rivers, waren die Landstraßen noch leerer.

Sie erreichten Falmouth von Südwesten. Die ruhigen Wohnviertel verdichteten sich erst kurz vor dem Zentrum. Barney ließ das Hospital links liegen und bremste kurz darauf vor der Falmouth Library.

Poppy stoppte die Zeit. „Genau vierzig Minuten und achtzehn Sekunden. Nicht schlecht für die alte Kiste." Sie schwächte ihre flapsige Bemerkung durch ein respektvolles Klopfen auf das Instrumentenbrett ab, wo die Temperaturanzeige des Kühlwassers im roten Bereich lag.

„Mit seinem Jaguar hat Keath diese Zeit wahrscheinlich noch unterboten. So wasserdicht ist sein Alibi damit nicht."

Barney parkte ein. „Nach unserem heißen Ritt haben wir eine Erfrischung verdient. Ich jedenfalls könnte ein schönes Glas eisgekühlten Weißwein vertragen."

„Gute Idee. Ich wollte schon das letzte Mal die Jacobs Ladder hoch, aber dann kam Pats Anruf ... Die Treppe hatte sich mal ein reicher Kaufmann gebaut, um direkt aus dem Büro zu seinem Haus auf dem Hügel zu kommen."

Sie griff nach Barneys Hand; im Gleichschritt zählten sie 111 Stufen, wobei Torry sich ständig zwischen ihre Beine drängte. Der obere Treppenabsatz ging fast direkt in die Terrasse des Jacobs Ladder Inn über.

Das Pub hatte erst kurz zuvor geöffnet, und der Wirt stellte ein paar zusätzliche Stühle auf. Sie wählten die Plätze mit dem besten Blick auf den Hafen.

Keine Viertelstunde später waren fast alle Tische besetzt.

Der Wirt stellte für Torry einen Trinknapf hin und empfahl den beiden einen Weißwein aus der Gascogne.

„Passabel", bewertete ihn Barney, als er einen Schluck getrunken hatte.

„Lecker, aber mein Kopf dreht sich sofort." Poppy bestellte eine Flasche Mineralwasser. „Für Alkohol ist es ein bisschen früh für mich."

Ihr Handy klingelte.

Barney schmunzelte. „Jede Wette, der Inspektor ruft seine Assistentin zum Rapport."

Poppy ließ die Zunge kurz hervorschnellen.

„Mrs Dayton, wo sind Sie? Lady Patricia sagte mir, Sie sind unterwegs, obwohl ich Ihnen ausdrücklich ..."

„Lieber Inspektor", unterbrach ihn Poppy, „geraten Sie bitte nicht wieder außer Atem. Mir kam die Idee, Roberts' Weg vom Kliff bis nach Falmouth abzufahren. Es wird eng für ihn."

„Ich weiß, eine richtige Entlastung ist das nicht. Aber dafür bräuchten Sie sich nicht selbst auf die Straße zu begeben. Ein Check im Internet genügt.“

„Vielleicht. Nur finde ich es viel interessanter, selbst zu fahren, und sich dabei vorzustellen, wie er sich fühlte.“ Sie kniff die Augen zusammen. „Ein Mörder, unmittelbar nach der Tat, aufgewühlt und unter Druck, sich ein Alibi zu verschaffen.“

„Wo sind Sie genau?“

„In der Stadt, im Jacobs Ladder Inn.“

„Das ist nur fünf Minuten von meiner Dienststelle. Wissen Sie was? Wenn Sie nichts dagegen haben, komme ich vorbei.“

„Gerne. Der Weißwein ist okay.“

„Wein? Um diese Zeit?“

Die Treppe hatte dem Inspektor einiges abverlangt. Schnaufend ließ er sich in den Stuhl neben Poppy fallen. Neiderfüllt schaute er auf die Weingläser, die in der warmen, feuchten Luft beschlugen, aber er bestellte nur ein Glas Wasser.

„Meine Frau ...“, murmelte er nach dem ersten Schluck.

„... würde Ihnen bestimmt ein Gläschen helles Bier zu Mittag gönnen, oder?“, sprach Poppy seinen Satz zu Ende.

Auf ihren Wink hin brachte der Wirt das Gewünschte, und Edwards trank es gleich zur Hälfte aus. „Danke. Es ist schön hier oben. Ich schaffe es viel zu selten aus meinem Büro raus.“

„Kommen Sie mal mit Ihrer Frau zusammen her.“

Edwards schüttelte den Kopf. „Abends sind wir zu müde, um noch hier hochzukriechen, und an den

Wochenenden fahren wir meistens zu unseren Enkelkindern nach St. Yves.“

„Haben Sie mehrere?“

Stolz hob er zwei Finger, was der Wirt als Bestellung auffasste, die der Inspektor erst abfangen musste. „Alice und Pierre, fünf und sieben, ein Kind quirliger als das andere.“

„Gratuliere. Wir haben leider keine Kinder.“ Poppy wischte den Tau von ihrem Glas. „Mit Familie verbinde ich mehr Leid als Freude.“

„Das kann sich noch ändern, so jung wie sie sind.“

„Sie sind charmant. Vielleicht haben Sie recht.“ Poppy bestellte sich noch ein Glas. „Ein schöner Ferientag in Falmouth wirkt jedenfalls sehr entspannend, und ich hoffe, Sie können dazu beitragen. Haben Sie Roberts gefunden?“

Der Inspektor seufzte. „Ich wollte das Thema vermeiden. – Nein, leider nicht. Es ist wie verhext. Wir sind dicht an ihm dran, aber er scheint uns immer eine Nasenlänge voraus zu sein. Ich habe einfach zu wenig Leute.“

„Schimpfen Sie nicht wieder über Ihr Personal.“

„Keineswegs, alle sind fleißig unterwegs. Wir haben die Ladies auf Ihrer Liste besucht. Stellen Sie sich vor, bei allen dreien war Roberts bereits! Frühmorgens, bevor sie zur Arbeit fuhren. Das war geschickt von ihm.“

„Und? Was hat er denen erzählt? Wie hat er sich verhalten?“

„Ausgesucht höflich. Er stellte sich als trauernder Verwandter vor, der auf der Suche nach alten Erinnerungsstücken ist, nach Büchern mit Familienwidmungen, wie er sagte. Er trat dabei eher bescheiden auf, kam nicht mit seinem Jaguar, sondern mit einem Mini Clubman."

„Er ist clever."

„Ja, er geht ruhig und methodisch vor. Scheint sich nicht getrieben zu fühlen. Dabei muss ihm klar sein, dass wir ihm auf den Fersen sind. Er hat keine Familie, aber wir melden uns ständig in seinem Büro und auf seinen Baustellen."

„Kaum vorstellbar, dass sich das noch nicht bis zu ihm durchgesprochen hat."

„Er hat einen Plan. Er will die Urkunde."

„Aber er hat sie nicht. Immer noch nicht, oder?"

„Das ist der Punkt. Micahs Ex-Freundinnen reagierten offenbar sehr freundlich und beteuerten, dass Micah außer gemischten Gefühlen nichts bei ihnen hinterlassen hat."

„Das ist gut."

„Finden Sie? Mir macht das eher Sorgen. Was plant Roberts als nächstes? Zu welchen Mitteln wird er greifen?"

„Nehmen wir an, er ist mit seinem Latein am Ende. Warum sollte er jetzt noch durch die Gegend hetzen? Vielleicht spaziert er heute Nachmittag gemütlich bei Ihnen ins Büro und sagt, seine Mitarbeiter hätten ihm mitgeteilt, dass Sie ihn sprechen wollten."

„Kann sein, aber irgendwie passt das nicht zu seinem bisherigen Verhalten."

„Meinen Sie, er hat den Frauen nicht geglaubt und rückt ihnen nochmal auf die Pelle?"

„Hoffentlich nicht. Eher unwahrscheinlich. Wenn die ihm genauso kurz und bündig von ihren Trennungen erzählt haben, wie mir, dann hat er dazu kaum einen Anlass.“

Die Sonne schien jetzt fast senkrecht, und Poppy war erleichtert, als der Wirt die dunkelblaue Markise ausfuhr.

Der Inspektor lockerte die Krawatte und bestellte ein weiteres Bier.

Als der Wirt das nächste Mal vorbeikam, diesmal mit einem Korb voller frischer Meeresfrüchte, appetitlich gelagert auf glänzend grünbraunen Algenblättern, sah Poppy, wie seine Augen aufleuchteten.

„Sieht appetitlich aus. Nehmen wir!“

Auf die fragende Miene des Wirts hin ergänzte Poppy: „Alles. Sie bleiben doch, Inspektor?“

Bis sie auseinandergingen, war es nach zwei Uhr. Barney hatte stirnrunzelnd die Rechnung übernommen. „Es sind unsere Ferien“, flüsterte Poppy.

Der Inspektor schob den Knoten seiner Krawatte wieder hoch, dann schien er es sich anders zu überlegen. Er zog sie ab, rollte sie bedächtig auf und steckte sie in sein Jackett.

„Mr und Mrs Dayton, ich danke Ihnen für die großzügige Mittagspause. Ich hoffe, ich kann mich bald revanchieren. Vielleicht kommen Sie zu uns? – Nein, ich kann Sie beruhigen, Mrs Dayton, meine Frau kocht nicht nur *Haggis* im Schafsdarm. Ihre Seezunge mit selbstgezogenen grünen Erbsen ist ein Gedicht.“

„Das würde uns freuen. Grüßen Sie sie von uns.“

„Habe ich schon. Sie ist furchtbar neugierig auf meine neue Assistentin.“

„Schwärmen Sie bloß nicht zu viel von mir. Sonst kriege ich die Seezunge mit den meisten Gräten.“

Poppy schaute besorgt hinter ihm her, als er beim Abstieg über die steile Treppe das Geländer in Anspruch nehmen musste.

„Netter Kerl, aber es ist zu spüren, dass er nicht mehr viel Lust auf seine Arbeit hat.“

„Ist das ein Wunder, Poppy? Viel zu tun, wenig Hilfe, und von der feinen kornischen Gesellschaft wird er als irritierend empfunden, als einer, der ihre Pläne mit lästigen Fragen aufmischt.“

„Skandale oder gar ein Mord sind schlecht fürs Geschäft und verscheuchen die Touristen. Aber da haben wir ein Gegenmittel. Lass uns bummeln gehen. Ich suche nach einer schicken Strandtasche. Vor allem brauchen wir endlich eine Leine und ein Halsband für Torry.“

„Du bist wirklich fest entschlossen, ihn zu behalten?“

Statt einer Antwort drückte sich Poppy an ihn.

Eine dicke Wolke zog über die Sonne. Von den Höhenzügen im Nordwesten her donnerte es.

„Heute Abend gibt es bestimmt ein Gewitter. Lass uns einkaufen. Und ich würde gerne noch ins Meer springen, bevor es anfängt zu regnen.“

Kapitel 24

Sie gingen die Swanpool Street hinunter, in Richtung des Yachthafens. Pubs und kleine Geschäfte reihten sich aneinander.

„Da haben wir ja, was wir suchen." Poppy steuerte auf *Chez Milou* zu. Torry schob sich neben ihr durch die Tür und akzeptierte freudig ein Leckerli, das die Verkäuferin ihm anbot. Poppy streifte durch die reiche Auswahl an Halsbändern und Hundeleinen.

„Hier ist eine schöne Handarbeit aus Leder. Schwarze und weiße Rechtecke, auch auf der Leine."

„Sieht aus wie das Hutband der britischen Polizei."

„Das passt prima zu unserer Oberschnüffelnase. Es muss nicht immer Glencheck sein, Barney."

Poppy war mit ihrem Einkauf noch nicht zu Ende, und als sie den Laden schließlich verließen, trug Barney einen voluminösen Hundekorb vor sich her. Poppy hielt in der einen Hand die Einkaufstüten mit verschiedenen Leckerlis, Gummiknochen, Quietschhühnern und einer Hundebürste, mit der anderen führte sie Torry an seinem neuen Geschirr, das er sich eher widerwillig gefallen ließ. Aus Protest hielt er an jedem Baum an. Sie ignorierte ihn, und nach einer Weile gab er seinen Widerstand auf.

„Schaffst du das mit dem Korb?", fragte sie Barney über die Schulter. „Die Strandtasche verschiebe ich für heute."

„Warum? Da kannst du alles reinpacken, dann brauchen wir die Tüten nicht."

„Super Idee von dir, Darling!"

Oder hatte er das ironisch gemeint? Sie konnte seinen Gesichtsausdruck hinter dem Korb nicht richtig deuten. Egal, dachte sie, jetzt, wo wir hier sind … Nur ein paar Meter weiter wurde sie fündig.

Im *Beachchair* nahm man ihr gleich die Tüten ab und stellte sie beiseite. Auch Barney, der hinter ihr durch die Tür drängte, wurde freundlich von seiner Last befreit.

Poppy entschied sich für eine klassische Tasche aus dunkelblauem Leinen, eingefasst von weißen Kordeln. „Der Stil gefällt mir. Schau mal, Barney, sie haben sehr schöne Badeanzüge. Du könntest auch eine neue Badehose gebrauchen." Sie versuchte ihn in Richtung eines blau-weiß-rot gestreiften Exemplars zu lenken, passend zu ihrem Bikini, aber er setzte sich mit einer Paisley-Version in gedeckten Farben durch. Mit Hilfe der Verkäuferin, die gut aufgelegt unter ihrem schwarzen Pony hervorgrinste, wurden alle Einkäufe umgeladen. „Belastungstest!", verkündete Poppy.

Sie hob die pralle Tasche an den weißen Bändern hoch. „Bestanden."

„Von unserer Urlaubskasse kann ich das nicht sagen." Barney schaute in seine Brieftasche, aus der sich die Pfundnoten zügig verabschiedeten. „Du weißt, ich mag es nicht, mit Karte zu bezahlen …"

„Dafür hast du den Überblick mit deinen Scheinen. Steht's so schlimm?"

„Nicht, wenn wir diesen netten Boutiquen sofort den Rücken kehren."

Ein paar Schaulustige, die den Morris bewundert hatten, staunten noch mehr, als ein attraktives Paar den

Hundekorb und eine bauchige Strandtasche mit Schwung auf der Rückbank platzierte und losfuhr.

„Jetzt gondeln wir gemütlich zurück."

Den steilen Felsen von Pendennis Castle vor sich fuhren sie nach Süden. Über die Avenue Road kamen sie zum Gyllyngvase Beach. Auf der Cliff Road staute sich der Verkehr.

„Ich hätte Lust, unsere neuen Badesachen auszuprobieren. Aber hier ist es mir zu voll."

Poppy drehte sich nach hinten. „Die nette Verkäuferin hat uns einen Plan in die Tasche gesteckt."

Sie zog die Touristenkarte aus der Strandtasche und faltete sie auseinander. „Hier sind alle Strände rund um Falmouth drauf. Ein Kilometer weiter ist Swanpool."

Der Strand lag idyllisch zwischen einem Teich und dem Meer, war aber viel kleiner und noch voller. Ein kräftiger Wind trieb lange Sandfahnen vor sich her.

„Lass uns aus der Stadt rausfahren. Nach Maenporth Cove, das sind nur drei Kilometer."

Das Gelände stieg an, und sofort verschwand der Morris zwischen hohen Hecken aus Haselnuss, Buchen und Rhododendren.

An modernen Cottages vorbei führte die Landstraße im Bogen zur Küste zurück. Hohe Pinien beschirmten den Eingang zu einer schmalen Bucht.

Sie parkten vor dem kleinen Café.

„Wir hätten noch ein Handtuch kaufen sollen." Etwas ratlos betrachtete Barney seine neue Badehose.

„Sei nicht so spießig. Ich stell mich vor dich, wenn du dich umziehst. Und nachher trocknen wir in der Sonne!"

„Etwas habe ich noch", erinnerte er sich. Aus dem Kofferraum zog er eine Picknickdecke.

Als er sie auseinanderfaltete, rümpfte Poppy die Nase. „Das olle Ding riecht nach Öl."

„Kann sein, dass ich damit unter dem Auto gelegen habe", entschuldigte er sich.

„Macht nichts, nimm sie mit!"

Dichte Vegetation umrahmte den goldfarbenen Strand. Kleine harmlose Wellen kräuselten die türkisene Wasseroberfläche.

„Wie in der Karibik!"

Poppy machte Torry los. Barney breitete die rotschwarz karierte Decke auf dem warmen Sand aus, und der Hund setzte sich sofort darauf. „Schau, der mag den alten Lappen", stellte er befriedigt fest.

„Ich fürchte eher, er hasst das Meer." Poppy lief in Richtung Wasser und rief nach dem Hund, aber der kauerte flach auf der Decke und jaulte leise.

„Kein Wunder, nach dem, was er erlebt hat."

Poppy ging zu ihm zurück und streichelte ihn. „Ist ja gut. Dann bleibst du hier und passt auf unsere Sachen auf."

Sie nahmen Anlauf, warfen sich in die flache Dünung und kraulten Seite an Seite hinaus.

Weit draußen hielten sie an. Poppy klammerte sich an Barneys Schultern. Langsam trieben sie zum Ufer zurück.

„Es ist viel wärmer als am Kap."

„Die Bucht ist windgeschützt und nur nach Osten offen. Du kannst bis zum Pendennis Castle schauen."

„Es könnte schön sein, hier den Sonnenaufgang zu erleben."

„Nicht meine Zeit."

„Du bist unromantisch, Barnabas Dayton. Langsam wird mir kalt. Und schau mal, was am Ufer los ist."

Poppy kraulte ihm davon.

Torry hatte es nicht mehr auf der Decke ausgehalten, rastlos lief er an der Stelle auf und ab, an der die beiden ins Wasser gegangen waren.

„Nicht, dass er glaubt, uns jetzt retten zu müssen."

Sie erreichten das Ufer und erlösten ihn aus der Lage. Er kam angeschlichen und leckte das Salzwasser von ihren Beinen. „Sei nicht so unterwürfig." Poppy kraulte ihn hinter den Ohren.

Sie streckten sich auf der Picknickdecke aus. Diesmal ließen sie zu, dass Torry sich zwischen sie drängte. In Poppys Gesichtsfeld schoben sich zwei bauschige Wolken über den sonst makellosen Himmel.

„Das Wetter scheint zu halten."

„Ein Glück, Bruce wollte heute Abend am Strand grillen."

„Dann sollten wir nicht zu spät kommen."

„Schon wieder hungrig, Barney?"

„Nein, ich möchte ihm beim Aufbauen helfen."

Poppy küsste ihn. Als die Sonne hinter der Hügelkante verschwand und es plötzlich deutlich kühler wurde, machten sie sich auf den Rückweg.

Kurz vor Constantine kam ihnen ein schwarzer Mini Clubman entgegen. Der Mann am Steuer lachte und winkte ihnen durchs offene Fenster zu, bevor er an ihnen vorbeifuhr und hinter der nächsten Kurve verschwand.

„Barney, hast du ihn gesehen?"

„Wen? Ich hab mich auf die Fahrbahn konzentriert. Ich bin etwas müde. Ich glaube, ich war zu lange in der Sonne …“

„Keath! Das war Keath Roberts. Halt an! Wir müssen umdrehen!“

„Auf der engen Straße? Unmöglich. Das geht erst in Constantine. Wir sind gleich da.“

„Dann ist es zu spät“, stöhnte Poppy.

Barney stieg auf die Bremse. Die Trommeln taten quietschend ihren Dienst.

Barney nutzte eine Feldeinfahrt zum Wenden. Ein Lieferwagen kam ihnen entgegen, hupte wütend und war gezwungen, mit einem gewagten Schlenker auszuweichen.

Poppy blies die Wangen auf. „Das war knapp, gut gemacht! Gib Gas!“

Nach kurzer Zeit hatten sie den Transporter eingeholt, der jetzt betont langsam fuhr.

„Der will dir eins auswischen, an dem kommst du nicht vorbei.“

„Warts ab.“ Er wurde langsamer, was auch den anderen zum Drosseln des Tempos veranlasste.

Dann gab Barney plötzlich Gas. Das kleine Cabrio warf sich nach vorne, überholte den Lieferwagen und hüllte ihn in eine ölige Wolke.

„Das darf ich nur nicht so oft machen, es tut dem alten Zylinder nicht gut.“

Torry streckte den Kopf aus dem Fußraum. Poppy tätschelte ihn beruhigend.

„Bleib unten, mein Kleiner. Wir leben gerade gefährlich.“

Zum Glück war wenig Verkehr, es war Abendessenszeit.

Barney machte noch mehr Boden gut.

„Da ist er!" Das Heck des schwarzen Minis tauchte vor ihnen auf. Er war etwas schneller unterwegs als der Laster, ließ sie aber herankommen.

„Poppy, ich glaube, du hast recht, es könnte Keath sein." Barney betätigte die Lichthupe.

Wieder kam der Arm aus dem Fenster und winkte. Aber anstatt langsamer zu werden und anzuhalten, machte der Wagen einen regelrechten Sprung nach vorne. Der starke Motor beschleunigte den Clubman auf der langen Geraden, und die Distanz vergrößerte sich rasch.

Barney bremste.

„Was tust du? Hinterher!"

„Es hat keinen Zweck, Poppy. Zweimal hintereinander Katz und Maus … Diesmal haben wir verloren. Das verträgt unsere kleine Kiste nicht."

Poppy blickte in die Richtung, in der Roberts verschwunden war. „Was war das denn eben für eine Nummer?"

„Er sah recht fröhlich aus, soweit ich das Gesicht in seinem Rückspiegel sehen konnte."

„Ja, und das joviale Winken …"

„Nur Anhalten wollte er offensichtlich nicht."

Poppy sah auf die Uhr. „Kurz nach sechs. Ich rufe den Inspektor an."

Sie erreichte nur die Mailbox, und auf der Wache ging niemand ans Telefon.

„Anscheinend Feierabend. Soll ich's beim Notruf versuchen?“

„Ich weiß nicht. Lass uns ins Manor fahren. Nach dieser Moorhuhnjagd habe ich einen Mordshunger.“

Kapitel 25

Pat empfing sie mit einem Lagebericht. „Die Botaniker sind seit einer Stunde zurück. Sie redeten irgendetwas von einer geschützten Orchidee und wirkten sehr zufrieden. Die Wanderer sind auch wieder da, auch sie waren begeistert und meinten, sie hätten von Bruce viel mehr über die Gegend erfahren als von Micah. Bruce ist oben, glücklich, aber erschöpft und pflegt seine Blasen.“

„Der Ärmste. Wir helfen euch beim Grillen.“

„Danke, Poppy. Ich fürchte, auf Dauer ist das Wandern nichts für Bruce. Er braucht auf jeden Fall andere Stiefel.“

Sie goss eine milchige Flüssigkeit in zwei hohe, bauchige Gläser. „Limone mit einem Schuss Absinth. Ich entwickle einen neuen Aperitif. Was meint ihr dazu?“

Sie nippten daran, Poppy trank einen großen Schluck. „Sehr erfrischend! Nicht so sauer wie eine Limonade, sondern voller, würziger.“

„Sehr gut. Aber ich hätte gerne ein Bier, sorry.“

„Barney!“

„Alles klar. Scheint eher was für Ladies zu sein“, stellte Pat fest. „Nimm dir eins aus dem Kühlschrank. Wie war denn euer Tag?“

Poppy berichtete von ihrem Ausflug nach Falmouth, ihren Einkäufen und dem Bad in der Bucht von Maenporth. Das Treffen mit dem Inspektor und die Verfolgungsjagd ließ sie aus, und Pat schien auch nur mit halbem Ohr zuzuhören.

„Denkt euch, zwei von den deutschen Paaren haben für nächstes Jahr wieder gebucht. Und der Vertrag mit der Agentur aus der Schweiz ist gekommen. Sie garantieren durchgehend die Belegung von vier Zimmern!“

„Super! Dann könnt ihr ja wieder an Personal denken.“

„Das habe ich Bruce auch gesagt. Aber ich hatte den Eindruck, dass ihn das kaum interessiert.“

„Das kann ich mir nicht vorstellen. Wahrscheinlich drückte ihn seine Blase oder er wollte unter die Dusche.“

„Du hast recht, Poppy. Lass uns das Grillen vorbereiten.“

Das Barbecue war ein Gemeinschaftswerk. Jeder von den Gästen machte mehrere Touren, um Stühle, einen langen Tisch und Kisten mit gekühlten Gambas, Lachs, eingelegten Spareribs und marinierten Lammfilets an den Strand zu schleppen.

Bruce schien sich erholt zu haben. Im schwarzen Hemd und schwarzen Bermuda-Shorts stand er hinter dem Grillrost und versorgte die Gäste mit auf den Punkt gegarten Fisch und Fleisch.

Die Sonne ging unter. Ein Fingerbreit über dem Horizont schien sie still zu stehen und löste eine Explosion von Farben aus. Gelb, das von Orange überlagert und am Ende von Purpur abgelöst wurde. Dann ließ sie sich fallen und versank in einem Kissen aus Blau und Grün.

Rasch wurde es kühl. Alle rückten näher an das Barbecue, aber das spendete zu wenig Wärme.

Dr. Trelawney erwies sich als versierter Feuermacher.

Er und die *Brothers* sammelten Treibholz, schichteten es auf und zündeten es mit einem kräftigen Schuss Petroleum an.

Die Flammen schufen eine warme Zone, und der Sand gab etwas von der Tageshitze zurück.

Es war ein stiller Abend mit leisen Gesprächen. Nur selten mischte sich ein lautes Lachen in das Knistern und Knacken des Feuers und das ferne Rauschen der Brandung.

Nach dem Essen kündigte Bruce an, dass der morgige Tag zur freien Verfügung stehe. Er empfahl einen Ausflug nach Falmouth oder nach Penzance, beides sei mit dem Bus gut zu erreichen.

Poppy schaute in den wolkenlosen Himmel. Je dunkler es wurde, desto mehr Sterne waren zu sehen. „Was für eine herrliche Nacht. Alle wirken so friedlich und vertraut miteinander." Sie kuschelte sich an Barney.

„Vielleicht sind sie einfach nur müde vom Wandern."

„Du bist unsensibel. Micahs Tod wirkt nach."

Im Osten stieg der abnehmende Mond blutrot über dem Horizont auf. Eine schmale Wolkenbank durchschnitt ihn wie ein Saturnring.

„Bestimmt schaut er uns von da oben zu. Er kennt die Wahrheit. Wenn er uns nur einen Hinweis geben könnte."

„Dazu haben wir deinen Caedmon."

„Barney!" Sie rückte ein Stück von ihm ab. „Er ist bloß ein Traum ..."

„... und du bist sein Medium."

„Sie sind ein Medium?" Dr. Trelawney schleppte einen dicken Ast den Strand hinauf und blieb neben Poppy stehen. „Entschuldigen Sie, wenn ich mitgehört habe. Bitte, Mrs Dayton, vergessen Sie für einen Moment Ihr Misstrauen gegen mich. Ich will Ihnen nichts Böses, im Gegenteil.“

„Sie schleichen herum, lauern mir auf, belauschen mich ...“

„Das mag Ihnen so vorkommen.“ Er warf das Holz aufs Feuer. Poppy verfolgte den Wirbel des Funkenstroms, der sich in die windstille Nacht schraubte.

„Ich sage Ihnen, mir liegt genauso viel daran wie Ihnen, Micahs tragischen Tod aufzuklären. – Darf ich mich setzen?“

Poppy machte eine unbestimmte Geste.

„Sie wollen nur Ihren Freund Keath schützen.“

Trelawney ließ sich seufzend in den Sand sinken. Obwohl er dabei in respektvoller Distanz zu Poppy blieb, knurrte Torry leise.

„Ist das nicht normal unter Freunden?“

„Ein Mörder verdient Ihre Freundschaft nicht.“

„Für Sie scheint alles klar zu sein.“

„Wie interpretieren Sie denn sein Verhalten? Er versteckt seine Stiefel, verschwindet, entzieht sich den Ermittlungen ...“

„Ich habe vorhin mit ihm telefoniert.“

„Was?“ Poppys Augen blitzten im Feuerschein auf.

„Kurz vor dem Essen. Ich hatte es den Tag über vergeblich versucht. Dann ging er plötzlich ran. Ich habe ihn gefragt, wo er bleibt, und dass die Polizei Fragen an ihn hat.“

„Was sagte er darauf?“

„Ich sollte mich nicht so aufregen. Er sei im Stress, habe aber alles im Griff. Morgen würde er sich wieder melden. Und ich sollte Sie grüßen. Er habe Sie in Ihrem Auto gesehen, leider fehlte ihm die Zeit, anzuhalten.“

„Und das haben Sie ihm abgenommen?“

„Ich weiß nicht. Ich habe ihn direkt gefragt, ob er Micah auf dem Gewissen hätte. Er machte eine Pause. Dann sagte er nein, es sei ein tragischer Unfall.“

„Verdammt, er soll sich stellen, ist doch ganz einfach!“

„Das hat er mir versprochen. Er bräuchte nur noch etwas Zeit. Für was, fragte ich ihn, aber da legte er auf.“

„Er ist immer noch auf der Jagd.“

Trelawney nickte. Sein Gesicht wirkte im Feuerschein wie eine Maske. „Das fürchte ich auch.“

„Aber welcher Spur sollte er jetzt noch folgen?“

Poppy beschloss, ihren Widerstand aufzugeben, und erzählte ihm von den Ermittlungen des Inspektors. „Keath hat in kürzester Zeit die letzten drei Freundinnen von Micah abgeklappert, ohne Erfolg. Was soll da noch kommen?“

„Das frage ich Sie.“

„Mich?“

„Ich habe Sie als außergewöhnlich intelligente, neugierige und hartnäckige Frau kennengelernt, wenn Sie mir diese Analyse erlauben.“

„Danke.“

„Keine Ursache. Der Inspektor wird Sie nicht ohne Grund eingeweiht haben. Denken Sie nach. Nutzen Sie Ihr Talent. Was meinten Sie vorhin mit Medium?“

„Oh, das war nur so ein Spruch.“

„Sie vertrauen mir immer noch nicht.“

„Charles, lass Poppy in Ruhe. Bedränge sie nicht. Damit kommst du nicht weit, das sage ich dir aus Erfahrung.“

Poppy drückte Barneys Hand. „Darling, ich kann mich schon selbst verteidigen, danke."

Sie stand auf. „Mir ist kalt und meine Beine sind eingeschlafen." Sie machte ein paar Schritte auf das Feuer zu und streckte die Hände aus.

Nur noch die *Brothers* saßen zusammen mit ihnen am Strand. Die Wanderer hatten Bruce und Pat beim Aufräumen geholfen und sich verabschiedet.

Poppy drehte sich zu Trelawney um. „Es stimmt, das mit dem Medium war nicht bloß so dahergesagt. Ich weiß nicht, ob dieser Begriff überhaupt passt. Kennen Sie sich denn damit aus?"

„Ich bin Wissenschaftler, das ist Ihnen bekannt. Mein besonderes Interesse gilt Phänomenen, die allgemein als übersinnlich oder gar Spinnkram abgetan werden. Es gibt Menschen mit besonderen Talenten, medialen Begabungen, die diesen Phänomenen ausgesetzt sind. Aber die meisten von ihnen verstehen sie nicht, geschweige denn, dass sie sie systematisch nutzen können. Also verheimlichen und verdrängen sie diese Vorkommnisse. Sie fürchten sich davor, von ihrer Umgebung für verrückt erklärt zu werden."

„Und in diese Kategorie falle ich?"

„O nein, sie nicht."

„Warum?"

„Erstens, weil es Ihnen keine Angst zu machen scheint."

„Und zweitens?"

„Weil Sie offenbar damit umgehen können. Zumindest teilweise, vielleicht auch unbewusst. Wenn Sie genau darüber nachdenken, verdanken Sie manche Ihrer Schlussfolgerungen nicht nur Ihrem Scharfsinn, sondern noch etwas anderem. Ich würde Sie gerne darin unterstützen, Ihr Potenzial freizusetzen."

„Stühlerücken und so?"

„Wir sind nicht auf dem Jahrmarkt. Es geht um mehr."

„Also gut. Wenn das Ihr Spezialgebiet ist, können Sie vielleicht tatsächlich etwas anfangen mit dem, was ich Ihnen gleich erzählen werde."

Kapitel 26

Poppy kehrte an ihren Platz neben Barney zurück. Der legte schützend einen Arm um sie. „Das brauchst du nicht zu tun, Poppy, deine Träume gehen allein dich etwas an."

„Hast du Angst, dass ich mich blamiere?"

„Quatsch, ich will dich nur schützen."

Sie küsste seine Hand, die immer fester auf ihrer Schulter lag. „Ich weiß. Aber du weißt auch, dass meine Neugier am Ende immer stärker ist." Sie trank einen Schluck Rotwein. Durch das Glas und die dunkle Flüssigkeit hindurch sah Trelawney aus wie ein Gnom aus Mittelerde, dachte sie. Sie hustete den Widerstand in ihrem Hals weg.

„Ich träume sehr intensiv. Das ist meine Art, Dinge zu verarbeiten. Gelegentlich kommt es vor, dass in diesen Träumen auch Personen mit mir kommunizieren, mit denen ich bisher nichts zu tun hatte. Es begann kurz nach unserer Ankunft auf Wythcombe." Poppy schob einen Stein weg, der sie gedrückt hatte, und nahm eine andere Sitzposition ein.

„Caedmon, ein Vorfahre von Micah Morgan, begann eine charmante Unterhaltung mit mir, die aber bald eine ernste Wendung nahm."

Poppy gab Caedmons Schilderung von der uralten Fehde zwischen ihm und dem Hause Wythcombe wieder.

„Sein Erscheinen in meinen Träumen war eher unregelmäßig. Jetzt, fürchte ich, wird er gar nicht mehr auftauchen. Nachdem die Familienbibel weder bei Micahs verflossenen Freundinnen noch sonst wo gefunden wurde, scheint er die Hoffnung aufgegeben zu haben." Poppy machte eine Pause. Die anderen schwiegen.

Sie griff wieder nach ihrem Weinglas. „Habe ich Sie jetzt verwirrt, Herr Doktor?"

„Gar nicht. Ich wollte nur den Fluss Ihrer Erzählung nicht stören."

„Viel mehr wird da nicht fließen. Das war es im Wesentlichen. Caedmon hat sich verabschiedet, auf seine Art." Poppy trank einen Schluck. „Schade eigentlich. Er hatte eine besondere Art, humorvoll, etwas ironisch, leidenschaftlich – wie eine ältere Version von Micah."

Barney hüstelte.

„Darling, mach dir nichts draus. Träume sind Schäume."

„Nein, Mrs Dayton, das sind Sie nicht, und das wissen Sie." Trelawney rückte ein Stück näher, was Torry diesmal zuließ. „Haben Sie schon mal was von *Shining* gehört?"

„Der Film von Stanley Kubrick? Mit Jack Nicholson als irrem Hausmeister? Gruselige Geschichte."

„Das ist Kintopp. Aber es steckte etwas Reales drin. *Shining* ist ein psychologisches Phänomen. Menschen mit dieser Begabung agieren in ihren Träumen mit Personen, lebenden oder toten, und nicht nur das: Sie können ihre Absichten erkennen, gute, wie böse."

„Interessant, aber ich bezweifle sehr, dass das auf mich zutrifft. Mich dagegen wehren, oder es gar steuern, kann ich jedenfalls nicht." Auch der glattgeschliffene Stein, auf dem Poppy inzwischen saß, fühlte sich plötzlich unbequem an.

„Ist Ihnen so was wie mit Caedmon zum ersten Mal passiert?"

Poppy verschwieg die Begegnungen mit ihren toten Eltern und ihrer Schwester. „Ich weiß nicht …"

„Sie meinten, Sie können es nicht steuern? Da täuschen Sie sich."

„Vielleicht will ich das auch gar nicht."

„Ich verstehe. Aber in diesem Fall …"

Poppy gähnte. „Ich bin müde. Am besten, ich gehe ins Bett und schlafe gemütlich ein. Vielleicht hat Caedmon Sehnsucht nach mir und taucht doch noch auf …"

„Das ist eine Möglichkeit. Aber ich würde es nur ungern dem Zufall überlassen."

„Was wollen Sie damit sagen, Doktor?"

„Ich meine, wir haben etwas übersehen. Ich bin mir immer noch unschlüssig, was Keath angeht, und würde mir wünschen, dass die Anschuldigungen gegen ihn falsch sind. Allerdings kenne ich sein Temperament. Vielleicht müssen wir nicht nur andere, sondern auch ihn vor sich selbst schützen." Trelawney griff nach einem Holzsplitter und wog ihn in der Hand. Ohne abzusetzen, zeichnete er einen fünfzackigen Stern in den Sand.

„Ich hätte einen Vorschlag, Mrs Dayton. Allerdings sind wir dabei von Ihrem Einsatz abhängig."

Poppy schwieg und starrte auf das Symbol im Sand. Sie wartete und ließ Trelawney weiterreden.

„Barnabas müsste auch mitmachen."

„Worauf du dich verlassen kannst, Charles. Ich werde meine Frau nicht eine Minute aus den Augen lassen, vorausgesetzt, dass sie überhaupt bei deinen Experimenten mitmacht."

„Wunderbar", nahm Trelawney die Entscheidung voraus. „Peter, Trent, Henry, Barnabas und ich bilden ein Pentagramm." Er tippte die fünf Strahlen des Sterns an. „Sie wissen, was eine *Séance* ist, Mrs Dayton?"

„Eine Geisterbeschwörung?"

„Ich bitte Sie, wir machen keine Touristenvorstellung! Nein, wir würden Ihnen nur dabei helfen, konzentriert in den Schlaf zu kommen, um dadurch die Wahrscheinlichkeit zu erhöhen, Caedmon zu begegnen."

Poppy musste unwillkürlich lachen. „Ich glaube nicht, dass es schlaffördernd wirkt, wenn fünf ältere Herren um mein Bett herumsitzen – pardon, Barney, dich ausgenommen, natürlich."

„Ich weiß, es klingt seltsam", sagte Trelawney. „Aber das wird kein Horrortrip. Ich habe Erfahrung mit der Steuerung solcher Vorgänge. Ich will Ihnen das erklären: Statt spontan einzuschlafen, verhelfe ich Ihnen zu einer Art von Trancezustand. In der ersten Phase entspannen sie sich, danach wird meine Sprache Sie leiten. Ich garantiere Ihnen, dass Sie zu keinem Zeitpunkt in Gefahr sind und keinerlei bleibende Schäden entstehen."

Wieder fühlte Poppy das Kribbeln in den Beinen. Sie stand auf und ging ein paar Schritte.

„Wie beruhigend."

„Caedmon ist Ihnen vertraut. Daher wissen Sie ja, was auf Sie zukommt."

Poppy dachte nach. Die Vorstellung, sich unter den Einfluss der *Brothers* zu begeben, erschien ihr alles andere als reizvoll. Nur – was hatte sie zu verlieren? Und Trelawney machte mit seiner bedachten Art, die Dinge zu erklären, einen kompetenten Eindruck auf sie. Sie blieb vor dem Doktor stehen. Der sah nicht sie an, sondern Barney. Warum?

Barney schüttelte den Kopf.

Das wirkte. Sie würde es dieser Männerbande zeigen.

„Also gut. Lassen Sie es uns versuchen.“

„Poppy! Das ist alles ausgemachter Blödsinn!“

„Barnabas, du unterschätzt deine Frau ...“

„Tue ich nicht, und das macht mir am meisten Sorge. Du hast keine Ahnung, was für Kräfte du da entfesselst, Charles.“

„Jetzt mach mal halblang, Darling. Du tust ja so, als sei ich eine ausgemachte Hexe.“

Poppy rief nach Torry, der misstrauisch beobachtete, wie das Wasser immer näher rückte. „Lasst uns ins Haus gehen. In einer halben Stunde ist die Flut da, und dann wird es hier ungemütlich. Ein Feuer können wir auch im Kamin machen.“ Sie ging voran.

Trelawney nickte Barney zu. „Ich hatte gehofft, dass deine Frau mitspielt.“

Der blinzelte ermattet. „Mal sehen, wer hier mit wem spielt.“

Kapitel 27

Als sie auf das Manor zukamen, sah Poppy, wie in den Räumen von Pat und Bruce das Licht gelöscht wurde. Auch sonst waren alle Fenster dunkel. Die Stille wurde nur gelegentlich vom Sirren einer Mücke unterbrochen.

Als etwas aus der Finsternis auftauchte, zuschnappte und kurz vor ihren Köpfen abdrehte, brach das Geräusch sofort ab. Für den Bruchteil einer Sekunde hatte Poppy Kontakt mit den riesigen Augen einer Fledermaus, die das Mondlicht reflektierten. Sie griff nach der Kette mit den zwei kleinen goldenen Kreuzen, die sie seit dem Tod ihrer Familie um den Hals trug, und zog Barney näher zu sich heran. „Falls ich morgen eine Bisswunde am Hals habe, mach ich dich dafür verantwortlich, Darling."

„Ich gehe in der Küche vorbei und nehme eine Knolle Knoblauch mit. Wenn das nicht klappt, müsste ich dir allerdings einen Holzpflock ins Herz rammen, so wie der, mit dem Trelawney am Strand gespielt hat ..."

„Untersteh dich. Da beiße ich dich vorher, mein lieber Van Helsing."

„Ich kann es nicht abwarten, Fürstin der Finsternis."

Sie betraten das Haus über die Terrassentür, die nur angelehnt war. Im Gänsemarsch gingen sie in den Salon.

Poppy machte sich von Barney los und blieb stehen. Sie suchte Trelawney.

„Ist Ihnen kalt, Mrs Dayton?"

Sie hörte seine Stimme, konnte aber seine Augen in der Dunkelheit nicht sehen.

„Kann mal jemand Licht machen?", bat sie.

„Keine Lampen, so wenig Licht wie möglich. Ein paar Kerzen müssen reichen. Peter, mach den Kamin an." Trelawneys knappe Anweisungen wurden sofort befolgt.

Poppy stand immer noch mitten im Raum. Sie spürte, wie ihr eine Schweißperle den Nacken hinunterrollte.

„Legen Sie sich bitte auf die Chaiselongue, Mrs Dayton?"

„So wie ich bin?"

„Vielleicht kann Peter Ihnen eines von seinen Negligés ausleihen." Pascoes Bariton endete in einem Prusten.

„Henry, du mieses Stück ..." Hammett warf eine Streichholzschachtel nach ihm.

„Schluss damit!" Trelawney begleitete Poppy zu dem breiten Sofa. Sie schaute auf die verschlungene Verzierung des Bezugs. Das erhabene Épingle-Muster der Efeugirlanden schien im Flackern des Feuers zum Leben zu erwachen. Noch könnte sie alles abblasen, dachte sie, allen eine gute Nacht wünschen und hinauf in ihr gemütliches Zimmer gehen.

„Machen Sie es sich bequem." Trelawney zögerte. „So wie es die Umstände zulassen. Ich weiß, wie seltsam Ihnen das erscheinen muss. Und ich bin unsicher, ob es gelingt, wenn ich mir diese Truppe so anschaue." Er seufzte. „Auf keinen Fall will ich, dass Sie sich gedrängt fühlen. Dann können Sie sich nicht entspannen, und wir bemühen uns vergeblich ..."

Poppy streckte sich auf der Chaiselongue aus. Barney schob ihr ein Kissen unter den Nacken und breitete eine Wolldecke über ihren nackten Beinen aus.

Sie hob die Hand zu einem Winken. „Für England! Und für die Wahrheit."

Torry interpretierte das als Einladung und sprang aufs Sofa. Er kuschelte sich an das Fußende.

Pascoe kicherte. „Damit können Sie in Peters Volkstheater auftreten."

„Ruhe jetzt! Konzentration!", ermahnte ihn Trelawney. „Wir bilden das Pentagramm um Mrs Dayton."

Alle positionierten sich schweigend.

Poppy suchte den Blickkontakt zu Barney. Er legte die Hand auf ihre Schulter.

„Barnabas, du kannst gerne am Kopfende bleiben, aber bitte ohne direkten Kontakt."

„Alles okay." Poppy schob ihn sanft zurück.

„Mrs Dayton, legen Sie die Arme ganz entspannt neben sich aufs Polster." Trelawneys Stimme wurde leise und monoton. „Kommen Sie zur Ruhe. Spüren Sie, wie sich wohlige Wärme von Ihren Händen und Füßen her ausbreitet, wie die Wärme Ihren Bauch erreicht, das Herz, den Kopf, die Augen. Ihre Lider werden schwer. Genießen Sie die Wärme. Ihr Denken wird langsamer, wie von selbst. Schieben Sie alle Gedanken weg, alle – außer die an Caedmon."

Poppy fühlte, wie tiefe Ruhe nach ihr griff. Waren es Trelawneys Worte, seine Herren-Runde, deren Silhouette sich gegen das Kaminfeuer abzeichnete, oder einfach die Müdigkeit nach dem langen Tag?

Caedmon ließ ihr keine Sekunde Zeit, sich mit dieser Frage zu beschäftigen. Kaum hatte sie die Augen geschlossen, war er da. Im silberbetressten Galarock und einer Perücke, von der sich kleine Puderwolken lösten, wenn er den Kopf schüttelte.

„Mylady ... was soll dieser Hokuspokus?", schnarrte er. „Bin ich nicht durch den Fluch schon gestraft genug? Jetzt werde ich auch noch zum Gespenst degradiert, das in einer drittklassigen *Séance* heraufbeschworen wird!"

„Lieber Caedmon! Es war nicht meine Idee."

„Wäre auch noch schöner, als ob wir beide das nötig hätten. Ist es der Kerl mit den buschigen Augenbrauen, der unaufhörlich auf Sie einredet? Und dann noch auf dieser muffigen Chaise." Seine Stimme grollte wie ein walisisches Sommergewitter.

„Der Doktor meinte ...."

„Papperlapapp!"

„Regt Euch nicht auf. Wie konnte ich sicher sein, dass Ihr mich heute Nacht beehren würdet?"

Er seufzte. „Diese verschwörerische Runde hat mich neugierig gemacht, das gebe ich zu."

„Immerhin habt Ihr Euch in prächtiges Ornat geschmissen."

„Die Eitelkeit. Ein Büßergewand wäre wahrscheinlich angemessener in diesem Jammertal."

„Seid nicht weinerlich. Wisst Ihr eigentlich, dass wir eine Begabung teilen?"

„Die Seelenverwandtschaft ...?"

„Ist nur die romantische Umschreibung dafür, miteinander in Kontakt zu treten und dabei genau unterscheiden zu können, ob jemand Gutes oder Böses im Schilde führt. Ihr jedenfalls scheint heute Abend keine negativen Begegnungen erwartet zu haben, sonst würdet Ihr mir nicht in diesem Aufzug aufwarten, lieber Caedmon.“

„Interessant. Tatsächlich konnte ich immer zwischen Gut und Böse unterscheiden, so schmerzlich, wie das oft war. Micah hatte das geerbt.“

„War er deshalb so misstrauisch und abwehrend gegenüber Keath Roberts?“

„Ich nehme es an. Es muss Keath gewesen sein – oder jemand anderes? Bei seinen *Brothers* kann ich nichts Böses wahrnehmen.“

„Umso besser. Mir geht’s genauso. Lasst uns nochmal zusammen nachdenken, wo Micahs Buch abgeblieben sein könnte. Seine Freundinnen …“

„… sind Legion. Das Thema hatten wir bereits.“

„Gibt es Namen?“

„In meinem fadenscheinigen Hirn bleibt nichts hängen.“

„Die letzten Male, an denen Ihr Micah begegnet seid …“

„Er hat ein Lied geträllert. An Melodien erinnere ich mich gerne …

Alexa and Senta,
Jenny and Nancy …
But Nancy Blue,
This time it’s true.“

„Klingt hübsch. Micahs Ode an seinen Harem. Wartet – drei Namen davon passen zu Micahs Verflossenen. Aber Nancy …“

„Um sie machte er ein Geheimnis. Dann wieder schwärmte er von ihr und meinte, diesmal sei’s ernst.“

„Klingt jedenfalls so. Nancy … Gibt es auch einen Nachnamen?“

„Ihr seid schwer zufriedenzustellen, Verehrteste."

„*Blue* ...?"

„... ist wohl ihre Lieblingsfarbe. Sie würde verschmelzen mit dem Himmel, lautet eine andere seiner gefühlsduseligen Liedzeilen."

„Nicht viel, aber vielleicht eine Spur."

„Auf die ich Euch gebracht habe."

„Unsere Treffen sind immer lohnend."

„Das Vergnügen ist ganz auf meiner Seite." Er verbeugte sich und streckte dabei sein Hinterteil schwungvoll der Herrenrunde zu. „Wenn Ihr nur die Güte hättet, das nächste Mal auf die Zauberkünstler zu verzichten. Teilt denen mit, dass ich bestimmt nicht wegen ihrer dubiosen Aktion gekommen bin."

„Ich werde es ausrichten."

„*À la bonne heure!* Ich verlasse Euch jetzt, Mylady. Euer lieber Mann soll Euch für den Rest der Nacht ins bequeme Bett geleiten. Ich werde nicht mehr stören."

„Du hast gesungen. Poppy!"

Sie schlug die Augen auf und schielte in das Feuer, das zu weit weg war, um sie zu wärmen. Dankbar griff sie nach Barneys Hand.

„Ich soll die Herren grüßen."

„Es hat geklappt!" Trelawney zog eine Schnupftabak-Dose aus seiner Weste, nahm eine Prise und nieste. Es war das erste Mal, dass Poppy das bei ihm beobachtete.

„Schade, dass Sie Caedmon nicht sehen konnten. Dafür, dass er sich ziemlich abfällig über diese Sitzung äußerte, hatte er sich eindrucksvoll zurechtgemacht."

„Mich interessiert nur ..." Trelawney nieste nochmal, diesmal in sein Taschentuch. „... was Sie erfahren haben."

Poppy stemmte sich hoch. „Ich fühle mich wie zerschlagen und will in mein Bett."

„Mrs Dayton ..." Trelawney kam vom Fußende auf sie zu.

Sie ließ sich zurücksinken. „Ich weiß, ich weiß. – Ich habe im Schlaf gesungen, hast du gesagt, Barney?"

„Eine wahre Damenballade. Die Namen, so, wie Keath sie notiert hat. Alle, bis ..."

„... bis auf Nancy", ergänzte Poppy seinen Satz. „Leider habe ich nicht mehr von ihr erfahren, als dass sie die Farbe Blau liebt."

„Nancys blühen in dieser Gegend so häufig wie Strandrosen."

„Trent, das hast du schön gesagt", meinte Peter Hammett trocken. „Aber ihr habt nicht richtig zugehört: *This time it's true.* Das reimt sich nicht nur schön auf *blue*, sondern es scheint ihm diesmal ernst zu sein mit seiner Liebe." Er klang eifersüchtig, fand Poppy.

„Und mehr kam nicht dabei heraus?", drängte Trelawney weiter. Der Unmut war ihm anzumerken. Konzentriert faltete er sein Taschentuch zusammen, nur, um es gleich wieder auseinanderzuschütteln und in seine Brusttasche zu stopfen.

„Nichts außer dem üblichen amüsanten Geplänkel." Poppy gähnte hemmungslos und ging zur Tür. „Dieser verordnete Schlaf hat mich nur noch müder gemacht. Es tut mir leid, dass ich Ihre Erwartungen enttäuscht habe."

„Sie sind nur das Medium", winkte er ab, ein bisschen zu verächtlich, wie sie fand.

„Einen Versuch war es wert. Komm ins Bett, Barney. Torry, du auch."

Kapitel 28

Poppy wurde von lauten Stimmen geweckt. Gleichzeitig läutete das Zimmertelefon, das an Barneys Kopfende stand. Er ging ran. „Hallo? Guten Morgen … Nicht so schlimm … Ja, die macht gerade die Augen auf … Brigid … und die Presse? Jetzt … Na, hoppla … Wir kommen runter." Er legte auf.

„Was schaust du so verdattert?", fragte Poppy.

„Der Wahnsinn nimmt seinen Lauf. Mach dich schick, Darling, du kommst ins Frühstücksfernsehen!"

„Bist du verrückt? Mit wem hast du gesprochen?"

„Mit Pat. Die Presse steht auf dem Hof und gleich kommt noch ein Übertragungswagen. Brigid wurde freigelassen, wohl gegen Auflagen. Sie ist auf dem Weg hierher."

Poppy war schon im Bad und hatte die Zahnbürste zwischen den Zähnen.

„Wie had die Presche so schnell Win' davon begomm?", nuschelte sie.

„Verschluck dich nicht."

Sie spülte den Mund aus. „Was soll ich anziehen?"

„Nichts Kleingemustertes, das kommt im Fernsehen nicht gut raus."

Poppy wählte ein eng geschnittenes Tubenkleid in Dunkelblau.

„Machst du mir bitte den Reißverschluss zu? – O Mann, jetzt läutet auch noch mein Handy!"

Sie erkannte Edwards Nummer. „Inspektor, sagen Sie nichts! Brigid ist auf dem Weg hierher."

„Woher …?"

„Machen Sie das immer so? Die Presse benachrichtigen, die dann unbescholtene Hoteliers und ihre Gäste aufscheucht?“

„Ich habe keine Ahnung …“

„Ein Leck in Ihrer Behörde?“

„Verdammt. Brigid wird vom Konstabler gebracht. Mrs Andersen ist vorläufig auf freiem Fuß. Ich selbst kann hier nicht weg, eine Menge Formalitäten und ein Gespräch mit dem Staatsanwalt warten auf mich. Der Stand der Ermittlungen macht ihn nicht glücklich. Dass die Beweislast von Brigid auf Keath Roberts übergegangen ist, noch weniger.“

Von unten her wurde es noch lauter.

„Entschuldigen Sie, Inspektor, aber wir müssen jetzt den Großangriff aufs Manor abwehren.“

„Viel Glück! Ich kann Ihnen leider niemanden schicken. Drohen Sie der Bande mit Klage wegen Hausfriedensbruchs. Wenn Mrs Andersen ankommt, sollte sie mit niemandem reden! Ist ihr Zimmer noch frei?“

„Natürlich.“

„Dann lassen Sie ihr ein heißes Bad ein und versorgen Sie sie mit einem kräftigen Frühstück.“ Er machte eine Pause. „Mrs Dayton?“

„Ja, Inspektor?“

„Bleiben Sie in ihrer Nähe. Das ist gut für Brigid und für Sie auch.“

Erneutes Geschrei, diesmal schriller.

Poppy erkannte die Stimmen von Pat und Bruce. „Streiten die sich?“ Sie schlüpfte in ihre Pumps und war bereits an der Tür. „Komm, Barney, kämmen kannst du dich später. Du siehst wie immer super aus. Ich wette, die werden dich als ersten interviewen.“

Vom Treppenabsatz lugten sie in die Halle.

„Ich habe abgeschlossen. Die kommen mir nicht herein, Bruce. Keiner von denen!"

„Reg dich nicht auf Pat, und vor allem schrei nicht so."

„Sie rennen uns die Tür ein, und du spielst den coolen Lord."

Energisches Klopfen am Portal.

„Gelassenheit würde dir auch gut stehen. Denk nach! Eine bessere Publicity kann man sich nicht vorstellen, unbezahlbar!"

„Das sind Hyänen! Erst werden sie Brigid zerfleischen, um dann über uns herzufallen."

„Lass mich nur machen."

Poppy sah, wie Bruce versuchte, Pat in den Arm zu nehmen.

Poppy hustete laut, und zwei Köpfe schnellten nach oben.

„Können wir helfen?"

„Ich weiß nicht." Pat schob Bruce weg. „Wir sind uns uneins, wie wir vorgehen sollen."

„Lasst euch nicht überrollen." Poppy war unten angekommen und stellte sich zwischen die beiden. Torry bellte die Tür an. „Es ist ein Spiel mit dem Feuer."

Der kalte Glanz in Bruce' Augen gefiel Poppy nicht. „Quatsch! Wenn wir da nichts draus machen, ist uns nicht zu helfen. Irgendwann fällt die Bude über uns zusammen, und kein Hahn wird danach krähen."

Wieder wildes Klopfen. „Lord Wythcombe? Sir! Nur eine Frage ..."

Barney bewegte sich zur Tür. „Darf ich ...?", fragte er. Pat nickte, und Bruce zuckte die Schultern. Durch die Kassettenfenster waren eine Menge Leute zu sehen, die ihrerseits versuchten, einen Blick ins Innere des Manors zu erhaschen.

Barney richtete sich zu seiner gesamten Größe von fast zwei Metern auf. Mit einem Ruck öffnete er die Tür. Schlagartig verstummte das Geschrei.

Poppy hielt die Luft an. Pat und Bruce starrten gebannt auf Barneys breiten Rücken.

„*Ladies and Gentlemen*, ich bitte um Ruhe. Dies ist Privatbesitz! Ich fordere Sie auf, das zu respektieren. Sie befinden sich auf einer Hotelanlage. Sollte sich Ihr Handeln negativ auf den Betrieb auswirken, werden wir Sie dafür in Regress nehmen.“

Die Stille hielt.

„Wer sind Sie?“, lautete die erste Frage.

„Ich bin Barnabas Dayton, Sprecher des Wythcombe Estate. Wenn Sie sich angemessen verhalten, werden Lord und Lady Wythcombe die eine oder andere Frage gerne persönlich beantworten. Ich komme jetzt heraus, um das mit Ihnen vorzubereiten.“

Er drehte sich um und zwinkerte den dreien in der Halle zu. „Fünf Minuten“, formte er tonlos mit den Lippen. Bruce grinste ihn an, Pat hob den Daumen, und Poppy stieß langsam die Luft aus.

Barney trat über die Schwelle und schloss die Tür hinter sich.

„Nicht schlecht, der Auftritt“, kommentierte Henry Pascoe von der Galerie herab. „Hätte ich dem alten Jungen gar nicht zugetraut.“ Poppy sah, wie sich auch ein paar von den Wanderern zu ihm ans Geländer gesellt hatten und gespannt dem Geschehen folgten.

„Warum nicht, Mr Pascoe? Barney versteht sich mit Auftritten vor großem Publikum“, erklärte Poppy stolz.

„Sie müssten erleben, wie die Studentinnen an seinen Lippen hängen.“

Pat kicherte. „Sie weiß wovon sie redet, sie war selbst mal eine davon.“

„Genau. Und jetzt entspannen sich alle. Barney und Bruce werden das regeln.“ Poppy schob Bruce zur Tür und zog Pat in Richtung Küche. Hinauf zur Galerie verkündete sie: „Frühstück heute ab neun Uhr!“

Das verschaffte ihnen eine halbe Stunde Zeit.

Poppy drückte Pat einen Schneebesen in die Hand. „Du kümmerst dich am besten um das Rührei, so wie du zitterst.“

„Du hast gut reden. Schon wieder übernehmt ihr das Kommando. Bruce macht immer nur große Sprüche und bringt nichts zustande.“

„Tust du ihm da nicht Unrecht? Als Wanderführer war er gut.“

„Da kann er sich ausleben, wenn er seine Familiengeschichten erzählt. Aber der Auseinandersetzung mit den harten Fakten eines Hotelbetriebs geht er aus dem Weg.“

„Gib ihm Zeit. Erst die Krise und jetzt Micahs Tod …“

„Ich fand nicht, dass ihn das sehr berührt hat.“

„Jeder geht anders mit solchen Dingen um.“

„Du bist lieb, Poppy, und baust uns immer wieder auf.“

„Ihr schafft das. – Aber sag mal, wie hat das heute Morgen angefangen?“

„Zuerst hat ein Redakteur von *Bristol.tv* angerufen. Er habe erfahren, dass Mrs Andersen freikommt, und bat darum, ihre Ankunft bei uns filmen zu dürfen, und vielleicht noch ein Interview …“

„Ihr habt nicht abgelehnt?“

Pat schüttelte den Kopf. „Bruce war dran. Du hast ja erlebt, wie er dazu steht.“

„Die Geister, die man ruft ...“

Pat griff nach der Fernbedienung. „Und das kommt dabei heraus!“

Der kleine Flatscreen an der Küchenwand wurde hell. Bruce strahlte ihnen entgegen und neben ihm, einen Kopf größer, Barney mit seriöser Miene. Im Hintergrund war das Manor zu erkennen, das sich strahlend vom dunkelblauen Himmel abhob.

„*Holy shit!*“ Poppy hielt sich die Hand vor den Mund. „Mach lauter.“

„*... Haus Wythcombe so einiges überstanden hat in der Vergangenheit.*“ Bruce blickte direkt in die Kamera. „*Wir sind ein kleines, familiengeführtes Hotel.*“

Bruce versuchte ein Lächeln aufzusetzen. Die Großaufnahme zeigte deutlich das Zucken seines rechten Mundwinkels.

„Ausgerechnet jetzt bekommt er seinen Tick“, mäkelte Pat.

„Pst, hör zu! Er macht das prima.“

„*Aktuell haben wir eine Gruppe aus Deutschland hier. Das sind sehr liebe Gäste.*“

„*Bis auf eine, nicht wahr?*“, kam die Frage des Reporters, der nicht im Bild zu sehen war. „*Mrs Andersen wurde verhaftet unter dem Verdacht, den Wanderführer Micah Morgan ermordet zu haben.*“

Bruce öffnete den Mund, schloss ihn aber wieder, als Barney ihm die Hand auf die Schulter legte.

„*Wir gehen davon aus, dass nichts bewiesen ist, sonst hätte man sie heute nicht frei gelassen, oder?*“

„Der Fall bewegt die ganze Region, Mr Peyton."
„Dayton."
„Pardon, Mr Dayton. Aber wir können Mrs Andersen am besten gleich selbst fragen, da kommt sie!"

Jetzt war der Reporter, ein Mann um die dreißig mit Bürstenschnitt und flammend roten Koteletten, kurz zu sehen, bevor die Kamera über die Auffahrt schwenkte.

Ein Polizeiwagen hielt vor dem Portal.

Alle setzten sich in Bewegung, das TV-Bild schien auf den dunkelblauen Vauxhall zuzustürzen, und in kürzester Zeit war das Auto umringt.

Poppy sah, wie der Konstabler ausstieg, sich einen Weg durch die Menge bahnte und unschlüssig vor der Beifahrertür stehen blieb.

„Brigid mitten in dieser Meute? Wir müssen etwas tun! Torry, du bleibst bei Pat!"

Poppy eilte aus der Küche, durchquerte die Halle, wobei sie mit Janina Bäcker zusammengestoßen wäre, hätte Lars sie nicht in letzter Sekunde aus dem Weg gezogen. „Hier ist was los!", hörte ihn Poppy rufen.

Sie stieß das Portal auf, kam beim Auto an und nutzte das Überraschungsmoment. Sie öffnete die Wagentür und packte die schreckensbleiche Brigid am Arm.

„Kommen Sie mit", zischte Poppy ihr ins Ohr, „schauen Sie weder nach rechts noch nach links."

Sie gehorchte, und bevor sich die Reporter auf die neue Situation einstellen konnten, waren sie in der Halle angekommen.

Poppy schloss die Tür und stemmte sich dagegen. Draußen brach das Chaos los. Viele Hände klopften an die Scheibe und rüttelten an der Klinke.

„Mrs Andersen, nur eine Frage!“

„Welche Beweise haben zu Ihrer Entlastung geführt?“

„Kannten Sie Mr Morgan schon lange?“

Jemand versuchte, die Tür aufzudrücken, aber Poppy bekam Verstärkung. Lars Bäcker und Klaus Stolpe bauten sich mit breiten Schultern davor auf, so dass Poppy sich um Brigid kümmern konnte. Sie weinte hemmungslos.

„Ich bringe Sie auf Ihr Zimmer. Dort haben Sie Ruhe. Wir kümmern uns um Sie.“ Poppy machte eine Kopfbewegung zum Hof. „Und um den Rest auch.“

Außer einem Schluchzer brachte Brigid nichts hervor. Sie versuchte zu lächeln und drückte Poppys Arm. An den Gästen vorbei liefen sie die Treppe hoch.

Brigid setzte sich auf den Bettrand. Sie trug dieselbe Kleidung wie am Tag ihrer Festnahme, Cargohosen und eine leuchtend blaue Baumwollbluse. Von beidem stieg ein schwacher Geruch nach Essig und Chlor auf.

„Gefängniswäscherei?“, fragte Poppy.

„Kann ich etwas trinken?“ Es war der erste Satz, den sie von Brigid hörte. Auf dem Tisch standen eine Mineralwasserflasche und zwei Gläser. Poppy schenkte beide voll und reichte eines weiter.

„Gut, dass Sie wieder da sind, Brigid. Lassen Sie uns darauf anstoßen, auch wenn es nur Wasser ist.“

„Danke. Das Beste, was ich je getrunken habe.“ Brigid leerte das Glas in einem Zug und gab es zurück. Dann sank sie aufs Bett, zog die Beine an und drehte sich zum Fenster. Poppy legte eine Hand auf ihre Schulter und fühlte, wie sie bebte.

Brigid drehte den Kopf. In ihren Augen standen Tränen. „Poppy, dass Sie mich eben gerettet haben, vergesse ich Ihnen nie.“

Poppy legte einen Finger an die Lippen und ging zur Tür.

„Erholen Sie sich erstmal, Brigid. Wenn Sie etwas brauchen, einfach läuten. Der Zimmerservice soll hier recht ordentlich sein.“

Kapitel 29

Eine halbe Stunde später war der Spuk vorbei. Über dem Hof hing nur noch die Staubwolke vom Abzug der Karawane.

Der Frühstücksbetrieb war in vollem Gange, und wenn die Aufregung um Brigid nicht *das* Thema an allen Tischen gewesen wäre, hätte es ein normaler Morgen sein können.

Poppy brachte ein gut gefülltes Tablett hinauf. Als ihr Klopfen unbeantwortet blieb, öffnete sie die Tür. Alle viere von sich gestreckt, schlief Brigid tief und fest.

Leise stellte Poppy das Tablett ab und verließ das Zimmer.

Nach und nach leerte sich das Manor.

Die Wanderer hatten beschlossen, gemeinsam einen Ausflug nach Penzance zu machen. Die *Brothers* waren noch da, schienen aber wenig mit sich anfangen zu können.

Trent Cardy schlug vor, eine Runde Bridge zu spielen. „Das ist was für alte Weiber", maulte Pascoe. Dafür erntete er ein Stirnrunzeln von Peter Hammett, und kurz darauf saßen die vier um den grünen Filz des Spieltisches in der Bibliothek.

„Alle sind versorgt, Gott sei Dank." Pat zog das Haarband vom Kopf und schüttelte die Locken aus. „Jetzt sind wir dran. Ich decke uns den Gesindetisch in der Küche, das ist gemütlicher. Und dann müsst ihr mir sagen, dass ich das eben nicht bloß geträumt habe."

„Wie seid ihr die Truppe am Ende losgeworden?“, fragte Poppy, als Bruce und Barney sich zu ihnen setzten.

Auch Torry schien zu spüren, dass Frieden einkehrte und positionierte sich still zu Poppys Füßen.

„Die waren fast so schnell verschwunden, wie sie aufgetaucht waren.“ Barney lachte und köpfte schwungvoll ein Ei. „Nach deiner Evakuierungsaktion war ihnen das Objekt der Begierde abhandengekommen.“

„Und das Thema Werbung in eigener Sache hattest du zuvor weidlich ausgenutzt.“

Für Bruce schien die Bemerkung seiner Frau nichts Kritisches zu haben. „Wie war ich?“, fragte er beifallsheischend. „Schade, dass wir die Sendung nicht aufgenommen haben.“

„Die findest du bestimmt schon auf der Internetseite von *Bristol.tv*.“, sagte Poppy.

„Wirklich? Das muss ich mir ansehen.“ Seine Wangen glühten.

Poppy merkte, wie Pat immer stiller und ihr Kopf immer roter wurde, und beschloss, das sich anbahnende Unheil zu verhindern. „Es ist gut gelaufen. Du und Barney wirktet wie ein eingespieltes Team, sehr professionell. Ich glaube, die Story wird Wythcombe Manor mehr nützen als schaden. Aber jetzt müssen wir an Brigid denken.“

„Wie geht es ihr?“, fragte Pat sie dankbar.

„Schwer zu sagen. Sie hat nicht viel gesprochen. Als ich ihr etwas zu essen bringen wollte, hat sie geschlafen.“

„Brigid ist bestimmt total traumatisiert.“

„Sie wird drüber wegkommen, Pat. Immerhin ist sie frei."

„Bruce, wie kannst du so unsensibel sein?" Pat schlug mit der flachen Hand auf die Tischplatte und brachte das Geschirr zum Klirren. Diesmal war es zu spät für Poppy, um einzugreifen.

„Dir geht es nur darum, die Presse zu manipulieren und für dich einzuspannen ..."

Bruce zog kurz den Kopf ein. „Pat, das mache ich nur für unser gemeinsames ..."

„Gemeinsam? Davon spüre ich nichts."

„Du bist ungerecht. Ich laufe mit diesen Deutschen tagelang durch die Gegend ..."

Poppy nahm einen neuen Anlauf. „Quält euch nicht. Wir sind alle sehr angespannt, und jeder hat seine eigene Art, damit fertigzuwerden."

„Die von Bruce gefällt mir nicht, das kann ich doch wohl sagen?" Pat räumte die Teller zusammen. Barney stieß Bruce in die Seite. Es schien ihn einiges an Überwindung zu kosten, bis er auf seine Frau zuging und sie umarmte. Pat versteifte sich unter der Berührung.

„Du meinst, der Charme der Wythcombes siegt wie immer?" Sie gab schließlich nach und erwiderte seinen Kuss. „Was machen wir mit dem Tag? Bruce hat wanderfrei und der Lieferwagen vom Markt kommt erst um fünf. Eigentlich könnten wir zusammen etwas unternehmen."

„Und Brigid? Können wir sie alleinlassen?"

„Warum nicht, Poppy? Wahrscheinlich braucht sie nur Ruhe und Abstand."

„Ich weiß nicht ... Das mit dem Ausflug ist eine schöne Idee, aber mit dieser ungeklärten Geschichte im Nacken fehlt mir die Leichtigkeit.“

„Was ist mit Keath? Gibt es Neuigkeiten?“, fragte Barney.

Poppy bemerkte, wie Bruce mit den Fingern auf den Tisch trommelte. Er stand auf und ging zum Fenster, so dass sie sein Gesicht nicht sehen konnte. Warum war er so unruhig?

Sie antwortete: „Der Inspektor wollte später anrufen. Er schien sehr unter Druck zu sein.“

„Das kann ich mir vorstellen.“ Bruce kam vom Fenster zurück. „Wenn er keinen neuen Ansatzpunkt hat ...“

„Einen könnte es geben.“ Alle drehten sich zu Poppy um. „Gestern Nacht, zur Geisterstunde, haben wir eine *Séance* veranstaltet. Ich fand es eher skurril, ausgestreckt auf der Chaiselongue, mit den *Brothers* und Barney um mich herum ...“

Bruce sah sie an. Er wirkte plötzlich sehr konzentriert. „Tatsächlich? Und was kam dabei heraus?“ Er setzte sich wieder an den Tisch.

Poppy verschränkte die Arme hinter dem Kopf und streckte sich. „Ein Lied.“

„Ein Lied?“

„Genau, Bruce. Ein Lobgesang auf Micahs Freundinnen. Nichts Neues, aber am Ende ...“

„Spann uns nicht auf die Folter.“

„... war da ein Name mehr, als auf Keaths Liste stand. Nancy.“

„Nancy und wie weiter?“

„Nichts weiter, Bruce. Nur ein Vorname.“

„Nancys gibt es wie Sand am Meer.“

„Peter Hammett hatte dafür einen hübschen Vergleich. Aber es gibt noch etwas: Die Lieblingsfarbe der Dame scheint Blau zu sein. *Nancy Blue, this time it's true*, lautete die letzte Liedzeile. Was fällt euch dazu ein?“

„Micah schien es diesmal richtig gepackt zu haben“, antwortete Barney. „Es ist die Richtige. Er war angekommen. Vielleicht wollte er zu ihr ziehen, zur Dame in Blau?“

„Ausgezeichnet, mein lieber Watson“, lobte ihn Poppy.

„Es ist die letzte Liedzeile, und seine Worte drücken Entschlossenheit aus.“

Pat stand auf, ging zum Kühlschrank und holte eine Flasche Tonic-Water heraus.

„Ist es nicht etwas früh für den ersten Gin?“

„Spar dir deinen Spott, Bruce. Es geht auch ohne Alkohol. Nur ein Stückchen Gurke ...“

Pat schnitt zwei dünne Scheiben von einer leicht verschrumpelten Biogurke, gab sie in ein hohes Glas und übergoss sie mit Tonic. Sie nippte an dem Drink.

„Ich muss nachdenken. Das bittere Zeug hilft mir dabei.“ Sie legte noch zwei Eiswürfel dazu und rührte um. *„Lady in Blue,* das erinnert mich an etwas. – Ich bin gleich wieder da!“

Pat verließ die Küche, kam kurz darauf mit einem Flyer in der Hand zurück und ließ ihn auf den Tisch segeln.

„Voilà! Der Prospekt lag sogar an unserer Rezeption aus.“

Drei Hände griffen danach, aber Poppy schnappte sich das Blatt als Erste.

„Alles in Blau! Das Papier, die Schrift, sogar das Kleid der Frau. Ihre dunklen Locken nicht, aber dafür das Haarband."

„Das ist Nancy Drake", erklärte Pat. „Sie schreibt Romane, kann aber nur so mit Ach und Krach von ihren Büchern leben. Deshalb gibt sie Schreibkurse. Alle Welt will heute Autor sein. Scheint gut zu laufen, wir hatten auch schon Schreibschüler von ihr hier."

Poppy drehte den Prospekt um. Auf der Rückseite war ein Cottage abgebildet, blau gestrichen, mit einem hellgrauen Dach. „Ein Aquarell, sehr gelungen. Sogar der Garten ist blau. Sieht nach Lavendel aus, und direkt dahinter das Meer."

Pat nickte. „Das Haus liegt nicht weit von hier, auf dem Felsen über Praa Sands, in Richtung Penzance."

Poppy betrachtete nochmal die Vorderseite. „Auf was warten wir dann noch? Das muss Micahs Nancy sein, sie passt gut in sein Beuteschema, sehr attraktiv, etwas älter als er ..."

Sie faltete den Flyer zusammen und steckte ihn in die Tasche ihrer Jeans. „Wir fahren hin. Dann haben wir unseren Ausflug und kommen hoffentlich Keath zuvor."

Pat stürzte den Rest ihres Tonics herunter. „Wo ist eigentlich Bruce?"

Poppy sah Barney fragend an, der zuckte nur die Schultern und stand auf.

„Ich sage dem Inspektor Bescheid." Poppy wählte Edwards Mobilnummer. Sie sprach die Adresse von Nancy Drake auf die Mailbox und folgte den anderen in die Halle.

Ihr plötzlicher Aufbruch erregte die Aufmerksamkeit der *Brothers*, die eine Pause vom Kartenspielen machten.

Bevor Poppy eingreifen konnte, erzählte Barney ihnen von der Entdeckung.

„Wir kommen mit", sagte Trelawney sofort.

„Warum? Das ist nicht nötig", wehrte Poppy ab. „Womöglich erschrickt die Dame, wenn wir in Regimentsstärke bei ihr auftauchen."

Trelawney sah die anderen fragend an. Die drei nickten. „Es ist nur ... Wir haben versäumt, Ihnen zu sagen ..."

„Was heißt das? Wissen Sie, wo Keath ist?"

„Das nicht. Aber über ein Detail haben wir noch nicht gesprochen." Trelawney schaute nach unten und kickte einen imaginären Kieselstein über den Boden. „Keath hat vermutlich die eine Hälfte der Urkunde bei sich."

„Was? Und das sagen Sie erst jetzt?"

„Er hat sie schon länger in Verwahrung, schließlich ist er der Schatzmeister unserer Bruderschaft. Er sagte, sie sei in seinem Tresor am besten aufgehoben", versuchte sich Trelawney zu verteidigen. „Aber an dem Nachmittag, als wir ihn das letzte Mal gesehen haben, zog er sie plötzlich aus der Tasche. Er meinte, er wolle sie zu einem Konservator geben ... Aber jetzt, nach seinem Alleingang ..."

„Das war einer der Gründe, warum wir uns gestritten haben", ergänzte Hammett. „Wir sagten, er solle die Finger von dem Ding lassen, und forderten ihn auf, das Dokument der Bank oder einem Notar zur

Verwahrung zu geben. Aber er lachte uns nur ins Gesicht. Alte Memmen nannte er uns.“

„Damit rücken Sie erst jetzt raus? Sie haben vielleicht Nerven.“

„Vielleicht ist diese Nancy Drake tatsächlich in Gefahr.“ Trelawney war jetzt sehr ernst. „Wir wollen nur helfen, Mrs Dayton.“

„Trotz allem stehen Sie Keath immer noch bei, verschleiern ein Verbrechen und riskieren damit das nächste.“ Poppy knirschte mit den Zähnen. „Verstärkung wäre nicht schlecht. Aber wenn Sie mitkommen, müssen Sie sich endgültig für eine Seite entscheiden.“

Trelawney nickte und rief Trent Cardy zu: „Hol den Autoschlüssel, schnell!“

Bruce tauchte vom anderen Ende der Halle auf.

„Wo warst du denn?“, fragte ihn Pat. „Wir fahren zu Nancy Drake.“

„Ist ja gut, man wird ja mal aufs Klo dürfen. Das mit dem Auto wird einen Moment dauern, ich muss noch die Fischkisten ausladen. Neben denen möchtet ihr nicht sitzen.“

„Dazu fehlt uns die Zeit“, lehnte Poppy ab. „Wir nehmen den Morris und die *Brothers* haben ihren Rover.“

Kapitel 30

„Wir bleiben auf der Schnellstraße, dann sind wir in zwanzig Minuten da."

Poppy dirigierte Barney in Richtung Porthleven. Diesmal bogen sie an der Flugzeugbasis nicht nach rechts ab, sondern fuhren weiter nach Westen, mit dem Landrover auf den Fersen.

Immer, wenn Barney besonders energisch aufs Gas trat, schaute Torry mahnend zu ihm hinüber.

„Er mag das nicht, wenn du so rast ...", rief Poppy gegen den Fahrtwind an.

„Eben sagtest du noch, wir müssen uns beeilen."

„Ich weiß ... Ich habe kein gutes Gefühl."

Bevor sie gestartet waren, hatte sie vergeblich versucht, Nancy Drake über die Telefonnummer zu erreichen, die auf dem Flyer stand. Es war ein Festnetzanschluss, ein Handy war nicht vermerkt.

Poppy versuchte, ihre zerzausten Haare zu bändigen. Im Schminkspiegel sah sie Pat und Bruce, die sich die Rückbank teilten, stumm, die Augen hinter Sonnenbrillen versteckt. Selbst in dem kleinen Wagen schafften sie es, auf Abstand zu bleiben. Pat hielt das Gesicht in die Sonne, Bruce hielt die Hände im Schoß gefaltet.

Poppy klappte die Sonnenblende wieder hoch.

Bei Germoe verließen sie die Schnellstraße und bogen nach Süden ab. Sofort reduzierten sich Lärm und Fahrtwind.

Aus den gepflegten Gärten weitläufiger Villen wehte das Aroma von frisch gemähtem Gras herüber. Sie umrundeten eine Anhebung.

„Da vorne liegt Pengersick Castle." Pat erwachte aus ihrer Starre. „Phoebe und Hazel, zwei Freundinnen von uns, betreiben das Schloss. Sie haben sich auf Hochzeitsfeiern spezialisiert und sind sehr erfolgreich damit."

Bruce schien die Bemerkung auf sich zu beziehen. „Mehr als eine Nacht hält es keiner aus in dem alten Gemäuer", grunzte er.

Das von Zinnen gekrönte Steinhaus und der dazu passende trutzige Turm wirkten fremd in der lieblichen Landschaft.

„Sieht mittelalterlich aus", stellte Poppy fest.

„Ist es auch, und zwar durch und durch", erklärte Bruce. „Es gibt sogar ein Gespenst. John Milliton, der Erbauer, spukt dort. Der Legende nach soll er versucht haben, seine Frau zu vergiften, aber die hatte zuvor die Kelche vertauscht, und am Ende war der Teufel glücklich, sie beide in der Hölle begrüßen zu dürfen."

„Und weil es nicht leicht ist, ein riesiges um 1500 gebautes Castle gemütlich zu halten, wurden nur ein paar Festsäle und ein Schlafzimmer im Stil von Henry VIII. hergerichtet", sagte Pat. „Wir müssen Phoebe mal wieder einladen."

„Von mir aus gerne. Sich über unterschiedliche Konzepte auszutauschen, ist immer interessant", stimmte Bruce zu, auch wenn er nicht danach klang.

Im Schatten des Schlosses lag ein wenig ansehnlicher Holiday Park, aber dahinter öffnete sich die Landschaft, und sie näherten sich der Bucht von Praa Sands. Der Ort bestand aus drei Straßen, die parallel zur Küste verliefen. Zierliche Cottages und Fischerhütten bildeten die erste Reihe zum Ufer.

„Folge den Schildern zur Sandbar", gab Pat die Richtung vor.

Flugsand bedeckte die Straße, Barney fuhr jetzt sehr langsam. Der harzige Geruch überfahrener Kiefernzapfen mischte sich in die Meeresbrise.

„Das letzte Gebäude ist es." Pat tippte Barney an. „Danach geht es nach rechts."

Er fuhr langsam an dem flachen, verschachtelten Komplex aus Hütten und Schuppen vorbei. Alles war frisch gestrichen in Gelb, Blau und Weiß. Parallel zu einer hohen türkisfarbenen Mauer führte eine Treppe zum Strand hinunter. Der Platz wirkte leer und verlassen.

„Am Wochenende sieht es hier anders aus", sagte Bruce. „Die Bar scheint geschlossen zu sein."

Torry streckte den Hals und wurde unruhig. „Halt mal kurz an. Ich glaube, Torry muss mal raus." Poppy öffnete die Autotür. Sofort sprang er in den Sand, schnüffelte über den Boden und verschwand hinter einer Hecke. Poppy stieg aus und rief nach ihm.

„Es riecht nach Strandspaziergang, das ist mir klar, mein Freund. Müssen wir leider auf später verschieben." Sie hob ihn zurück in den Morris und blieb noch einen Augenblick stehen.

„Ich könnte mir vorstellen, dass Micah diesen Ort besonders geliebt hat. Die Atmosphäre ist wild und leicht, irgendwie kalifornisch. Die bunten Hütten mit den lässigen Terrassen, die weite Bucht, die langen Wellen ... Ein Paradies für Surfer."

„Und ein kuscheliges Domizil gleich nebenan." Pat zeigte nach oben.

Auf einem grünen Plateau, hoch über der felsigen Bucht, lag das blaue Haus aus dem Prospekt.

„Nancy Drake hat es von ihrem Onkel geerbt, der war Sterngucker, eine Art Hobby-Astronom, der sogar eine Kolumne in der Zeitung hatte", sagte Pat. „Ich war dort, kurz nachdem Nancy es vor zwei Jahren übernommen hat. Sie hatte mich eingeladen, um mir ihr Konzept zu erklären. Damals sah es noch nicht so hübsch aus. Es war grau, der Putz blätterte ab, und der Garten war ein einziges Desaster. Drinnen war es nicht viel besser. Überall standen Fernrohre, jede freie Fläche war mit Bücherstapeln und Aufzeichnungen zugepflastert. Es roch nach Altmännerhaushalt. Aber die Substanz schien in Ordnung und das Dach war dicht. Nancy verfügte über Fantasie und Power und setzte ihre Pläne um. Nur kam es wie immer: Am Ende gingen die Kosten durch die Decke, und ich glaube, sie knapst ziemlich an ihren Schulden."

„Dann geht's ihr ja wie uns."

„Kann sein, Bruce, aber im Gegensatz zu uns ist sie auf sich allein gestellt."

„Vielleicht nur, bis sie Micah traf?"

„Fahren wir hoch und fragen sie!"

„Können wir nicht zu Fuß gehen?" fragte Barney. „Der Küstenwanderweg scheint fast am Haus vorbeizuführen." Tatsächlich ließ sich der schmale Pfad in der baumlosen Klippenzone gut verfolgen.

„Im Prinzip ja, aber das dauert zu lange und ist ganz schön anstrengend." Bruce machte keine Anstalten, auszusteigen.

„Warum bist du heute bloß so griesgrämig?", fuhr Pat ihn an.

Poppy hatte genug von ihrer Gereiztheit. „Hört endlich auf mit eurem Gemecker." Sie stieg wieder ein. „Schluss damit. Wir fahren. Es stimmt, wir haben keine Zeit zu verlieren."

Die *Brothers*, die nicht ausgestiegen waren, starteten den Landrover.

Obwohl das blaue Haus zum Greifen nahe schien, war die Strecke dahin kompliziert. Sie mussten zurück in den Ort, dann am Ferienlager vorbei nach Norden, um im weiten Bogen auf der Pentreath Lane wieder zum Felsplateau zu kommen. Der Schotterweg wurde von buschigen Knicks aus Wildrosen und sattgrünen Wiesen begrenzt.

Eine Schäferin trieb ihre Herde über die Straße. Barney stoppte. Der Hütehund blieb vor dem Auto stehen; er und Torry lieferten sich ein Bellduell.

Poppy merkte, dass Barney auf seine Uhr sah. „Auf euren Straßen darf man nicht ungeduldig sein."

Pat nickte. „Im Gegenteil. Wenn du das einmal eingesehen hast, wirken sie ausgesprochen beruhigend und entschleunigend."

Barney fuhr weiter, bis der Weg in einem rechteckigen gemähten Rasenstück aufging.

Blue Cottage Parking stand auf einem hölzernen Schild.

Der Landrover bog neben ihnen ein.

Poppy ging voraus, und alle folgten ihr im Gänsemarsch auf dem schmalen Pfad, der zwischen Azaleen und Ligusterbüschen zum Haus führte. Über ihren Köpfen kreisten Möwen und Seeschwalben, die in den zahlreichen Klippenhöhlen nisteten.

Torry hielt sich dicht an seine Herrin.

Der Weg endete an einer Gartentür.

„Blau gestrichen." Poppy lachte und drückte die Klinke. Das Schloss war verriegelt, und es war keine Klingel auszumachen. Pat rief Nancys Namen, aber das Haus lag zu weit entfernt, und ihre Stimme wurde vom Möwengeschrei übertönt.

Kurz entschlossen griff Poppy über den Zaun, hob den rostigen Haken an – und zuckte zurück. Verdutzt betrachtete sie ihr zerkratztes Handgelenk.

Barney pustete auf die Schürfwunde und knotete behutsam sein Taschentuch darum.

„Meine liebe Frau bewegt sich wieder jenseits der Legalität. Sie bricht ein und hinterlässt dabei auch noch verwertbare DNA-Spuren." Er grinste.

„Danke, es geht schon." Poppy hatte den Zwischenfall bereits vergessen und marschierte auf das Haus zu.

„Alles Blau, unglaublich", staunte Pat. „Auf den Abbildungen sah es nach Lavendel aus. Aber hier blühen auch Salbei, Glockenblumen, Basilikum und Katzenminze. Als ich das letzte Mal hier war stand das Unkraut hüfthoch." Sie stoppte. „Nur das passt nicht dazu, zumindest farblich."

Am Stamm einer vom Wind krummgeblasenen Kiefer lehnte ein Fahrrad. Ein knallrotes, neues Rennrad. Torry beschnüffelte es interessiert. Pat sah es sich genauer an. „Das gehört Micah!"

Poppy nickte. „Stimmt, ich habe ihn damit gesehen, am ersten Tag, als wir uns kennenlernten." Bei der Erinnerung musste sie schlucken.

„Dann liegen wir hier ja goldrichtig", stellte Barney trocken fest.

Sie standen vor der Haustür.

Ein schwerer bronzener Türklopfer unterbrach das dominierende Blau, eine Klingel war nicht zu entdecken.

„Ich glaube nicht, dass jemand da ist." Trotzdem betätigte Poppy den Messingring. Der Klang war unüberhörbar. Es tat sich nichts.

„Was jetzt?", fragte Pat.

Poppy zuckte die Schultern. „Ich glaube, es hat wenig Sinn, hier zu warten. Wer weiß, wann Nancy auftaucht. – Hat jemand Zettel und Stift dabei?"

Barney holte sein ledergebundenes Notizbuch aus dem Jackett, blätterte nach hinten und trennte bedächtig eine Seite heraus. Er öffnete den dazu passenden Drehbleistift. Mit gespielt ergebenem Ausdruck fragte er Poppy: „Was darf ich notieren?"

„Du bekommst ein neues von mir, spätestens zu Neujahr", tröstete sie ihn. „Ich weiß nicht ... Micah will ich nicht einfach so erwähnen. Schreib am besten: Wir haben vergeblich versucht, dich zu erreichen. Bitte ruf mich in einer persönlichen Angelegenheit zurück. Und dann Pats Name und Handynummer, einverstanden? Sie kennt dich ja."

„Gute Idee. Das schreibe ich selber." Pat nahm Barney Blatt und Stift aus der Hand, notierte alles und wollte den Zettel durch den Briefschlitz werfen. Sie fuhr erschrocken zurück. „Da drin bewegt sich was."

„Lass mich mal." Poppy schob sie zur Seite und öffnete die Messingklappe. Sie überblickte den Teil des Flures, der in das sonnendurchflutete Wohnzimmer führte. Dort ragte die Ecke eines Sofas vor, und darauf

...

Sie drehte sich zu den anderen um. „Eine Tigerkatze, die auch nicht ins Farbschema passt."

Sie spähte wieder durch den Schlitz. Das zierliche Tier kauerte auf der Sofakante. „Wer bist du denn?", fragte sie leise. „Dich lässt man alleine?" Poppys Stimme schien eine beruhigende Wirkung zu entfalten. Die Katze sprang vom Sofa und schlich durch den Flur auf die Tür zu. Torry musste etwas gerochen haben. Er sprang an der Tür hoch und versuchte, den Schlitz zu erreichen. Sein Kläffen verscheuchte das Tier sofort.

„Aus, Torry! Das ist nicht nett vor dir. Wir sind hier zu Gast!"

„Nicht mal das, Poppy." Barney schüttelte den Kopf. „Wirf den Zettel durch, und dann fahren wir zurück. Obwohl es sich hier gut aushalten lässt." Er zeigte auf eine Gruppe bequemer Stühle mit kleinen Klapptischen an der Seite, die in einer windgeschützten Senke mit Blick aufs Meer standen. „Hier scheinen die Schreibkurse stattzufinden."

Torry fand ein neues Ziel statt der unerreichbaren Katze. Er beäugte ein Kaninchen, das sich zwischen den Stuhlbeinen versteckt hatte. Bevor Poppy eingreifen konnte, raste er los und warf dabei einen der Stühle um.

„Zum Glück ist nichts kaputt gegangen", stellte sie fest und versuchte, den vorherigen Zustand wiederherzustellen.

Torry trottete zu Poppy und ließ die Ohren hängen. „Hat nicht geklappt, was? Hast du auch nicht verdient. Ein Garten ist nicht zum Jagen da. – Du hast recht, Barney. Lass uns gehen. Uneingeladen haben wir hier nichts mehr verloren."

Kapitel 31

Am Parkplatz hielt Poppy die anderen auf. „Stopp. Keinen Schritt weiter. Schaut euch das mal an."

Dr. Trelawney bückte sich und strich mit der Hand über die Halme. „Spuren. Das Gras ist frisch eingedrückt."

„War jemand hier, als wir oben am Haus standen?", fragte Peter Hammett verschreckt.

„So muss es sein", sagte Poppy. „Von hier aus ist es nicht zu sehen, die Büsche sind auf dieser Seite zu hoch. Und zu hören ist auch nicht unbedingt etwas auf die Entfernung."

„Das gefällt mir nicht. Nancy? Oder der Briefträger?"

„Ich glaube nicht, Pat. Die wären nach oben gekommen. Wer dann?"

Poppy spürte, dass es keiner aussprechen wollte.

Sie ging die Reifenspur ab, und Torry kam hinterher, die Nase über dem Boden. „Sie verläuft in einem Bogen. Der Fahrer sah wahrscheinlich unsere Autos stehen und drehte um. Der Postbote ..."

„... hätte sich davon nicht abschrecken lassen", ergänzte Trelawney nachdenklich.

Poppy nickte. „Wir können das nicht auf sich beruhen lassen, wir müssen es dem Inspektor sagen. Nancy Drake muss unter Schutz gestellt werden. Nur können wir unmöglich abwechselnd Wache halten."

Sie bestiegen die Fahrzeuge.

Poppy versuchte es sofort auf dem Handy, aber der Empfang war nicht ausreichend.

Zurück auf der Schnellstraße hatte sie Netz. Wieder erreichte sie nur die Polizeistation.

„Der Inspektor ist immer noch in Bristol und wird vor dem Abend nicht zurückerwartet."

Poppy schilderte dem Konstabler die Situation.

„Ich verstehe Ihre Besorgnis, Mrs Dayton. Leider kann ich selbst nicht über einen Personenschutz entscheiden. Ich verspreche Ihnen, weiter hinter dem Inspektor her zu sein und melde mich, sobald ich etwas erreicht habe."

„Danke." Unzufrieden stopfte Poppy das Handy in die Tasche.

Der Himmel hatte sich zugezogen, und die ersten dicken Tropfen klatschten auf die Windschutzscheibe des Morris.

Barney hielt am Straßenrand, stieg aus, klappte schnell und routiniert das Verdeck hoch und verriegelte es. Die *Brothers* winkten und fuhren vorbei.

Bald regnete es in Strömen, und die Scheibenwischer plagten sich quietschend über die Frontscheibe. Im beengten Innenraum des Morris wurde es stickig. Eine Unterhaltung kam nicht in Gang, und Poppy war erleichtert, als sie Wythcombe erreichten.

Barney stoppte vor dem Portal. Poppy, Pat und Bruce stiegen aus, duckten sich unter dem Schauer und liefen auf den Eingang zu.

Barney fuhr weiter, nachdem Torry keine Anstalten machte, seiner Herrin zu folgen. „Na, alter Freund, du bleibst wohl lieber bei mir im Trockenen? Leider kommt das dicke Ende noch. Vom Parkplatz bis zum Haus ist es viel weiter. Aber du weißt, ein Gentleman denkt mit."

Er stellte das Auto ab, stieg aus, holte einen Regenschirm aus dem Kofferraum, spannte ihn auf, und dicht beieinander liefen Herr und Hund zum Haus.

Die *Brothers* wollten eine weitere Partie Bridge beginnen. Die vier Freunde trafen sich in der Küche.

Auf dem Tisch lag eine Notiz.

Poppy las vor: „*Ich mache einen Spaziergang und bin gegen 16 Uhr zurück. Wenn mich jemand sprechen will, bin ich mobil erreichbar. Herzliche Grüße und danke für die liebevolle Betreuung, Brigid.*" Sie ließ den Zettel sinken. „Kann man daraus schließen, dass es ihr besser geht?"

„Man kann", sagte Barney, „dank dir."

„Wollt ihr einen Tee?" Pat stellte den Wasserkessel auf den Herd. „Earl Grey mit viel Kandis?" Alle stimmten zu und setzten sich an den Tisch.

„Wo sind denn die Macarons, die ihr uns aus London mitgebracht habt?", fragte Bruce und fand die Schachtel im Schrank. „Zur Feier des Tages." Er machte immer noch einen unwirschen Eindruck, schien aber einen positiven Beitrag leisten zu wollen.

„Was gibt es denn zu feiern?" Das Signal kam bei Pat offenbar nicht an. Sie verteilte den Tee. „Wir haben Nancy nicht getroffen, und Keath schwirrt weiter da draußen herum …"

Poppy gab einen dicken Brocken Kandis in die Tasse und versuchte, ihn klein zu rühren. Dabei blieb ihr Blick am provisorischen Hand-Verband hängen.

Sie knotete das Taschentuch auf.

„Der Kratzer ist kaum noch zu sehen", bemerkte Barney.

Poppy stutzte. „Mein Armband auch nicht."

„Dein Armband?“

„Ja, Barney, das feine mit den Rohdiamanten, dein Verlobungsgeschenk.“

„Bist du sicher, dass du es heute getragen hast?“

„Absolut. Ich schau trotzdem mal …“ Sie lief nach oben. Auf dem Nachttisch lagen ein Amethystring und ein goldener Armreif, aber nicht das Armband.

Poppy dachte nach, und zurück in der Küche hatte sie einen Entschluss gefasst.

„Ich muss ihn verloren haben, als ich das Gartentor entriegelt und mich dabei geratscht habe. Barney, gibst du mir den Autoschlüssel?“

Reflexartig warf er ihr den Bund zu, schien das aber gleich zu bereuen. „Du willst doch nicht nochmal hinfahren?“

„Allein?“, fragte Pat.

„Warum nicht? Ich bin gleich zurück.“

Torry registrierte die Aktivität seiner Herrin und wedelte erwartungsvoll mit dem Schwanz.

Poppy beugte sich zu ihm hinunter und tätschelte seinen Kopf. „Nein, diesmal bleibst du hier. Du hast die Katze genug verschreckt.“ Um die Diskussion nicht zu verlängern, winkte Poppy in die Runde, drehte sich um und verschwand.

Als sie hinter dem Steuer saß, atmete sie auf. Poppy dachte an die drei Gesichter am Küchentisch und kicherte in sich hinein.

Der Abgang war gelungen, und sie freute sich auf die Solo-Aktion.

Sie brauchte keine halbe Stunde bis Praa Sands und parkte den Morris an der Bar. Es war immer noch diesig, aber der Regen hatte aufgehört, und gleißende Strahlenbündel brachen durch die Wolkenlücken.

Poppy nahm sich vor, auf dem Rückweg an den Strand zu gehen, auf den Spuren von Micah. Aber zuerst wollte sie den Fußweg vom Strand hinauf zum Blue Cottage nehmen.

Der *South West Coastal Path* wies viele spektakuläre Abschnitte auf. Die Wege entlang der Strände und auf den Plateaus der Hochufer waren atemberaubend. Aber der eigentliche Zauber lag dazwischen, an den Auf- und Abstiegen. An jeder Kurve der steilen Pfade boten sich neue, überraschende Ausblicke, die man am besten genießen konnte, wenn man schwindelfrei war.

„Nur wo ist der Einstieg?", fragte sich Poppy.

Der Strand endete in einem Feld von Bouldern, die mannshoch und unüberwindbar am Fuß der Felsen verstreut lagen. Sie tastete nach dem Smartphone, um auf der digitalen Karte nachzusehen. Sie fand es nicht.

„Es liegt auf dem Küchentisch im Manor", stöhnte sie. „Das habe ich nun von meinem abrupten Aufbruch."

Sie stapfte an der Flutlinie zur Bar zurück. Die war nach wie vor geschlossen, und es gab niemanden, den sie hätte fragen können.

Mit zusammengekniffenen Augen musterte sie den Abhang. „Dann eben andersherum."

Sie verfolgte den Verlauf des Weges vom Plateau nach unten, bis er hinter einer Gruppe von Strandhäusern verschwand. Die Siedlung wirkte verlassen. Poppy schwang sich über die heruntergelassene Schranke, und hinter einem abgestellten Wohnmobil entdeckte sie den Beginn.

Sie durchquerte eine Baumgruppe, die der Wind dicht an den Hang gepresst hatte. Je höher sie kletterte, desto intensiver spürte sie den Luftstrom, der vom Meer die Felsen heraufzog. Er trocknete ihren Schweiß, und je höher sie kam, desto leichter und freier fühlte sie sich. Es tat ihr gut, allein zu sein.

Oben auf der Felskante legte sie eine Verschnaufpause ein.

Sie genoss den Ausblick über Praa Sands. Die langgezogene Dünung rollte langsam in die Bucht, bis sich die Wellen brachen. Dunst stieg aus der Gischt auf und legte sich wie ein weißer Schleier über den Strand.

In der anderen Richtung ragte das Plateau auf.

Poppy blickte nach Westen, wo sich der *Coastal Path* schier endlos an der Felskante entlangschlängelte. Das Blue Cottage musste ein Stück landeinwärts liegen, überlegte Poppy.

Nach weiteren hundert Metern zweigte ein Hohlweg von der Hauptroute ab. Er führte nach Norden durch eine Felskluft, in deren Schutz Flieder blühte. Hinter den Büschen entdeckte Poppy das Cottage.

Sie kam auf dem Parkplatz an. Diesmal war er nicht leer.

Ein lavendelblauer 2CV stand direkt neben dem Aufgang zum Haus.

„Sieh mal an", dachte Poppy, „dann hat sich mein Ausflug doppelt gelohnt."

Das Gartentor war angelehnt.

Poppy öffnete es und tastete den Boden unter dem Zaunpfosten ab. Außer Piniennadeln und einer runzligen abgeblühten Mohnkapsel fiel ihr nichts in die Hände.

Kapitel 32

„Suchen Sie das hier?“

Erschrocken fuhr Poppy hoch.

Eine hochgewachsene, schlanke Frau kam den Weg herunter.

Sie trug ein blaues Leinenkleid, dessen Schnitt ihre Größe und die sehr weibliche Figur gut zur Geltung brachte. Die dunklen Haare wurden durch ein Band zusammengehalten, aber einige Korkenzieherlöckchen hatten sich selbstständig gemacht und fielen ihr in die Stirn. In der Hand hielt sie etwas, das Poppy sofort an seinem unverwechselbaren Glitzern erkannte.

„Mein Armband! Vielen Dank!“

Die Frau zog die Hand zurück. „Ich habe es am Gartentor gefunden. Ein schönes Stück, ich frage mich bloß, wie es dort gelandet ist.“

Poppy spürte, wie ihr warm wurde. „Entschuldigen Sie. Darf ich mich vorstellen? Poppy Dayton.“ Sie ließ die Arme hängen.

„Nancy Drake, freut mich. Aber das beantwortet nicht meine Frage.“

„Entschuldigen Sie. Ich ... wir ... wollten Sie aufsuchen.“

„Und da haben Sie einfach das verschlossene Tor ...“

„Wir wollten nicht einbrechen, wirklich nicht. Aber wir mussten Sie unbedingt erreichen.“

„Was Sie jetzt ja geschafft haben. Außerdem habe ich die Nachricht von Lady Wythcombe gefunden. Waren Sie zusammen hier?“ Nancy Drake kam näher, drückte Poppy das Armband in die Hand und sah sie an.

Poppy gefiel das spöttische Funkeln der tiefblauen Augen sofort. Sie nickte.

„Was gibt es denn so Dringendes?“

Poppy schaute zurück in Richtung Parkplatz. „Können wir das in Ruhe besprechen?“

„Sie wirken gehetzt auf mich, Mrs Dayton. Werden Sie verfolgt?“

„Nein, aber Sie vielleicht.“

„Ich? Wohl kaum. Kommen Sie erstmal ins Haus. Sie werden mir doch nicht gleich auf den Kopf hauen?“

„Ich habe extra meinen Hund zu Hause gelassen. Ihre Katze hat er vorhin total erschreckt.“

„Sie erschrecken mich. Waren Sie etwa im Haus?“

„Nein, ich habe nur durch den Briefschlitz geschaut.“

„Sie scheinen wirklich hartnäckig zu sein.“

Nancy Drake ging vor. Sie war barfuß und hatte einen sicheren Tritt, wie jemand, der viel in der Natur war, dachte Poppy. Vor der Tür blickte sie sich nochmal um. Es war niemand zu sehen.

„Ziehen Sie sich die Schuhe aus“, wurde sie am Eingang gebeten. Poppy streifte ihre Sneakers ab. „Gerne. Ich gehe auch am liebsten barfuß.“

Poppy betrat den Flur. Waren der Garten und das Cottage von außen von Blau geprägt, sah es drinnen anders aus. Weiß getünchte Wände, weiße Vorhänge und naturfarbene, aus Schafwolle grob gewebte Teppiche dominierten, die hellen Flächen wurden nur unterbrochen von dunklen Möbeln, schönen antiken Stücken aus Mahagoni, Walnuss und Kirschbaum. Die Bilder in einfachen unlackierten Holzrahmen waren Aquarelle, die Motive typische Landschaften aus der Region und immer wieder Himmel und Strand.

„Kommen Sie zu mir in die Küche, dann können wir besser sprechen. – Lilly!" Das galt offensichtlich der Katze. Die saß diesmal unter dem Sofa und ließ nur die Nasenspitze erblicken. Poppy kam näher, und sie verschwand.

„Wahrscheinlich erinnert sie sich an meine bellende Begleitung."

„Sie ist misstrauisch. Ich habe sie am Strand aufgelesen. Eins von den Tieren, die einfach ausgesetzt wurden."

„Dann hat sie was mit meinem Hund gemeinsam." Poppy erzählte ihr von Torry und den dramatischen Umständen seiner Rettung.

„Sie haben Mut, Mrs Dayton. Setzen Sie sich auf die Bank. Ist Kaffee in Ordnung?"

„Sehr gerne. Eine Abwechslung von dem vielen Tee wäre schön."

„Guten Kaffee zuzubereiten fällt mir leichter. Meine Mutter hat mir das beigebracht. Sie ist Französin."

„Das sieht man", rutschte es Poppy heraus. „Entschuldigung."

„Ich werte das als Kompliment."

Poppy sah sich um. Die alte Küche des Cottage war weitgehend erhalten geblieben, mit nur wenigen Konzessionen an die Moderne: Ein Gasherd und eine Kühleinheit flankierten die alte Feuerstelle.

Auf dem Eichenbüfett gegenüber stand ein Bild, darunter lag eine Rose, dunkelrot, fast schwarz.

Das Foto zeigte Micah. Es war kein gestelltes Portrait, sondern aus der Bewegung heraus fotografiert. Micah mit seinem unverwechselbaren Lachen, den Blick auf den Fotografen gerichtet. Oder die Fotografin.

Poppy räusperte sich. „Micah. Er hat uns zusammengeführt, Mrs Drake.“

Nancy ließ den kupfernen Kessel auf das Gitter des Herds fallen. Wasser schwappte heraus und löschte das Feuer. Ohne Poppy anzusehen, zündete sie die Gasflamme wieder an.

Poppy stand auf und ging zu ihr. Sie berührte sie am Arm, aber Nancy zog ihn weg.

„Verzeihen Sie, dass ich Sie in diese Situation gebracht habe, manchmal sind meine Worte schneller als meine Gedanken. Zunächst möchte ich Ihnen mein tief empfundenes Beileid aussprechen.“

Sie setzte sich wieder auf die Bank. „Ich habe Micah erst vor ein paar Tagen kennengelernt. Mein Mann und ich machen Urlaub auf Wythcombe Manor. Pat und Bruce sind alte Freunde. Ich habe ihnen ein wenig bei ihrem Hotelbetrieb geholfen. Und auch Micah war eine große Unterstützung, als Wanderführer. Und als Mensch. Ich habe ihn sehr geschätzt. Bis er ...“

Poppy versuchte, den Kloß im Hals herunterzuschlucken, aber es gelang ihr nicht. Stattdessen quollen ihr Tränen aus den Augen. Plötzlich brach sich etwas Bahn, was sie die gesamte Zeit über verdrängt hatte. Sie schluchzte hemmungslos.

Nancy ließ den Kessel stehen, kam zu Poppy und legte den Arm um sie. Auch sie weinte. Plötzlich schien jede Distanz verschwunden.

„Du bist das?“, fragte sie mit leiser Stimme. „Micah hat mir erzählt von einer Frau, aus London, aber gar nicht arrogant wie die Städterinnen sonst. Sie brächte die wenig lebenstüchtigen Wythcombes in Schwung. Er schwärmte dermaßen von dir, dass ich eifersüchtig wurde."

„Hast du ein Taschentuch? Ein Stück Küchenrolle tut's auch." Poppy putzte sich geräuschvoll die Nase und versuchte ein Lächeln zustande zu bringen.

„Nancy – darf ich Nancy sagen? Verzeih mir, wenn ich schon wieder taktlos bin: Wie ein eifersüchtiges Heimchen am Herd siehst du nicht aus. Dir war bestimmt klar, dass Micah alle Frauenherzen zuflogen, und es schwer ist, ihn für dich allein zu haben."

„O ja. Aber bei mir war es anders. Wir kennen ... wir kannten uns erst seit zwei Monaten. Sein Ruf war mir nicht verborgen geblieben, und ich zögerte, auf sein Werben einzugehen. Er selbst schien sich total sicher zu sein. Ich dachte zuerst, das gehöre zu seiner Masche. Aber dann wollte er, dass wir zusammenziehen. Jedes Mal, wenn er zu mir kam, brachte er etwas mit. Persönliche Gegenstände, Werkzeug, ein Fahrrad ..."

„Auch Bücher?"

„Ja, Bücher auch. Warum fragst du?"

Poppy seufzte. „Das ist eine längere Geschichte, fürchte ich."

„Dann steuere ich den Proviant dazu bei." Nancy öffnete die Ofenklappe und holte eine flache Backform heraus. „*Voilà – Tarte au Citron.*"

„Auch ein Rezept deiner Mutter, nehme ich an?"

„Genau. Frisch gebacken von heute Morgen. Aber in der Küche ist es mir zu dunkel. Lass uns ins Wohnzimmer gehen, da können wir die Nachmittagssonne genießen."

Sie setzten sich nebeneinander aufs Sofa. Poppy fühlte sich wohl in Nancys Nähe.

In jeder ihrer Bewegungen lagen Ruhe und Bestimmtheit. Poppy fiel auf, wie kräftig ihre Hände waren, eher die einer Bildhauerin als einer Schriftstellerin. Oder einer Malerin? Sie sprach sie auf die Bilder an den Wänden an. „Sind die von dir?"

„Eines oder zwei. Die anderen sind von meinen Schülern." Sie lachte. „Wenn die den Ausblick sehen, denken viele eher ans Malen als ans Schreiben."

„Das glaube ich sofort." Ein Bild zog Poppy besonders an. Es war eine Bleistiftzeichnung, sie hing neben dem Kamin. Unverkennbar Nancy, im Schneidersitz vor einer Gruppe, die nur von hinten zu sehen war. Alle schauten in ihre Richtung, die Stifte schwebten über den Schreibblocks auf den Knien.

„Das ist auch von einer Schülerin. Sie hat mich zusammen mit meiner Klasse portraitiert."

„Wir haben noch eine Gemeinsamkeit. Ich unterrichte auch, Malerei, meistens Mappenkurse für die Akademie."

„Mit der Hochschule habe ich nicht so viel am Hut. Ich habe schon immer geschrieben, und es eher trotz als wegen des Literaturstudiums beibehalten. Die Akademien verbiegen die Menschen. Das Leben lehrt dich zu Schreiben, das und ein wenig Coaching. Meinen Schülern macht es Spaß, und das ist die Hauptsache."

Mit einem langen Küchenmesser schnitt Nancy die Zitronen-Tarte auf.

„Wie das duftet!", freute sich Poppy. „Ich habe heute Mittag nur ein Macaron gegessen."

„Ist das ein minimalistisches Londoner Mittagessen?"

„So ähnlich." Poppy lachte. „Die sind köstlich. Aber eins allein stanzt einem eher ein Loch in den Magen."

Nancy verteilte den frisch aufgebrühten Kaffee auf zwei große *Bols* und goss aufgeschäumte Milch nach. „Dann stärken wir uns jetzt, und du erzählst mir endlich, warum du hier bist."

„Du weißt, dass Micah ermordet wurde."

„Sie haben eine Deutsche verhaftet. Eine Touristin aus dem Manor, oder?"

„Die wurde heute auf freien Fuß gesetzt. Der Verdacht geht in eine andere Richtung. Sagt dir Keath Roberts etwas?"

„Der Bauunternehmer?"

„Genau. Auch er wohnte ein paar Tage im Manor. Zusammen mit seiner Bruderschaft wollten sie geschützte Pflanzen katalogisieren."

„Passt nicht zu einem Immobilienhai, oder?" Nancy nahm eine Gabel voll und hustete. „Der Teig ist mir ein bisschen zu krümelig geraten."

„Ich finde ihn perfekt. Und bei Roberts liegst du richtig. Er ist eher darauf aus, bloß keine von diesen seltenen Pflanzen zu finden. Sein Ziel ist, einen ganzen Küstenabschnitt zu bebauen." Poppy trank einen Schluck aus dem *Bol.* Danach klebte ein Sahnepünktchen an ihrer Nasenspitze. „Und da kommt Micah ins Spiel." Sie erzählte ihr vom Fluch der Morgans und von der Besitzurkunde.

Nancy hörte aufmerksam zu. „Ich erinnere mich, dass Micah diese Geschichte erwähnte. Er hätte das gerne aus der Welt geschafft. Aber er wusste nicht wie. Nur eines war ihm klar: Wenn die Urkunde in falsche Hände geriete, wäre das eine Katastrophe für die Natur."

„Wir müssen davon ausgehen, dass Keath vor nichts zurückschreckt, um sie an sich zu bringen. Deshalb waren wir heute Mittag hier. Wir wollten dich warnen. Telefonisch konnten wir dich nicht erreichen."

„Mein Anschluss ist seit gestern gestört. Deswegen war ich den Vormittag über in Penzance, aber man hat mich vertröstet. In meinem Frust habe ich mich entschlossen, ein Handy zu kaufen, das wollte ich eigentlich nie."

Der Karton auf der Anrichte war noch versiegelt. „Vielleicht hilfst du mir ja, das Ding in Gang zu bringen."

„Ich kann es versuchen, aber besonders versiert bin ich nicht. – Nancy, du erwähntest die Bücher ..."

„Eine Kiste voll. Ich glaube, sie steht noch im Schlafzimmer. Micah hat mir aus einem seiner Lieblingsbücher vorgelesen, letzte Woche, als wir zusammen aufgewacht sind ... *Der kleine Prinz* von Saint Exupéry." Ihre Augen füllten sich mit Tränen. „Das war das letzte Mal, dass wir uns gesehen haben."

Sie ging aus dem Zimmer und kam kurz darauf mit einem Umzugskarton voller Bücher zurück.

Poppy machte Platz auf dem Tisch. Nacheinander holten sie die Bücher heraus und breiteten sie auf der weißgestrichenen Platte aus.

„Ein ganzes Leben ... Bilderbücher, Kinderbücher von Enid Blyton ..."

„Das war früher meine Lieblingsautorin", warf Poppy ein.

„... Romane, Krimis, amerikanische Surfer-Stories ..."

„… und eine Bibel! – Darf ich?" Poppy griff behutsam nach dem Folianten. Ein feuchter, leicht rauchiger Geruch ging von ihm aus.

„Der Umschlag ist aus Kalbsleder, abgegriffen, aber die Bindung ist immer noch stabil."

Sie schlug die erste Seite auf. „Siebzehntes Jahrhundert. Gedruckt in Bristol. – Die Genesis … die Vertreibung aus dem Paradies … schöne Illustrationen, Holzschnitte."

Aufgeregt blätterte sie weiter.

„Da! – Apokalypse. Das passt."

Gänsehaut breitete sich auf ihren Armen aus, und sie ließ das Buch auf den Tisch sinken.

Zwischen den aufgeschlagenen Seiten lag eine weitere, lose.

Sofort fielen die handgeschriebenen Zeilen auf.

Poppy ließ das Blatt zunächst an Ort und Stelle. „Hast du eine Klarsichthülle?", fragte sie Nancy. Die ging zu ihrem Schreibtisch und holte eine Schachtel davon.

Mit spitzen Fingern hob Poppy das Dokument aus seinem Lager, an dem es über Jahrhunderte gelegen hatte. „Es muss sorgfältig konserviert werden und darf nicht mehr mit normalem Papier in Berührung kommen, die Säure würde es beschädigen. Im Moment ist die Plastikhülle das Richtige."

Sie positionierte es zwischen den Folien.

Trotz ihres Alters wirkten die Schriftzüge frisch, die Lettern glänzten in mattem Schwarz und die Anfangsbuchstaben in einem strahlenden Rot.

Die beiden Frauen betrachteten sie andächtig.

Poppy stand auf und legte die Hülle auf ein Sideboard neben dem Kamin.

„Das muss so schnell wie möglich in Sicherheit gebracht werden, am besten in einem Bankschließfach.
Und du auch!"

„In einem Tresor?"

Poppy lachte. „Warum eigentlich nicht? In London
haben wir unsere wertvollsten Kunstgegenstände und
Bücher nicht im Laden, sondern in einem Bankgewölbe
untergebracht. Es ist fast gemütlich da, mit Ledersofa,
Tisch und Stehlampe, damit die Kunden in Ruhe ihre
Depots betrachten können."

DONG-DONG-DONG. Der metallische Klang des Tür-
klopfers dröhnte durch das Haus.

Kapitel 33

„Wer …?", fragte Nancy und wollte aufstehen. Poppy packte sie am Handgelenk und legte den Zeigefinger an die Lippen. Nancy nickte, deutete auf ihre Augen und dann zum Erker.

Poppy verstand.

Leise standen beide auf, näherten sich dem Fenster und linsten zwischen Wand und Vorhang hindurch in Richtung Eingang.

Ein Mann. Er schien nach der Klingel zu suchen. „Ist jemand zu Hause? Mrs Drake? Ich habe nur eine kurze Frage." Es klang freundlich, fast fröhlich. Wieder betätigte er den Türklopfer.

Poppy wich vom Fenster zurück. „Ja, das ist Keath Roberts." Um zu verhindern, dass ihre Hände zitterten, presste sie sie fest aneinander.

„Was sollen wir tun?", flüsterte Nancy. Die Tigerkatze strich um ihre Beine herum und miaute. Nancy beugte sich hinunter, streichelte sie, und sie wurde ruhig.

Poppy dachte fieberhaft über ihre Optionen nach.

Telefonieren? Keine Chance: Kein Handy, kein Festnetz. Totstellen, nicht reagieren? Eher zwecklos. Sie traute Keath zu, dass er sich Zugang zum Haus verschaffen würde.

Dann wären Nancy und sie in der Defensive. Das behagte Poppy nicht, außerdem könnte die Situation eskalieren. Also Flucht nach vorn.

Sie würden ihn hineinbitten, ihn reden lassen, ihn beobachten … Zwei starke Frauen gegen einen mittelalten Mann. Poppy beschloss, die Initiative zu behalten.

„Hast du Mut?", testete sie Nancy.

„Was hast du vor? Sollen wir uns auf ihn stürzen?"

„Nur im Ernstfall. Eins nach dem anderen." Sie spähte durch die Vorhanglücke.

Keath musterte die Fassade. Er wirkte angespannt. Poppy spürte, dass ihnen nicht viel Zeit blieb. Jetzt war ihr klar, dass er versuchen würde, ins Haus einzudringen.

„Du bringst meinen Teller und die Tasse raus. Dann machst du die Tür auf und empfängst ihn freundlich. Sag, du hättest dir gerade einen Kaffee gemacht. Frag ihn, ob er auch einen will. Lass ihn reden."

„Und du?"

„Ich verstecke mich im Schlafzimmer. Er rechnet nicht mit mir. Draußen steht nur dein Auto. Warten wir ab, was er vorhat. Dann tauche ich auf, und wir haben das Überraschungsmoment auf unserer Seite! Keine Angst, ich kann in Sekunden bei dir sein."

Poppy überzeugte sich davon, dass Nancy verstanden hatte und die Aktion mittragen würde. Die schmalen Augen und geballten Fäuste ließen keinen Zweifel aufkommen. Nancy ging zur Küche. Wieder das Klopfen.

„Einen kleinen Moment noch!", rief Nancy mit melodiöser Stimme. „Ich bin gleich da!"

Poppy zwinkerte ihr anerkennend zu, bevor sie im Schlafzimmer verschwand und die Tür anlehnte.

Zufrieden stellte sie fest, dass die Tür eine kleine Scheibe hatte, die mit einem Vorhang bespannt war und schob den Stoff ein paar Millimeter zur Seite.

Sie hörte, wie Nancy die Tür öffnete.

„Guten Tag. Entschuldigen Sie, dass ich so lange gebraucht habe. Ich habe geschrieben und hatte Kopfhörer auf.“

Ein Hüsteln. „Mrs Drake?“

„Was kann ich für Sie tun?“

„Entschuldigen Sie, wenn ich Sie so überfalle.“

„In der Tat …“

„Gestatten Sie, dass ich mich vorstelle? Ich bin Keath Roberts.“

„Roberts? Der mit den Immobilien? Ich bin nicht interessiert …“

Poppy freute sich über Nancys kühle und beherrschte Stimme. Keine Spur von Beklommenheit.

„Nein, Mrs Drake, ich bin nicht geschäftlich hier. Obwohl ein Haus wie Ihres bei einem Projektentwickler eine Menge Fantasien auslöst. Sie haben es herrlich, wenn ich das sagen darf.“

„Danke, ich weiß.“

Pause.

„Ich möchte Ihnen zuerst meine herzliche Anteilnahme am Tod Ihres Freundes Micah Morgan aussprechen.“

„Sie auch?“

Poppy stockte der Atem. Was sollte das denn?

„Wie darf ich das verstehen?“ Sein Misstrauen war deutlich herauszuhören.

„Ich wundere mich nur, wer alles von unserer Beziehung wusste. Waren Sie ein Freund von Mr Morgan?“

Nancy behielt ihre Souveränität. Poppy wischte sich erleichtert die Stirn.

„Er war ein besonderer Mensch. Wir sind uns ein paarmal begegnet", antwortete Keath eher unbestimmt.

Darauf ging Nancy nicht ein. „Was kann ich sonst für Sie tun?"

„Ich hatte Micah, ich meine Mr Morgan, ein Buch von mir geliehen, an dem mir sehr viel liegt …"

„Ein Buch? Micah hat eine ganze Kiste davon hiergelassen. Wollen Sie einen Kaffee? Ich habe mir gerade einen gemacht. Dann sehen wir mal nach."

„Gerne, aber nur, wenn es Sie nicht stört?"

„Ich muss sowieso zu Hause bleiben. Ich erwarte Handwerker, mein Telefon funktioniert nicht."

Das mit dem Handwerker war geschickt, fand Poppy, das mit dem Telefon weniger …

Sie hörte schwere Schritte.

„Darf ich Sie bitten, die Schuhe auszuziehen? Ich habe es gern sauber."

Ein Grunzen war zu vernehmen. „Selbstverständlich."

Poppy jubelte innerlich. Gut gemacht! Ein Keath auf Socken verlor einiges von seiner Bedrohlichkeit. Dann fiel ihr siedend heiß ein, dass auch ihre Schuhe in der Diele standen. Würden sie ihm auffallen?

Es tat sich etwas im Flur, und plötzlich traten beide in Poppys Sichtfeld.

Sie sah die große Gestalt des Mannes, und der nächste Schock durchfuhr sie. Er stand mit dem Rücken zur Anrichte, auf der die Folie mit der Urkunde lag.

Poppy machte sich Vorwürfe. Warum hatte sie die nicht mitgenommen? Es war alles zu schnell gegangen. Auch Nancy schien das in diesem Moment aufzufallen.

Für einen kurzen Augenblick schaute sie hilfesuchend in Richtung Schlafzimmer.

„Nehmen sie in dem Sessel Platz. Den liebte Micah besonders."

Dort saß Roberts mit dem Rücken zur Anrichte. Poppy atmete auf. Die akute Gefahr war vorbei.

Nancy verschwand in der Küche und kam mit einer zweiten Tasse zurück. Sie setzte sich Roberts gegenüber aufs Sofa. „Wie möchten Sie Ihren Kaffee? Milch und Zucker?"

„Schwarz, vielen Dank, das ist sehr freundlich von Ihnen. Sie haben da eine interessante Auswahl von Büchern auf dem Tisch, sind das Micahs?"

Poppy konnte Keaths Augen nicht sehen, aber seine Hände zuckten kurz nach vorne, als ob er sie in einer raschen Bewegung an sich raffen wollte. Er hatte sich sofort wieder unter Kontrolle, langte nach der Tasse und trank einen Schluck Kaffee.

„Ja. Lesen war eine der Leidenschaften, die Micah und ich teilten."

Scheinbar spielerisch griff Nancy nach einem schmalen Band und platzierte ihn auf der Bibel.

„Dann sind wir schon zu dritt. Auch ich bin ein Büchernarr. Ich verbringe viel von meiner Freizeit in Bibliotheken. Die in Falmouth zum Beispiel hat einige Schätze in ihren Regalen."

„Kein typisches Hobby für einen Bauunternehmer."

„Finden Sie? Es passiert mir öfter, dass man mich falsch einschätzt."

Dieser Heuchler, dachte Poppy. Trotzdem war es beruhigend, dass er sich für die Charmeoffensive entschieden hatte, zumindest im Augenblick.

„Geht uns das nicht allen so? Ich selbst werde auch allzu leicht zur Frau in Blau reduziert, bloß, weil es meine Lieblingsfarbe ist.“

„Die Ihnen ausnehmend gut steht, wenn ich das sagen darf.“

„Danke für das Kompliment.“

Wieder trat eine Pause ein. Keath stand auf und ging ein Stück auf das Schlafzimmer zu. Poppy hielt die Luft an. Dann drehte er sich zum Fenster um und blickte hinaus.

„Der Tod Ihres Freundes tut mir unendlich leid.“ Keath knetete die Finger. „Das müssen Sie mir glauben.“ Seine sonst beherrschte und selbstsichere Stimme klang beinahe flehentlich.

„Warum sollte ich Ihnen das nicht glauben?“ Nancys Stimme klang plötzlich scharf. Auch sie stand jetzt. „Oder haben Sie etwas damit zu tun?“

Poppy erstarrte. Was kam jetzt? Um ihre zitternden Knie zu beruhigen, trat sie lautlos von einem Bein aufs andere.

„Nein, natürlich nicht.“ Keath atmete tief durch, setzte sich wieder, und Nancy tat es ihm gleich. Er hielt sich die Hände vors Gesicht.

Nancy verschränkte die Arme vor ihrer Brust. Sie sagte nichts und wirkte ruhig. Nur die Schluckbewegungen ihres schlanken Halses verrieten Poppy, dass sie mit den Tränen kämpfte.

„Angeblich wurden Spuren von mir neben denen von Mr Morgan entdeckt.“ Keath hatte die Hände vom Kopf genommen und wedelte mit den Armen. „Das ist natürlich völlig aus der Luft gegriffen.“

„Spuren?“

„Wir haben da eine verrückte Lady im Manor, müssen Sie wissen, aus London. Sie hilft den Wythcombes beim Management. Das macht sie ausgezeichnet." Keath senkte die Stimme und sprach in verschwörerischem Ton weiter: „Leider spielt sie sich überflüssigerweise auch noch als Detektivin auf."

Nancy schien ihre gute Laune wiedergefunden zu haben und lächelte. „Miss Marple im Manor?", flötete sie leicht manieriert.

„Genau!" Keath lachte schallend. „Da haben Sie einen fabelhaften Krimi-Titel kreiert! Nur leider geht die Geschichte auf meine Kosten, und die Lady hat es auf mich abgesehen."

Poppy knirschte mit den Zähnen. Diese Entwicklung behagte ihr nicht. Spielte Nancy den Spott nur? Oder ging sie Keath auf den Leim und wechselte gerade die Seiten?

„Was hat die Detektivin denn gegen Sie?", fragte Nancy im Plauderton weiter.

„Keine Ahnung. Aber irgendwie hat sie es geschafft, die ganze Welt gegen mich aufzubringen. Selbst meine Freunde liegen mir in den Ohren, ich solle mich den Fragen der Polizei stellen. Am Ende tue ich das auch. Aber im Moment habe ich Wichtigeres zu tun." Keath rieb die Handflächen aneinander. Wieder kamen sie den Büchern sehr nahe.

„Was meinen Sie damit?" Nancys Stimme kühlte deutlich ab.

„Es steht viel auf dem Spiel, Mrs Drake. Seit Jahren kämpfe ich dafür, die Wirtschaft an unserer Küste zu entwickeln. Ich habe die richtigen Leute auf meiner Seite."

Voller Wut folgte Poppy seiner Mimik. Er schürzte die Lippen und zog die rechte Augenbraue hoch. „Es fehlt nur noch ein entscheidender Schritt …"

„Und das ist Ihnen wichtiger, als zur Aufklärung von Mr Morgans Tod beizutragen?" Jede Ironie war aus Nancys Stimme gewichen. Es hielt sie nicht auf dem Sofa. Ihre Körpersprache drückte nicht Trauer aus, eher Aggressivität. Atemlos wartete Poppy ihre nächste Bewegung ab. Sie stellte sich vor Keath und sah auf ihn herunter.

„Sie meinen, Sie sind unberührbar, was? Der Unternehmer Roberts, die Stütze der Gesellschaft, steht über dem Gesetz und hat die Mächtigen auf seiner Seite."

„Mrs Drake, es muss immer Menschen geben, die Verantwortung übernehmen, nicht nur für sich, sondern für die Gemeinschaft."

„Warum nehme ich Ihnen den Altruismus nicht ab?"

Unwillkürlich zog er den Kopf ein. Er musste sich verrenken, um ihren Blick zu parieren.

„Wir haben zu lange von Geschichte und Traditionen gelebt. Es stimmt, ich habe Verbündete, die denken wie ich. Es ist gut, die Natur zu bewahren, aber nicht, wenn wir uns dabei zu Tode schützen."

„Ich fürchte, wir kommen da nicht auf eine Linie."

„Denken Sie darüber nach." Um auf Augenhöhe mit Nancy zu kommen, stellte sich Keath hin. „Nehmen Sie Ihr eigenes Haus hier. Es ist eine Perle in seiner exponierten Lage. Das sage ich Ihnen als erfahrener Projektentwickler. Es gibt Neider, auch unter den Naturschützern. Manche wollen ein Verbot durchsetzen, niemand soll noch auf der Steilküste wohnen dürfen."

„Sie wollen mir nicht etwa drohen, Mr Roberts?"
Nancy legte den Kopf auf die Seite. Ihre Augen verengten sich zu Schlitzen.

„Keinesfalls." Beschwichtigend hob er die Hände. „Aber es ist nie gut, sich Feinde zu machen."

Keath musterte den *coffee table*. „Ich werde Sie nicht weiter aufhalten, Mrs Drake. Ich will nur noch auf das Buch zurückkommen, das ich Mr Morgan ausgeliehen hatte, über die Strandräuber an der kornischen Küste. Auf dem Tisch hier sehe ich es nicht. Gibt es noch mehr?"

„Nein, es sind alle, die ich von ihm habe. Aber Micah hatte ein Haus. Vielleicht sollten Sie da suchen."

Keath ging nicht darauf ein und setzte sich wieder. Er nahm ein besonders abgewetztes Stück in die Hand, an dem der Buchrücken fehlte.

„*Die Insel der Abenteuer*. Enid Blyton. Als Kind war das eine meiner Lieblingsautorinnen." Er legte es wieder hin. Bevor Nancy darauf eingehen konnte, griff er nach dem nächsten Band. „Charles Bukowski, wie interessant. *Love is a Dog from Hell*." Er legte es zur Seite. „Darunter eine antike Bibel. Der Atheist und das Buch der Bücher nebeneinander. Es wäre spannend, beides parallel zu lesen. – Darf ich?"

„Suchen Sie etwas Bestimmtes?"

Keath antwortete nicht auf Nancys Frage. Er griff nach der Bibel und blätterte durch die antiken Seiten.

Nancy wurde unruhig, sie stand immer noch. Poppy fiel auf, dass sie häufig in ihre Richtung schaute.

Nach dem ersten Durchgang begann Keath von neuem. Die Strahlen der tiefstehenden Sonne fielen durchs Fenster und blendeten ihn. Seine Stirn glänzte feucht.

In einer frustrierten Geste drehte er die Bibel um, hielt sie nach oben und schüttelte sie. Bis auf ein paar Staubflocken fiel nichts heraus.

„Passen Sie auf! Das gute Stück ..." Nancy versuchte, ihm das Buch aus der Hand zu nehmen.

In einer groben Geste warf Keath es auf den Tisch. Sein Ausdruck hatte sich verändert.

„Wo ist die Urkunde?" Mit den großen Händen hielt er sich an den Sessellehnen fest. Die Fingerknöchel traten weiß hervor.

„Welche Urkunde?" Nancy schaffte es, überrascht zu klingen.

„Was treiben Sie für ein Spiel mit mir, Mrs Drake?" Noch klang Keaths Stimme beherrscht.

„Ich weiß nicht, was Sie meinen. Das Buch, das Sie Mr Morgan geliehen haben, scheint nicht hier zu sein." Nancy wies in Richtung Tür. „Ich denke, Sie sollten jetzt gehen."

Keath blieb sitzen. „Sie wissen von der Urkunde", zischte er, „versuchen Sie nicht, mich zu täuschen."

Poppy sah, wie Nancy sich zwischen ihn und das Sideboard schob. Sie erstarrte. Nancy meinte es gut, aber damit zog sie unweigerlich seine Aufmerksam dorthin. Keath drehte sich um. Im nächsten Moment würde sein Blick auf die Folie fallen.

Kapitel 34

Poppy handelte. Sie stieß die Tür auf und stand in zwei Schritten im Wohnzimmer.

„Die verrückte Lady aus London vermasselt Ihnen mal wieder die Tour, was, Mr Roberts?"

Sie genoss den Gesichtsausdruck der beiden: Nancy erleichtert und Keath im Mark erschüttert. Aber nur für einen kurzen Augenblick. Er fing sich schnell.

„Mrs Dayton und einer ihrer berühmten Auftritte. Ich hätte es mir denken können, die schicken Schuhe in der Diele kamen mir irgendwie bekannt vor." Er griente sie an. „Sie beide passen gut zusammen. Und was die Urkunde angeht, scheinen Sie mir einen Schritt voraus zu sein."

Poppy spürte, dass er jovial klingen wollte. Das entschärfte die Situation, aber sie traute dem Frieden nicht. Deshalb beschloss sie, in der Offensive zu bleiben.

„Verzeihen Sie mir, wenn ich Ihrem Gespräch gelauscht habe. Ich freue mich, dass Sie sich stellen wollen und habe mir erlaubt, die Polizei zu verständigen", log sie.

„Wie denn? Mrs Drake sagte, das Telefon sei kaputt."

„Mobil natürlich."

„Wo haben Sie denn Ihr Handy?"

„Es liegt im Schlafzimmer."

Keath spitzte die Lippen. Poppy missfiel sein mokantes Gehabe. Das Gefühl von Bedrohung war zurück, stärker als zuvor.

„Wie kommen Sie eigentlich hierher? Ich habe kein Auto gesehen …“

„Sonst hätten Sie wohl nicht geklopft. Vorhin sind Sie deswegen abgedreht, stimmt’s?“

„Ich hatte keine Lust, dem ganzen Schwarm zu begegnen. Und vormittags war Mrs Drake nicht zu Hause.“

„Ich bitte Sie nochmals, mein Haus zu verlassen.“ Nancy stützte sich mit beiden Händen am Sideboard ab.

„Kein Problem, Mrs Drake. Aber meinte Mrs Dayton nicht gerade, ich soll auf die Polizei warten, die im Galopp hierher unterwegs ist?“ Er gab sich keine Mühe, Spott und Verachtung zu verbergen.

„Das können Sie auch im Auto. Oder Sie fahren am besten selbst zur Wache. Ich werde Sie nicht festhalten.“

„Sie nicht, Mrs Drake, aber unserer Detektivin hier juckt es in den Fingern, habe ich recht, Mrs Dayton? Der Klang zuschnappender Handschellen wäre ein Triumph für Sie.“

„Das hätte tatsächlich was.“

Poppy nahm auf dem Sofa Platz. Lässig breitete sie die Arme auf der Rückenlehne aus. Sie beobachtete, wie Keaths Blick durch den Raum glitt. Er versuchte, ins Schlafzimmer zu schauen. Gleichzeitig schien er die beiden Frauen nicht aus den Augen lassen zu wollen. Deshalb entging ihm auch nicht, wie sich Nancy langsam zum Sideboard drehte und eine Hand tastend nach hinten streckte.

Poppy stöhnte innerlich auf.

Keath kam zum Tisch zurück. In einer fast unterwürfigen Geste ließ er den Kopf hängen, so dass Poppy für einen Moment hoffte, er hätte nichts bemerkt.

Dann ging alles sehr schnell.

Keath federte nach vorne. Mit einem Satz stand er zwischen Nancy und dem Sideboard. Er griff nach der Urkunde. Nancy ging dazwischen und packte ihn am Arm, aber er stieß sie zur Seite und steckte die Folie in die Innentasche seiner Jacke.

Mit schmerzverzerrtem Gesicht ging Nancy in die Knie, ohne Keath loszulassen. Der versuchte sie abzuschütteln. Als ihm das nicht gelang, packte er Nancy am Hals und nahm sie in den Würgegriff. Er zog sie hoch und behielt dabei Poppy im Auge. Die Anstrengung ließ die Adern an seinen Schläfen anschwellen. „Versuchen Sie nicht mir zu folgen, Mrs Dayton. Sie wollen doch nicht, dass Ihrer Freundin etwas passiert?"

Rückwärts machte er sich auf in Richtung Flur, immer noch mit der Hand an Nancys Kehle. Stumm, mit hervortretenden Augen, leistete sie keinen Widerstand.

Poppy, die das Geschehen wie in Zeitlupe vor sich ablaufen sah, fühlte unbändige Wut in sich aufsteigen. Sie überwand die Schockstarre. Ihre Hand zuckte nach vorn und packte den Griff des Küchenmessers. Die lange Klinge, an der noch Kuchenkrümel klebten, blitzte in der Sonne. Langsam erhob sie sich. „Lassen Sie Nancy sofort los!"

Etwas in ihrer Stimme musste Keath davon überzeugen, dass sie auf keinen Fall nachgeben würde. Poppy sah, wie sich Schweißperlen an seinem Haaransatz bildeten.

Sie versuchte langsam die Distanz zu verkürzen.

Keath und Nancy waren fast an der Tür.

„Diese verdammte Schuhauszieherei", knurrte er. Suchend schaute er sich um. Er schwitzte jetzt sehr stark und blinzelte, als ihm ein Tropfen in die Augen lief. Er trat in die Schuhe, bekam sie aber nicht richtig angezogen. Mit dem Ellenbogen öffnete er die Tür, schob sich und Nancy hindurch und erreichte den Weg zum Gartentor.

„Zum letzten Mal – lassen Sie sie los!" Poppy war selbst überrascht über ihre kräftige Stimme. Keath glotzte sie nur an. Poppy erschrak. In seinem Blick lagen Panik und Entschlossenheit zugleich. In diesem Moment wusste sie, dass die Sache mit Micah kein Unfall war. Roberts hatte einen Mord begangen und er würde vor einem weiteren nicht zurückschrecken. Oder vor zweien.

Mit verzerrtem Feixen drehte sich Keath um und schleifte Nancy hinterher. Ihre schwachen Bewegungen deuteten darauf hin, dass sie kaum noch bei Bewusstsein war.

Poppy warf sich nach vorne. Unkontrolliert schreiend überwand sie die Entfernung.

Keath reagierte und versuchte, Nancy zwischen sich und Poppy zu schieben. Aber die Drehung gelang ihm nicht. Poppy holte aus und stach ihm das Messer in die linke Kniekehle.

Sie war überrascht, wie leicht und fast widerstandslos die Klinge Muskeln und Weichteile durchdrang.

Keath fiel. Er stolperte nicht, sondern stürzte auf der Stelle um wie ein gefällter Baum. Augenblicklich ließ er Nancy los, die zur Seite rollte und bewegungslos liegenblieb.

Keath schrie nicht, nur ein unartikulierter Ruf kam aus seiner Kehle. In Sekunden wurde er blass.

Einmal noch richtete er sich auf. Das linke Bein knickte in einem unnatürlichen Winkel weg, es schien keine funktionierende Verbindung mehr zwischen Ober- und Unterschenkel zu geben. Aus dem Riss in der Hose spritzte rhythmisch hellrotes Blut.

Er versuchte, sich mit den Armen abzustützen und zum Tor zu rutschen. Nach zwei Anläufen brach er endgültig zusammen. Keath blieb auf dem Bauch liegen, den Kopf zur Seite gedreht.

Poppy stand über ihm und sah, wie er die Augen rollte, bis nur das Weiße zu sehen war. Sie befand sich immer noch im Ausnahmezustand zwischen Schock und reflexhaftem Handeln. Es fiel ihr schwer, von Roberts abzulassen, obwohl ihr klar war, dass von ihm keine Gefahr mehr ausging.

Sie richtete ihre Aufmerksamkeit auf Nancy. Beruhigt stellte sie fest, dass sie aufrecht saß.

Poppy wollte sie nach ihrem Befinden fragen, als ihre eigenen Knie nachgaben. Sie griff nach dem roten Sonnenball vor ihren Augen, er fühlte sich warm und zäh an. Dann wurde alles schwarz.

Kapitel 35

Poppy ließ sich nur widerwillig aus der ruhigen, warmen Geborgenheit herausreißen. Stöhnend öffnete sie die Augen und schloss sie in der blendenden Helligkeit sofort wieder. Um sich herum spürte sie Bewegung. Jemand zog an ihren Beinen und hob sie vom Boden hoch. Panisch trat sie um sich. „Keath, nein!"

„Der tut keinem mehr was zu leide." Den Bariton kannte sie.

„Barney?" Poppy blinzelte ungläubig. Jetzt erkannte sie Konturen. Als sie sich mit den Armen aufrichtete, rutschte sie aus. Sie sah auf ihre Hände. Eine dunkle metallisch riechende Masse. Panik drückte ihre Kehle zu. Sie wollte etwas sagen. Ihr Mund fühlte sich trocken an. Mühsam gelang es ihr zu schlucken. „Was ist – ist das Blut?", stotterte sie. Sie wollte die klebrige Schicht abstreifen, aber es wurde nur noch schlimmer. Sie war von einer großen roten Lache umgeben. Ihr wurde übel und sie ließ den Kopf auf Barneys Schoß zurücksinken.

„Ja, das ist Blut, aber es ist nicht deines. Bleib noch liegen. Gleich kommt ein Krankenwagen."

Jetzt erinnerte sich Poppy vollständig. Das letzte Bild, mit dem Messer in der Hand.

„Keath! Ich habe ihn erwischt. Was ist mit ihm? Und was ist mit Nancy?"

„Ihr habt ganze Arbeit geleistet." Barney klang ernst, aber als sie die Augen weiter öffnete, sah sie auch, dass die Lachfalten in seinen Augenwinkeln aktiv waren. Ihr Blick fiel auf die hektische Szenerie vor ihr.

Mehrere Männer waren bei Keath, zwei knieten neben ihm. Poppy erkannte Dr. Trelawneys Stimme. „Nicht zu fest drehen, sonst verliert er das Bein." Sie sah, wie Trent Cardy einen Ledergürtel, der um Keaths linken Oberschenkel geschlungen war, zuzog und mit einem Stock noch enger drehte. „Gut so, aber immer wieder etwas öffnen, bis es zu bluten anfängt. Ist die Ambulanz unterwegs?"

„Müsste gleich da sein", hörte sie Hammett antworten. „Und die Polizei auch. Was für eine Schweinerei."

Trent Cardy reichte Poppy ein Glas Wasser, das sie in einem Zug leerte. Poppy spürte, wie sich ihr rasender Puls beruhigte. Sie setzte sich auf. Sie fühlte sich besser, und damit kehrte ihr Bedürfnis zurück, aus der ekligen Pfütze herauszukommen. „Hilf mir auf, Barney, bitte!"

„Nein, du hast einen Schock."

„Kann sein. Aber wenn ich mir nicht gleich die Hände waschen kann, fang ich hysterisch an zu schreien."

Irgendetwas in ihrem Ausdruck schien Barney umzustimmen. Er seufzte ergeben, und mit seiner Hilfe kam Poppy auf die Beine. Sie atmete mehrmals durch. Alles fühlte sich überraschend stabil an. Sie spürte eine Hand auf ihrer Schulter. Poppy drehte sich um und erschrak. Nancy war direkt hinter ihr, stand aufrecht, aber ihr Gesicht hatte eine ungesunde olive Farbe. Auch sie hielt ein Glas Wasser in der Hand. Bei jedem Schluck verzog sie den Mund und rieb sich den schlanken Hals, an dem sich dunkle Striemen abzeichneten. „O Gott, wie geht es dir?"

„Wie einer Giraffe mit Halsschmerzen. Kein gutes Gefühl."

Die beiden Frauen sahen sich an. Poppy versuchte ein Lächeln, das Nancy sofort beantwortete, auch wenn es bei ihr zu einem schiefen Grinsen geriet.

Poppy streckte eine blutverschmierte Hand nach ihr aus, zog sie aber sofort zurück.

„Darf ich mir die Hände waschen? Es tut mir nur leid, wenn ich damit dein schönes Bad besudle."

„Natürlich. Das ist nichts, was nicht mit reichlich Wasser fortgespült werden kann. Komm mit."

Nancy und Barney begleiteten Poppy. Sie wusch sich die Hände, wieder und wieder, es konnten nicht genug heißes Wasser und Seife sein. Dann das Gesicht, eiskalt. Die Flecken auf ihren Jeans versuchte sie zu ignorieren.

Sie kam in dem Moment in den Garten zurück, als zwei Sanitäter den Weg zum Haus hinaufstürmten. Die Notärztin folgte ihnen. Eine zierliche Frau mit kurzen schwarzen Haaren und großen dunklen Augen schob die *Brothers* energisch zur Seite, um an Roberts heranzukommen.

Er lag immer noch in seiner Blutlache, das Messer neben dem Bein. Das Bewusstsein hatte er nicht wiedererlangt.

Die Ärztin schien sich auf einen Blick zu orientieren, ging neben dem Verletzten auf die Knie und suchte am Hals nach einem Blutgefäß. Ihr Assistent steckte Keath einen Oxymeter an den Finger, um die Sauerstoffsättigung zu messen. Nachdem der venöse Zugang gelegt war, schloss er die Infusionsflasche an. Klare Flüssigkeit tropfte in das Schauglas und floss durch den Schlauch.

„Massiver Blutverlust nach Messerstichverletzung. Wir müssen ihn erst stabilisieren. Er ist noch nicht transportfähig“, erklärte die Ärztin. Sie blickte kurz vom Monitor hoch, auf dem Blutdruck und Herzfrequenz ablesbar waren. „RR achtzig zu siebzig. Frequenz 120. Zu niedrig und zu schnell. Aber er atmet spontan. Die Sauerstoffsättigung ist bei 95. Übernehmen Sie einen Moment, Stanley?“ Der Sanitäter neben ihr nickte.

Die Notärztin kam aus ihrer Hockstellung hoch. „Ich bin Dr. Naidoo. Ist hier jemand vom Fach?“ Dr. Trelawney meldete sich. Die Ärztin nickte anerkennend. „Das mit dem Tourniquet war die richtige Notfallmaßnahme, Kollege. Wenn ich es Ihnen sage, lösen Sie ihn.“

Wieder ging sie in die Knie und schnitt mit einer Schere Keaths Hosenbein bis zur Leiste hoch auf. Sie legte eine Druckmanschette oberhalb der Abbindung an und pumpte sie auf. „Jetzt!“ Trelawney zog den Gürtel vorsichtig ab. Hellrotes Blut sickerte aus der Wunde an der Kniekehle, und Dr. Naidoo verstärkte den Druck der Manschette.

„Wenn er sich kreislaufmäßig weiter verbessert, können wir ihn in fünf Minuten in den Wagen bringen. Er muss unbedingt in die Gefäßchirurgie nach Bristol, wenn wir seinen Unterschenkel retten wollen.“

Sie vertrat sich die Beine und blickte in die Runde. „Gibt es noch jemanden zu versorgen? Über Funk wurden uns drei Fälle gemeldet.“

Poppy, die die Aktion schweigend verfolgt hatte, räusperte sich. „Mir geht’s soweit gut, danke. Aber was ist mit deinem Hals, Nancy?“

Dr. Naidoo rief nach dem zweiten Assistenten. „Bob, nimmst du bitte bei beiden die Kreislaufparameter?“ Dann sah sie sich Nancy an, die auf einem Gartenstuhl saß und sich Mühe gab, ruhig ein und auszuatmen.

„Würgemale." Die Ärztin holte eine kleine Lampe und einen Holzspatel hervor. „Darf ich einen Blick in Ihren Hals werfen?" Nancy schluckte krampfhaft und öffnete den Mund.

„Keine Einblutungen in der Rachenschleimhaut, soweit das von oben zu sehen ist. Aber das äußere Hämatom kann sich noch ausdehnen. Wir sollten Sie zur Beobachtung mit in die Klinik nehmen."

„Druck und Frequenz sind in Ordnung bei den Ladies", ließ sich Bob vernehmen und rollte die Manschette ein.

„Dann würde ich auf das Hospital gerne verzichten", sagte Nancy und versuchte, so fest wie möglich zu klingen.

Dr. Naidoo zuckte die Achseln. „Wie Sie meinen. Haben Sie jemanden, der auf Sie achtgibt?"

Nancy wollte etwas sagen, aber Poppy kam dazwischen. „Das hat sie. Wir sind da. Ich bin da, ich habe das hier ja verursacht ..."

„Das können Sie gleich der Polizei erzählen." Die Ärztin schaute auf den Monitor. „Stanley, wir nehmen ihn mit. Bob, hast du Bristol verständigt?" Der zweite Assistent nickte. „OP steht bereit."

„Dann los. Jede Minute ist kostbar." Sie ging voraus, als ihr ein Mann in den Weg trat.

„Stopp! Niemand verlässt den Tatort!"

Es war die Stimme des Inspektors, der an der Spitze der nächsten Truppe eintraf.

Die Polizei, aber nicht nur das beschauliche Duo aus Edwards und seinem Konstabler, sondern auch ein Zug weiß gewandeter Männer mit Koffern in den Händen. „Alle bleiben an Ort und Stelle. Die Spurensicherung ..."

„... hat gleich freie Bahn, aber der Transport des Verletzten hat absoluten Vorrang", unterbrach ihn Dr. Naidoo barsch.

Edwards schaute zwischen Roberts auf der Trage und der Ärztin hin und her. Murrend ließ er den Zug passieren.

„Halt!" rief Poppy.

Die Rettungsassistenten stoppten spontan. Poppy schüttelte den Rest von Lethargie ab und stürmte los.

„Weiter!", kommandierte die Ärztin. Poppy ignorierte sie und griff in Keaths Steppjacke. „Erledigt. Entschuldigen Sie." Triumphierend hielt sie die Folie in die Höhe, zusammen mit einem Umschlag aus braunem Papier. „Die Urkunde. Die bleibt hier!"

„Beide Hälften? Keath hat sie ...", stieß Barney hervor.

„Jetzt nicht mehr." Der Inspektor grinste. „Von mir aus können Sie sie mitnehmen, Mrs Dayton, aber ich empfehle, sie unter Verschluss zu halten. Es kann sein, dass der Richter sie sehen möchte."

Die Ärztin fragte stirnrunzelnd: „Können wir endlich los?"

Edwards trat einen Schritt zurück. „Der Mann ist Ihrer, Dr. Naidoo. Ich muss Ihnen allerdings einen Beamten mitgeben. Der Verletzte steht vorläufig unter Arrest."

Der Sanitätszug setzte sich in Bewegung. Nach einer Minute war zu hören, wie die Sirene anging und sich in nördlicher Richtung entfernte.

Für einen Augenblick war es ruhig. Alle schauten auf den Inspektor. Der nickte den Männern zu, und die Spurensicherung verstärkte ihre Aktivität. Sie fotografierten das Messer, die Blutlache und das Haus. Einer von ihnen nahm das Messer fachmännisch an der Klinge hoch, hüllte den Griff in eine Spezialfolie und deponierte es in einem Beutel, den ein Kollege für ihn aufhielt.

Edwards nahm Poppy und Nancy zur Seite. Barney, der sich ungern von seiner Frau trennen ließ, bat er um Geduld. Sie gingen ins Haus.

Der Inspektor ließ sich aufs Sofa fallen. „Setzen Sie sich zu mir."

Sein Blick fiel erst auf die Bücher und dann auf die beiden Frauen. „Was haben Sie denn hier veranstaltet? Erst Lesestündchen und dann Messerwerfen?"

Ihre Anspannung löste sich in Lachen auf. Sie konnten es nicht stoppen. Bei Nancy nahm es fast hysterische Züge an, so dass ein Beamter auftauchte und fragte, ob alles in Ordnung sei. Edwards schickte ihn fort.

Nancy bekam ihren Anfall als Erste in den Griff. Sie hielt sich den Hals. „Aua! Sag noch einer, Lachen sei gesund", keuchte sie.

„Mrs Drake?" fragte der Inspektor behutsam. „Ist tatsächlich alles in Ordnung? So ein Schock kann in mehreren Phasen verlaufen. Damit ist nicht zu spaßen."

„Entschuldigung. Es wundert mich selbst. Nach Witzen ist mir nicht zu Mute."

Edwards schaute Poppy an. „Mrs Dayton. Eigentlich hätte ich Sie auch verhaften müssen, vom Fleck weg, und vielleicht mache ich auch das noch. Zu Ihrer eigenen Sicherheit."

„Herr Inspektor ..."

„Wo Sie sind, ist Action, das ist mir inzwischen klar. Aber diesmal war es knapp. Zu knapp. Statt Roberts könnten Sie beide jetzt auf der Trage liegen."

Poppy senkte den Blick. „Ich weiß." Ihre Kiefer mahlten.

„Ach, das wissen Sie? Daran habe ich Zweifel." Er seufzte. „Sitzen Sie nicht so da wie eine ertappte Klosterschülerin. Und erklären Sie mir in allen Einzelheiten, was passiert ist."

Poppy rutschte auf ihrem Sessel hin und her. „Hier saß Keath ..."

Abwechselnd schilderten sie und Nancy die Ereignisse der letzten Stunde. Wie Keath an die Tür klopfte, wie sich Poppy im Schlafzimmer versteckt hatte und sie erst auftauchte, als er drauf und dran war, die Urkunde an sich zu bringen.

„Das konnte ich doch unmöglich zulassen, oder?", versuchte sie Bestätigung zu bekommen.

Edwards hielt sich mit Beifall zurück. „Vielleicht. Aber damit sind Sie ein verrücktes Risiko eingegangen."

„Mir blieb keine Wahl", bekräftigte Poppy mit fester Stimme. „Keath hatte Nancy im Würgegriff. In dem Moment habe ich ihm alles zugetraut ..."

„... und gingen selbst in den Nahkampf über." Der Inspektor schüttelte schaudernd den Kopf.

„Sie hatten enormes Glück." Er grinste. „Aber auch viel Mut. Das muss Ihnen erst mal einer nachmachen." Er zog sein Notizbuch aus der Tasche und notierte ein paar Sätze.

„In der Tat, Inspektor." Nancy stützte den Kopf auf beide Arme und schaute Edwards direkt an. „Ich verdanke dem beherzten Einsatz von Mrs Dayton mein Leben. Bitte schreiben Sie das auch in Ihr Büchlein."

Edwards griff gedankenverloren nach einem Shortbread, das auf einer Untertasse liegengeblieben war, und knabberte daran. „Für mich sprechen die Fakten für sich. Aber Sie müssen sich auf ein Verfahren einstellen. Es wird einiges davon abhängen, wie Roberts sich verhält. Er hat bestimmt einen hervorragenden Anwalt."

„Uns gegenüber hatte er noch bekräftigt, zur Polizei gehen zu wollen."

„Aber warum hat er das nicht längst getan?"

„Er fürchtete, dass er in seinem Unternehmen gebremst werden könnte. Er betrachtete es wohl als Zeitverschwendung, mit Ihnen zu sprechen, Inspektor."

„In seiner Arroganz meinte er, über dem Gesetz zu stehen. Jetzt muss er sich dafür verantworten."

„Egal wie es ausgeht, seine Strafe hat er weg", merkte Poppy schmallippig an.

„Rachegelüste, Mrs Dayton? Das passt nicht zu Ihrer coolen Ermittlerseele, wenn ich das sagen darf."

„Pardon. Aber Sie hätten seine Augen sehen müssen, in dem Moment, als er Nancy an die Gurgel ging. Es waren die eines Mannes, der außer Kontrolle ist, jähzornig, vielleicht mordsüchtig."

Darauf ging Edwards nicht ein. Stattdessen sah er besorgt zu Nancy hinüber, an deren Hals sich das Hämatom noch ein Stück weiter ausgebreitet hatte.

„Es ist okay, Inspektor. Körperlich bin ich hart im Nehmen, aber ich muss das noch verarbeiten."

„Möglichst nicht allein", hakte er ein.

„Das hat die Ärztin auch gesagt."

„Ich bleibe bei ihr“, sprang ihr Poppy eifrig bei.

„Das ist lieb von dir. Aber was sagt dein Mann dazu? Und hast du nicht erzählt, du seist im Urlaub?“

Edwards kicherte in sich hinein. Nancy sah ihn verwundert an. Poppy ignorierte ihn und legte den Arm um sie. „Weißt du was? Am besten kommst du mit uns nach Wythcombe. Ich kann mir nicht vorstellen, dass Pat und Bruce etwas dagegen haben könnten.“

Edwards steckte sein Notizbuch ein. „Das hört sich gut an, und dort habe ich Sie alle beieinander. Mrs Drake, ich brauch Sie noch für ein offizielles Protokoll. Jetzt habe ich nur eine Bitte: Stellen Sie Ihren Hals für ein Foto der Spurensicherung zur Verfügung und für eine DNA-Probe. Wir können aufgrund der Abdrücke nachweisen, dass Keath sie gewürgt hat.“

Kapitel 36

Barney schaute um die Ecke. „Störe ich? Die *Brothers* sind gerade losgefahren.“

„Kommen Sie, Mr Dayton. Wir sind hier fertig.“

Poppy sah Barney nachdenklich an. „Wie kommt es eigentlich, dass ihr hier aufgetaucht seid? Nicht, dass ich mich darüber beschweren würde ...“

„Das wäre ja noch schöner. Ich saß mit den *Brothers* am Kartentisch, aber nach zwei Runden wollte ich nicht mehr. Ich habe versucht, dich anzurufen, aber dann hat das Ding auf dem Küchentisch geklingelt. Das gefiel mir nicht. Ich machte mir Sorgen. Du hättest längst zurück sein müssen. Ich hatte keine Mühe, die anderen zu überzeugen, mich zu begleiten.“

„Und der Inspektor war ausnahmsweise auch nicht weit weg.“

„Quasi um die Ecke, Mrs Dayton. Ich ging mit der Spurensicherung einem Fall von Menschenschmuggel nach, in Penzance.“ Er ging zur Tür. „Ich komme morgen früh ins Manor, um Ihre und Mrs Drakes Aussagen zu protokollieren.“

„Und wir rühren uns nicht vom Fleck. Das scheint ein *standing order* zu sein, in diesen seltsamen Ferien.“

„Sie meinen wohl eher ein *running gag?* Für Sie zumindest. Es werden Wetten angenommen, wann Sie in die nächste Katastrophe geraten.“

„Seien Sie nicht so pessimistisch, Inspektor. Das Drama hat ein Ende. Keath Roberts wird heute Nacht bestimmt nicht auf meinem Balkon auftauchen.“

Edwards schloss die Tür hinter sich.

„Ich suche noch ein paar Sachen zusammen." Langsam erhob sich Nancy aus dem Sessel. Sie war immer noch blass. Abwesend rieb sie sich die nackten Oberarme. „Wo ist meine Strickjacke?"

Barney betrachtete den Tisch mit den Büchern.

„Das ist also die berühmte Familienbibel der Morgans." Er griff nach dem Band und blätterte ihn durch. Sein geübtes Auge blieb an den Seiten hängen, zwischen denen die Urkunde gelegen hatte. „Wenn man genau hinschaut, sieht man Spuren von einem Abdruck. Das kommt von der Feuchtigkeit und dem unterschiedlichen Material der Blätter. Es ist nichts zu lesen, aber es ist ein Beweis dafür, dass das Dokument über einen sehr langen Zeitraum hier drin lag."

Poppy wurde bewusst, dass sie die Plastikfolie und den Papierumschlag immer noch in der Hand hielt. „Die Urkunde ist etwas mitgenommen. Zum Glück hat die Folie sie geschützt."

„Wir legen beide Teile in die Bibel und deponieren sie im Panzerschrank. Alles weitere wird sich finden."

Zögernd öffnete Poppy den braunen Umschlag und holte das Blatt heraus. Sie legte es neben die andere Hälfte. „Zum ersten Mal seit Caedmon es zerrissen hat, ist das Dokument wieder vereint. Ob er das spürt, in diesem Moment?"

Ihr Blick folgte den geschwungenen Lettern.

„Es ist wunderschön. Die Schrift und die Skizze der Landschaft – jetzt ist der Sinn des Ganzen zu erkennen."

Barney nahm die beiden Teile, wobei er sie nur mit den Fingerspitzen an den Ecken berührte. Er legte sie in die Bibel, klappte das Buch zu und legte es auf den Tisch.

Er zog Poppy an sich.

Sie lehnte den Kopf an seine Brust und schloss die Augen. Ihre Lider zuckten.

Barney streichelte ihren Nacken. „Du warst unglaublich stark und tapfer, und ich kann dir gar nicht sagen, wie stolz ich auf dich bin. Ich hoffe nur, diese Art Abenteuer werden für dich nicht zur Droge."

Poppy lächelte in Barneys Hemd hinein.

Ein paar Minuten später schloss Nancy die Haustür zweimal ab.

Sie drehte sich um und schaute über den Garten. Die Abendsonne milderte die Blautöne mit einem zarten Schuss Orange ab, und in der lauen Luft duftete es nach Lavendel und Salbei.

„Ich werde eine Weile brauchen, um wieder Vertrauen in diesen Ort zu fassen."

Poppy nahm sie an der Hand. „Dieser Platz hat eine besondere Kraft. Sie hat uns vorhin geholfen und wird dir auch in Zukunft beistehen. Aber was ist mit deiner Katze? Ich habe sie seit einer Weile nicht mehr gesehen."

„Kein Wunder bei dem Durcheinander, das kann sie nicht leiden. Sie kann gut ein paar Tage allein bleiben. Sie ist noch jung, aber sehr autonom und hat ihre Katzenklappe an der Gartentür."

Sie fuhren in Nancys blauer Ente. Barney hatte angeboten, sich ans Steuer zu setzen.

„Das mache ich schon." Nancy betätigte den Anlasser. „Autofahren beruhigt mich."

Der Motor startete mit dem typischen Entenschnarren.

Poppy kippte die Seitenscheibe nach oben und streckte den Ellenbogen hinaus. „Wir müssen noch deinen Morris holen, Barney. Ich habe ihn unten an der Sandbar geparkt."

„Den fahre ich zurück", stellte er sofort klar.

„Lasst uns einen Sundowner trinken, ich zumindest könnte einen brauchen", schlug Nancy vor.

„Ist die Bar denn offen?"

Sie schaute auf die Uhr. „Ja, seit einer Stunde. Zurzeit nur ab fünf Uhr und an den Wochenenden."

Der Morris war beinahe zugeparkt, und auf der Terrasse der Sandbar waren fast alle Plätze besetzt. Sie ergatterten einen Tisch am Rand. Von Melancholie und Verlassenheit, die Poppy vorhin empfunden hatte, war nichts mehr zu spüren, aber es war auch nicht trubelig. Gedämpfte Gespräche, leises Gläserklingen und das Rauschen der Brandung bildeten die Geräuschkulisse.

Nancy wählte einen Longdrink auf der Basis von Curacao, in Blau natürlich. Poppy und Barney entschieden sich für einen Pimm's No. 1. Die Getränke wurden gebracht, und die drei stießen an.

Stumm gaben sie sich der besonderen Stimmung hin. Die Sonne streifte den Felsen, auf dem Nancys Haus lag. Sie rührte in ihrem Drink herum und knabberte an einem Cashew-Kern. „Heute Morgen dachte ich da oben noch, es wäre *just another day in paradise …*"

„Das nimmt dir keiner weg", sagte Poppy leise.

Barney nickte. „Wir müssen jetzt nur sicherstellen, dass die Urkunde zum Notar und irgendwann hinter Panzerglas in einer Museumsvitrine kommt." Er hatte die Bibel mitgenommen und sie seitdem nicht aus den Augen gelassen. Jetzt lag sie zwischen ihnen auf dem Tisch. In der lebenslustigen Umgebung wirkte das in abgegriffenes Leder gehüllte Objekt fremd und schwer.

Im Manor war das Abendessen bereits beendet, als sie eintrafen. Die Wanderer bereiteten sich auf ihre Abreise am nächsten Morgen vor, und auch die *Brothers* packten ihre Sachen.

Torry war begeistert über die Rückkehr seiner Herrin, sprang erst an ihr hoch und warf sich dann auf den Rücken. Poppy streichelte ihn ausgiebig.

Auch Pat empfing sie in bester Stimmung. „Wir wissen alles! Ihr seid Heldinnen … Nancy! Schön, dass Sie mitgekommen sind. Herzlich willkommen auf Wythcombe. Wollt ihr etwas essen? Ihr müsst hungrig sein.“

„Es geht, danke. Wir hatten Drinks und ein paar Snacks in der Sandbar.“

„Dann lasst uns wenigstens nachher zusammensitzen, auf der Terrasse.“ Sie strahlte Poppy an. „Wir sind ab dem kommenden Freitag ausgebucht. Die Schweizer und eine russische Großfamilie, reiche Leute aus London.“

„Das klingt nach Leben in der Bude und einer ordentlichen Getränkerechnung. Ich gratuliere dir, Pat.“

„Danke, Poppy, ohne dich hätte ich es nicht geschafft. Jetzt kann ich mir eine Assistentin leisten, die ich zur Geschäftsführerin aufbauen werde. Übrigens, hier gibt es jemanden, der dich unbedingt sprechen möchte.“ Pat trat einen Schritt zurück, und hinter der Säule kam eine Frau hervor.

„Brigid?", fragte Poppy. „Ich hätte Sie beinahe nicht erkannt."

„Ich möchte mich verabschieden, aber nicht, ohne mich zu bedanken. Wer weiß, wo ich jetzt wäre ohne Sie. Ich hatte fast mit meinem Leben abgeschlossen."

„Danke, aber Sie übertreiben ..."

„Ich glaube nicht." Brigid fuhr sich durch ihren Pony. Die Frisur war frisch gestyled, ebenso wie ihr gesamter Auftritt. Statt sportlicher Funktionskleidung trug sie ein hellgrünes Seidenkleid, das zum aktuellen rötlichen Ton ihrer Haare passte.

„Sie sehen gut aus, Brigid. Wie neugeboren."

„Ganz so fühle ich mich noch nicht, aber ich wollte deutlich machen, dass ich das hier hinter mir lassen will. Die alte Beziehung, der Mord, die Haft ... Es wird dauern, bis ich es verarbeitet habe, aber ich wollte schon mal ein Zeichen setzen."

„Was Ihnen gelungen ist." Poppy schloss Brigid in die Arme. „Ich wünsch Ihnen alles Gute." In ihr Ohr flüsterte sie: „Sie sind eine tolle Frau, vergessen Sie das nie."

Kapitel 37

Poppy war mit Bruce allein auf der Terrasse, nur Torry streifte in der Nähe durch die Oleanderbüsche. Sie saß am Rand des türkis leuchtenden Pools und ließ die Beine ins Wasser baumeln. Die Nacht war sternenklar und kühl, aber das spürte sie nicht. Sie sah Bruce dabei zu, wie er das Feuerbecken in Gang brachte.

Im Kontrast zur aufgekratzten Pat wirkte er zurückgenommen. Er hatte Poppy zum Ausgang des Dramas gratuliert. Danach hatten sie sich kaum gesehen. Er entschuldigte sich mit Büroarbeiten; kein Wunder bei der neuen Buchungslage.

Bruce stocherte im Feuer. „Ich versuche mir gerade vorzustellen, wie Keath …"

Wollte er jetzt doch mit ihr sprechen?

„Lass es lieber. Von einer Sekunde auf die andere verwandelte er sich vom netten Plauderer in ein aggressives Monster."

„Kaum zu glauben. Wie Dr. Jekyll und Mr Hyde." Die Flammen schlugen hoch und Bruce legte Holz nach. Im Flackern des Feuers vermochte Poppy seine Miene nicht zu deuten.

„Ich kenne Keath seit meiner Jugend. Er ist ein paar Jahre älter und war immer so etwas wie der Platzhirsch in der Gegend. Und dabei ein guter Kumpel, großherzig und offen – von seinen Frauengeschichten vielleicht mal abgesehen." Er lachte leise. „Aber das hat mit dem Alter deutlich nachgelassen. Er verlagerte seine Potenz aufs Geschäft. Da ist ihm vieles gelungen, nicht nur zu seinen Gunsten, auch für die Gemeinschaft."

„Du magst ihn wirklich." Poppy hob die Füße aus dem Wasser und zog die Knie bis zum Kinn hoch.

„Er ist mein Freund." Bruce zuckte die Achseln. „Ich will ihn nicht so einfach fallen lassen."

„Was für dich spricht, Bruce. Ich weiß nur nicht, ob er das verdient hat."

Barney und Pat tauchten auf, sie hielt eine Flasche Champagner in der Hand.

Bruce ließ von seinem Feuerhaken ab und kam an den Tisch. Er nahm die Flasche und entfernte den Korken nicht in einem Knall, sondern mit einem matten Zischen.

„Wo ist denn Mrs Drake?", fragte er. „Wollte sie nicht dazukommen?"

„Ich hatte sie eingeladen", antwortete Pat, „aber sie wollte nur noch ins Bett."

Poppy schlüpfte in ihre Flipflops und ging zu den anderen. „Ihr hättet Nancy sehen müssen, wie souverän sie mit Keath umgesprungen ist."

Bevor sich Barney setzte, hatte er die Morgan-Bibel auf den Tisch gelegt. Bruce starrte auf das Buch und ließ beim Füllen der Gläser den Champagner überschäumen. „Bruce, pass auf!"

„Entschuldigung", murmelte er.

Barney reagierte schnell und hob das Buch hoch. „Der alte Foliant hat schon viel erlebt, aber bestimmt keine Champagnertaufe."

„Ist das etwa …?", fragte Bruce. Er griff nach der Bibel und blätterte sie auf. Er blieb an den Seiten mit der Urkunde hängen.

„Das ist es. Und bevor wir ins Bett gehen, legen wir das gute Stück in euren Tresor."

„Klar." Bruce gab das Buch an Barney zurück, der es auf dem Schoß behielt. „Was soll denn damit geschehen?", fragte er.

„Ich schlage vor, dass wir gleich morgen früh aufs Rathaus in Falmouth gehen, am besten zusammen mit einem Notar", sagte Barney. „Die Beamten werden staunen, wenn wir mit der Geschichte rausrücken. Ziel muss sein, dass das Land an der Küste ein für alle Mal der Begehrlichkeit irgendwelcher Immobilien-Mogule und ihrer Zuträger entzogen wird."

Bruce nickte.

Barney hob sein Glas. „Darauf lasst uns anstoßen. Und darauf, dass Poppys Freund Caedmon endlich seiner Erlösung entgegensehen kann!"

„Ich werde ihn vermissen." Poppy freute sich, aber der Gedanke versetzte ihr einen Stich. „Gönnst du mir noch eine letzte Begegnung heute Nacht?"

„Vielleicht ist er ja in den ewigen Jagdgründen verschwunden, als die beiden Teile zusammengefunden haben."

Poppy stellte ihr Glas auf den Tisch. „Ich fühle mich total erschossen, nachdem, was heute passiert ist, aber richtig ruhig bin ich erst, wenn alles im Tresor ist."

Es war zu spüren, dass keiner mehr Lust auf ein langes Gespräch hatte. Pat kam nochmal auf ihre Erfolge bei der Akquise neuer Gäste zurück, hörte aber auf, als sie merkte, dass die anderen nicht so recht folgten.

Poppy rief Torry zu sich.

Sie tranken den Rest des Champagners und gingen ins Haus.

„Der Tresor ist fest eingebaut in die Wand des alten Amtszimmers, von dem aus in früheren Zeiten die Wythcombe-Güter verwaltet wurden“, erklärte Bruce, der vorausging. Aus der Halle bog er in einen niedrigen Gang mit gewölbter Decke ab. Am Ende trafen sie auf eine Holztür mit mittelalterlich anmutenden Beschlägen. Poppy machte sich auf ein Quietschen gefasst, aber die offenbar gut geölte Tür schwang lautlos nach innen auf.

Bruce betätigte einen Kippschalter. Ein sechsarmiger bronzener Leuchter erhellte den quadratischen Raum und die von schweren Eichenbalken getragene Decke, an der Reste von Malereien zu sehen waren. Zunftzeichen, vermutete Poppy.

Der kleine Saal war bis auf einen Kontortisch und zwei Stühle leer. Beherrscht wurde er von dem Tresor an der Wand gegenüber des Eingangs.

Bruce zog einen einzelnen Schlüssel aus der Tasche, steckte ihn in das Schloss und öffnete die massive eiserne Tür. Barney legte die Bibel hinein. Bruce schloss ab und hielt Poppy den schweren Schlüssel mit dem komplizierten Bart entgegen.

„Willst du ihn nehmen, bis morgen?“ Poppy war überrascht. Zögernd nahm sie ihn an. „Warum ich, Bruce?“

„Weil du Glück bringst. Nicht nur uns, sondern allem, was dir über den Weg läuft.“

„Das hat er lieb gesagt, oder?“ Pat küsste Bruce auf die Wange.

Poppy war nicht sicher, ob sie Anerkennung oder Ironie heraushörte. „Keath wäre nicht dieser Meinung.“ Sie grinste. „Aber danke, das ist ein großer Vertrauensbeweis.“

Sie steckte den Schlüssel ein.

Oben im Zimmer deponierte Poppy ihn in ihrer Schmuckschatulle.

„Was für ein Tag!" Sie landete rücklings auf dem Bett und streckte alle viere von sich.

„Ganz nach deinem Geschmack, oder?" Barney setzte sich zu ihr und massierte ihr die Füße.

„Das tut gut ..." Sie hob den Kopf. „Meinst du das ernst?"

„Was?"

„Deine Bemerkung eben." Mit wohligem Seufzer ließ sie sich aufs Kissen zurücksinken. „Immerhin hätte ich tot sein können. Oder Nancy."

„Schön, dass du noch über einen letzten Rest an Selbstreflektion verfügst."

Die Massage war auf Höhe ihrer Knie angekommen. Poppy stöhnte leise. „Jetzt ist es vorbei. Wir haben noch fünf Tage Urlaub. Ich bin wild entschlossen, die zu genießen." Sie zog Barney an sich. „Und zwar mit dir."

Kapitel 38

Der Sommerregen hielt die Leute nicht davon ab, in der Marylebone High Street einzukaufen. Der Menschenstrom stockte nur ein wenig, suchte unter den weit ausladenden Markisen Zuflucht oder ließ sich direkt in die Geschäfte lenken.

Poppy manövrierte durch die Masse. Warum hatte sie nur den warmen Mantel an? Er schützte sie vor dem Regen, aber er lastete schwer auf ihren Schultern.

Sie blieb stehen und betrachtete ihr Spiegelbild in einem der großen Schaufenster.

Sie war überzeugt davon, dass der Mann ihr folgte.

Auch er war stehengeblieben, ein paar Läden hinter ihr und tat so, als interessiere er sich für die Auslagen. Obwohl der tief heruntergezogene Hut sein Profil verdeckte, kam er ihr bekannt vor.

Ohne sich umzusehen, lief Poppy weiter. Bei der nächsten Gelegenheit bog sie nach links ab. Ein Fehler. Plötzlich war kein Mensch mehr zu sehen, und der Gang entpuppte sich als Sackgasse. Sie schaute an den grauen Fassaden hoch. Keine Türen, und die Fenster lagen unerreichbar hoch.

Sie blickte zur Einmündung zurück, in der die dunkle Silhouette des Mannes auftauchte. Einen Moment lang dachte Poppy erleichtert, dass er weitergehen würde, aber er kam langsam auf sie zu. Im Gegenlicht war sein Gesicht immer noch nicht zu erkennen.

„Mrs Dayton! Warum laufen Sie vor mir weg? Ich möchte Ihnen etwas zeigen …"

Keath Roberts! Die Stimme war unverkennbar.

Poppy wollte weiterlaufen, aber ihre Schuhe schienen am Asphalt zu kleben.

Er kam immer näher und streckte die Arme nach ihr aus. Bevor seine behandschuhten Finger sie berühren konnten, spürte sie einen festen Griff um ihre Fußknöchel. Sie zwang sich, den Blick von Keath abzuwenden und nach unten zu sehen. Eine weiße Hand zog an ihr. „Hier entlang. Die Treppe runter!" Poppy spürte, wie sich ihr Hals zuschnürte. Als geübte Träumerin war sie fast immer in der Lage, einen Alptraum zu beenden, sich in den Wachzustand zu retten, sobald es unerträglich wurde. Diesmal nicht.

Sie ließ sich in den Kellerabgang hineinziehen. „Achtung! Die Klappe."

Krachend schloss sich eine eiserne Falltür über ihr. Der Riegel schnappte zu. Von draußen drangen Rütteln und wütendes Klopfen nach unten.

„Wo treibt Ihr Euch rum? Ich hatte Mühe, Euch zu finden." Auch diese Stimme erkannte Poppy sofort.

Caedmons Gequengel war nervig, klang für sie in diesem Augenblick aber wie Engelsgesang. Pustend kauerte Poppy in der Finsternis, von der sich die matt leuchtende Gestalt gut abhob.

„Eure Traumwelt ist eine Herausforderung, Mylady, das muss ich sagen."

„Beklagt Euch nicht. Es ist einiges passiert."

Caedmon fuhr sich durch das schüttere Haar. Statt seines repräsentativen Ornats und der Perücke trug er ein einfaches ledernes Wams und einen Umhang aus verfilzter Wolle. Neben ihm stand ein Beutel, eine Art Seesack.

„Und das verfolgt Euch immer noch, ich verstehe." Er setzte sich auf den Sack, rutschte zur Seite und lud Poppy ein, neben ihm Platz zu nehmen.

„Und Ihr? Wollt Ihr Euch verabschieden?"

„Nicht, bevor ich mich bei Euch bedankt habe. Dank Eurer Kühnheit kann nun alles gut werden."

„Höre ich da ein Fragezeichen heraus? Die beiden Hälften der Urkunde sind vereint und liegen gut verwahrt im Tresor."

„Das ist großartig." Caedmon seufzte tief.

„Klingt nicht so."

„Eine Kleinigkeit."

„Warum wittere ich neues Unheil?"

„Das Heil liegt im Feuer, Verehrteste."

„Ist das religiös gemeint?"

„Gott bewahre, nein, ganz praktisch. Es bedürfte eines letzten Einsatzes, von Eurer Seite. Erst dann löst sich der Fluch." Er stützte die Ellenbogen auf die Knie und legte den Kopf in seine Hände. „Das Dokument", sagte er leise, „muss vernichtet, verbrannt werden."

Poppy rutschte beinahe vom Seesack. „Was? Wie soll ich das denn anstellen?"

„Bitte ... Ihr seid so weit gekommen."

„Finde ich auch, das war nicht ohne." Poppy wurde plötzlich warm. Sie zog sich den nassen Mantel von den Schultern. „Der Rest liegt nicht in meiner Macht. Morgen früh wird die Urkunde im Rathaus vorgelegt. Eine Stiftung soll garantieren, dass das Gelände unter Naturschutz gestellt wird."

Caedmon sah Poppy nicht an, sondern starrte auf seine Stiefelspitzen. „Geht das nicht auch so? Hattet Ihr

nicht gesagt, dass besonders seltene Pflanzen und Tiere
gefunden wurden?"

„Das stimmt. Nur ist zu befürchten, dass das ignoriert
werden könnte. Trotzdem verspreche ich Euch, Euer
Problem in der Runde anzusprechen, gleich morgen."

„Versteht mich bitte nicht falsch, Mylady." Caedmon
schniefte und rieb sich die Nase. „Ihr denkt bestimmt,
ich sei undankbar." Er stand auf und zog an seinem Seesack, so dass Poppy nicht länger darauf sitzen konnte.
„Ich möchte mich verabschieden. Egal, wie der letzte
Akt zu Ende geht – Ihr habt unendlich viel getan, für
mich und meine Familie." Mit den geschwollenen Augen wirkte Caedmon traurig und resigniert. Trotzdem
vergaß er seine höfischen Manieren nicht und verbeugte sich zum Handkuss.

„Das geht jetzt schnell ... Ich werde Euch vermissen,
Euch und den Morganschen Charme."

Poppy hielt den Handrücken noch hoch, als Caedmon
längst verschwunden war.

Sie wachte von dem leisen Klirren auf, mit dem
Barney eine Tasse auf den Nachttisch stellte und atmete den Duft ein. „Kaffee? Lieb von dir." Poppy
streckte sich und gähnte vernehmlich, was Torry dazu
bewegte, mit noch geschlossenen Augen den Kopf auf
den Rand seines Körbchens zu legen und die Ohren zu
spitzen. Er machte aber keine Anstalten, sein Lager zu
verlassen. Poppy betrachtete den Hund. „Er scheint
sein neues Bett zu mögen."

Barney nickte befriedigt. „Mir ist es auch lieber, wenn
das Fußende hundefrei bleibt. Was macht dein Caedmon? Hat er sich aufgelöst?"

„Nicht ganz. Der listige Kerl hatte mir etwas verschwiegen ... Erst erlöste er mich aus einem Albtraum, dann kam das dicke Ende.“

Poppy schilderte ihm die Begegnung.

„Verbrennen? Das ist nicht dein Ernst, oder? Was musste nicht alles passieren, bis diese beiden Fetzen wieder zusammenkamen!“

„Sehe ich auch so. Es ist nur – der arme Caedmon.“

Barney zog sich ein korallenfarbenes Poloshirt über, auch das ein Ergebnis der gemeinsamen Einkäufe mit seiner Frau. „Ich berede das mit den *Brothers*, versprochen. Aber ich sage dir gleich ...“

„Ich danke dir.“ Poppy küsste ihn auf den Mund. „Mmh, Zahnpasta!“

Kapitel 39

Es war ungewöhnlich still im Haus, und Pat schien die beiden erst zu hören, als sie an der Küchentür standen.

„Klopf, klopf“, kündigte Barney sie an. „Gibt es noch Frühstück?“ Torry strebte in die Ecke, wo er in seinem Napf ein großzügig bemessenes Stück Leberpastete fand.

„Na klar, Bruce und ich haben nur auf euch gewartet. Nancy ist auch noch da. Ich habe einen Tisch unter der Palme gedeckt.“

Barney sah Poppy fragend an; auf dem Weg dahin klärte sie ihn auf. „Das ist tatsächlich eine echte Palme. Sie steht in einem besonders gut geschützten Winkel.“

Der „Winkel“ war einer der wenigen privaten Orte auf dem Gelände, zwischen Remise und Orangerie.

Bruce saß schon am Tisch und schenkte Kaffee aus. „Zeit für uns! Die Wanderer wurden um sieben Uhr vom Shuttle-Bus abgeholt, und unsere *Brothers* sind auch los. Wir treffen sie nachher am Rathaus wieder. Charles hat für zwölf Uhr einen Termin beim Katasteramt gemacht.“

„Bruce …“, begann Poppy. Barney schüttelte den Kopf und sagte leise: „Jetzt nicht. Lass uns das nachher mit allen besprechen.“

Es wurde ein entspanntes Frühstück, locker und familiär.

Torry wusste die Stimmung zu nutzen. Er strich am Tisch entlang, ohne auffällig zu betteln und profitierte von den Gaben, die über die Kante fielen.

Poppy freute sich, dass Pat und Bruce deutlich weniger verkrampft miteinander umgingen. Sie ließ seine Berührungen zu, und er lachte darüber, wie sie den Akzent des schweizerischen Reiseagenten nachahmte. Vielleicht lag es auch an Nancy Drake, die mit Temperament und Esprit die Gespräche beflügelte. Sie berichtete von ihrem neuen Romanprojekt, einer magischen Liebesgeschichte, wie sie es nannte.

Poppy lauschte aufmerksam. „Ich wollte schon immer ein Buch schreiben. Aber keinen Liebesroman, eher einen Krimi.“

„Warum wundert mich das nicht?“, murmelte Barney, was Poppy geflissentlich überhörte.

„Ist es schwer?“, wollte sie wissen.

„Nicht, wenn du konsequent jeden Tag eine Seite schreibst.“ Nancy rettete eine winzige Fliege, die in ihrem Orangensaft gelandet war. „Das war das wichtigste, was mir meine eigene Schreibtrainerin beigebracht hat. Rechne es aus: Nach einem Jahr hast du einen Roman mit 365 Seiten. Nein, im Ernst, da steckt natürlich viel Arbeit drin. Der Plot, das Schreiben, Korrekturen, eine Agentur finden, Verlag, Lektorat ... Aber am Ende ist das Geheimnis die eine Seite pro Tag. Probiere es einfach!“

„Warum nicht? Vielleicht mache ich mal einen Kurs bei dir.“ Barney sah sie kritisch an. „Deine Augen leuchten wieder so verdächtig. Noch eine neue Kunst? Wir müssen erst wieder unseren Laden in Schwung bringen.“

Nancy sah auf die Uhr. „Davor müssen wir unser Verhör überstehen. Der Inspektor wollte um zehn da sein.“

Sie trafen Edwards und den Konstabler in der Bibliothek. Der Inspektor wischte sich mit dem Taschentuch über die Stirn. „Diese Hitze! Wie angenehm die alten Gemäuer sind. Unsere kleine Wohnung kriegen wir kaum noch kühl. Inzwischen redet meine Frau davon, nach Schottland zu ziehen."

Mit Haggis *scheint sie die Küche bereits zu beherrschen*, wollte Poppy einwerfen, aber sie hielt sich zurück.

„Wie geht es Mr Roberts?", fragte sie stattdessen. Sie wollte das Gespräch lenken, gerade nach dem Albtraum, um die Erinnerung an Keath Roberts zu bannen.

„Das Bein konnte gerettet werden. Es wird noch eine zweite Operation nötig sein und eine lange Reha, aber er ist außer Lebensgefahr."

„Das ist gut."

„In der Tat – für ihn und für Sie. Der Staatsanwalt wollte Sie zum Verhör vorladen lassen."

„Schwärmt er jetzt nicht mehr von mir?"

„Wie gesagt, es gibt Interessen …"

„Die wir hoffentlich in ihre Schranken weisen werden, sobald die Urkunde beim Katasteramt liegt."

„Das wäre zu wünschen. Jetzt zu den Formalien. Ich benötige Ihre Aussagen. Dazu gehört, dass ich Sie getrennt befrage. Darf ich mit Mrs Drake beginnen? Der Konstabler wird alles mitschreiben."

„In Ordnung. Ich warte in der Halle. Und inzwischen hole ich den Schlüssel vom Tresor."

Eine Stunde später war alles protokolliert und unterschrieben.

Poppy musste sich sehr konzentrieren, nicht nur, um die Fakten aus ihrer Sicht korrekt zu schildern, sondern um so ruhig und emotionslos wie möglich zu bleiben. Das Abrufen jeder Einzelheit war aufwühlend, trotzdem empfand sie die Erinnerungsarbeit als befreiend.

Der Inspektor schien mit den Aussagen zufrieden zu sein.

„Das wars für den Moment. Natürlich müssen Sie beide irgendwann für die Gerichtsverhandlung zur Verfügung stehen."

„Selbstverständlich." Nancy Drake gab dem Inspektor die Hand. Dann schloss sie Poppy fest in die Arme. Die erwiderte die Geste, fragte aber verwundert: „Verlässt du uns auch? So plötzlich? Du wolltest doch bleiben ..."

„Auch wenn es dir seltsam vorkommt – ich habe es mir anders überlegt. Ich kann das Vertrauen zu meinem Haus nur wieder zurückgewinnen, wenn ich dort bin, nicht aus der Ferne."

„Das hat etwas für sich. Aber bist du schon soweit?" Poppy stockte. „Der Abschied fällt mir schwer."

Nancy lächelte scheu. „Mir auch. Besuch mich sobald wie möglich. Das mit dem Schreiben war ernst gemeint, das bringe ich dir bei. Um den Plot würde ich mir keine Sorgen machen, bei dem, was du so alles erlebst."

„Am liebsten würde ich gleich damit anfangen. Soll ich dich nicht begleiten?"

Nancy schüttelte den Kopf. Poppy ging mit ihr nach draußen und winkte der blauen Ente hinterher.

Als auch Edwards gehen wollte, hielt Poppy ihn auf. „Lieber Inspektor, tun Sie mir den Gefallen und kommen mit uns zum Tresor? Und danach fahren wir alle nach Falmouth. Es mag Ihnen albern vorkommen, aber ich fände es gut, wenn die letzte Phase dieses Abenteuers unter Polizeibegleitung stattfinden würde.“

Edwards schaute den Konstabler an. „Schaffen wir das? Der Termin mit der Staatsanwaltschaft ...“

„... ist erst um zwei.“

Poppy rief nach Barney und Bruce, Pat kam aus der Küche dazu. „Ich wollte zum Großhändler fahren“, sagte sie, „aber das hat Zeit.“

Poppy reckte stolz den Tresorschlüssel in die Luft. Wieder übernahm Bruce die Führung zum Kontorraum, Poppy ging direkt hinter ihm. Der niedrige Gang kam ihr diesmal noch enger und bedrückender vor, sie fühlte sich eingeklemmt zwischen den hochgewachsenen Gestalten von Bruce und Barney.

Die sechs betraten das Kontor.

Poppy fiel sofort der veränderte Geruch auf. Gestern roch es hier nach Staub, nach ungelüfteter Amtsstube. Heute nach feuchtem Papier. Ein Luftzug war zu spüren. Im Sonnenlicht, das in Streifen zwischen den Fenstersprossen in den Raum fiel, tanzte ein aufgeschreckter Nachtfalter.

Unter Barneys Fuß knirschte es. Er zog den Schuh zurück. „Ist das Glas?“

„Scherben“, stellte der Konstabler fest.

„Von dort wahrscheinlich.“ Der Inspektor zeigte zum Fenster. Erst auf den zweiten Blick war zu erkennen, dass eine der kleinen Kassetten-Glasflächen fehlte.

„Ist die Scheibe eingeschlagen?" Bruce sog scharf die Luft ein. „Gestern war sie noch in Ordnung."

„Das Fenster ist nur angelehnt", stellte der Konstabler fest. „Der Riegel ist durch die Lücke gut erreichbar."

Poppys mulmiges Gefühl wurde stärker. In ihrer Hand fühlte sich das kühle Metall des Schlüssels plötzlich brennend heiß an. Sie hielt ihn Bruce entgegen. Der nahm ihn nicht an, sondern trat einen Schritt zurück.

„Bitte, Poppy, mach auf."

Ihre Hand zitterte, und sie traf nicht gleich das Schloss. Der Schlüssel ließ sich nur schwer drehen.

Dann schwang die Tür auf, und Poppy hielt sich die Hand vor den Mund. „O Gott!"

Bruce schob sie zur Seite. „Leer! Die Bibel ist weg."

„Geht alles wieder von vorne los?" Pat schluchzte auf. „Dieses verdammte alte Haus ist verflucht ..."

„Reiß dich zusammen", herrschte Bruce sie an. Pat lief hinaus.

„Mrs Dayton, überlassen Sie den Schlüssel bitte dem Konstabler?" Edwards gab ihm einen Wink. „Und Lord Wythcombe, eigentlich möchte ich Sie Ihrer Frau hinterherschicken, um sie zu trösten, aber Sie sollten bleiben."

Bruce achtete nicht auf den Inspektor. Er fixierte Poppy. „Du ...!"

„Was starrst du mich so an, Bruce?" Poppy ließ den Schlüssel in einen Plastikbeutel gleiten, den der Konstabler mit entschuldigender Miene vor ihr aufhielt. Entgeistert schüttelte sie den Kopf. „Denkst du etwa, ich ...?"

„Ich denke gar nichts." Seine Stimme war kalt und schneidend. „Aber du hattest den Schlüssel, und er ist das einzige Exemplar!"

„Interessant, Lord Wythcombe", ging der Inspektor dazwischen. „Um Ihrer Freundschaft willen lassen Sie bitte mich die Ermittlungen führen." Er lächelte Poppy an. „Auf jeden Fall hatte Mrs Dayton mal wieder den richtigen Riecher, als sie mich bat, zu bleiben."

„Abgekartetes Spiel", zischte Bruce. Edwards ließ sich nicht unterbrechen. „Gehen Sie bitte alle zur Tür zurück. Und kann in diesem finsteren Loch mal jemand Licht machen?"

Bruce bediente den Schalter. Die nackten Glühbirnen des Deckenleuchters brachten die Splitter auf dem Boden zum Glitzern.

„Den Anzeichen nach müssen wir von einem Einbruch ausgehen. Ich glaube kaum, dass Mrs Dayton durchs Fenster kam, wenn sie einfach durch die Tür gehen konnte."

„Danke, Inspektor."

„Poppy, Mrs Dayton meine ich, neigt dazu, durch Fenster zu steigen." Bruce' Augen lagen in der schwachen Beleuchtung tief in ihren Höhlen.

„Jetzt reichts aber, Bruce. Willst du mich ernsthaft beschuldigen?" Poppy ballte die Fäuste.

„Ich hatte Sie gewarnt, Lord Wythcombe, halten Sie sich zurück!" Edwards Ton wurde schärfer.

„Ich meine nur ... Und wenn hier jemand aggressiv wird, dann wohl Mrs Dayton."

„Nein, ich, wenn du so weitermachst." Barney trat vor. Allein seine Körpergröße tat ihre Wirkung. Dazu packte er Bruce spielerisch am Kragen, ließ aber sofort los. Bruce presste die Lippen zusammen.

„Konstabler, ich bleibe bei den Kampfhähnen", seufzte der Inspektor. „Gehen Sie bitte nach draußen und sichern Sie eventuelle Spuren vor dem Fenster. Ich sehe mir das Schloss an. Und holen Sie die Folie für die Fingerabdrücke aus dem Auto."

Der Inspektor zog eine kleine Taschenlampe hervor, schaltete sie ein und beleuchtete das Schlüsselloch des Tresors. „Eine Menge Kratzspuren. Kein Wunder, das gute Stück ist bestimmt zweihundert Jahre alt." Er klappte die Tür weit auf und besah sich die Verriegelungsanlage von innen. „Lord Wythcombe, ob ein oder zwei Schlüssel scheint mir ziemlich egal zu sein. Dieser Tresor entspricht längst nicht mehr den modernen Anforderungen. Jeder mittelmäßig begabte Einbrecher wäre in der Lage, ihn zu knacken."

„Es ist aber nicht zerstört."

„Das ist auch nicht nötig. Ein Dietrich genügt. Ich fürchte, das wird Ihrer Versicherung gar nicht passen, für den Fall, dass Sie sie einschalten wollten."

„Der Schaden ist eher ideell. Die Urkunde hatte vor allem historischen Wert …"

„Was ist eigentlich in dich gefahren, Bruce?", konnte sich Poppy nicht zurückhalten. „Du weißt genau, dass sich dieses ganze Drama um die Urkunde dreht. Wer sie hat, beherrscht die Gegend."

„Nicht so laut, Mrs Dayton, sonst finde ich bei Ihnen ein Motiv."

„Inspektor!"

„Aber auch ich muss Lord Wythcombe widersprechen, das lässt sich nicht bagatellisieren. An Sie alle die

Frage: Wer wusste davon, dass die Urkunde im Tresor aufbewahrt wird?"

Barney räusperte sich. „Wir vier hier. Und die *Brothers*. Die hatten wir gestern Abend informiert, und wir sind gleich mit ihnen verabredet, auf dem Amt."

„Das müssen Sie abblasen, fürchte ich. – Ah, Konstabler, was haben Sie herausgefunden?"

„Das meiste Glas liegt draußen. Es sind Trittspuren zu sehen, ziemlich tiefe, die anschließend verwischt wurden. Nichts Verwertbares."

„Das meiste Glas liegt draußen? Ich schaue mir das selbst mal an. Bitte nehmen Sie die Fingerabdrücke von der Tresortür, dann die von den Wythcombes, den Daytons und später noch von diesen Cornwall-Brüdern."

„Dass Sie auf meinem Tresor auch meine Fingerabdrücke finden werden, würde mich nicht wundern", kommentierte Bruce bissig. Der Konstabler murmelte etwas Unverständliches.

Beim Hinausgehen blickte Edwards zwischen Poppy, Barney und Bruce hin und her.

„Kann ich Sie allein lassen?"

„Klar", Bruce gab sich Mühe, eine entspannte Haltung einzunehmen. „Vielleicht bin ich zu weit gegangen. Meine Stimmung fährt manchmal Achterbahn."

„Pass auf, dass du dabei nicht aus der Kurve fliegst", zischte Poppy und ließ ihn stehen.

Barney lachte und haute Bruce auf die Schulter. „Alter Freund, ich fürchte, da muss noch mehr kommen, um sie wieder auf deine Seite zu kriegen." Er ging Poppy hinterher.

Der Konstabler holte aus dem Polizeiwagen ein Gerät, mit dem er Fingerabdrücke abnehmen und digital speichern konnte, und baute es auf dem Eichentisch in der Halle auf.

Poppy war die Erste. Torry saß neben ihr und verfolgte schwanzwedelnd die Prozedur. Sie kraulte ihn am Nacken. „Gut, dass ich keine Tinte an den Fingern habe, sonst würde ich jetzt abfärben. Du bist heute noch nicht richtig auf deine Kosten gekommen. Wir machen gleich einen Spaziergang."

„Nehmt ihr mich mit?", fragte Barney. „Ich habe den Termin im Rathaus abgesagt, die *Brothers* informiert und sie vorgewarnt, dass der Konstabler sie mit sauberen Fingern erwartet. Die haben vielleicht geflucht!"

„Pat hatte recht mit ihrem Stoßseufzer. Das Drama nimmt kein Ende."

„Lass uns erstmal raus an die frische Luft."

Poppy wollte Torry an die Leine nehmen, aber er wich ihr tänzelnd aus. „Na gut, die brauchen wir nur, wenn du auf die Idee kommst, zu jagen."

Kapitel 40

Der Polizeiwagen war vom Hof gefahren. Bruce und Pat hatten sich trotz allem zum Großhändler aufgemacht.

„Die Arbeitsroutine wird ihnen guttun", sagte Barney.

„Meinst du? Nicht bloß die Stimmung, das gesamte Unternehmen hier scheint mir auf wackeligen Beinen zu stehen."

„Die Buchungszahlen stimmen wieder."

„Mag sein, aber das ist es nicht, Barney ... Pat tut mir leid. Sie ist so empfindlich und der Gefühlsinkontinenz von Bruce vollkommen ausgeliefert."

„Netter Ausdruck. Unterschätze Pat nicht, sie ist stabiler, als du denkst. Sie kennt wenigstens ihre Defizite und hat sich Unterstützung geholt. Bruce halte ich für viel labiler."

„Er meint, er sei hier der große Zampano. Dabei ist er arrogant und hinterhältig."

„Wie seine Vorfahren? Höre ich da wieder deinen Caedmon heraus?"

„Mein Caedmon tut mir auch leid. Seine Erlösung ..."

Barney packte Poppy am Arm und zog sie zurück. „Pass auf, wohin du trittst."

In der senkrechten Mittagssonne saß eine blaugrün schillernde Eidechse auf dem Weg und stemmte sich mit ihren Vorderfüßen hoch. Torry knurrte, hielt aber respektvollen Abstand. „Wie schön sie ist. Sie scheint die Wärme richtig aufzusaugen."

Sie machten einen Bogen um das Reptil, welches keinen Millimeter von seinem Platz wich.

Am alten Leuchtturm machten sie eine Pause. Es war so heiß und schattenlos auf dem Plateau, dass sie durch die Türöffnung kletterten und im dunklen Mauerschaft Kühlung suchten. Sie setzten sich auf die Treppe.

„Hier hat Torry den Stiefel gefunden?“

„Nein, ein Stück weiter in der Heide.“ Poppy stützte das Kinn auf die Knie. „Ich muss an Keath denken, wie er mich angesehen hat, die Hand an Nancys Kehle ...“

„Zu allem bereit ...“

„Schon, ich habe nur das Gefühl, dass wir etwas übersehen.“ Poppy zeichnete Kreise in den sandigen Boden.

„Was meinst du?“

„Sei nicht so begriffsstutzig. Liegt das an der Hitze?“

„Keath ist im Krankenhaus in Bristol. Er kann unmöglich ins Kontor eingestiegen sein, nachdem du ihm fast das Bein abgeschnitten hast.“

„Wie einfühlsam von dir, das so zu beschreiben.“ Die Härchen an Poppys Unterarmen stellten sich auf. „Was hältst du von den *Brothers?*“

„Das sind wir doch mehrmals durchgegangen. Sie haben sich für die Stiftung entschieden.“

„Wirklich alle?“

„Du denkst an Trelawney.“

„Interessant, dass du das sagst.“

„Er hätte als Einziger das Format, seiner eigenen Agenda nachzugehen.“

„Zumindest ist er geschickter als Keath, kein selbstherrlicher Einzelgänger, eher ein Teamplayer.“

„Aber Einbruch?“

„Ein Auftragsjob an irgendeinen kleinen Gangster, der keine Ahnung vom wahren Wert hatte.

Wahrscheinlich versprach man ihm einen Anteil am Verkauf der Bibel ...“

„Delegieren könnte passen zu Trelawney. Er ist Führer und Motivator und hat seinen Verein immer wieder geschickt auf Linie gebracht.“

„Gehört Bruce eigentlich auch dazu?“

„Soweit ich weiß, ist er nicht Mitglied der Bruderschaft.“

„Ich könnte mir vorstellen, dass er wie Trelawney nur ein weiteres Rädchen in dem ominösen Getriebe ist. Die Linie geht viel weiter ...“ Poppy kickte einen Stein aus dem Weg. Torry schielte ihm hinterher.

„Verschwörungstheoretikerin!“ Barney gab ihr einen Kuss, den sie gerne erwiderte.

Nach einer Weile löste sie sich von ihm. „Für ein Schäferstündchen ist es mir hier zu heiß und staubig.“

„Deine Gedanken sind woanders.“

„Gebe ich zu. Du erinnerst dich, dass auch Edwards vom Einfluss der Politik sprach.“

„Poppy, deinen Inspektor halte ich nicht für so neutral, wie er vorgibt. Wenn du wie er eine Ewigkeit auf diesem Posten sitzt, steckst du selbst drin, auf die eine oder andere Weise.“

„Ha! Jetzt bist du es, der an einer Verschwörungsgeschichte bastelt.“ Poppy biss ihn zärtlich ins Ohr und streckte sich auf dem weichen Sand aus. „So ungemütlich ist es hier gar nicht. Torry, hältst du draußen Wache?“

Sie schlang die Arme um Barneys Hals.

Gegen 17 Uhr kehrten sie ins Manor zurück. Wieder fiel Poppy die Stille auf. Nur ab und zu knackte ein Balken, der sich in der Nachmittagshitze ausdehnte.

Pat saß im Büro, Bruce war nirgendwo zu sehen.

Torry bog in der Halle sofort in Richtung Küche ab, wo sein Trinknapf stand.

„Pat, ich komme!", rief Poppy. „Wir springen nur schnell unter die Dusche."

„Super, die Anreisen morgen …"

„Das schaffen wir."

„Die Schweizer Agentur hat angerufen, sie haben von Micah erfahren und stellten eine Menge Fragen …"

„… die du alle bestens beantwortet hast." Poppy war bereits halb die Treppe hoch.

„Scheint so. Woher weißt du das?"

Obwohl Sandkörner Poppy auf der Kopfhaut kitzelten und sie sich nach der Dusche sehnte, machte sie einen Abstecher ins Büro.

„Ich weiß es. Weil du es kannst, Pat."

„Der Einbruch …"

„Vergiss ihn. Dann ist dieser blöde Fetzen Papier eben weg. Sei bloß froh. Der war es, der das Unglück anzog, nicht euer ehrwürdiges Haus. Bis gleich."

Barney rubbelte Poppy den Rücken ab. „Sehr gut … ein bisschen mehr nach rechts … weiter oben juckt es … genau da!"

Er gab ihr einen Kuss auf die Stelle unter dem linken Schulterblatt.

„Ist da was zu sehen?"

„Ein Mückenstich."

„Dann fällt das Kleid mit dem tiefen Rückenausschnitt für heute Abend aus."

„Das rote? Es ist genau richtig bei den Temperaturen, und du siehst darin aus wie eine Cabaretsängerin."

„Pass auf mit deinen Komplimenten." Sie holte das Kleid aus dem Schrank und hielt es sich an. „Langsam bin ich mit meiner Reisegarderobe am Ende. Aber du hast recht, ich nehme es."

„Wow", empfing sie Pat, „du siehst aus wie …"

„… aus dem Cabaret? Mach nicht den gleichen Fehler wie Barney."

„Ich wollte sagen, wie eine italienische Contessa."

„Akzeptiert." Poppy schaute über Pats Schulter auf die Unterlagen, dann griff sie nach Block und Bleistift und setzte sich zu ihr. „Kann ich noch was tun? Wie weit bist du?"

„Fast fertig. Ich habe den Gästen unsere verschieden gestalteten Zimmer wunschgemäß zugeordnet. Besonders die Schweizer legten Wert auf die Auswahlmöglichkeit. Das war auch einer der Gründe, warum die Agentur uns unter Vertrag genommen hat." Pat griff nach Poppys Hand. „Ich staune selbst, wie leicht mir alles fällt. Die alte Routine ist wieder da."

„Super, weiter so!" Poppy zwirbelte den Bleistift durch die Finger. „Essen wir nachher zusammen? Wo ist eigentlich Bruce?"

„Er hat sich frei genommen und wird erst spätabends zurück sein. Er meinte, Keath täte ihm leid, und er wollte ihn im Hospital besuchen. Immerhin kennen sie sich seit langem."

Der Bleistift zerbrach in Poppys Händen. Pat zuckte zusammen und sah sie erschrocken an.

„Entschuldige. Das sieht mir eigentlich nicht ähnlich, aber die Erinnerung an die Attacke macht mir zu schaffen, und ehrlich gesagt auch das Verhalten von Bruce heute Morgen.“

„Was meinst du damit?“

„Als du draußen warst, hat er mich eiskalt beschuldigt, in Anwesenheit der Polizei.“

Pat senkte den Kopf. „Das ist schrecklich. Ich weiß nicht, was mit ihm los ist. Auf dem Weg zum Markt äußerte er tatsächlich ein paar wirre Gedanken, dass man uns das Erbe der Wythcombes streitig machen könnte.“

„Aber doch wohl nicht ich? Wie absurd ist das denn?“, fragte Poppy empört, fegte mit der Hand die Holzsplitter auf dem Tisch zusammen und feuerte sie in den Papierkorb.

„Das hat er von mir auch zu hören bekommen, mit deutlich stärkeren Worten, und ich denke, es kam bei ihm an. Jedenfalls hat er nichts mehr gesagt.“

Poppy schüttelte sich. „Dann sind wir heute Abend eben nur zu dritt, und Torry natürlich. Bring in Ruhe deine Arbeit zu Ende, Barney und ich denken uns ein kleines Dinner aus.“

Pat nickte, griff nach einem neuen Bleistift und kaute versonnen daran.

Der Himmel wurde dunkel, und die Hitze des Tages entlud sich in einem heftigen Gewitter. Poppy sah durch das Küchenfenster. Grelle Blitze ließen die Bäume im Park schemenhaft aufleuchten. Sturmböen zerrten an den ausladenden Ästen.

„Wie Urweltriesen, die miteinander kämpfen.“

„Zum Glück haben sie tiefe Wurzeln und kommen nicht auf die Idee, uns im Manor heimzusuchen.“ Barney legte dünn ausgerollten Pastateig in eine Auflaufform. Poppy hatte seinen Vorschlag fürs Dinner sofort akzeptiert. Sie liebte das Lasagne-Rezept, ein gut gehütetes Familiengeheimnis. „Der Einbruch geht mir nicht aus dem Kopf." Er goss das frisch zubereitete Ragout über den Teig.

Poppy löste sich von dem Naturschauspiel. „Mir auch nicht." Sie holte ein großes Schneidebrett aus dem Schrank und häufte die Zutaten für den Salat auf, Eichenblatt, Wildkräuter und Birne. „Sollte es aber", ermahnte sie sich selbst. „Es sieht wirklich blöd aus, dass ich den einzigen Schlüssel hatte." Energisch schnitt sie alles klein.

Sie deckten den Tisch vor dem Marmorkamin im Salon.

Pat klopfte an das Glas der Wetterstation. „Es ist noch nicht vorbei." Die Barometer-Nadel, die bereits weit links stand, hüpfte noch ein paar Striche nach unten. „Und das Thermometer ist seit heute Nachmittag um fünfzehn Grad gefallen."

Poppy betrachtete die Gänsehaut an ihren Armen und rieb sich die nackten Schultern. „Entweder wir machen den Kamin an oder ich muss mir meine Strickjacke anziehen."

„Über dein Kleid? Das wäre schade." Mit wenigen Handgriffen entfachte Pat ein Feuer.

Barney, der sich Bruce' Grillschürze umgebunden hatte, hatte seinen Auftritt mit einer großen Schüssel, das erhobene Haupt in Dampf gehüllt, aus dem nur seine spitze Nase hervorragte.

„Wie das duftet!" Pats Nasenlöcher weiteten sich.

„Ein Rezept der Daytons", erklärte Poppy. „Ich hatte mich mal bei Barneys Mutter danach erkundigt.

Sie schüttelte bedauernd den Kopf und meinte, ich sollte mich an seinen Vater wenden. Das würde nur nichts nützen. Er würde es nur seinem Sohn verraten."

„Warum das denn?"

Poppy kicherte. „Das habe ich auch gefragt. Arthur Dayton kniff die Augen zusammen und sagte, ein guter Ehemann sollte auch in der Küche noch ein Ass im Ärmel behalten."

Barney nickte andächtig und verteilte großzügig bemessene Lasagne-Stücke auf die Teller. „So ist er. Und er kann nicht nur Lasagne. Als junger Anwalt hat er in einer Kanzlei in Florenz gearbeitet und wohnte bei der Familie des Notars. Da hat er sich das Kochen abgeschaut, allerdings auch das Pokerspielen. Beides hat er niemals aufgegeben."

„Das eine war seiner Frau nicht unlieb, auf das andere hätte sie verzichten können."

„Sei nicht so indiskret, Poppy. Aber es stimmt, die Pokerrunden bis spät in die Nacht und der Rauch unzähliger Pfeifen und Zigarren, der unter dem Türspalt des Herrenzimmers in die ganze Wohnung drang, sorgen bis heute für Diskussionen."

„Dann scheint es deinen Eltern gut zu gehen?"

„Danke, ja. Sie sind beide gesund und geistig hellwach."

„Seht ihr euch öfter?"

„Viel zu selten, obwohl sie nicht weit weg wohnen, in Windsor. An Ostern, Weihnachten und den Geburtstagen."

Pat seufzte. „Meine Eltern sind beide tot. Das war eins der Dinge, die mich mit Poppy verbanden. Manchmal fühle ich mich ziemlich allein auf der Welt."

„Du hast doch Bruce."

„Meinst du das jetzt ironisch?" Pat zuckte über die Schärfe in ihrer Stimme selbst zusammen. „Entschuldige. Ihr habt ihn ja erlebt. Gerade noch gut aufgelegt und der perfekte Gastgeber, dann wieder düster und mit seinen Gedanken woanders. Unser Eheleben ist kaum der Rede wert." Sie senkte den Kopf. „Ich habe mir immer ein Kind gewünscht. Und so, wie es im Moment aussieht ..." Sie seufzte.

Poppy spürte, wie der Gedanke auch bei ihr eine Saite anschlug. „Lasst euch Zeit. Ihr seid ja noch jung." Sie sah Barney an. „Wir alle sind noch jung." Er nickte lächelnd, aber es war sein unbestimmt freundlicher Ausdruck, fand sie, nicht mehr und nicht weniger.

Pat schien das Thema nicht vertiefen zu wollen. „Barney, reichst du mir noch ein Stück von deiner Köstlichkeit? Nach all der Gourmet-Küche in letzter Zeit habe ich sowas vermisst."

„Gerne, aber lass noch etwas Platz für den Nachtisch."

Pat zog ihren Teller zurück. „Den Hinweis nehme ich ernst." Sie schaute in die Auflaufform. „Die Hälfte ist noch da. Vielleicht hat Bruce Hunger, wenn er nach Hause kommt ..."

Der Glanz kehrte in Pats Augen zurück, als Barney die nächste Schüssel auf den Tisch stellte, aus der ein herber Duft von Espresso und Kakao aufstieg.

„Ist es das, was ich denke?"

„Wir bleiben in Italien."

„Tiramisu! Ein weiteres Rezept deines Vaters?"

„Genau. Und hier kann ich einen Teil des Geheimnisses lüften. Statt Amaretto verwendet er Marsala. Zum Glück habe ich den in eurer fabelhaften Hausbar gefunden, genauso wie Löffelbiskuit. Der lag neben dem Champagnerfach, das ich gleich um eine Flasche erleichtert habe." Barney ließ den Korken knallen, und Poppy hielt reaktionsschnell die flachen Schalen unter die überschäumende goldene Flüssigkeit.

„Danke für den schönen Abend." Pat hob ihr Glas. „Du hast recht, Poppy. Wir schauen nach vorne. Was mache ich mir Sorgen? Morgen Mittag kommen die neuen Gäste."

„Auf die Zukunft!" Pat stieß mit ihr an, und Barney verteilte das Tiramisu.

Kapitel 41

Später bereute Poppy, nicht wie Pat auf das zweite Stück Lasagne verzichtet zu haben.

Sie warf sich im Bett von einer Seite auf die andere. Erst beneidete sie Barney nur um seinen Schlaf, nach einer weiteren halben Stunde nervte sie sein leises Schnarchen.

Ihre Gedanken drehten und überholten sich und hielten sie in einer Art angespannten Dämmerzustand fest. Sie konnte nicht loslassen. Oder sie wollte vermeiden, einzuschlafen, um dann Caedmon zu begegnen und ihm gestehen zu müssen, dass das Dokument verloren war.

Sie stand auf, öffnete die Tür und trat auf den Balkon. Die Kühle der feuchten Kacheln an ihren Fußsohlen erzeugte ein beruhigendes Gefühl. In langen Atemzügen nahm sie die vom Regen rein gewaschene Luft auf. Die Nacht war mondlos. Himmel und Wasser bildeten eine einzige finstere Fläche; bis auf das ferne pulsierende Brausen der Brandung war es still.

Poppy fuhr sich mit der Zungenspitze über die Lippen und sammelte die winzigen Regentropfen ein, die sich dort niederließen. Sie bekam Durst. Das schwere Essen und der viele Champagner verlangten nach einem Glas Wasser.

Sie ging ins Zimmer zurück. Als sie den quietschenden Riegel der Balkontür schloss, saß Barney plötzlich senkrecht im Bett.

„Habe ich dich geweckt? Das tut mir leid." Das tat es nur halbwegs, aber sie klang empathisch genug, fand sie. „Ich hole mir was zu trinken. Soll ich dir etwas mitbringen?“

Ihr war nicht klar, ob sie Barneys Brummen als Zustimmung werten sollte; er hatte sich wieder hingelegt. Auch Torry schlief ungerührt weiter in seinem Korb.

Poppy zuckte die Schultern und warf sich den Bademantel über.

Unten in der Halle sah sie ein Flackern. Es war anders, wärmer als das blaue Licht über den Fußleisten, welches die Flure nachts beleuchtete. Es kam aus Richtung der Küche. Sie konnte sich nicht erinnern, dass sie dort eine Kerze angelassen hätten.

Noch ein Einbruch? Sie war aufgeregt und musste ihre Atmung beruhigen. Der Sache wollte sie auf den Grund gehen.

Lautlos durchquerte Poppy die Halle und lugte vorsichtig um die Ecke zur Küche. Ein dreiarmiger Leuchter erhellte den Tisch. Dann machte sie einen beherzten Schritt über die Schwelle.

Der Mann am Tisch fuhr zusammen. Seine Hände zuckten und versuchten etwas zu verdecken, das vor ihm lag.

Poppy erkannte es sofort. Es waren die beiden Hälften der Urkunde.

Ihr Herz machte einen Satz, und die kleine Arterie an der linken Schläfe begann schmerzhaft zu pochen. Sie beschloss, Bruce nicht zu provozieren und wählte die freundlich-verschlafene Variante.

„Bruce, machst du dir ein privates Candlelight-Dinner? Hast du gesehen? Da ist noch Lasagne im Kühlschrank.“ Sie zog den Bademantel dichter über der

Brust zusammen und kam näher, ohne ihn aus den Augen zu lassen.

„Poppy! Schlafwandelst du?" Langsam bewegte er die Hände zueinander und versuchte, die Papiere übereinanderzuschieben. Poppy registrierte bewundernd, dass Bruce auch im Schock seine Coolness nicht verlor. Trotz der späten Stunde sah er gut und ausgeruht aus, in seinem weißen Rollkragenpullover und mit den glatt zurückgekämmten Haaren.

„Ich hatte Durst. Und du? Was machst du hier so spät?"

„Ich bin gerade aus Bristol zurückgekommen. Ich wollte niemanden wecken und habe mir ein paar Kerzen angesteckt", sagte er im Plauderton. „Keath geht es besser. Ich soll dich sogar von ihm grüßen."

„Der hat Nerven. – Du aber auch, Bruce. Was hast du da vor dir liegen? Das ist doch die Urkunde." Poppy schob das Kinn vor, ohne den Kragen des Bademantels loszulassen. Sie versuchte, ein Frösteln zu unterdrücken.

„Ja, genau!" Jetzt zog er die Hände zurück und hielt sie mit den Flächen nach oben, als ob er etwas Besonderes präsentieren wollte.

„Stell dir vor, ich habe sie gefunden, in einem Plastikbeutel, mit anderem Papierzeug, an den Mülltonnen vorne an der Kreuzung. Ich schätze mal, der Einbrecher war enttäuscht, nur wertlosen alten Kram im Tresor gefunden zu haben, und hat das einfach weggeworfen."

Poppy ging zur Spüle, füllte ein Glas mit Wasser aus dem Hahn und stellte es auf dem Tisch ab. Hastig zog Bruce das Papier ein Stück an sich.

„Darf ich mich zu dir setzen?" Poppys Bademantel kaschierte ihre zitternden Knie.

„Wenn du willst. Geh besser wieder ins Bett. Es hat deutlich abgekühlt, und du sollst dir im Urlaub keinen Schnupfen holen."

„Ich freue mich, dass du dir Gedanken um mich machst." Poppy zog ihre bloßen Füße hoch und kauerte sich in dem antiken Stuhl zusammen. „Mal ehrlich, Bruce. Wie lange sind wir befreundet? Gestattest du mir ein offenes Wort?"

Er antwortete mit einer gönnerhaften Geste, ließ die Hände aber sofort wieder auf die Pergamentstücke zurücksinken.

„Nur zu. Hat Pat sich über mich beschwert?" Seine Augenbrauen trafen sich über der Nasenwurzel. „Oder geht es um heute Morgen? Ich wollte dich nicht ernsthaft beschuldigen, glaub mir. Wenn das so angekommen sein sollte, möchte ich mich dafür bei dir entschuldigen."

Poppy ging darauf nicht ein. „Wir hatten einen schönen Abend", sagte sie kühl. „Barney hat gekocht."

„Dieses Talent kannte ich noch nicht von ihm." Bruce nahm eine Hand von den Papieren und spielte mit seinem Schlüsselbund, der neben dem Kerzenständer lag.

„Italienisch. Hat er von seinem Vater." Poppy faltete die Hände über den Knien. „Egal. Nein, Pat hält sich sehr zurück, aber es ist klar, dass sie nicht glücklich ist. Wir sind Freunde, bisher jedenfalls, und deshalb will ich keine Partei ergreifen." Poppy fuhr sich mit der Zunge über die trockenen Lippen.

„Du sprichst unsere Freundschaft an. Die ist uns sehr wichtig, Pat und mir. Aber du solltest uns unsere Angelegenheiten selbst regeln lassen."

„Warum das alles, Bruce?" Sie bellte die Frage beinahe hinaus und kaschierte das mit einem Husten. Sie musste sich im Griff behalten.

Bruce warf ihr einen unschuldigen Blick zu. „Was meinst du?"

„Das ganze Drama um die Urkunde. Ein Mann ist tot, ein anderer im Krankenhaus. Der Einbruch. Was wird als nächstes passieren?"

Bruce machte seinen Rücken betont gerade. „Damit habe ich nichts zu tun, glaub mir. Jetzt ist die Urkunde wieder da, und alles wird gut."

„Meinst du?"

„Wie gesagt, genießt eure Ferientage. Wenn ihr wieder in London seid, rufe ich euch an, in ein paar Tagen, und erzähle euch, wie alles gelaufen ist."

Poppy betrachtete Bruce aus halbgeschlossenen Augen. Sie schüttelte den Kopf. „Sei ehrlich. Du planst nicht, die Urkunde in die Stiftung zu geben."

Bruce stöhnte leise. Zum ersten Mal schien ein Schatten über seine strahlende Fassade zu fallen, oder täuschten die flackernden Kerzen das vor? „Poppy, du bist nicht von hier. Du kannst das nicht beurteilen. Es geht nicht an, dass aufgrund irgendeiner verrückten Historie die Wythcombes ein Stück Land verlieren, das sie vor langer Zeit rechtmäßig erworben haben."

Poppy hielt den Kopf schief. „Erschlichen trifft es vielleicht besser?"

„Wer behauptet das?" Bruce ballte die Fäuste. „Ein Weltenbummler, der nichts erreicht hat, und reumütig in seine Heimat zurückkommt? Oder gar sein verrückter Vorfahre, der meine Familie betrogen und verraten hat?“ Er schob sich nach vorne. Die Kerzen beleuchteten jetzt nur den Unterkiefer, die Augen blieben im Dunkeln.

„Die Wahrheit hat manchmal mehrere Seiten.“

Ein Lachen wie ein Peitschenhieb. „Schöner Satz, Poppy, könnte vor mir sein.“ Er beugte sich ihr noch weiter entgegen, und jetzt war das bösartige Glitzern in seinen Augen unverkennbar. „Auch wenn das nicht der allgegenwärtigen *political correctness* entspricht: Ich sage dir, seit Jahrhunderten sind es die Wythcombes, die hier die Regeln machen, und alle haben davon profitiert.“

Poppy versuchte einen Speicheltropfen zu ignorieren, der sie am Hals getroffen hatte.

„Gehören dazu auch miese Tricks, wie bei dir selbst einzubrechen? Und mich dabei extrem blöd aussehen zu lassen, mit dem Schlüssel in der Hand?“

„Hör zu, Poppy, ich hatte nicht die Absicht ...“

„Vielleicht nicht, aber die Geschichte mit deinem Fund an der Mülltonne ist doch ausgemachter Blödsinn.“

Wieder das gehässige Lachen. „Kannst du das beweisen?“

„Bruce, hör auf! Ich brauche gar nichts zu beweisen. Aber ich kann mir gut vorstellen, wie du dich fühltest, als wir und nicht Keath die Urkunde in den Händen hielten. Mit ihm hattest du dich lange zuvor geeinigt, davon bin ich überzeugt.“

„Das sind absurde Spekulationen. Keath ist skrupellos. Damit habe ich nichts zu tun.“

„Du hast von seiner Energie und seinem unbeirrbaren Vorgehen profitiert. Und dass er jetzt außer Gefecht ist, spielt dir geradezu perfekt in die Hände."

Bruce' Mundwinkel zuckten. „Was hast du bloß für ein Bild von mir?", zischte er, beherrschte sich aber gleich wieder. „Vorhin sprachst du noch von Freundschaft", versuchte er die Lage zu beruhigen. „Dabei sollten wir es belassen. Solche wirren Spekulationen passen nicht zu dir."

Poppy ließ sich nicht aus dem Konzept bringen. Sie trank einen Schluck Wasser. „Dann drohte dir die Sache zu entgleiten. Und du hast Fehler gemacht. Es ist fast schade um deinen tollen Plan."

„Und zwar?" Wieder das Glänzen in den Augen. Eitelkeit, dachte Poppy, das ist sein schwacher Punkt.

„Gerade jetzt. Genau vor dir."

Wie elektrisiert nahm Bruce die Hände von dem Pergament.

„Nein, diesmal betrifft es nicht die grässliche Urkunde."

„Was dann?"

Poppy zeigte auf den Schlüsselbund.

„Eine Menge Schlüssel. Und einer davon passt in den Tresor."

„Quatsch. Du hattest den einzigen!"

„Ich hatte genügend Zeit, das verdammte Ding zu studieren. Der komplizierte Schlüsselbart ist eindeutig. Auch wenn das Exemplar an deinem Bund neu und aus Stahl zu sein scheint, nicht aus Eisen, ist unschwer zu erkennen, dass dieser in den Tresor passt."

„Alles Ergebnisse deiner übersteigerten Fantasie, liebe Poppy, du machst dich unnötig verrückt mit

Dingen, die dich nichts angehen. Nochmal: Ich will nur das Beste, für die Familie, für die Gegend und natürlich für Pat. Bestimmt hat sie dir anvertraut, dass wir uns ein Kind wünschen."

„Ich weiß, dass sie sich ein Kind wünscht. Aber du?"

„Natürlich! Leider ist dieser Wunsch etwas nach hinten gerückt, bei all den Schwierigkeiten in den letzten Jahren." Er schob sich seine Haarmähne zurück.

„Und das wird jetzt anders?"

„Auf jeden Fall, das musst du mir glauben." Bruce klang beschwörend, fast flehend. „Es ist euch ja nicht entgangen, dass Pat und ich nicht die geborenen Hoteliers und Geschäftsleute sind. Wir lernen dazu, nicht zuletzt mit deiner großartigen Hilfe. Ich kann dir gar nicht sagen, wie froh ich war, als ihr euch gemeldet habt. Und Pat erst, sie ist wie ausgewechselt, seitdem ihr da seid."

„Aber was ist, wenn unsere Ferien zu Ende sind?"

„Eben."

Poppy hätte ihn schlagen können für seine selbstgefällige Miene.

„Ich muss an die Zukunft denken. Und da hilft uns guter Wille allein nicht weiter. Die Landrechte könnten das fundamental ändern. Ich bin kein Umweltsünder. Du weißt, wie sehr ich unsere Welt hier liebe, mit wie viel Begeisterung ich den Wanderern alles gezeigt habe."

„Das allein deckt nicht die Kosten."

„Ich hätte es nicht besser sagen können. Ich garantiere dir, es gibt ein Gleichgewicht. Das Gebiet mit den geschützten Pflanzen und Tieren wird erhalten.

Nur ein kleiner Teil wird verkauft an eine Entwicklungsgesellschaft. Das würde uns die Mittel geben, Wythcombe zu erhalten und die Zukunft für uns und unsere Kinder zu sichern." Er machte ein Geräusch wie ein Schluchzer. „Wenn es uns vergönnt ist, welche zu haben. Ich wünsche mir nichts sehnlicher."

Zum ersten Mal klang Bruce ehrlich und überzeugend. Poppy klammerte sich an die Hoffnung, dass seine guten Absichten alles andere überwogen. Sollte sie ihm nicht eine Chance geben, wenigstens um Pats willen?

„Bruce, ich lasse dich jetzt in Ruhe", seufzte sie. „Es stimmt. Mit welchem Recht mische ich mich in eure Angelegenheiten ein?"

Sie wollte aufstehen, aber etwas hielt sie davon ab. Es waren nicht ihre kalten Füße, die in der unbequemen Position eingeschlafen waren und kribbelten. Es war Bruce, der ihre letzte Bemerkung mit einem Lächeln quittierte, das von Triumph und kalter Berechnung triefte. Er rieb sich die Hände und blies auf die Finger. „Es ist wirklich kalt. Total unverantwortlich von mir, dich solange aufzuhalten. Ab ins Bett!" Er wollte nach dem Pergament greifen.

„Nur noch eine Sache, Bruce. Verzeih mir, wenn ich darauf bestehe, aber vielleicht habe ich danach ein besseres Gefühl."

Er grinste. „Daran sollte mir etwas liegen, nicht wahr? Schieß los."

„Die Regeln, von denen du sprachst, nach denen die Wythcombes ihr Wohlergehen ausrichten, könnten die auch bedeuten, ein Menschenleben zu opfern?"

„Um Gottes willen, nein!"

„Gestern." Poppy sah auf die Küchenuhr. „Jetzt schon vorgestern. Als wir herausgefunden hatten, dass Nancy Drake Micahs *Blue Lady* sein könnte, kurz bevor wir von hier losgefahren sind – hast du da Keath Roberts angerufen und ihm die Information gesteckt?"

„Nein! Ich …"

„Bitte überlege dir genau, was du sagst, Bruce."

Er hob die Stimme. „Ich schwöre dir …" Sein Kopf zuckte zur Seite. Poppy hatte einmal gelesen, dass Menschen, die logen, in eine bestimmte Richtung schauten.

„Ich bin dir gefolgt und habe es mitbekommen." Jetzt war sie es, die log. Aber sie musste den Vorstoß wagen, und ihr Blick war direkt auf ihn gerichtet.

Es war ein Treffer.

Von einer Sekunde zur anderen brach sein stolzes Gehabe zusammen. Die kantigen Schultern sanken herab. Bruce sah Poppy nicht an, sondern starrte in die Ferne.

„Ich konnte doch nicht ahnen, dass Keath so weit gehen würde."

„Und ob du konntest. Du wusstest, was mit Micah passiert war."

„Keath hat geschworen …"

„Das hast du ihm bestimmt nicht abgenommen. Und warum auch? Es passte dir nur zu gut in den Kram. Erst Micah, und danach würde es nicht mehr darauf ankommen."

„Was du von mir denkst!" Er wischte sich die Augen und schniefte.

„Spar dir das Geheule. Krokodilstränen ekeln mich an. Ich glaube dir nicht, jetzt nicht mehr. Du hast Keath gesteuert, die ganze Zeit und damit in Kauf genommen, dass er Nancy etwas antut und mir auch."

„Wie kannst du nur so etwas von mir denken?" Noch einmal machte er sich gerade, hob die Augenbrauen und produzierte mit schmollend geschürzten Lippen ein Bild der Empörung.

„Lass die Schauspielerei. Nicht nur das, mit einer weiteren Tat hätte sich Keath endgültig ans Messer geliefert. Für dich wäre er damit aus dem Weg, nachdem er seine Schuldigkeit getan hatte. Das ist mies und niederträchtig."

Wieder produzierte er eine Träne. „Ich wollte es nicht. Ich mache es wieder gut, ich verspreche es. Bitte verrate mich nicht, denke an Pat …" Er blinzelte, als ob er die Wirkung seiner Worte überprüfen wollte.

„Jetzt bringst du sie ins Spiel? Wie soll es dann weitergehen? Willst du ernsthaft so leben, als ob nichts gewesen wäre und die Zukunft deiner Familie auf Lügen und Mord aufbauen?"

Bruce schluckte. Seine Kiefer mahlten. Er wiegte den Kopf hin und her.

„Nein, ich stehe dazu. Als erstes will ich mit Pat sprechen. Dann entscheiden wir gemeinsam … O Gott, wie wird sie reagieren?" Er schlug die Hände vors Gesicht.

Das war der Moment.

Poppy hob die Füße vom Stuhl, setzte sie auf die Erde und stand auf. Einen Augenblick dachte sie, ihre Knie würden nachgeben, aber dann hatte sie sie unter Kontrolle. Sie holte aus. Bruce, der überrascht die Hände von den Augen nahm, dachte wohl, sie würde ihn schlagen und schützte reflexartig den Kopf.

Der war nicht Poppys Ziel.

Ihre Hand erreichte eine der Kerzen. Sie stieß sie um. Heißes Wachs spritzte über die beiden Pergamentstücke.

„Nein, nicht!", schrie Bruce und sprang auf. Er griff direkt in die Flammen, die im Wachs und den ausgetrockneten Blättern sofort Nahrung fanden.

Knisternd loderte es bläulich auf, und in Sekunden waren nur noch hauchdünne, verkohlte Reste übrig. Ohne auf seine Finger zu achten, versuchte Bruce etwas davon zu retten, aber je hektischer er sich bemühte, in desto kleinere Aschestücke zerfiel das Pergament.

Er starrte Poppy an. „Was hast du getan?" Sein Ton und sein Ausdruck hätten sie warnen müssen, aber es geschah alles in Bruchteilen von Sekunden.

Bruce streckte die verrußten Hände nach ihr aus.

Poppy wich zurück, so dass er nur ihren Bademantel erwischte. Er öffnete sich über der Brust. Für einen kurzen Moment schien Bruce ihre Nacktheit abzulenken, dann holte er mit dem rechten Arm aus.

Poppy sah den Schlag kommen und duckte sich, als etwas an ihrem rechten Ohr vorbeizischte.

Sie registrierte, wie ein Schatten Bruce mitten auf der Stirn traf. Seine Augen zuckten nach oben zum Aufprallpunkt, dann erschlaffte der Körper, sank auf den Stuhl zurück und rutschte von dort auf den Steinfußboden. Regungslos blieb er liegen. Neben ihm rollte ein dunkles Objekt langsam aus. Die schwarze Acht.

„Eine Billardkugel?", murmelte Poppy, bevor ihre Knie einknickten.

Jemand war bei ihr. Das Deckenlicht in der Küche ging an.

„Pat?“

„Und dein lieber Mann.“ Behutsam setzte Barney Poppy auf den Stuhl zurück und schloss ihren Bademantel.

Pat war bei Bruce und legte ihm ein zusammengerolltes Küchenhandtuch unter den Kopf.

„Die Nacht der Überraschungen.“

Barney nickte. „Scheint so. Ich bin nicht mehr eingeschlafen, und dachte, für ein Glas Wasser brauchst du aber lange. Und Pat fragte sich, wo Bruce bleibt. Wir haben uns in der Halle getroffen.“

„Da seid ihr mir beinahe sofort zu Hilfe gekommen.“

„Spüre ich ein wenig Sarkasmus? Das wollten wir, aber dann hörten wir euch zu. Es war sehr aufschlussreich, und du machtest den Eindruck, die Situation im Griff zu haben. Nur Pat wurde immer wütender neben mir, bis sie sich nicht mehr zurückhalten konnte ...“

Poppy schüttelte sich. Angeekelt sah sie auf ihre schwarzen Hände und versuchte, die Finger am Frotteestoff des Bademantels abzuwischen. „Ich sehe aus wie ein räudiges Zebra.“

„Immer noch tausendmal besser als Bruce. Aber ich glaube, er kommt zu sich.“

Bruce schlug die Augen auf, drehte den Kopf und jammerte leise. Aus einer kleinen Platzwunde an der Stirn sickerte Blut.

„Pat?“ Er versuchte sich aufzurichten.

„Bleib liegen“, sagte Poppy. „Barneys Schuss hat gesessen.“

Barney und Pat tauschten Blicke aus. „Das war nicht Barney“, stellte sie trocken fest.

„Pat …", versuchte er zu intervenieren. Sie schüttelte den Kopf. „Nein, ich stehe dazu."

„Aber die Idee kam von mir", protestierte er.

„Lieb von dir, das auf dich zu nehmen." Sie drehte sich zu Poppy. „Es stimmt, Barney hat nach der Kugel gegriffen, als wir am Billardtisch vorbeischlichen. Aber eben habe ich sie ihm einfach aus der Hand genommen. Ich war so unglaublich wütend …" Hysterisch kicherte sie in die Runde. „Ihr wisst ja, ich war mal eine begnadete Werferin im Cricket Ladies Team."

Bruce ächzte. „Hast du …?"

„Ja. Es war schrecklich, aber ich habe mich gezwungen, zuzuhören. Ich verbinde jetzt deinen Kopf. Ich glaube nicht, dass es sich lohnt, die Wunde zu nähen. Abgesehen davon kann es nicht schaden, wenn ein kleiner Schmiss dich an diese Nacht erinnern wird."

„Du bist ganz schön hart."

„Ich bin hart, Bruce?" Pat drückte ihm eine Kompresse so fest auf die Stirn, dass sich sein Mund schmerzhaft verzog. „Da verwechselst du etwas. Heute werden wir nicht mehr darüber sprechen. Geh jetzt ins Bett. Aber nicht in unseres. Such dir eines von den Zimmern aus, sie sind ja alle leer."

Bruce nickte, was eine neue Grimasse hervorrief. Er stand jetzt. Farbe kehrte in sein Gesicht zurück.

„Ich lege mich im Büro aufs Sofa."

„Ist gut. Aber pass auf, dass kein Blut auf die schönen Flowerprints kommt."

„Mach ihn nicht noch fertiger, als er schon ist." Barney war bei Bruce und gab ihm ein Glas mit einer goldenen Flüssigkeit. „Trink einen Whisky, dann schlaf dich aus. Morgen reden wir weiter."

Als sich die Tür hinter Bruce schloss, war es mit Pats Contenance vorbei. Sie setzte sich auf den Boden. Mit geballten Fäusten schlug sie auf die Steinfliesen. „Mein Mann ist ein Monster!", schrie sie. „Warum habe ich ihn nicht noch härter getroffen?"

Poppy half ihr vom Fußboden hoch. „Lass uns in den Salon gehen. Hier riecht's verbrannt und es ist kalt." Sie legte den Arm um die gebeugte Gestalt und führte sie durch die Halle.

Von oben war ein Bellen zu hören. „Inzwischen hat auch Torry etwas mitbekommen. An seiner Fähigkeit als Wachhund müssen wir noch arbeiten. Barney, bleibst du bei Pat? Ich gehe rauf und hole ihn."

Poppy nutze den kurzen Moment im Zimmer: Erst Händewaschen, lang und gründlich, dann zog sie sich Jeans und einen dicken Pullover über. Sie warf einen sehnsüchtigen Blick auf das Bett. Was wäre, wenn sie sich jetzt einfach hinlegte und einschliefe? Natürlich musste sie an Caedmon denken. Hätte sie die Chance, ihm nochmal zu begegnen?

Wahrscheinlich nicht. Sein letzter Wunsch wurde erfüllt, und es gab keinen Grund mehr, Träume aufzumischen, weder bei Poppy noch bei irgendjemand anderem.

Kapitel 42

Von Osten her wurde es allmählich hell. Das Morgenlicht legte einen matten Schimmer über die pastellfarbenen Polster im Salon.

Torry sprang zu Poppy aufs Sofa. Mit nach hinten gelegten Ohren schien er für einen Moment abzuwarten, ob Protest käme. Als nichts geschah, kuschelte er sich an seine Herrin und legte den Kopf auf ihr Knie.

„Pat, es tut mir leid, dass du das mitbekommen musstest."

„Du bist die letzte, die sich Vorwürfe machen muss, Poppy. Es ist gut so. Ich spüre seit langem, dass etwas nicht stimmt mit Bruce. Aber wenn ich es nicht mit eigenen Augen und Ohren mitbekommen hätte, würde ich es nicht glauben."

„Was soll jetzt geschehen?"

„Er hat es gesagt, zumindest dir. Er will es wiedergutmachen. Dazu gehört wohl, dass er die Verantwortung für sein Verhalten übernimmt."

„Und falls er es sich anders überlegt?"

„Das würde zu ihm passen, aber das werde ich verhindern. Wenn Bruce sich um etwas sorgt, dann um den Ruf der Familie. Einen Skandal wird er unbedingt vermeiden wollen."

„Der würde dir auch nicht helfen."

Pat seufzte. „Du hast recht, Poppy. Aber wir können ihm das doch unmöglich durchgehen lassen?"

„Falls er eine Kehrtwende macht, wird es schwer sein, ihm etwas zu beweisen."

Barney goss sich einen Whisky ein. „Noch jemand? Ich weiß, es ist etwas früh am Tag ...“

„Danke, nein“, winkten beide Frauen synchron ab.

Poppy betrachtete ihre Finger. Das Händewaschen hatte nicht die Rußspuren unter den Nägeln entfernt. „Zumindest zwei Dinge lassen sich beweisen: Dass er Keath angerufen und Nancy an ihn verraten hat. Und dass er einen zweiten Schlüssel zum Tresor besitzt. Das hatte er dem Inspektor gegenüber verneint.“

„Den Anruf bei Keath hast du nicht wirklich mitbekommen, oder?“

„Ich habe geblufft, Barney – und gewonnen!“

„Du kannst es nicht lassen ... Aber wenn der Richter Keath fragen wird, woher er Nancys Adresse hatte, dann wird er Bruce von sich aus nennen.“

„Ich weiß nicht.“ Pat nippte an einem Glas Wasser. „Bruce ist ein Wythcombe. Er ist der Lord, das ändert alles.“

„Der Hochadel steht nicht über dem Gesetz.“

„Das nicht, Poppy, aber Gerechtigkeit hat hierzulande seit Ewigkeiten auch mit Herkunft zu tun, ihr werdet sehen.“

„Dann wird es keine Sühne geben, Pat? Wenigstens für den Tod von Micah?“

„Mach dir keine Illusionen. Die Beweise sind dünn. Nur für Keaths Angriff auf Nancy gibt es eine Zeugin – dich, Poppy.“

„Ich werde aussagen, verlass dich drauf. Und ich werde Bruce auf die Sprünge helfen.“

Barney stand auf. „Ich sehe mal nach, wie es ihm geht. Immerhin hat er eine Kugel an den Kopf bekommen.“

Pat blickte ihm nach. „Die er verdient hat. Es ist nur …“ Sie starrte in Richtung der Morgendämmerung und schüttelte den Kopf.

„Was ist los Pat? Überkommt dich jetzt das schlechte Gewissen?“

Ohne Poppy anzusehen, antwortete sie.

„Nein, auf keinen Fall. Aber …“

„Du liebst ihn immer noch.“

„Im Moment sind da nur Wut und Enttäuschung. Wir haben uns geliebt, sehr sogar. Und wir hatten große gemeinsame Träume.“

„Es fällt dir schwer, das aufzugeben.“ Poppy formulierte den Satz nicht als Frage.

Pat rieb sich die Augen. „Bruce ist kein schlechter Mensch. Er ist verwöhnt wie ein großes Kind, aber doch nicht bösartig? Ich verstehe es immer noch nicht.“ Sie griff nach dem Wasser, stellte es aber gleich wieder ab. „Mir ist übel.“

Pat rutschte zu Poppy aufs Sofa. Torry versuchte seinen Platz zu behaupten, aber Poppy schubste ihn hinunter.

Es war jetzt hell genug, dass Poppy den Schimmer in Pats Augen erkennen konnte.

Sie stutze. Es waren keine Tränen. Es war ein ruhiges Leuchten, das alles andere als Traurigkeit ausdrückte.

„Pat, bist du schwanger?“

„Wie kommst du darauf?“

„Dazu braucht es keine Hochbegabung für Kriminalistik. Du müsstest dich sehen. Dieser ganze Mist hier, und trotzdem strahlt etwas in dir. Dann dein Verhalten, hin und hergerissen zwischen Wut auf den Übeltäter und Nestverteidigung.“

„Ich weiß es erst seit vorhin. Meine Regel ist ausgeblieben. Und mir war richtig schlecht, als ich ins Bett gehen wollte. Erst dachte ich, das Essen. Es war lecker, aber nicht gerade leicht. Dann bin ich ins Bad und habe einen Frühtest gemacht. Ich habe immer einen Vorrat davon", fügte sie hinzu.

„Ich dachte, du und Bruce seid in letzter Zeit auf Abstand gewesen?"

„Nicht immer." Der Glanz in ihren Augen verstärkte sich. „Es gab eine Zeit, da war er in Hochstimmung. Erst die steigende Zahl der Anmeldungen, und dann hattet ihr euch angekündigt ... Ich war glücklich – mit ihm. Da muss es passiert sein."

„Ich gratuliere." Es war ehrlich gemeint und kam von Herzen, aber Poppy spürte auch etwas anderes.

Barney kam zurück. „Scheint alles in Ordnung zu sein. Bruce schläft und schnarcht laut und regelmäßig."

„Du darfst keinen Moment lang den Raum verlassen", gluckste Poppy, „sonst verpasst du was."

„Zwischen Morgengrauen und Sonnenaufgang? Es sieht so aus, als ob es ein herrlicher Tag wird."

„Zumindest einen Grund gibt es dafür." Poppy bremste sich. „Entschuldige, Pat ..."

„Nein, ist schon in Ordnung. Ich ... wir erwarten ein Kind."

Barney griff nach seinem Whisky. „Darauf trinke ich einen Schluck!" Es klirrte leise, als er das Glas wieder abstellte. Interessiert stellte Poppy fest, dass die Nachricht nicht nur bei ihr etwas auszulösen schien. Sie sollten dem nachgehen, dachte sie. Aber nicht jetzt.

„Was sagt Bruce dazu?", fragte Barney.

„Nichts. Er hat keine Ahnung. Ich weiß es selbst erst seit gestern Abend." Erneut wechselte Pats Ausdruck. Sie weinte und barg den Kopf auf Poppys Schoß. „Ich schaffe das nicht! Ein Hotel führen, ein Kind bekommen, und der Mann sitzt im Gefängnis?"

„Soweit ist es noch nicht, obwohl ich es ihm gönne, das kann ich nicht anders sagen. Es hilft nichts, du musst dir eine Strategie überlegen, wie du durch die nächste Zeit kommst." Poppy streichelte Pats Schläfen. „In acht Stunden treffen jedenfalls die neuen Gäste ein. Das hat Vorrang. Und wir lassen dich damit nicht allein."

Kapitel 43

Sie gönnten sich ein paar Stunden Schlaf, aber um neun Uhr waren Poppy und Barney wieder wach.

In der Halle trafen sie Pat und Bruce. Statt des Verbands trug er jetzt ein Pflaster auf der Stirn. Neben Bruce stand ein Mann.

„Darf ich euch jemanden vorstellen?", fragte Pat. „Das ist Jack D'Arcy, der Staatsanwalt."

„Und Sie müssen Mrs Dayton sein!" Ein zierlicher Mann mit schmalem Kopf, einer hohen Stirn und einem buschigen Schopf schwarzer Haare kam auf Poppy zu. Sie ergriff die ausgestreckte Hand, die er nach kurzem Druck rasch zurückzog. „Ihr Ruf in der örtlichen Polizeiszene ist legendär!"

„Ist das ein Kompliment?"

„Nehmen Sie es so! Ich würde mich in den kommenden Tagen gerne einmal mit Ihnen unterhalten. Aber ich will Ihren Urlaub nicht stören."

„Welchen Urlaub?"

Sein Lachen wirkte aufgesetzt. „Mrs Dayton, Sie scheinen keine besondere Begabung für Entspannung zu haben, oder irre ich mich da?" Er wartete ihre Antwort nicht ab. „Ich lasse Sie jetzt frühstücken. Mein Freund Lord Wythcombe hat mich vor einer Stunde angerufen und mir eine unglaubliche Geschichte erzählt. Ich habe mich entschlossen, mich selbst darum zu kümmern."

„Was ist mit Inspektor Edwards?"

„Schwer beschäftigt, wie immer."

„Poppy?" Es war das erste Mal, dass sich Bruce rührte.

Sie sah ihn nur an.

„Ich will mich nicht drücken." Er sprach leise, aber mit einer unüberhörbaren Schärfe in der Stimme. „Ich weiß, es ist unverzeihlich, was ich getan habe. Aber ich muss an meine Familie denken, gerade jetzt." Der Blick, den er Pat dabei schenkte, wirkte warm und liebevoll, musste Poppy zugeben. Er fuhr fort: „Und ich habe eine Verantwortung für die Öffentlichkeit. Deshalb ist Jack hier, ich meine, der Staatsanwalt."

Poppy suchte Pats Blick, aber der wich ihr aus. „Es ist in Ordnung, Poppy, glaub mir."

D'Arcy fasste Bruce am Ellenbogen. „Ich freue mich auf unser Gespräch, Mrs Dayton. Sobald Sie es einrichten können. – *Ladies and Gentlemen*, ich wünsche Ihnen einen schönen Tag." Sie gingen zur Tür. „Ich hörte, Sie erwarten eine Menge Gäste. Wythcombe Manor hat endlich wieder einen guten Ruf. Den Erfolg müssen Sie sich erhalten!"

„Was war denn das für ein Auftritt?", fragte Poppy, als der Jaguar des Staatsanwalts vom Hof gefahren war.

Pat zupfte an Poppys Bluse wie ein verlegenes Kind. „Um sieben bin ich zu Bruce gegangen. Ich habe es nicht mehr ausgehalten. Ich wollte nach ihm sehen ..."

„... und ihm sagen, dass er Vater wird."

„War das verkehrt?"

„Natürlich nicht, Pat."

„Als ich zu ihm kam, saß er da wie ein geschlagener Hund. Ich habe den Verband gewechselt, aber es ist mehr eine Beule als eine Wunde. Er fragte mich, ob ich ihn verlassen würde. Er meinte, dass er das verstehen könnte. Mal wirkte er unterwürfig, dann haderte er mit seinem Schicksal und schob alles auf Keath. Ich bat ihn, mal für einen Augenblick von sich abzusehen und mir zuzuhören. Ich erzählte ihm von der Schwangerschaft."

„Wie hat er reagiert?"

„Es war, als ob ein Schalter umgelegt würde. Er küsste mich und versprach, dass er für mich und das Baby da sein werde. Dann holte er sein Handy raus und rief Jack an. Den Rest habt ihr eben erlebt."

„Das ist großartig, Pat", sagte Barney kurz, als ob er das Thema zum Abschluss bringen wollte.

Poppy schaute ihn irritiert an. „Schön, dass du das so siehst, Barney, aber warum bleibt bei mir ein seltsames Gefühl zurück?"

Pat hakte sich bei Poppy unter. „Ich verstehe dich. Aber gib uns eine Chance, bitte."

Sie zuckte die Schultern. „Wenn du damit leben kannst. Es ist eure Sache. Nur wenn man mich um meine Aussage bittet, werde ich sagen, wie es war."

„Natürlich." Pat dirigierte sie in Richtung Küche. „Kommt frühstücken. Ich wenigstens muss versuchen, etwas in mich hineinzubekommen, bevor mir wieder komisch wird."

Barney erklärte sich für das Omelett verantwortlich und holte Eier aus dem Kühlschrank.

Pat rief den Flughafen in Bristol an und vergewisserte sich, dass der Shuttleservice rechtzeitig zur Stelle sein würde. Poppy beobachtete sie dabei. Sie wunderte sich über ihren neuen Gemütszustand. War es die Schwangerschaft, die hier das Kommando übernahm? Sie musste sich eingestehen, dass sie Pat beneidete. Ein beklemmendes Gefühl.

Sie ging zu Barney an den Küchentresen und richtete ein Tablett für die Terrasse.

Durch das Küchenfenster hatte sie den Hof im Auge. „Besuch!", rief sie.

„Was?" Pat hatte aufgelegt. „Es ist noch viel zu früh für die Gäste ..."

„Es ist die blaue Ente! Ich nehme noch ein Gedeck für Nancy mit nach draußen."

Die Sonne glitzerte auf dem Swimmingpool. Von der Regennacht waren nur ein paar Nebelschleier übriggeblieben, die vom Meer heraufwehten und sich über der warmen Landfläche rasch auflösten. Auf dem Tisch thronte eine Vase mit einem Strauß langstieliger blauer Glockenblumen.

„Frisch aus meinem Garten."

„Danke! Und die pflückst du so einfach ab, Nancy? Dann kannst du dich bald nicht mehr selbst drüber freuen."

„Warum denn nicht, Pat? Ich bin doch hier. Und bleibe, wenn du nichts dagegen hast. Darüber wollte ich mit euch Wythcombes reden."

„Das euch reduziert sich auf mich", meinte Pat trocken und machte den Versuch, die Ereignisse der letzten zwölf Stunden zusammenzufassen.

Nancy stöhnte auf. „Dann habe ich wohl nicht den besten Moment für meine Idee erwischt."

„Für gute Vorschläge bin ich immer zu haben, gerade jetzt."

„So sehr ich mein blaues Haus liebe, im Moment fällt mir die Decke auf den Kopf. Ich würde es gerne für eine Weile vermieten. Und solange hier einziehen, diesmal zusammen mit meiner Katze.

Als Gegenleistung steuere ich meine Schreibschüler nach Wythcombe und unterstütze dich bei deiner Arbeit im Haus."

„Das geht jetzt holterdiepolter!" Pat strahlte. „Elaine Carradine, die Geschäftsführerin, die sich beworben hat, kommt auch gleich vorbei. Aber sei's drum! Ich nehme deinen Vorschlag von Herzen an. Wir machen eine Frauen-Management-Gruppe auf. Und deine Katze räumt die Mäuse ab, falls sie sich aus dem Keller hervortrauen."

Poppy folgte der Entwicklung mit offenem Mund.

„Ich staune wirklich!" Sie legte die Hand auf den Arm der Freundin. „Pat, du bist wie verwandelt, zupackend und optimistisch, trotz des ganzen Irrsinns." Sie zögerte einen winzigen Moment. „Weißt du was? Ich glaube, Barney und ich können dich jetzt allein lassen. – In Wahrheit bist du das gar nicht, mit so viel Frauenpower an deiner Seite. Ich bin fast ein wenig eifersüchtig." Sie seufzte. „Wir fahren zurück nach London."

„Wann?", kam Pats bange Frage.

„Heute noch. Ehrlich gesagt, ist es mir zu viel, mit all den neuen Gästen, die hier gleich einfallen werden. Ich brauche etwas Zeit und Abstand. Ich hoffe, du bist mir nicht böse, Pat."

„Ein bisschen traurig vielleicht, aber ich kann es verstehen."

Poppy sah Barney fragend an. „Das habe ich jetzt einfach so entschieden – was meinst du?"

„Was ist mit dem Staatsanwalt?"

Poppy spitzte die Lippen. „Den fand ich jetzt nicht so sympathisch, um wegen ihm meinen Aufenthalt zu verlängern. – Im Ernst, wenn er was von mir will, kann er mich auch in London anrufen."

Barney grinste. „Okay, wir fahren – unter der Bedingung, dass wir noch einmal im Meer baden."

Nach dem Gewitter waren die Wellen zu hoch zum Schwimmen.

Sie gingen am Strand entlang und beobachteten, wie sich die Klippe von Lizard Point mit Besuchern füllte.

Hier unten, zwischen der Brandung und den Felsen, würden sie noch eine Weile für sich sein. Torry trabte neben ihnen her, hielt aber sorgfältig Abstand zum Wasser.

Mit ihren Zehen zeichnete Poppy ein großes Herz in den feuchten Sand und mitten hinein die Buchstaben B und P.

Als sie das P vollendete, schrie sie auf. Hastig zog sie den Fuß zurück.

Barney war bei ihr. „Was hast du?"

Poppy hockte sich auf einen Stein und versuchte den rechten großen Zeh vom Sand zu befreien. „Ein schwarzer Punkt!"

„Das ist ein Seeigelstachel. Lass mich mal."

Barney kniete vor ihr, nahm behutsam ihren Fuß in beide Hände und blies die letzten Sandkörner weg. Dann nahm er Poppys Zeh in den Mund und saugte beherzt daran. Torry sah interessiert zu.

Barney klaubte etwas von der Zunge. „Schmeckt gut, salzig und nach Meer ..." Er zeigte Poppy die winzige schwarze Nadel. „Ein kleines Andenken an unseren Urlaub."

Kapitel 44

London, zwei Wochen später

Poppy schlich von hinten an Barney heran. Er stand vornübergebeugt am Tresen von „Bromley Books & Art“. Torry lag zu seinen Füßen und hatte ihr Kommen bemerkt, aber keinen Mucks gemacht. Sie ließ eine Pappschachtel an ihrer lila Schleife vor seinem Kopf baumeln. *„It's tea time!“*

Er folgte der Schachtel wie dem Pendel eines Hypnotiseurs. „Du kennst meine geheimen Bedürfnisse ...“ Barney küsste sie zart auf die Handfläche. „... und du warst bei Garry.“

„So geheim sind die nicht“, kicherte Poppy. Ihr Mann war kein großer Fan von Süßigkeiten, aber die Macarons ihres Lieblingskonditors waren eine Ausnahme. „Garry hat mir seine neueste Kreation vorgestellt, du wirst staunen. Ich mache Tee!“

In den vierzehn Tagen seit ihrer Rückkehr nach London hatten sich beide wieder gut eingelebt, und Torry nahm sein neues Zuhause wie selbstverständlich in Besitz.

So turbulent der „Urlaub“ auch verlaufen war, hatten sie trotzdem das Gefühl, erholt zu sein. Die Geschäfte liefen erstaunlich gut. Die Laufkundschaft hielt sich zwar weiter zurück, aber die Verkäufe an Sammler aus Übersee liefen besser denn je.

„Viele sitzen zu Hause“, sagte Barney. „Sie haben Muße, auf unserer Seite nachzusehen und im Katalog zu stöbern. Am Ende gönnen sie sich etwas, und kommen damit auf andere Gedanken.“

Poppy rief aus der Küche: „Jetzt gönnen wir uns was. Tee ist fertig.“

Sie setzten sich an den kleinen Tisch. Poppy hatte die Macarons auf einer Etagere drapiert. Barney zeigte auf die obere Plattform. „Neu? Die Farbe finde ich speziell ...“

„Wie würdest du sie beschreiben?“

„Ein blasses Blau, fast geisterhaft.“

„Sehr treffend, mein Lieber! Die Geschmacksrichtung ist bittersüß, ein wenig Curacao ist dabei, aber mehr hat Garry mir nicht verraten. Wir haben neulich über die Ferien geplauscht.“

Barney lachte. „Und da konnte es nur einen Namen geben für die neue Sorte – Caedmon.“

Poppy klatschte Barney auf die Finger, als er sich eines davon nehmen wollte. „Das gibt's zum Schluss. Zuerst das Lachssandwich.“

„Einverstanden. Dazu kann ich auch was beisteuern, oder besser Pat.“ Barney zog ein Paket unter dem Tisch hervor. „Das kam vorhin mit der Post. Aus Lizard Point. Mit einem Brief.“

„Lies vor!“

Barney öffnete den Umschlag und faltete den Briefbogen auseinander. Unter dem eingeprägten Wappen der Wythcombes stand:

Ihr Lieben!

Ich vermisse Euch. Besonders Dich, Poppy. Elaine und Nancy sind große Stützen, aber ihnen fehlt deine Power ebenso wie Deine kritische Einstellung gegenüber meinem „Gehabe". Dabei gibt es nichts zu meckern: Wir sind voll gebucht – und außer mir scheint niemandem aufzufallen, dass Bruce fehlt. Morgen wird er aus der Untersuchungshaft entlassen. Es sieht so aus, als ob er mit einer Bewährungsstrafe davonkommt, wegen Vortäuschung des Einbruchs. Ich habe ihn ein paarmal besucht. Wir wollen es weiter zusammen versuchen, schon unseres Kindes wegen. Die Übelkeitsanfälle lassen nicht nach, hoffentlich ist das kein schlechtes Omen.

Auf Initiative der Brothers untersucht ein Team der University of Southampton das Gelände an der Küste jetzt professionell nach seltenen Arten, eine Bebauung wird es dort auf keinen Fall geben, die Gemeinde Falmouth hat es bereits jetzt unter Naturschutz gestellt.
Ich bin bei Nacht und Nebel hingeschlichen und mit einer kleinen Beute nach Hause gekommen, die ihr in dem Paket findet.

Lasst von Euch hören und kommt bitte bald wieder!

Love Pat xxx

PS: Euer Zimmer wurde umgetauft in Dayton-Suite.

Poppys Handy klingelte.
„Herr Inspektor! Wie geht es Ihnen?"
„Ich kann nicht klagen. Haben Sie einen Moment für mich? Ich könnte Ihren Rat gebrauchen."
„Was für ein Zufall. Wir haben gerade Post aus Cornwall bekommen."

„Post? In welcher Angelegenheit, wenn ich fragen darf?“

„Darf ich Sie gleich zurückrufen? Ich trinke Tee mit meinem Mann.“

„Selbstverständlich, das geht vor!“

Sie legte auf.

Barney sah sie fragend an. „Edwards? Bist du nicht neugierig, was der alte Knabe von dir will?“

„Ein bisschen, aber das hat Zeit. Was war in dem Paket?“

Lächelnd hob Barney das Einmachglas aus dem Karton und klippte den Deckel auf.

„Etwas Grünes.“

Ein unverkennbarer Duft erfüllte die kleine Küche.

Wilder Spargel stand in schwungvoller Handschrift auf dem Etikett.

Ende